西学
大家系列

波伏瓦自述

[法]西蒙娜·德·波伏瓦　著

黄忠晶　编译

Simone de Beauvoir

天津出版传媒集团

天津人民出版社

图书在版编目（CIP）数据

波伏瓦自述 / (法) 西蒙娜·德·波伏瓦著 ; 黄忠晶编译. -- 天津 : 天津人民出版社, 2024.1
（西学大家系列）
ISBN 978-7-201-18618-4

Ⅰ.①波… Ⅱ.①西… ②黄… Ⅲ.①传记文学－法国－现代 Ⅳ.①I565.55

中国版本图书馆 CIP 数据核字(2022)第 114352 号

波伏瓦自述
BOFUWA ZISHU

出　　版	天津人民出版社	
出 版 人	刘　庆	
地　　址	天津市和平区西康路35号康岳大厦	
邮政编码	300051	
邮购电话	（022）23332469	
电子信箱	reader@tjrmcbs.com	

责任编辑	岳　勇
封面设计	汤　磊
封面绘图	一盘Dna

印　　刷	天津新华印务有限公司
经　　销	新华书店
开　　本	880毫米×1230毫米　1/32
印　　张	12.25
插　　页	2
字　　数	250千字
版次印次	2024年1月第1版　2024年1月第1次印刷
定　　价	68.00元

编译者前言

西蒙娜·德·波伏瓦(Simone de Beauvoir,1908—1986)无疑是20世纪法国乃至世界上最有影响的一位女作家、思想家和社会活动家。(顺便说一下,在有关的中文著述中,她的姓名,有被译为西蒙·波娃、西蒙娜·德·波伏娃等的,我认为有些不妥。Beauvoir是姓,这里将一个人的姓译成带有女性色彩的文字,显然是违背翻译规则的。例如,按照这种译法,她的父亲就成了波娃先生或波伏娃先生,这是很可笑的。Simone是名字,它应该体现出女性的特征来,正如中国女孩子的名字多为"珍""玲""芬"等一样,这里也应该译为"西蒙娜"而不是"西蒙"。)她和让-保尔·萨特(1905—1980)是20世纪文坛上一对最有传奇色彩的终身伴侣。从她21岁结识萨特起,他们的生活就不可分地结合在一起,直至萨特去世。五十余年,超过了人们通常所说的"金婚"时间，然而他们并没有结婚；他们能够不离不弃，长久在一起，是因为志趣相投、心心相印，彼此是精神上唯一的异性知己。

本书第一部分是波伏瓦关于她和萨特最后十年生活的回忆录。这是她在萨特逝世后根据自己的日记和搜集的其他许多材料写作而成的。在20世纪的法国作家中，波伏瓦称得上首屈一指的写回忆录的高手，她写得既多又好。这个名为"向萨特告别"的回忆录是她的封笔之作。本来在完成《万事已了》(1972年)一书后她就打算结束自己的回忆录写作生涯，只是萨特逝世后，她那一缕深切的怀念之情终不能自已，于是饱蘸着不尽的情思写下这最后一部传世之作。

在这个回忆录里，波伏瓦逐年逐月记述了她和萨特一起度过的最后十年的生活情况：他们经历的各种重大事件和政治活动，他们的度假时光，萨特的日常生活起居，他的写作，他同女人的交往，特别是萨特的病情以及她和萨特一起与病魔和命运的抗争。由于作者对事情的来龙去脉了如指掌，时时插有带说明性质的追忆和分析议论，这种准确细致的叙述并没有给人以流水账的感觉；这最后十年的情况成了一个集中的发散点，辐射着他们整个一生。

这个回忆录保持了波伏瓦的一贯风格，记载事件准确明晰，详略得当；勾勒人物简洁有致，生动传神；描绘景色明丽如画，使人如临其境。而她对萨特的深厚情感流动贯穿于全部文字之中，悱恻缠绵，体贴入微，感人的力量更甚于以前的作品。

　　波伏瓦在回忆录中记述的都是她亲身经历的事情,她对萨特熟悉和了解的程度再无第二人可比,她对各种事件的记述尽可能做到真实客观,哪怕是对于她不喜欢的人,如彼埃尔·维克多和萨特的养女阿莱特·艾卡姆,她也如实记下他们同萨特的密切交往和萨特对他们的重视。这样,她的这个回忆录作为史料具有无可争议的权威性。她那明快、清新、生动、细腻的笔触,使这个回忆录具有很高的美文价值。而她那思想家的深邃眼光和丰富的生活体验,又给我们许多人生真理的启迪,引发我们联想和思索。

　　波伏瓦在回忆录前言中说,她尽可能地少谈自己,她也的确是这样做的。即使如此,作为同萨特朝夕相处、有着五十余年患难与共的人生经历的伴侣,她的形象仍占有重要地位。这主要表现在她对萨特的感情和理解上。

　　1975年美国《新闻周刊》记者问萨特:"你如何看待你和波伏瓦四十五年的关系?"他的回答是:"这不仅是一种友谊,这是你在婚后状态所能有的一种感情。"从回忆录记述的情况看,波伏瓦的确是他实际上的妻子,虽然他们没有结婚,经济上各自独立,各有自己的住处,而且萨特还有其他的女人。

　　波伏瓦像一个妻子关心丈夫那样关心、照顾着萨特的生活起居。自从萨特第一次疾病大发作,他的动脉和小动脉先天性狭窄被发现,二十年来,她一直在为他的身体担心。她常常因他的病情而偷偷伤心痛哭。波伏瓦在回忆录中毫不掩饰地写了这种也许是女性的软弱之处。

这种刻骨铭心的爱情深深打动了我。而且在我看来,这不仅仅是爱情。萨特最后那几年,围绕他的女人反而多了,他也以同女性交往特别是同年轻女性交往为乐事。波伏瓦不但没有介意这种事,反而高兴萨特能有这些交往活动,只要它们能激发起他的生之欲望和乐趣。他们两人的关系早已超出通常意义上的爱情关系,进入一种深层次的理解之中,从而达到无他无我、亦他亦我的境界。在波伏瓦身上,温柔体贴和豁达开朗这两种素质融合在一起,是十分难能可贵的。

人们常说,一个成功男性的背后,总有一个伟大的女性在支持着他。这话应在萨特身上也是非常贴切的。萨特一生中有过许多女性,但波伏瓦对他来说仍然是独一无二的。正像他自己所说,她有着他要求于女性的最重要的性质,这样就把其他的女性放到一边去了。虽说她们当中也有人一度同他有着很深的卷入,但从整体来说都无法同波伏瓦与他的关系相提并论。

回忆录还让我们看到事情的另一个方面:最亲密的人也可能是对自己造成伤害最大的人。我指的是"维克多事件"。

萨特同维克多有一个长篇谈话,波伏瓦在它发表前一个多星期读到这个谈话。她异常震惊。她认为这个谈话表现得完全不是萨特的思想。对话者维克多利用萨特年老体衰,不是帮助他去发挥自己的思想,反而对他施加压力,使之在厌倦于争论后抛弃自己的思想;

这个谈话带有明显的"逼供"性质。因此波伏瓦坚决反对发表这个谈话，并说萨特的朋友们——《现代》编辑部的全体成员——都跟她的看法相同。萨特为这种反应深感惊讶。他原以为可能受到某种适度的批评，没有想到遭受这样激烈的反对。这反而更加促使他马上发表这个谈话。

这事对萨特的刺激很大。他和波伏瓦一直是亲密无间的。她是他唯一看重的评论者，他们一向都是互相"签发"出版许可证，每一本书都要经过对方认可才拿去公之于世。而这一次他却发表了她不认可的作品。萨特十分难受和伤心。

此后不久萨特的病急性重度发作，住院后二十多天即去世。显然，他的病情发作和急剧恶化，同他因此事受到的刺激不无关系。

波伏瓦在回忆录中承认了这个事实：萨特住院以后还想着这个事情，他希望能早点出院去旅行，"这样我们就可以忘掉所有这一切"。（所有这一切是指同维克多的这次谈话以及它产生的反应。）

波伏瓦的本意是要维护萨特的思想不受他人歪曲，实在没有想到会造成这样严重的后果。死者死矣，而生者那颗淌血的心如何能够平复呢？读书至此，我唯有长长叹息，竟无话可说！

在亲密的关系中人的两难处境显得更加突出。萨特曾要求波伏瓦，无论他得的是癌还是其他不治之症，都要告诉他。然而波伏瓦未能这样做，而是向他隐瞒了病情的严重性。她这样做是对的吗？一直到萨特死后好久她都还在问自己。不告诉他真相，在他生命的最后时刻违背了他的意愿；告诉他真相，又怕在他最后的日子给他的精神蒙上一层阴影。一方面，她觉得自己做得对；另一方面，她又感到内疚，有一种为自己的抉择辩解的欲望。实际上，她是把这样的事情看得很重，也许是过于重了；想过来想过去，似乎怎么着都不能令人满意。

在回忆录中，这种情感和思想的两难境况随处可见。萨特在疾病的打击下发生的变化让波伏瓦既感动又难过。他能够一改常态随遇而安，这使她感动；而他那一向叱咤风云的劲头消失了，又让她难过不已。同样，她当然不愿意萨特早死，但她从医生那里获悉萨特如果晚死两年，大脑会受到严重损伤，萨特也就不再是萨特，她又感到萨特是死得其时。

那些希望深入体味人生的人会从这本书中获得许多东西。

本书第二部分是波伏瓦和萨特的长篇谈话。谈话的时间是1974年的8月和9月，地点先是在罗马，然后在巴黎。谈话围绕着他们一生经历的各个方面，按不同的主题分成若干次进行。

萨特此时年近七十，到了我们中国人说的"从心所欲"的年龄，而波伏瓦只比他小三岁。他们的这个谈话比以前更加坦率、直白，不加任何掩饰，达到"赤条条来去无挂牵"的境界，使我们得以直窥其内心世界，了解许多甚至属于他俩隐私的东西。

萨特说过，波伏瓦不仅在哲学知识上，而且在对他这个人、对他想做的事情的认识上都达到与他同等的水平，是他最理想的对话者。

她对过去经历的准确细致的记忆，恰好可以弥补萨特忽略或遗忘过去事实的不足；她适时地启发、引导和提示，使萨特能够克服疲劳、年老带来的迟钝，很快深入问题的实质，充分表达自己的思想。他俩共同创造，言此及彼，心有灵犀，意领神会，这就使得这个长篇谈话达到最高水平的发挥。限于篇幅，本书编译的只是其中一部分内容。

无论是这个回忆录还是这个长篇谈话，它们都有一个共同的特点，就是不仅仅涉及那些大家都知道的重大事件，更多地是谈论和记述了他们的日常生活，对于那些鲜为人知的甚至只有他们两人知道的事情则有更详细的解说。

这就使得本书在凸显萨特和波伏瓦两人的个性方面大大胜过许多根据间接材料和印象为其立传者。本书给出的萨特和波伏瓦之形象是本真的、自然的、未加任何雕琢和修饰的。他们当然有其伟大和过人之处，但在许多地方，他们跟我们一样，平平常常、普普通通；其喜怒哀乐都是我们可以理解的。本书也反映了那个时代，因为他们的一生包括人们通常所谓的私生活，无不与其所处的境况结合在一起，述说着20世纪的人类历史。

由于这种对人的亲和性和可理解性，那些读过本书译稿的朋友说，这书让人读起来很舒服，感到是一种享受；他们很喜欢它那种朴实、清新、自然的风格和笔调。我想，如果他们能够去读原文，将会更加喜欢这本书。虽然我已竭尽已能来体现这种风格，恐怕译文还是不足以充分表达原作那种特有的韵味。

在翻译也就是阅读本书的过程中，活生生的萨特和波伏瓦出现在我的面前，他们不再只是有着"存在主义者"称号的抽象标签，由于声名太著而罩在他们头上的种种神秘光圈也无形无影，人们根据一知半解、或毁或誉而加在他们身上的种种误会、曲解和互相矛盾的说法也得到澄清。如果读者阅读此书能获得同样的感受和效果，我会不胜欣慰，因为这正是我编译此书的目的。

黄忠晶

于无锡静泊斋

目 录
CONTENTS

向萨特告别

这是我的第一本——无疑也是最后一本——在付印前没有让你读到的书。它整个都是献给你的，但你却感受不到它的存在了。

年轻时我们有过激烈的辩论，辩赢了的人总是说："你在自己的小盒子中！"你在自己的小盒子中；你再不会走出来了，而我也不会在那里与你重逢。即使我将来挨着你葬在那里，你的骨灰和我的骨灰之间也不能够交流。

我说到你，这只是一种假托，一种修辞学的方法。没有这样一个"你"听我说话。我不是在对"你"说。实际上我是在对萨特的朋友们说话，他们愿意多了解一点萨特最后那些年的情况。我以自己的亲身经历来讲述当时的情景，我也谈一点自己，因为作为当事人，也就成为他生活中的一部分；但是我尽可能少谈自己。这是因为，首先，这不是本书所要谈的。其次，"这些事是不可言传的；不可能借助文字描述；也不可能在一个人的心中成形。它们只能去体验，仅此而已"。——当许多朋友问到我该怎样谈这些事时,我就是这样回答他们的。

这个回忆录主要是根据我在这十年所记的日记和搜集的许多材料写成的。对于所有那些以其所写所说帮助我记述萨特最后日子的人,我谨致以谢意。

1970 年

综观萨特的一生,他总是不断地怀疑自己;他不否认自己的"意识形态兴趣",但他不想让它给整个地吞没。他常常选择"在思想上反对自己"。他努力去"脱胎换骨"。他卷入 1968 年的政治动荡,这一动荡深深影响着他,使他思索知识分子的作用,修正自己过去关于它的概念。

萨特常常谈到他在这方面的观点。在 1968 年政治动荡之前,萨特认为,知识分子是"实践知识的技术员",他们为知识的普遍性和产生自己的统治阶级的独占性之间的矛盾所折磨——知识分子是黑格尔所谓的痛苦意识的化身,而正是为满足对这种痛苦意识的意识,他们认为自己因而可以站到无产阶级一边。现在萨特认为应该超越这一阶段。与传统知识分子相对立,萨特提出新知识分子的概念:要自我否定,试图找到一种新的大众化的形象。新的知识分子把自己融入民众中,以期使真正的普遍性取得胜利。

甚至在能够清楚地阐述这一点之前,萨特就试着去追随这一行动路线。1968 年秋,他开始从事《斗争关系》——一份在各行动委员会之间流传的公报——的编辑工作。萨特同盖斯玛见过几次面,

1969年初,盖斯玛有一个想法:出版一份代表人民群众意愿的报纸;最好是当斗争使人民站起来的时候,让人们向群众讲话,把大家争取到斗争中来。萨特对此深感兴趣。开始搞了一段时间后,计划便终止了。后来盖斯玛参加"无产阶级左派",他和毛主义者出版《人民事业报》,这事算是干成了。这份报纸没有老板,由工人直接或间接写东西,左翼积极分子拿到大街上去卖。它的目的是介绍1970年以来法国工人阶级坚持的这场斗争。该报对知识分子往往是敌视的,它在谈到罗朗·卡斯特罗的审判时,采取了与萨特本人相对立的态度。(罗朗·卡斯特罗是"革命万岁"战斗组织成员,他同克洛威尔、莱里斯、热内等人一起,占领法国全国雇主协会的办公室以抗议五名外来移民工人因瓦斯窒息而死。共和国保安部队对待他们十分粗暴,逮捕了他们,后来将他们释放,但扣下了卡斯特罗,因为卡斯特罗越出警察的警戒线夺路而跑。警察把他抓住并且控告他攻击他们,他被判有罪。审判官不可能在政治的基础上——也就是在唯一能讲点道理的基础上——来对待这一审判。萨特作了有利于卡斯特罗的证词,但《人民事业报》对萨特的证词作了怀有恶意的评论。)

因为《人民事业报》发表了一些激烈抨击政府的文章,它的两名主编勒唐戴克和勒布利斯被捕。盖斯玛和另一些左翼组织分子建议萨特去接任主编,他毫不犹豫地同意了。他想,自己名字的分量可能对毛主义者有些用处。后来他在布鲁塞尔的一次演讲中说道:"我毫不在乎地用我有名气这个事实来决定事情的结局。"毛主义者通过这事看到,他们应该修正自己关于知识分子的看法和策略。

我曾叙述过勒唐戴克和勒布利斯被审判的情况。5月27日,该案开庭,萨特被传作证。当天,政府宣布解散"无产阶级左派"。此前不久,在互助大厅有过一次集会。盖斯玛在会上号召公民5月27日上街游行反对审判,他只讲了八分钟,并多次被打断。

萨特主编的《人民事业报》第一期在1970年5月1日出版。当局没有抓他,但内务部部长命令没收印刷厂的每一份报纸。幸运的是,在当局派人截获前,印刷工人已经印好了大部分报纸并把它们发出去了。当局又派人追踪卖报的人,把他们带到一个特别法庭,控告他们重新建立已被取缔的组织。但是萨特、我和几个朋友在巴黎市中心卖这报纸时没有受到严重阻扰。直到有一天,当局厌倦了这场无意义的争夺战,《人民事业报》才得以在报亭出售。

由米歇尔·莱里斯和我领头,成立了一个"人民事业报之友"协会。成立这样的团体要向官方申报,然后拿到一个官方认可的文件。刚开始我们遭到官方拒绝,不得不向行政法庭上诉,最后还是搞成了。

1970年6月,萨特协助一些人成立"红色援助",一个为反对镇压而斗争的组织。它的全国指导委员会,在一个主要是由萨特写的宣言中,说明了其宗旨:

> 红色援助是一个民主、合法公开和独立的社团,它的根本目的是为被镇压的受害者提供政治和法律保护,为他们及其亲属提供物质和道义上的援助,这种援助的大门向每一个人敞开……

人民如果不组织起来、不团结一致，他们的正义和自由是得不到保证的。红色援助产生于人民，并帮助他们去进行斗争。

这个组织包括主要的左翼团体"基督教的见证"和一些颇有名气的人。它的主要目标是对抗在"无产阶级左派"组织被解散后由马塞兰发动的逮捕浪潮。一大批左翼活动分子被关押。这个组织要做的是，搜集有关这些人的信息，之后决定采取什么行动去援助他们。"红色援助"有几千人，主要的委员会设立在巴黎和各个省。里昂委员会是地方委员会中最活跃的一个。在巴黎，这个组织特别关注外籍移民的困境。一般来说，这些委员会在政治上是折中的，但其中毛主义者最为活跃，这些委员会在不同程度上由他们控制。

萨特作为一个左翼积极分子努力完成他的工作，另一方面，他仍然用大部分时间来搞他的文学创作。他正在结束他的巨著《福楼拜》第三卷。1954年，罗歇·加罗蒂对他说："咱俩都研究同一个人物，但我是用马克思主义的方法去研究，而你是按照存在主义的方法去研究。"萨特选择了福楼拜。在《什么是文学》中他大略地谈到过福楼拜。但读了福楼拜的通信集后，他为福楼拜完全折服了。他发现，福楼拜最有吸引力的地方是他给予想象超出一切的地位。关于福楼拜，萨特到1955年已写了满满十来本笔记和一千页的稿子，但都搁在一边。这时他又回过头来工作，在1968年到1970年间，他重写了这部书，给它定名为《家庭的白痴》，书写得一气呵成，热情奔放。"它既表明了一种方法，同时又显示了一个人。"

萨特多次说明写这部书的目的。在1971年5月与孔达和里巴尔卡谈话时，他说他不是把这书当作一部科学著作来写，他在书中运用的不是概念而是观念。一种观念是一个包含时间因素的思想——例如，关于被动性的观念。萨特对福楼拜采取了一种移情的态度。"我的目的是要证实，一个人只要运用正确的方法和占有必要的文献，他就完全能够去了解任何人。"他又说："当我指出福楼拜是怎样不认识自己而同时他又是怎样非常好地理解自己时，我是想说明要通过生活去体验，即生命在理解自身中生存，无需任何知识，无需任何表述确定的显明意识。"

萨特的毛主义者朋友多少有点反对他干这种事情。他们更希望他去写一些左翼活动分子的专题论文或写一部为人民构思的长篇小说。但在这件事情上，不论是来自哪一方的压力，萨特都毫不让步。他理解他的同志的观点，但并不同意。关于《家庭的白痴》，他说道："从内容上看，我写这书似乎是在逃避现实。但从我写这书运用的方法看，我觉得自己是同现实直接联系在一起的。"

后来萨特在布鲁塞尔的一个演讲中又回到这个问题上来："十七年来我迷恋着一部关于福楼拜的著作。这本书工人们可能不感兴趣，因为它的文风复杂，确实有一股资产阶级的味道。我执着于它，也就是说：我也常常想着做这事情……在写福楼拜的事情上，可以说我成了资产阶级的一个不肖之子。"

萨特有一个深刻的思想：不管历史的特定时刻和社会、政治的环境怎么样，最根本的事情仍然是理解人；而他关于福楼拜的研究对达到这个根本点可能是有用的。

我们在罗马度过了一段愉快的时光，1970年9月回到巴黎。萨特十分满意他参加的各种社会活动。他住在拉斯帕伊大道的一栋楼房里，这栋楼房与蒙巴拉斯公墓相对，紧挨着我的住所。他的房间在十楼，小而简朴。他喜欢这地方。他每天的生活也较有规律。他经常定时地去看望有着长期友谊的女朋友——万达·克、米歇尔·维恩和他的养女阿莱特·艾卡姆。他每星期有两个晚上在阿莱特家度过。其余的夜晚，他和我一起过。我们说说话，听听音乐。我有一个很大的音乐磁带柜，每个月都要增添一些新内容。萨特对维也纳流派非常欣赏，特别是对贝格和韦贝恩；他对一些现代作曲家——施托克豪森、泽纳克斯、伯欧、彭德雷克等许多人——也深感兴趣。同时他总是乐于回过头来欣赏那些最优秀的古典名曲。他喜爱蒙特维蒂、格苏尔达、莫扎特的作品——首先是《女人心》——还有威尔第的。我们一边听着音乐，一边吃煮鸡蛋或一片火腿，喝一点苏格兰威士忌。我的寓所被房地产代理人称作"一间带凉廊的艺术家工作室"。房间很大，天花板也很高，房里有一个楼梯通到卧室，这卧室通过阳台与洗澡间相连。萨特在楼上卧室睡，早晨下来和我一起喝茶，有时他的朋友莉莲·西格尔会邀他到她住处附近的一个小店喝咖啡。晚上，萨特常在我的住所同博斯特见面。他也常在这里见到朗兹曼。萨特同他们有许多联系，在以色列-巴勒斯坦问题上他跟他们有着某种分歧。萨特特别喜欢周末的晚上，西尔薇同我们在一起（保持同西尔薇的友谊对我来说十分重要）；星期天我们三人一起去"圆顶"饭馆吃午饭。每隔一段时间，我们也一起去看其他一些朋友。

下午我常在萨特的住处工作，我等待着《人到老年》的出版，构思着我的回忆录最后一卷。萨特在校订和修改他的《家庭的白痴》中对于福楼拜的描述。这是一个极好的秋天。天空蔚蓝,大地金黄。70年代的第一年,给人一个好兆头。(我们保留了在学校那些年形成的"卜算"的习惯。)

9月,萨特参加了"红色援助"组织的一个大型集会,谴责约旦国王哈森对巴勒斯坦人的大屠杀,六千人参加了大会,让·热内也参加了,萨特有很长时间没见到他。热内同黑豹党人有联系,他在《新观察家》上发表了一篇关于他们的文章。热内打算去约旦,他想一个人在巴勒斯坦营地待一段时间。

很久以来,萨特的健康状况已不再让我担心,虽然他一天抽两盒富翁牌烟,他的动脉炎并没有恶化。到9月底,很突然地,出现了使我惊怕的情况。

一个周末的晚上,我们同西尔薇在多来尼克饭馆吃饭,萨特喝了不少伏特加。回到我的住地,他就开始打瞌睡,然后一下就睡着了,连香烟都掉在了地上。我们扶着他到卧室上了床。第二天早上,他看来好像完全恢复了,他回到自己的公寓。两点钟我和西尔薇接他吃午饭,他每走一步都碰着房间的东西。我们离开"圆顶"饭馆时,他开始摇晃起来,其实他喝得非常少,我们用出租车把他送到住在德拉贡街的万达家,下车时他几乎要倒下去。

在这以前他发作过头晕病。1968年我们在罗马,在特拉斯特维尔的圣玛利亚广场走出汽车时,他的身体就摇晃起来,我和西尔薇赶忙去扶他。对这件事我并未十分留意,只是略感吃惊,因为他什么都没有喝!从来没有像这几个意外事件让我产生如此强烈的反应,我感到它们的严重性。我在日记中写道:这个小房间是那样令人愉快,因我的归来而变化着它的色彩。看着房内这漂亮的天鹅绒地毯,心中浮上一层悲哀。生命还要继续下去的:一切都还顺利时它带给人幸福和快乐的时光,但威胁已悬在半空——生命中充满着各种意想不到的插曲。

抄写着这些字句时,我感到十分惊讶:当时我怎么会有这种忧伤的预感?我想,尽管我外表显得十分镇静,实际上二十多年来我一直为他的健康担着心。第一次警报是高血压的发作,1954年夏天萨特刚从苏联旅行回来就住进了医院。然后是在1958年秋,我又经历了焦虑(参见《境况的力量》)。萨特很侥幸地逃脱了一场大病的袭击。从那以来,病魔的阴影始终威胁着我:医生们对我说,萨特的动脉和小动脉太狭窄。每天早晨去叫醒他时,我总是先急着去探查一下他是否还在呼吸。我不是真正以为他会死去,这更多地是由幻觉造成的一种反应,但这对我已意味着什么了。萨特的这些新的不适感使我可悲地意识到一种脆弱,事实上我并未视而不见。

第二天,萨特基本恢复了他的平衡,并去看了他的常任医生泽登曼大夫。泽登曼说需要作检查,他对萨特提出忠告:在下个星期日去找专家诊断之前,不要让自己劳累。专家莱布教授看了后也不能确诊。他认为丧失平衡能力可能是由内耳或脑子里的毛病引起的。他要萨特拍一个脑部片子,但拍片结果表明没有什么东西不正常。

萨特感到疲劳。他的嘴里生了一个口疮,而且感冒了。10月8日,他终于无比兴奋地把关于《福楼拜》的原文手稿交给伽利玛出版社。

毛主义者组织了一个旅行，想让他去福苏梅尔和其他工业中心，这样，他可以研究工人的生活状况和工作条件。10月15日，医生禁止他外出。泽登曼还请了别的专家检查他的眼睛、耳朵、颅骨和脑子——不少于十一次会诊。医生们发现他的左半脑循环系统功能严重失调（左半脑负责语言功能），血管有一部分很狭窄。他不得不少抽烟，忍受着一系列大剂量注射。两个月后医生又给他拍了一次片。这时他已经痊愈了。但他的身体再不能过度劳累。事实上，既然《福楼拜》已经完成，萨特也没有理由再让自己过度劳累。这时，他读手稿和侦探小说，根据初步打算，他还想写一个剧本。10月间他还为雷贝罗尔举办的"和平共处"画展写了一个前言。我们非常喜欢他的画。在罗马他和我们一起度过两天时间，给我们留下了极好的印象。他的妻子是一个亚美尼亚少妇，很活泼，挺逗乐的，我们也很喜欢她。以后几年我们也常见面。他们是弗兰吉的朋友。弗兰吉是一位古巴的新闻记者，1960年他邀请我们访问古巴，后来他被流放了，因为他反对卡斯特罗的亲苏政策。

尽管病痛缠身，萨特仍然继续进行他的政治活动。正在这期间，警察突然搜查了《人民事业报》印刷商西蒙·布吕芒塔尔的工厂。关于这次搜查，我在《万事已了》中论述过。通过盖斯玛，萨特结识了格鲁克斯曼。他们进行了一次谈话，其间萨特重申了他对法国工人斗争的分析。《人民事业报》刊载了他的讲话。（这个讲话在10月22日由伦德冯克主持播出。）

10月21日盖斯玛受到审判。在一次抗议逮捕勒唐戴克和勒布利斯两位编辑的大会上，五千人高呼："27日上街去！"有几个演讲者向公众讲了话,但只有盖斯玛遭到逮捕,这显然是因为他属于"无产阶级左派";27日的示威活动没有引起流血事件——共和国保安部队使用了催泪瓦斯,示威者向警察扔了螺栓,但没有一个人受伤。从这些情况看,人们预料盖斯玛将会受到严厉的判决。萨特被传作证。萨特认为,与其在资产阶级审判法庭面前搞这套假正经的玩意儿,还不如到比昂古尔工厂同工人们交谈。资方不准他进入工厂,共产党也在这天早晨八点散发传单,号召雷诺厂的工人对他保持警惕。萨特站在一个桶上,拿着一个传声筒,就在室外向有限的听众演讲。他说:"要由你们来评价盖斯玛的行动是否正确。我愿在街上作证,因为我是一个知识分子,因为我想,早在19世纪就存在的人民和知识分子之间的联系,今天应该得到复兴。尽管这一联系并不总是存在,但一旦存在就能产生非常好的结果。五十年来,人民和知识分子被隔离开来,现在他们应该再结合到一起,应该融为一个整体。"

反对萨特的人下了很大功夫去消除萨特介入此事产生的影响。共产党人反驳萨特说,人民和知识分子之间的联系之所以能得到保证,是因为有许多知识分子是这个党的成员。然而盖斯玛却被判处十八个月的监禁。

萨特参与开办一家新报纸《我控诉》的活动,它的第一期在11月1日出版。参加编辑部的人中间有兰阿蒂、格鲁克斯曼、米歇尔·芒索、弗罗芒热尔和戈达尔,都是萨特的朋友。这家报纸不是由左派战士来写,而是专登由知识分子撰写的通讯报道。萨特为它写过一些文章。在第一期之后这报一共只出了两期:一期在1971年1月15

日,另一期在3月10日。莉莲·西格尔是这家报纸的发行负责人,她用了森蒂克这个未婚时的姓。《我控诉》同《人民事业报》合并改为《人民事业—我控诉报》后,她和萨特共同担任这份报纸的发行编辑。由于当局不打算逮捕萨特,她两次出庭受审时,萨特都出庭提供对她有利的证词。

萨特的健康状况仍然使我担心。当他疲劳烦恼的时候,他就猛喝一通。他总是迫使自己做非常多的工作以至于十分疲倦。这样,一到傍晚,甚至有时在白天,他都是昏昏欲睡。萨特在11月5日找莱布教授看病。莱布说,嗜睡是由于服用治头晕的药引起的;他减少了剂量。1月22日拿到另一个脑拍片,拍片结果是令人满意的;在这以后莱布教授让萨特确信自己已完全康复,不用再担心自己的头晕病。萨特十分高兴。但他还有一个担忧的地方——他的牙。他想配一副假牙,但又为着一个显然是象征性的原因而担心:他怕安上假牙后就不能再对公众讲话了。但牙科医生做得很成功,萨特也就放心了。

孔达和里巴尔卡的书《让-保尔·萨特的著作》出版了。这使萨特非常高兴。萨特修改《家庭的白痴》的校样。12月他主持了对煤矿事件的审判,这事他也干得不错。

我在《万事已了》中记述了这次审判,因为萨特十分看重它,我想在这个话题上多说几句。1970年2月,在赫宁-利埃塔尔煤矿有十六名矿工因煤气爆炸而死,许多人受伤。由于这家国有煤矿负有无法推卸的责任,一些身份不明的青年为了报复,把鸡尾酒瓶扔进了矿井管理办公室,引起了火灾。在没有丝毫证据的情况下,警察逮捕了四名毛主义者和两名有前科的人。他们将于12月14日（星期一）受审，而"红色援助"12日（星期六）在朗斯市组织了一个人民法庭。

为了准备开庭，12月2日萨特在莉莲·西格尔的陪同下去矿工中进行调查。萨特到了布律埃，住在一位老矿工家里，他名叫安德烈，与毛主义者关系密切。他的妻子在晚餐上准备了烧兔肉，这是萨特很不喜欢吃的。但出于礼貌，他还是吃了下去，为此而哮喘发作了两小时。第二天，他会见了一位上了年纪、在当地颇为有名的矿工积极分子以及其他一些矿工。在杜埃市郊区，萨特与朱利进行了交谈，他是前"无产阶级左派"的一位重要成员，萨特很喜欢他，但对他的好大喜功则不太满意。他还见了一位叫欧也妮·冈凡的半失明的老太太，她的儿子和丈夫都是矿工，大战时参加抵抗运动，被德国人杀害。

人民法庭十分明确地揭露了煤矿公司对这一事件应负的责任。萨特在他那有力的控诉词最后总结了法庭辩论："因此我提议作如下结论：该厂主——国家在1970年2月4日犯有谋杀罪。而这一谋杀罪的执行者就是六号矿井的负责人和工程技术人员。因此他们同样犯有故意杀人罪。他们蓄意提高产量而不顾工人的安全，他们把物质对象的生产放在高于人的生命的位置上。"下一个星期一，那六名受到审判的所谓纵火者被判无罪。

在这之前不久，萨特除了担任《人民事业报》主编，还负责编辑另外两份左派报纸：《一切报》（"革命万岁"的喉舌）和《人民之声报》。

1971 年

元月初有两大案件引起了人们广泛的关注,一个在苏联的列宁格勒(现圣彼得堡),另一个在西班牙的伯戈斯。1970 年 12 月 16 日,十一名苏联公民——一个乌克兰人、一个俄罗斯人、九个犹太人——在列宁格勒(现圣彼得堡)法院受审。他们策划劫持一架飞机逃离本国,但消息败露了,6 月 15 日到 16 日晚间,在开始行动之前,他们在几个城市同时被捕。他们之中有两人被判死刑,一个是库兹涅佐夫,劫机的策划者;一个是迪莫西奇,他是领航员,在劫机成功、机组人员被控制并带下飞机时,他负责指挥飞机的飞行。有七名被告被判十年到十四年苦役,另外两名分别被判四年和八年。(迪莫西奇和库兹涅佐夫没有被处死,爱丽舍宫施加的压力无疑是起了作用的。1973 年库兹涅佐夫的《一个死刑犯的日记》手稿被送到巴黎——它在法国出版并引起人们极大的反响。1979 年 4 月,库兹涅佐夫、迪莫西奇和这个密谋团体的另外三名成员被苏联当局与两名在美国被逮捕的苏联间谍作交换释放出境。)

1971 年 1 月 14 日,巴黎召开了一个大型集会声援他们,萨特出席了大会,洛朗·施瓦茨也参加了。马登奥尔和我们的犹太朋友伊莱·本·盖尔也都在场。他们一致谴责苏联的排犹主义。

在伯戈斯的这个审判是针对几个巴斯克人的,他们是"自由巴斯克"的成员,佛朗哥控告他们秘密策划反对国家。吉泽尔·阿里米作为观察员出席了这个审判,写了一本记述这一审判的书,由伽利玛出版社出版。她请萨特写一个序言,萨特欣然同意。他对巴斯克问题作了说明,介绍了他们的斗争,特别说到"自由巴斯克"的历史,在书中他义愤填膺地谴责了佛朗哥政府对人民的镇压,特别提到伯戈斯案审判采用的方式。在序言中,他还借用具体的实例发展了一个他认为至关重要的思想:抽象的普遍性——这是统治者们所参照的——和特殊的具体的普遍性之间的对立,后一种普遍性是由血肉之躯的人所组成的人民体现出来的。他认为,被殖民者的反抗,不管是从外部还是从内部,都要发展后一种普遍性,它是有价值的,因为它从人们的处境、文化和语言中去理解他们,而不是把他们作为空洞的概念。

与一个中央集权的抽象的主义相对立,萨特主张:"另一种社会主义,即非集权的具体的社会主义:这就是巴斯克人所独具的普遍意义,'自由巴斯克'正确地用它来反对压迫者的抽象的中央集权制。"他说,我们应该完成的事情是,让"社会主义的人立足于他脚下的土地、他的语言甚至他的被更新的生活方式和习惯。只有这样,人才会逐渐使自己不再变成他自己产品的产品而最终成为人的儿子"。

由同一观点出发,两年后萨特把《现代》杂志的一期(1973年8—9月号)作为专刊,专门论述了布列塔尼人、奥克人和全国所有被中央集权制压迫的少数民族问题。

盖斯玛被关押在桑特。他本人的监禁条件还算是比较好的,但他同其他政治犯联合起来,通过绝食斗争要求改善普通囚犯和他们自己的关押条件。一些左派也决定搞绝食斗争来支持他们。一位思想进步的神甫在蒙巴那斯火车站的圣贝尔纳小教堂为他们提供了一个庇护所。米歇尔·维恩也参加了绝食斗争,萨特经常去看望他们。三星期后,他们停止了绝食斗争而准备去见普勒文,萨特同他们一起去了。由于他们的身体太虚弱,他们先坐车到歌剧院广场,然后走到旺多姆广场。他们要见司法部部长,但普勒文拒绝见他们。后来,普勒文作了让步,他对那些参加绝食斗争的囚犯们实行了特殊饮食制,并许诺改善普通囚犯的状况——当然,这许诺根本就没有兑现。

2月13日,萨特被他的毛主义者同志劝说去参加一个有点愚蠢的冒险活动——占领圣心教堂。在一次"红色援助"组织的示威活动中,一个名叫里查尔·德萨耶斯的"革命万岁"战士,被一枚催泪毒气弹毁坏了面容。为了唤起公众舆论,"无产阶级左派"决定占领教堂。他们指望夏尔主教会同意他们这么干。由让-克洛德、韦尼埃、吉尔贝、卡斯特罗和莉莲·西格尔陪同,萨特前往教堂——教堂里还有一些礼拜者——并要求见夏尔主教。接待萨特的那个神甫说,他可以转达萨特的要求。一刻钟过去了,这神甫还没有出来。然后所有的门都关闭了,只留了一扇门没有关,示威者们——此时已有相当多的人了——发现他们受了骗。共和国保安队的宪兵从那个仍开着的门进来了,不问青红皂白殴打每一个人,卡斯特罗和韦尼埃保护着萨特和莉莲,把他们带到一个角落里躲避。后来他们又把萨特和莉莲带出教堂,用莉莲的车子送他们到一家咖啡店。过了一阵子,他们返回来说,冲突非常激烈。一个青年人的大腿被栅栏的尖铁刺穿。当晚我和西尔薇见到萨特,他觉得这整个事情很糟糕——它只能使左派战士泄气,他们在前几天的一次示威活动中已经受到严重的棍棒伤害。2月15日,他和让-吕克·戈达尔为这一事件开了一个记者招待会,报纸以很大篇幅作了报道。2月18日,萨特退出"红色援助",他认为毛主义者变得太追求权力了。(萨特退出了领导委员会,但他仍然参加由"红色援助"组织的许多活动。)

几天后吉欧特事件爆发。吉欧特是个中学生,他被诬告袭击了一名警察,并以严重犯罪为名被拘捕。中学生们群起抗议,他们几千人坐在拉丁区的人行道上,好几辆警车在那里严阵以待。后来吉欧特被宣判无罪,但巴黎街头的气氛仍然十分紧张。墙上到处都有德萨耶斯被毁容的大照片。3月中旬,极左分子和新骑士团发生非常激烈的冲突,许多警察受伤。

萨特密切关注着所有这些骚乱事件。他的身体看来非常好。他继续修改《家庭的白痴》的校样,他也参加《现代》的每一次会议,会议在我的房间进行。

4月初我们去圣保罗-德文塞。萨特同阿莱特乘火车去,我和西尔薇驱车前往。我们住的旅馆在这小城的入口处——这小城白天嘈杂,旅游者很多,但一早一晚却十分安静,它与我们的记忆中非常美好的印象完全相同。萨特和阿莱特住在一处,我和西尔薇住在花园尽头的一栋小房里,花园里栽满了柑橘树。卧室很大,通到一个很小的阳台和一间很大的起居室,起居室有着白色的粗灰泥表面的墙和露在外面的屋梁;墙上挂着考尔德的画,十分绚丽。这房间有一个长木桌、一个长沙发和一个餐具柜;房间面对着花园。我和萨特晚上大部分时间都是在这里度过的,我们喝着苏格兰威士忌,谈着话。我们晚上只吃一些香肠或一大块巧克力。而午饭我和他则到附近几家较好的饭馆去吃。有时我们四人一起去。

第一天晚上，对面圣保罗的山腰上明亮的灯火使我们惊讶不已：那是玻璃暖房，强烈的电灯照明在夜间放出异彩。

下午我们常常是各看各的书，有时一起去散步，去看看我们过去喜爱的地方。比如我们非常高兴去卡涅斯故地重游，还有那个可爱的旅馆，许多年前我们在那里度过了一段甜蜜的时光。一天下午我们到梅特基金会去，我们对那地方已经很熟了。那儿正好在举办夏尔的展览，摆在他手稿和书周围的那些画真是美极了——其中有克莱、维伊拉·达·西尔瓦、贾科米泰等人和米洛的作品，米洛越到老年，作品也就越丰富。

临回去的前一天，萨特预先定了蒜泥蛋黄酱，但因为没出太阳，我们就在"集体取暖室"里吃，这是一间颇有味道的房间，里面有一个大壁炉和一排书架。这天晚上他和阿莱特坐火车回去，我和西尔薇第二天一早驾车离去。这个假期萨特玩得很痛快。

他也很高兴回到巴黎，因为一回来就收到伽利玛出版社寄来的大包邮件，这是《家庭的白痴》的清样——两千张印刷页。他对我说，这给予他的快乐就像《恶心》出版时一样。他马上十分急切而欢悦地翻了起来。

5月初，普隆告诉我们，我在回忆录中称作帕尼埃的朋友已经死了。他说，帕尼埃退休后非常烦闷，以至于他任自己走向死亡。他有肝炎，后来又发展为肝硬化。勒梅尔夫人已于几年前故去，帕尼埃的死意味着我们过去的幸福时光整个地消失殆尽。但长时间来帕尼埃对我们来说已经变得很陌生了，当我们听到这个消息后，情绪上并没有起什么波澜。

也是在5月初,戈蒂索罗打电话给萨特,声音激动得发抖,他请萨特在一封给菲德尔·卡斯特罗的抗议信上签字。这信是谈帕迪拉事件的,措辞非常激烈。这个事件有几个阶段:(1)帕迪拉被捕,他是古巴很有名的诗人,罪名是有鸡奸行为;(2)戈蒂索罗、费朗基、萨特、我和其他一些人在一封措辞温和的抗议信上签名;(3)帕迪拉被释放,他写了一个近乎狂热的自白书,控告杜蒙和卡罗尔是美国中央情报局的人。他的妻子也炮制了一个忏悔录,说警察待她也"很温存"。这些声明激起了许多抗议。我们以前的古巴翻译阿尔科莎——她选择了流放——在《世界报》上说,帕迪拉和他的妻子必定是在严刑拷问下才写出这样的自供状。透过所有这些情况,隐隐呈现出利斯森德罗·奥特罗那邪恶的影子。1960年我们访问古巴几乎全程由他陪同,现在看来他的手中控制着整个古巴文化。戈蒂索罗认为古巴完全是在一帮警察的控制之下。我们知道卡斯特罗现在把萨特看成他的敌人,他说萨特深受费朗基思想的毒害。卡斯特罗在当时的一次谈话中攻击了法国的许多知识分子,但萨特不为所动,因为很久以来关于古巴他已不再抱任何幻想。

度过假期大家都回到巴黎后,我们除了同常来往的朋友和他的左派同志见面外,还去看望了其他的朋友。蒂托·杰拉西给我们谈了美国秘密团体的情况。罗森娜·罗桑达谈了她的报纸《宣言》将由周报改为日报的浮沉史。罗贝尔·伽利玛让我们了解到出版界幕后情况。我们同阿里一起吃午饭,他是一位埃及的新闻记者,1967年我们在他的国家旅行时他全程陪同我们。5月初我们又见到了日本朋友多米科,她谈到了刚刚在亚洲的长途旅行。

5月12日萨特参加了在伊夫利市政大厅举行的集会。贝哈尔·贝哈拉,一个有点懦弱的外籍人,从一个运货车上偷了一罐酸奶,警察开枪把他打成重伤。调查此事之后,"红色援助"组织了一个反对警察暴行的示威活动。

这段时间,萨特经常住在我家,因为他那边的电梯出了毛病,要登上十一楼是非常累人的。

5月18日(星期二),像往常一样,萨特晚上来到我的住处,星期一晚上他在阿莱特那儿。"你还好吗?"我像往常一样问道。"哦,不怎么好。"的确,他两腿打战,说话不太清楚,嘴有点歪。前一天,我没有注意到这些病状,因为我们听着唱片,几乎没有说话。前一个晚上他到阿莱特家,情况就有点不好;早晨醒来时,就是我现在看到的这种状况;显然他夜里有轻度中风。长久以来,我一直担心这种事情的发生。我要求自己尽量保持镇定。我回想在朋友中,谁有过同样的病症,并且是完全复原的。萨特第二天应该去看他的医生,这使我多少平静了一点,但仅仅是一点点,我竭力克制着自己,不要显出恐慌。萨特固执地坚持像平时一样喝点威士忌,这样,到了半夜,他完全不能说话了,而且连自己上床都非常困难,那一夜我在同极度的焦虑作斗争。

第二天早上,莉莲·西格尔陪他去泽登曼大夫那儿。泽登曼打电话对我说一切都还好;萨特的血压180毫米汞柱,对于他来说,这还算正常,而且马上要对他进行认真的治疗。过了一会儿,莉莲又打来电话,情况不那么乐观;据泽登曼说,病情比10月的那次更严重,因为功能失调会很快重新发作,从 3 月份以来他就不再服药,这无疑是疾病发作又一个原因。而他经常登上十层楼梯,这也是很糟糕的事。但根本问题是,他左脑某一部位的血液循环出现很大障碍。

　　这天下午我去看了萨特,发现他的病情既无好转,也没恶化。泽登曼严禁他走动,幸好他的电梯这时修好了。这天晚上西尔薇驾车把我们送回家。她同我们坐了一会儿。萨特除了水果汁什么都没有喝。西尔薇看到他这副模样十分震惊。我想,这次发作对他来说必定是一个沉重的打击,虽然萨特自己可能还没完全意识到。他显得疲惫不堪,他的烟老是从嘴上掉下来。西尔薇给他拾起来,他接过后烟又从手中滑到地下。在这个可怕的晚上,我不知道这过程重复了多少次。因为不可能谈话,我放了唱片,其中一张是威尔迪的《安魂曲》,萨特非常喜欢。"这对我倒真合适,"他嗫嚅地说。听到这话我和西尔薇真是不寒而栗。又过一会儿,西尔薇走了,萨特不久也上床睡觉。他醒来时发现自己的右臂沉重和麻木得几乎不能移动。莉莲接他吃早饭时,悄悄对我说:"我看他的情况比昨天更坏。"他们刚走,我就打电话给在医院的莱布教授。他自己不能来,但他可以派另一位专家来。我马上去萨特的住所,并在那儿和他一起等着,十一点半玛乌杜大夫来了。他给萨特作了一个小时的检查,他叫我放心:萨特的基本感觉功能没有什么变化,头脑也没有受伤,轻微的口吃是嘴歪所致。右手是疲弱的,萨特仍然不能用右手捏住一支烟。他的血压 140 毫米汞柱,这个落差有问题,而这是由他正服用的药引起的。玛乌杜开了一个新处方并对我说,在未来四十八小时要特别小心照护。萨特应该长时间休息，决不能单独待着。如果能够这样，他在十到二十天就可以完全复原。萨特顺从地接受了所有的检查，但拒绝待在自己的房间里。当时正值耶稣升天节，西尔薇不用去学校了。她开车送我们去"圆顶"饭馆，我们三人在那儿吃了午饭。萨特显然恢复得好多了，但他的嘴仍歪着。第二天，他和阿莱特在老地方吃午饭，弗朗索瓦·佩里埃看到他，便来到我的桌子跟前说："看到他这样子真让人难受，他的嘴歪成这样，真是太严重了。"我知道幸好这一次不是非常严重的，以后一些天情况会变得好一些。星期一上午泽登曼说，萨特不久就可以停止治疗；但他又补充说，以后要恢复到正常状况还得一个很长的时间，他甚至对阿莱特说，萨特大概再不会完全康复了。

到了5月26日（星期三），我们同博斯特一起度过这个晚上时，萨特已经完全恢复了散步和说话的能力，他极好的幽默感也回来了。我笑着当他的面对博斯特说，我会因为他过量喝酒、茶、咖啡和兴奋剂而被迫同他吵架。萨特登楼上床时，从那个突出在我的起居室的阳台上传来他轻轻的歌唱声："我不愿使我的海狸痛苦，即使是一点点……"这歌声深深地打动了我，特别是当我们在"圆顶"饭馆吃午饭时，他指着一个蓝眼黑发脸有点圆的姑娘问我："你知道她使我想到谁吗？"不知道。""你，像她这个年纪的你。"这时，我是太感动了。

他的右手仍然有点疲弱。他弹钢琴时很费劲，而他在阿莱特家常常弹钢琴，他写字也很困难。但目前这并不重要。在开始新的工作前，他要修改《境况》第八、九两集，而这就够他忙的了。

6月,他和莫里斯·克拉韦尔创立解放通讯社。他俩写了一篇文章,说明这个通讯社的目的,如果有可能,他们打算每日出版一份新闻公报:

"为捍卫真理,我们将共同创造一种新工具。……仅仅认识真理,这是不够的;我们也应该让别人听到真理。解放通讯社将定期发布它所收到的一切消息,同时严格地对其进行检验。它将是一个新的讲坛,什么都想说的新闻记者可以对什么都想知道的人说话,它给人民以说话的权利。"

6月底,他的舌疾急性发作。他吃东西和说话都很痛苦。我对他说:"真的,这一年糟透了,你整年都闹毛病。"

他答道:"这没事。人老了,这都无所谓了。"

"为什么这么说?"

"因为大家都知道,这不会持续很久的。"

"你是说因为人知道自己不久会死吗?"

"是的。所以人一点一点地去开始死亡也是很自然的。年轻时就不同。"

他说这话的语气真使我震惊;他看来好像已是站在生命的彼岸。而且每个人都注意到了他的这种超然。许多事情在他看来是无关紧要的了,这无疑是因为他已对自己的命运不感兴趣。他常常很悲哀,至少十分冷漠。只有一次我看到他真正很快乐,那是在6月里,在西尔薇家组织的晚会上,我们为庆祝他六十六岁生日。那个晚上,他兴高采烈。

他又去看他的牙科医生,疼痛止住了。他自5月以来身体的恢复变得很明显。泽登曼承认他已完全康复。有几次萨特对我说,他对这一年还是很满意的。

但这时离开他我仍然很担心。我和西尔薇将去旅行。他将同阿莱特在一起三个星期,同万达两个星期。我喜欢这次旅行,但和萨特分手对我总是一件悲愁突来的事情。临行前我们一起在"圆顶"饭馆吃午饭,西尔薇四点钟来接我。在到点前三分钟我站了起来。他给了我一个无法形容的微笑并说:"那么这是永别的仪式了!"我摸了摸他的肩膀没有回答。这微笑和这句话在我心中留存了很长时间。我给"告别"这个词以最终的意义,那是在一些年之后;但毕竟我是唯一说出这个词的人。

我同西尔薇去意大利,第二天晚上我们住在波伦亚。早上我们乘车去东海岸。沿途风景淹没在一片暖雾之中,在一生中我从来没有体会过这样一种荒谬感和被遗弃感。我在这儿干什么?我为什么到这儿来?当然对意大利的喜爱又很快地抓住了我,但每天晚上入睡前我都要哭很长时间。

这时萨特在瑞士,经常有电报发来说他很好。但当我到达罗马时,发现了阿莱特的一封信——萨特原是准备同我在这儿会面的。7月15日萨特旧病复发。像上一次一样,早上醒来,萨特发现他的嘴歪了,而且比5月的那次还厉害,他发音困难,手臂对冷热几乎没有感觉。阿莱特带萨特去看伯尔尼的一位医生,而萨特绝对禁止她让我知道此事。三天后危机过去了,但她打电话给泽登曼时,泽登曼说:"他之所以病成这样,是因为他的动脉老化了。"

我到台尔米尼站去接他。我还没看到他,他就先远远地向我打了招呼。他穿一身浅色衣服,戴了一顶帽子。他的脸是肿的——他的一个牙齿有脓肿——但他的身体看来还不错。我们住进旅馆六楼我们的那个小房间。这房间有一个阳台,在阳台上我们可以越过意大利皇宫、罗马万神殿的屋顶、圣彼得教堂和议会大厦而远眺一望无垠的景色,万家灯火直至午夜才点点熄去。这一年,阳台的一部分被改作一个客厅,由一个玻璃隔板把原来露天的那一部分分出去,这样,我们无论什么时候都可以在那儿待着。萨特的脓肿消退了,他没有别的毛病。他不再显得冷漠,而是充满生机和欢乐。他到夜里一点才睡觉,七点半左右起床。我是快到九点才起床,每次我走出自己的卧室,总发现他已经坐在阳台上,鸟瞰着罗马的美景或是阅读。下午他睡两个小时,他的昏睡病再没有发作。在那不勒斯他同万达一起作长时间的散步,顺便重游了庞贝古城。在罗马我们几乎没有散步的欲望,待在房间里,哪儿没去。

两点左右我们在旅馆附近吃一个三明治,晚上我们步行到纳文广场或附近的饭馆吃饭。有时西尔薇驾车送我们去弗雷斯特维尔或瓦埃·阿皮亚·安泰卡。当路上日晒厉害时,萨特就戴上帽子。他按时服药,吃午饭时喝一杯白葡萄酒,晚饭喝点啤酒,然后,在阳台上饮两杯威士忌。他不喝咖啡,茶也只是在早饭时用(有一些年,他在五点钟喝一种极其强烈的饮料)。他修改《家庭的白痴》第三卷,同时读意大利侦探小说《黄色》作为消遣。我们经常去看罗森娜·罗桑达。一天下午,我们的南斯拉夫朋友德迪杰来看望我们。

就萨特这次在罗马度假的情况看,人们会估计萨特还能活二十年。更重要的是,他自己也有这种愿望。一天,我埋怨说,我们看到的《黄色》总是同样的，他说："这是自然的。它们的数目有限。再过二十年来这里，你就可以读到一批新的东西。"

萨特回到巴黎时健康状况仍然非常好——他的血压170毫米汞柱，反应能力也不错。他半夜十二点左右睡觉，早上八点半起床，白天不再睡觉。他的嘴还是有点麻痹，这使他咀嚼起来很费劲，有时说话口齿不清。他的手写字也有点握笔不稳。但这些事并不使他担忧。他再次对人和事产生极大兴趣。《家庭的白痴》前两卷受到的热烈欢迎使他非常感动。他把第三卷交给伽利玛出版社并着手写第四卷，在第四卷中他打算研究《包法利夫人》。他认真阅读和评论我即出的一本书《万事已了》的手稿，提了一些非常好的建议。11月中旬我写道："萨特的身体是那样的好，我几乎完全不用担心了。"

11月底，同富柯和热内一起，他参加了古特多尔区抗议杀害一个十五岁的阿尔及利亚人德杰拉利的示威活动。10月27日，德杰拉利那栋楼房的看门人向德杰拉利开枪；这个看门人说，当时这孩子在大吵大闹。这个人的话是自相矛盾的，他又说，他把这孩子当作小偷了。

萨特沿着布瓦索尼埃街走在富柯和克洛德·莫里亚克的前面，后面两人举着一个横幅，上面写着向该区劳动者发出的呼吁。警察认出萨特，没有进行干涉。萨特手拿传声筒作了演说并宣布成立德杰拉利委员会的常设办公室，从第二天起这个办公室就设在古特多尔教区的礼堂里，直到人们找到另一个合适的地点作为办公室为止。示威队伍一直行进到小教堂大道，富柯讲了几次话。萨特希望自己参加这个委员会办公室。但是几天后，当热内和萨特一起进午餐时,热内劝他不要参加,因为觉得萨特太劳累了。

我不知道萨特是否意识到自己难以胜任此事。12月1日晚上,他突然对我说:"我的健康已经消耗光了,我活不过七十岁。"我不同意他这话。

他接着说:"你自己就对我说过,一个人的病发作第三次,就很难恢复。"

我不记得自己说过这话,即使说过,无疑这也是告诫萨特在健康问题上不要掉以轻心。

"你的几次发作都比较轻。"我说。

他又继续说:"我担心自己完不成《福楼拜》。"

"这很让你伤心吗?"

"是的。"

然后他对我说到他的丧葬问题。他希望仪式是非常简单的,他要求火化。最重要的是,他不愿意葬在拉雷兹神父公墓里他母亲和继父中间。他希望有许多毛主义者为他送葬。他告诉我,他不怎么经常想这事,但他在想。

幸好,在这个问题上他的情绪也是不断变化的。1972年1月12日,他非常愉快地对我说:"我们大概还可以活很长的时间。"2月底,他说:"我认为我还可以活十年。"有时,他在谈笑间提及自己受到的"微小打击"。他已经不认为这有什么危险了。

1972年

普勒文关于改革监禁制度的诺言没有兑现,萨特决定在司法部开一个记者招待会。1972年1月18日,他和米歇尔·维恩到"欧洲大陆"旅馆同"红色援助"成员和他们的一些朋友——德勒泽、富柯和克洛德·莫里亚克——会面。卢森堡广播电台和欧洲一台出席了招待会。代表团出发到旺多姆广场,他们来到司法部。富柯发表演说并宣读了梅隆的囚犯送来的报告。人们高呼"普勒文辞职,普勒文进黑牢,普勒文杀人犯"的口号。共和国保安队驱散了这个集会。他们逮捕了一个新闻记者若贝尔,当一个外来移民惨遭棍棒毒打时他想进行干涉,结果自己受到残酷的毒打住进了医院。(巴黎全体新闻记者联合起来进行抗议:他们在内政部前组织了一个大型示威活动。)

萨特和富柯交涉释放若贝尔。接着,示威者从司法部去解放通讯社;那儿大约有三十名没去旺多姆广场的左翼分子和新闻记者,他们中间有阿兰·盖斯玛,他刚刚从监狱出来。萨特坐在靠近让-皮埃尔·法耶的一张桌子旁。他用嘲笑的口气讲述着所发生的事情。他说:"共和国保安队并不特别残忍,但他们也不特别斯文;他们的本性如此。"萨特讲完后就散了会,他回到了家里。

孔达和阿斯特律克要为萨特拍一部电影,这是萨特感到十分有趣的一件事。《现代》的同事(除了朗兹曼都在场,朗兹曼当时在以色列)坐在他的周围,他在回答同事们的问题中详细叙述了自己的一生。拍摄现场主要是在他的住处,偶尔也到我那儿。当然,看到他总是和这几个人交谈,可能会显得有点单调;但正是由于他习惯了同他们对话,才可以使他自由自在地充分表达自己想要表达的东西。这是他最好的时期——充满活力和欢乐,为了不伤害芒西夫人的感情，也是因为他的时间花在别的事情上，他没有写《词语》的续集。在电影中他谈到母亲的再婚使他在内心与之决裂，他同继父的关系，他在拉罗舍尔的生活，在那儿，同学视他为巴黎人而多少有点冷淡他，他学会了孤独和暴力。十一岁时他突然意识到自己不再相信上帝。十五岁左右，他想到应该有永恒的来世来代替现世的不朽。然后，他称为"写作神经病"的东西抓住了他；在读书的影响下，他开始梦想声誉，并且有过死的幻觉。

接着，他在电影中描述了他同尼赞的友谊和他们之间的竞争，同时他开始阅读普鲁斯特和瓦莱里的作品。快满十八岁时，他在一个笔记本中按照字母顺序写下了他的种种思想（这个笔记本是他在地铁捡到的，是米迪厂的产品）。其中主要的内容是一切有关自由的想法。然后他简洁地讲述了他在巴黎高师度过的愉快时光，他谈到他和他的朋友们的青年时代是那么温良、困惑而又保守、虔诚。他通过阅读柏格森的一本书而步入哲学领域，从那以后，哲学对他一直具有根本的意义，"我所做的一切就是哲学"。

他谈到在柏林的日子和胡塞尔对他的影响，谈到他的教师职业，他对于进入成年期的厌恶感，以及由于这厌恶感和他为探索人的想象而给自己注射麦斯卡灵所引起的神经官能症，他也解释了小说《恶心》和《墙》对他意味着什么。

他接着谈到他在斯塔拉格第十二集中营的日子，《巴理奥纳》的创作，重归巴黎，剧本《苍蝇》问世，然后谈到存在主义的流行，四十年代末对他的种种攻击，文学介入的意义以及他的政治立场——他参加了革命民主联盟，以后又同它断绝关系，他在1952年决定接近共产党,因为反共产主义的凶恶浪潮席卷法国,特别是因为杜克洛事件和信鸽事件。他谈到戴高乐"是历史上一个有害的人物",他揭露现代社会的卑鄙。

他谈到道德是他始终关注的问题,他说,他很高兴地注意到,他的毛主义者朋友以另一种形式也在关注这个问题,把道德和政治联系在一起。他用很长的时间阐发了自己的道德观:"对我来说,这问题的实质在于:要搞清楚是选择政治还是道德,或者政治和道德是否是一回事。现在我是返本归源,也许要丰富一些——我把自己置于群众活动之中。目前,几乎到处都有道德问题,道德问题无非是政治问题;在这一方面,比如说,我发现自己同毛主义者是完全一致的……实际上我阐述过两种伦理观,先是在1945年到1947年期间,那时的看法完全搞错了……后来我在1965年前后所作的笔记中阐述了另一种伦理学观点,也包括实在论和道德问题。"

在结尾部分,他回到他认为最重要的一个问题上来:传统知识分子和他现在选择成为的新知识分子之间的对立。

电影还没有拍完,2月24日,一个比利时朋友拉莱曼特律师邀请萨特给布鲁塞尔年轻的律师们作一次关于镇压的演说。(拉莱曼特参加了阿尔及利亚民族解放阵线的斗争。他和一些朋友帮助阿尔及利亚人越境。他安排萨特在布鲁塞尔作了一个关于阿尔及利亚战争的重要演说。)我们下午一点钟出发,上了高速公路。西尔薇开车,这一天天气晴朗,阳光暖人。中午我们停车休息了一下,吃了西尔薇准备的牛角火腿面包。五点半我们到达布鲁塞尔,很快找到了那家旅馆,房间已预先订好。我们安顿了一下,就去了酒吧,拉莱曼特和弗斯特雷顿在那儿迎接我们。(弗斯特雷顿是一位研究萨特哲学的教授。他写了一本关于萨特的书,他和萨特主编一套由伽利玛出版社出版的"哲学文库"丛书——这套丛书从萨特和梅洛—庞蒂的哲学开始搞起。)弗斯特雷顿的一双碧眼还是那么漂亮,但他瘦了很多,看起来有点像康拉德·维德。我们同他俩还有另一些朋友一起在大广场"天鹅"饭店吃晚饭。这个广场是我们称赞不已的地方。然后我们在附近小街散了一会儿步,接着去了议会大厦。

我们很快就发现,听众全是些中产阶级——女士们的衣着都很讲究,头发也是刚刚做好的。1968年以来,萨特不再打领带,不穿传统的西服套装,这天晚上他穿了一件黑色套头毛衣,听众对此颇多指责。事实上,萨特同这些人的确没有共同之处,我们不清楚拉莱曼特邀请萨特来此的目的。

萨特平平淡淡地读了他关于阶级的正义和人民的正义的演说稿。他说,在法国,"有两种正义——一种是官僚的正义,它是要把无产阶级束缚于它的条件之下;另一种是野性的正义,是无产阶级和老百姓为反对资产阶级化、证明他们的自由的伟大时刻……一切正义都是来源于人民……我选择人民的正义作为最深层的和唯一真实的正义。"他接着说,"如果一个知识分子选择了人民,他就应该知道,在宣言下签名、举行平静的抗议集会或者在改良主义的报纸上发表文章的时代已经过去了。他所要做的不是高谈阔论而是实践,通过他可以运用的方法来让人民说话。"他说明了《人民事业报》的特点和他本人在这报纸中所起的作用。萨特列举了盖斯玛、罗朗·卡斯特罗的情况和"《人民事业报》之友"事件说明资产阶级法律的虚伪性。他描述了近十年里不断恶化的监狱制度,揭露了法官所被迫屈从的巨大压力。

萨特所有这些话对这样的听众来说有点像耳边风。只有一些左翼分子提了几个中肯的问题,而大部分问题都很愚蠢,对此萨特随意作了应答。在这次集会上,唯一开心的事情是,阿斯特律克带着摄影机,在地上爬来爬去,拍摄萨特正在谈话的场面;突然他的裤子掉了下来,露出了屁股。坐在前排的听众看到了这个不雅的场面,费了好大的劲才保持住他们那种一本正经的面容。

散会时,一个妇女一边盯着萨特一边抱怨:"听这样的演讲真不值得穿这么讲究的衣服。"另一位女士附和道:"一个人在公众面前讲话时应该注意一点,应该衣着得体。"在伊拉兹马斯那间颇为迷人、陈设考究的房子里,年轻的律师们举办了一场鸡尾酒会。会上,另一位听众又拾起这一话题,对萨特进行直接攻击。她是从工人阶级上升到中产阶级地位的人。如此高升的人首先关心的大都是系领带之类的事情。

第二天,萨特同阿莱特坐火车回家,她是吃晚饭前一会儿到达的;我同西尔薇开车回去。

在巴黎,我们得知奥凡奈被杀。这是一个很长故事的悲惨结局。在雷诺工厂出于政治原因随意解雇工人之后,有两名被解雇的工人进行绝食斗争,一名是突尼斯人萨多克,另一名是葡萄牙人约瑟,法国人克利斯蒂安·利斯也参加到其中。他们在布洛涅的多姆街一个教堂里找到一个避难之地。2月14日傍晚,萨特去雷诺汽车公司塞坎岛工厂同工人们谈话。与他同行的还有女歌唱家科列特·

马格尼,几名加塞姆·阿里委员会的成员(加塞姆·阿里委员会是一个在布伦市成立的委员会,它谴责任何反对外来移民的种族歧视或镇压活动)和几名新闻记者,他们是坐运货车秘密到达的。他们散发了传单,抗议对毛主义活动分子,特别是对那些进行绝食斗争的工人的解雇。他们被守卫人员粗暴地驱逐出来。萨特在一个记者招待会上评论了这个事件:"我们去雷诺工厂同工人谈话。因为雷诺工厂是归国家所有,人们是可以在那里自由走动的。但我们不可能同工人谈话。这说明雷诺工厂够得上法西斯主义了。只要那些守卫人员发现不会有工人来保护我们,他们就变得十分凶残。我们有好几个人挨了毒打,一位妇女被拖下楼梯。"

元月底以来,每天都有毛主义活动分子在雷诺公司比昂古尔工厂的埃米尔·左拉大门前散发雷诺斗争委员会的传单。2月25日,他们号召当晚在夏隆搞一个反解雇、反失业、反种族歧见的示威活动。其中有一年前被雷诺解雇的皮埃尔·奥凡奈,现在他为一家洗衣店开送货汽车。工厂门口有八个身穿制服的守卫人员,他们紧张不安。因为这时工人正开始下班,栅栏门敞开着。毛主义者和守卫人员先是争吵起来,接着开始了一场混战。一个身穿便服的人从岗哨处注视着这个场面。当毛主义者刚刚跨入工厂大门几步远的时候,这人喊道:"从这儿滚开,不然我就开枪了。"奥凡奈离他两米远,正往后退,这个叫特拉莫尼的人扣了扳机,枪哑了火,他又开了第二枪,打死了奥凡奈,然后逃进了工厂。

奥凡奈被害后,工人们举行示威和暴力活动,而厂方又解雇了一批工人。萨特去雷诺各工厂的门前进行调查。

一个记者问他："您觉得有必要自己搞一个调查吗？您不相信官方的正义吗？"

"不，完全不相信。"

"您对共产党的态度怎么看？"

"他们的态度是荒谬的。共产党人对人们说他们（共产党所说的'他们'是指左翼和资产阶级）互相残杀，这证明他们是同谋。我认为，这是一个十分荒谬的论点。倒不如说，是共产党人在同当局勾结反对毛主义者。"

2月28日，米歇尔·芒索驾车送萨特和我去参加抗议奥凡奈被害的示威活动。我们没有待很长时间，因为萨特走路很困难。由于我要参加"选择"组织（一个争取女权运动的团体，我是领导者之一，那天的会议我不能不出席），不可能同他一起参加奥凡奈的葬礼。他同米歇尔·维恩一起去了。萨特的腿病不允许他走完送葬的全程，但在他看来，这一规模巨大的活动蔚为壮观。自从1968年5月风暴以来，新革命左派还从来没能召集这样多的人走上巴黎街头。据报纸估计，至少有二十万人，各报都提到了左翼运动的复兴并强调了这次活动的重大意义。

萨特不赞同对诺格雷特的绑架行动，此人在雷诺公司主管解雇事务，新人民抵抗运动在奥凡奈被害数天后作为报复绑架了他。萨特感到十分不安，如果有人问到他对此事的看法，他到底说什么好呢？绑架者们也心神不定。他们很快就释放了诺格雷特，没有附加任何要求。

新人民抵抗运动曾是"无产阶级左派"的战斗力量。继"无产阶级左派"之后，它转入地下，仍在继续活动。在绑架诺格雷特后，它处在必须作出抉择的重要关头：要么就坚决投入恐怖活动，要么就解散。它讨厌恐怖主义而选择了第二条道路。过了不久，它的这种决定导致"红色援助"的解散：该组织实际上是在毛主义者的控制之下，一旦后者决定解散自己，他们对它也就完全失去了兴趣（不过它又坚持了一段时间）。

在这一期间，萨特为米歇尔·芒索的《法国的毛主义者》一书写了一篇序，这本书包括她同毛主义者的一些领导人的谈话。在这篇序中，萨特解释了他怎样看待毛主义者，他同他们取得一致的缘由。他说："毛主义者的自发主义意味着革命的思想源于人民，只有人民通过实际行动使之体现并使之充分发展。现在在法国，人民尚不存在，但不论在何处，只要群众走向实践，他们就已经是人民……"他特别强调毛主义者关于道德尺度的看法。"革命暴力直接具有道德意义，因为工人成了他们自己历史的主体。"他说，按照毛主义者的看法，群众希望得到的是自由，这使他们的行动变成自由的节日，例如，违法监禁雇主。工人试图建立一个道德的社会，也就是说在这个社会中，从异化中解脱出来的人能够使自己存在于他同集体的真实关系中。

暴力、自发性、道德，这是毛主义者革命活动的三个直接特征。他们的斗争，象征性和偶然性越来越少，现实性越来越多。"毛主义者以其反强权的行动显示出他们是唯一革命的力量，他们有能力适应高度组织的资本主义时代阶级斗争的新形式。"

这一时期，萨特虽然摈弃古典知识分子的作用，但在人们要求他在宣言声明中签字的时候，他并不拒绝。3月初，他和富柯、克拉维尔、克洛德·莫里亚克和德雷兹发出了一个支持刚果的呼吁。

这是春天——一个突如其来的灿烂春天。一时间，太阳成了夏日的骄阳；嫩芽吐绿，万木返青，公园里鲜花盛开，鸟儿也放开了歌喉；街上洋溢着清新的青草味。

总的来说，像一年前那样，我们愉快地照常生活。我们经常去看望老朋友，有时也去会一会和我们认识但不太熟的人。我们同蒂托·杰拉西一起吃午饭，他从美国回来，用好长时间给我们讲述两个黑豹党头目克利弗和休伊之间的争斗。尽管他对克利弗也怀有好感，认为他很聪明，较活跃，但他更肯定了休伊的责任感。他希望萨特参加他的活动，但是萨特由于未掌握足够的情况，拒绝参与任何行动。

我们也同托德一起吃过午饭，他经过长期寻找，终于找到了他的父亲。看来这对他是非常要紧的事。自从他离开了他的妻子——尼赞的女儿（我们都很喜欢她），我们就很少见到他。因为他一直在寻找父亲，萨特——他的深厚的仁慈之心往往以一种自然而然的亲切方式表现出来——把自己的一本书题词献给托德："为了我反叛的儿子。"但事实上，萨特从未有过要一个儿子的念头。他在《七十岁自画像》中对孔达说："我从未想过要一个儿子，从来没有；在我同比我年轻的人的接触中，我没有寻找父子关系的替代品。"（萨特并不希望托德当他的儿子，因为他不怎么喜欢托德，他们之间只有一个非常表面的关系，这与托德在他的书中所暗示的正好相反。）

我们和西尔薇、阿莱特一起,去圣保罗·德·文塞,我们每日的生活和前一年大致相同。我们看书,在碧空如洗的好天气散步,听电台播放的法兰西音乐节目。我们重游了卡涅的梅特画廊。萨特显得非常愉快。

回到巴黎后,萨特立即重新开始了他的积极活动。那时在巴黎地区有十六万五千个空着的寓所。住在古特多尔区的居民——其中大部分是北非移民——占用了小教堂大道的一所住宅楼。他们刚住进去两天,警察就包围了这栋楼。占房者受到围攻退到顶楼。警察带着一个长梯打碎了楼房的每一个窗户,迫使所有的占房者离开房子。男人们被带到一个不知名的地方,妇女和儿童被集中在一个收容中心。

"红色援助"由罗朗·卡斯特罗领导,召开了一个记者招待会抗议此事。克洛德·莫里亚克、法耶和若贝尔到会,萨特也参加了。萨特总结了自德杰拉利事件以来所进行的活动,说明了它们的政治意义。他揭露了被他定义为敌人的力量,即这次行动所针对的现存秩序的力量。他指出,首先,这些被占的寓所都是不适于居住的;这些人如果不是实在无家可归,是不会忍受这种居住条件的。其次,驱逐这些不幸的占房者,是种族歧视的严重表现:例如德杰拉利一家,就找不到一间像样的房子。这也是上无片瓦的穷人不得不栖息于肮脏茅棚的原因。买这被占住宅的公司为的是有一天去拆毁它,建造一座能盈利的大楼,这种不人道的事情受到当地居民本能的反抗。我们再一次进入阶级斗争的领域之中。我们面临的就是资本主义。他补充说:"你们将会看到,警察把占房者赶走之后,他们将摧毁那些仍然可用的房子。"

　　萨特兴趣十分广泛，他关心着各种不同的事情，在他看来，这都是互相联系的。4月，他以一封信的形式，为海德堡病人协会成员写的关于精神病的著作写了一个序。他祝贺他们实践了"作为反精神病学的唯一可能的彻底化"，他的基本思想是："病态是资本主义唯一可能的生活方式"，因为马克思主义意义上异化的真实表现正是在精神异化和对之进行打击的镇压之中。

　　同往常一样，我们在空闲时间最喜欢做的事就是与朋友交往。这个春天我们曾同卡塞拉一家一起共进午餐。[我们每一次去莫斯科都要看望他们。"卡塞拉是萨特在巴黎高师的同学，战争期间是一个戴高乐派，1945年参加了共产党。他的工作是把俄文书籍翻译成法文……他的妻子是俄罗斯人……在一家杂志社工作。"（《万事已了》）]

　　他们和我们谈到，苏联知识分子的境况比任何时候都糟。四年前，卡塞拉在《世界报》上发表过一篇关于查科夫斯基新写的小说的文章，查科夫斯基是莫斯科最主要的文学周刊社的社长；卡塞拉翻译了这部小说，但他后来说，这本小说不仅写得很糟而且充满了斯大林主义的味道。因此在莫斯科人们就不再请他翻译任何东西了。他为法国出版商翻译阿·托尔斯泰的一部作品，以此来维持生活。苏联当局拒绝在他的妻子露莎去法国的护照上签证，除非她声明自己不同意丈夫的观点。这是他们长达四年之久未能来法国的原因。后来，她失去了职业，当时她仍在失业。后来还是由于法国大使馆的努力，她才得到了护照。他们打算一年以后回巴黎定居。索尔仁尼琴因他最近的一本书比任何时候都更担恶名,这书是在法国出版而不是在苏联。

萨特的牙病又犯了。牙科医生对他说,10月份将给他配一副假牙,这可能影响他在公众场合讲话。萨特对此深感不安。如果他再不能在大型集会或人数较多的场合讲话,那么将被迫退出政治舞台。他也抱怨自己丧失了记忆,就一些小事来说也确是如此。但他并不感到对死亡的恐惧。博斯特的哥哥皮埃尔当时病危,博斯特问萨特,他有时是不是害怕死亡。萨特答道:"有时是的,每星期六下午,我要去看海狸和西尔薇时,我对自己说,要是出什么意外就糟了。"他说的意外就是指病的发作。第二天我问他,"为什么是星期六呢?"他回答说,前两次发作是在星期六;他倒没想到死,只是想到被剥夺了那样美好的夜晚。

他同戈蒂索罗有一个谈话发表在一家在巴黎出版的西班牙文杂志《自由》上。在这篇谈话中,他分析了1972年发生的政治问题,并回到他所关心的话题——知识分子的作用。5月,他为《人民事业报》写文章,论述知识分子对人民正义的作用。

《人民事业报》受到很大挫折,甚至停刊。每天上午萨特都参加会议,同其他报纸负责人讨论拯救它的办法。他醒得很早,很容易疲劳。晚上,他常常是一边听音乐,一边就睡着了。一次,他只喝了一杯威士忌,说话时就开始结结巴巴了,当他起身要去睡觉时,走起路来已是摇摇晃晃。第二天,他八点半钟自己起了床,看来完全正常。我要坐飞机去格勒诺布尔为《选择》刊物作一次演讲,我十分担心萨特;第二天返回巴黎时我就预感会有坏消息。果然,上午十一点半阿莱特打电话给我：星期四晚上，她也离开了巴黎，那天晚上萨特一个人在她家看电视（他自己家里没有电视）。布依格在将近午夜时到了阿莱特的住处，发现萨特躺在地上，他喝醉了。布依格花了半小时才把他扶起来，然后陪他步行回去。萨特住得不远，但在路上跌倒了，鼻子出了血。上午，萨特打电话给阿莱特，他的头脑看来还清醒。我两点钟去看他。他擦伤了鼻子，嘴有点肿，但头脑是清醒的。经我再三坚持，他答应星期一去看泽登曼。我们在"圆顶"饭馆吃午饭，趁着米歇尔同他一起喝咖啡，我到了他的住所，打电话给泽登曼。他说，萨特不要等到星期一，应该立即来。我又回到饭店。萨特不情愿地咕哝了一会儿，终于同米歇尔到医生那儿去了。六点左右他回来了。他的反应能力是好的，除了他的血压——210毫米汞柱——以外，别的什么毛病也没有。血压高是他醉酒之夜的后果。泽登曼像往常那样开了一些药，同他约定下星期三再来。

星期六晚上我们同西尔薇一起过得很愉快。直到午夜萨特才稍感困倦，然后他一口气睡到早上九点半，醒来感觉很好，精神极佳。6月也有了一个好的结尾。《人民事业报》又出版了，新出的一期是成功的。

7月初萨特同阿莱特去奥地利作一短期旅行。我和西尔薇去比利时、荷兰和瑞士旅行。萨特给我拍了电报，我们互通电话，他的身体看来很好。12日在罗马，我去火车站接他，但没有接到，我回到旅馆不久，他坐出租车来了。他说话有点含混不清，见了我就说："这很快就会过去的。"这是因为他趁一个人独处的机会，在餐车里大喝了一通葡萄酒。他很快就恢复过来了，但我奇怪他为什么要这样——他为什么一有喝酒的机会就喝得过量。"这样很快活。"他说。但这个回答不能让我满意。我猜想他是以这种方式逃避自己,因为他对自己的工作不满意。在《家庭的白痴》第四卷中,他打算研究《包法利夫人》;他总是想有所创新,他希望运用结构主义的方法,但又不喜欢结构主义。他谈了理由:"语言学家试图外在地看待语言,结构主义者也是立足于语言学的基础之上,外在地看待一个整体;对他们来说,这意味着尽可能远地运用概念。但我不能这样做,因为我不是把自己放在科学的水平上,而是放在哲学的水平上,所以我不需要将完整的东西外在化。"这样一来,在某种意义上说,他所设想的计划又使他厌烦。他大概也认识到《家庭的白痴》前三卷已隐含着对《包法利夫人》的解说,而现在他又试图从作品追溯到它的作者,这就有重复自己的危险。他对第四卷有所思考,作了一些笔记,但对怎样写却没有一个总体的考虑。他工作不多,缺乏热情。1975年萨特对米歇尔·孔达说:"我觉得第四卷对我来说,既是最困难的,也是最没兴趣的。"

尽管是这样,我们的假期仍然十分愉快,先是同西尔薇一起,然后是我们单独在一起。6月间,有时萨特有些神思恍惚。在罗马就完全不是这样。我们仍然住在那套带阳台的房间,我们很喜欢它。还是像往常那样,我们谈话、看书、听音乐。不知为什么,这一年我们玩起了跳棋,并且很快就热衷于此道。

9月底我们返回时,萨特精神焕发,回到我的住处他很愉快。"我真高兴回来了,"他对我说,"其他任何地方我看都一样,可这里,只要回到这里就觉得高兴。"我们度过了一些十分愉快的夜晚,我几乎不再为他担忧了。

但是好景不长。10月中旬,我又一次体会到衰老是无法逆转的。在罗马时我就注意到,午餐后我们吃美味冰激凌时,萨特时常突然奔向厕所。一天下午,我们和西尔薇经由万神殿走回旅馆,他在我们前面走得很快,突然他停下来说:"猫尿在我身上了,是我走近栏杆时把我弄湿的。"西尔薇相信了,不禁大笑起来。我知道这是怎么回事,但什么都没说。10月初,在巴黎我的住所里,萨特有一次从座位上起身去厕所,他的椅子湿了一片。第二天我对西尔薇说这是他泼的一些茶。她笑着说:"是个孩子在随地小便。"第二天晚上,又发生了同样的情况,那儿又湿了一块。于是我对萨特说:"你失禁了。你应该去告诉医生。"使我非常惊讶的是,他非常坦然地答道:"我早已对医生讲了,已经很长一段时间这样了。这方面的细胞我丧失了。"萨特过去非常拘谨,从不提及他的生理功能,而且在这方面一向料理得很好。但在第二天上午我问他失禁是否使他感到很难堪时,他微笑着回答:"人老了的时候就不能要求得太多了。"我被他的随遇而安和在他身上新出现的谦和所感动;同时,他那种叱咤风云劲头的消失和认命的态度又使我难过。

实际上在这一时期,他的主要烦恼是牙病。他的牙常有脓肿,使他非常痛苦。他只能吃软的东西,他不得不去配一副假牙。在牙医准备拔掉他全部上牙的前一天,他说:"我度过了痛苦的一天,情绪消沉。这坏透了的天气,再加上我的牙齿……"这天晚上我没有放唱片,我恐怕他郁闷不乐。我们翻阅我收到的信件,玩儿了会儿跳棋。第二天中午他的上牙全都拔了。他回到我的住处时,生怕在路上让人看到。事实上，他的嘴的闭合情况比他有脓肿时还要好一些。我给他吃土豆泥、普罗旺斯奶油烙鳕鱼和糖煮苹果。次日中午牙科医生给他配了假牙，告诉他，在一个星期内会感到有点不舒服，但以前折磨他的那些疼痛不会再有了。萨特感到松了一口气，手术做完后，他的忧郁显然比前一天减轻了许多。

过了两天，将近五点半他回到家里，兴致很好。他的新牙对他一点儿不妨碍——说话不困难而且咀嚼比以前好。半夜时分，他来到我的住处，我问他这个晚上过得怎样——他原以为这是一个十分难熬的夜晚。他说："十分单调，我只想到我的牙齿，但现在我很愉快！"

他的情绪立刻好了起来，他比任何时候都更有活力，更加快活。11月26日，我们看了一部关于他的影片的试映，他在屏幕上的形象就像他在生活中那样；我看到他充满青春的活力。（他的非凡之处，使那些围绕着他的人感到迷惑的地方就是，他从那看来会永远吞没他的疾病的深渊中浮了上来，活泼愉快，好像丝毫未受损伤。我一整个夏天都在为他伤心，而他又完全恢复到先前的状态，好像"虚弱的翅膀"从来没有擦伤过他似的。一次次的复活，一次次从地狱边缘返回，解释了后面我一页一页要说的东西，"他病得厉害，他又很健康"。他在身心两个方面都拥有健康之源，用来抵抗一切打击，直到他的最后一息。）

他仍然忙于《人民事业报》。10月，他和报社的朋友写了一篇《我们控诉共和国总统》，以招贴画的形式张贴出去，并作为报纸的第二十九期增刊出版。12月，他同一百三十六名知识分子一起，签名于一个反对"新种族歧视"的呼吁书,呼吁书发表在《人民事业报》上,《新观察家》予以转载。也是《人民事业报》,在12月22日,发表了他同阿朗达的谈话。阿朗达是设备部部长的技术顾问,他在《传闻》上发表文献,证明当局某些要人有欺骗和受贿行为。他向司法当局交出了有关文件,他是唯一的控告人。阿朗达的个性使萨特感兴趣,他说他想同阿朗达谈一谈。阿朗达同意了;萨特试图让他明白谴责政府的某些不法行为实际上是抨击这个政权本身,并让他相信,应该去成立一个"由有能力去拒绝任何不公正行为的人民所支持和监督的政府"。由于蓬皮杜想扑灭这一事件,阿朗达受到很大的打击,虽然如此,他并没有直接指责当局,而只是说这些现象是人性的软弱所致。萨特强调指出:不管阿朗达愿意还是不愿意,他以自己的方式,充当了"一个直接民主的代表"。

11月,他开始了一项非常吸引他的工作——同两位左翼朋友彼埃尔·维克多和菲利普·加维进行一系列谈话。在这些谈话中,他将叙说他的政治经历,试图阐明1968年以来左翼思想的现状。这些谈话后来以"造反有理"为题发表。

他的两位对话者是盖斯玛两年前给他介绍的。彼埃尔·维克多——贝利·列维是他的真实姓名——是一个年轻的埃及犹太人,他学过哲学,在巴黎高师读过书。他是马列主义运动的领导者,后来他同盖斯玛一起,领导"无产阶级左派"直到它解散。他已经同萨特谈过多次话,萨特对他的评价很高,被他的青春朝气和战斗精神所吸引。1977年,在一篇发表于《解放报》上同维克多的谈话中,他谈到这一点:

萨特：1970年春，我同你一起吃过一次午饭。

维克多：你当时想，你将去见面的会是一个什么样的人呢？

萨特：我猜想，你可能是像有钱的阿飞那一类稀奇古怪的角色……要同你见面的那一上午，我充满了好奇心，那是由于人们对我说起的你是……一个神秘的人物。

维克多：你看到我时你觉得我是……

萨特：我见到了你，你立即讨得我的喜欢。在我看来，你显得比我以前所遇到的大多数政治人物，特别是共产党人都要聪明得多、自由得多。我非常看重这一点：你不反对谈谈较少政治色彩的话题。简而言之，你愿意超越谈话的主题，这是我同女性谈话时所喜欢的地方——谈谈哪儿发生了什么事情——这在男人之间是很少有的。

维克多：你一点儿不把我当成一个领导者，也一点儿不把我当成一个男人。

萨特：你毕竟还是一个男人，但你有些女性特征。我喜欢的正是这一点。

维克多：从什么时候起你对我们之间进行理论上的重大讨论有了兴趣？

萨特：这种兴趣是逐渐产生的……我同你的关系有一个逐渐的变化……我们之间有真正的自由——把一个人的立场置于危险之境的自由。

加维是一个年轻的记者,他为《现代》写了一些有趣的文章。他属于"革命万岁"组织——一个比毛主义者较少教条主义而较多无政府主义的运动——萨特在它的报纸《一切》当过一段时间的编辑。萨特同样很喜欢他。萨特很高兴通过一本书将他与毛主义者的关系具体化,由此,他可以使自己的政治思想得到更新。一天晚上,他显得十分兴奋,对我和博斯特说,他同这两个青年人的友谊使他感到自己也年轻了。他只是遗憾自己的年龄无法使这一友谊带来丰硕的成果。1972年12月,他在同维克多的第一次谈话中说到这一点:

> 1968年运动的到来对我来说有点迟了。如果它是发生在我五十岁的时候,那可能更好一些……对于一个有名声的知识分子来说,实现所有那些要求他干的事情,把它们干到底,最好是在四十五岁到五十岁之间。例如,我不能把示威游行坚持到底,因为我的一条腿有毛病。又如,给奥凡奈送葬,我就只能走全程的一小段……
>
> 我一直,也将继续说明我同你们在一起的客观原因。从主观上讲,有一个原因是,毛主义者的要求使我感到自己又年轻了……不过,一个人过了七十岁,还想同搞活动的人们搅和在一起,他就得准备坐在一把折叠椅上让人用车带到这儿或那儿。他对任何人都是一个累赘,年龄把他变成一个花瓶……我说这话并不伤感;我有过一个十分充实的生活,我是满意的……
>
> 我很满意你们同我的关系。当然,我对你们有用处才意味

着我存在。我对此完全赞成。但是当我们要共同进行活动时，就有了友谊，即一种超越我们所从事的活动的关系，一种互相的关系……这是我同你们的关系的深刻意义。对我来说是这样的，如果你们对我提出质疑，我也怀疑自己并站到你们那一边，这样，在力所能及的范围内，我是在帮助建造这样一个社会：那里仍有哲学家，但他们是一种新型的人，是劳动知识分子；他们会自问："人是什么？"

这些谈话唯一不好的结果是：为了持续到下午两点，维克多和加维吃夹心面包，喝红葡萄酒；萨特平日午餐要晚一点，他也喝一点酒，但不吃什么。毫无疑问，这是他晚上精神状态常常不佳、想打瞌睡的原因。元月，维克多和加维的朋友莉莲·西格尔请他们务必让萨特少喝一点，虽然不必预先给他打招呼。他们这样做了，后来萨特就不再打瞌睡了。

维克多和加维有一个非常强烈的愿望，萨特对此也深感兴趣——创办一份被称作《解放报》的报纸。12月6日，在《解放报》报社的新办公地，布列塔尼街14号，萨特参加了这个报纸的筹备会议。加维说明了报纸的纲领，它将于2月份问世。萨特说了他干的事情，"无论什么时候需要我写文章，我一定写"。萨特批评了《人民事业报》最近一期的头版标题《断头台，但不是图维埃尔》，显然，如果把图维埃尔释放了，这是不能接受的。但他已被判处徒刑，没有判死刑；况且，要把他送上断头台，这也没有任何理由。(图维埃尔是"保安队"的成员。他在1945年和1947年被判处死刑，后来在1949年因盗窃,两次分别被判五年徒刑和十年流放。作为战争罪犯,他刚刚被蓬皮杜赦免,因为这方面有法律规定,但没有赦免刑事罪。这样,不可能要求判他死刑,但可以判处徒刑和流放。)

1973年

1月4日又开了一次筹备会。1973年2月7日,萨特同意在电视系列节目《透视》中接受对他的采访,为的是介绍《解放报》。尚塞尔想让他谈谈自己的生活和著作,这样比较适合这节目的性质。但萨特巧妙地避开他的问题,把谈话引回到他唯一感兴趣的话题——《解放报》。不久,仍然是为了介绍《解放报》,他去里昂参加一个集会,回来后十分满意此行的效果。我同他又去里尔参加一个集会。这个集会在一个对着主广场的大会堂中举行。有很多人参加,他们多数是青年。萨特和另外两位演讲者阐说了《解放报》的宗旨。听众热烈参加讨论,他们谈到各种丑闻,要求《解放报》予以揭露。

2月初,《解放报》在靠近庞丹门的社址开业。萨特发了八十张请帖并办了一席丰富的冷餐,但是——我们至今搞不清楚为什么——几乎没有人来,在场的都是《解放报》的工作人员。快到七点钟,居尼、布莱恩和穆卢德杰来待了一会儿。

萨特还做了不少工作。1973年1月,他写了一篇通讯发表在《世界报》上,内容是关于监狱,"这个制度使我们大家都生活在一个集中营世界里"。在接受布鲁塞尔一家杂志《司法》的采访中,他谈到阿朗达的事情、布律埃-昂-阿尔图瓦事件、米歇尔·富柯的立场和中国的司法。他为奥利维埃·托迪的书《穷汉》写了一个序(这是萨特仁爱之心的一个例子：他从来没有拒绝过帮助别人，即使他对这个找他的人无甚好感），这本书是朱利亚出版社1957年出版的《半个原野》的重印本。他对该书的历史背景——1955年至1956年的摩洛哥形势——作了介绍。

他同爱姆·伯尼尔有一个谈话录，《萨特论毛主义者》，发表在1973年2月号的《现状》上。他分析了自1968年5月以来他的政治活动，特别是他介入《人民事业报》。他说："我相信非法活动。"他仍然把相当多的注意力放在《现代》上面，在它的1月号上他发表了一篇文章《选举：一个欺骗傻瓜的圈套》。在这篇文章中，他拒绝间接民主体系，认为这是有意让我们变得软弱无力——把选民分裂成原子，把他们变为系列。这一期所有文章的宗旨都是同样的，表明《现代》同仁们在政治上的一致。这一期在读者中造成极大反响，萨特感到非常满意。2月，他在接受《明镜》的一次采访中又回到他对法国政治的分析。

在这一个月里他和《解放报》记者还调查了维勒诺夫-加勒内的大住宅区。他觉得这次考察没有多大用处。在《解放报》6月发表的关于这个问题的讨论中，一些年轻人发了言，萨特参加了讨论会但没有讲话。

2月底，萨特的支气管炎发作。他很快康复了，但这使他有些疲劳。3月4日（星期天），议会选举第一轮投票。《解放报》请萨特以此为题写一篇文章，这个晚上我和米歇尔·维恩同他一起去编辑部办公室。有许多人在那儿从收音机里听选举结果，收音机的噪音、人们的争论声，十分嘈杂。萨特坐在桌子一角，为第二天的《解放报》

写一篇重头文章。萨特十分自豪,他写得又快又好,不受喧闹环境的影响。而我却在一旁为他的身体担心。这天晚上对于他是严峻的考验。第二天他同米歇尔在"圆顶"饭馆吃午饭,她总是让他喝得太多,他们为了一个访问又回到报社。一路上交通拥挤,去的时候坐出租车走了三刻钟,回来也是这样。那天晚上将近七点钟,我碰到他,他对我说他很疲乏。八点左右他去阿莱特家看电视台播放的一部影片,后来她告诉我,他到她家时精神不太好。接着第二天中午前后,阿莱特打电话给我:"萨特不怎么好。"前一天晚上,将近十点钟,他的病突然发作。他的脸扭歪了,烟从手上掉下来,明明坐在电视机前却问:"电视机在哪儿?"他好像一个九十岁的老糊涂。手臂第三次麻痹。泽登曼早有提防,马上去给他作佩尔瓦卡明注射。萨特打了一针。他的胳臂能活动了,脸也不歪了,但头脑还是不怎么清醒。我给在萨尔佩特里尔医院的莱布教授打了电话,他答应我在两天内来看萨特。

这天晚上博斯特来看我们。萨特在他之前到我这儿。我对萨特谈到他的病的发作,他却几乎什么都不记得了。我们同博斯特讨论了议会选举。萨特一定要喝两杯苏格兰威士忌,将近十一点,他已经支持不住。我把他扶上床。博斯特在十二点左右离去,我在长沙发上和衣而睡。

早上九点,萨特出现在我寓所上面的阳台上。

"你还好吗?"我问。

他摸摸自己的嘴,说道:"还好,我的牙不疼了。"

"你的牙并没有疼过呀……"

"哪里,你知道得很清楚,昨天晚上我们和阿隆在一起。"说着他突然去了洗澡间。

当他下来喝水果汁时,我对他说:"昨晚来的不是阿隆,是博斯特。"

"噢,是的,我说的就是他。"

"你记得吧,昨天晚上开始是很愉快的。后来你喝了一点苏格兰威士忌,你累了。"

"不是因为苏格兰威士忌,是因为我忘记取下我的耳塞了。"

我真是惊慌失措了。莉莲接他去喝咖啡,将近十点钟她打电话给我。事情更糟糕。萨特对她说:"我同乔治·米歇尔(一个作家和戏剧家,萨特很喜欢他的戏剧。他是利兰很要好的朋友。)度过了一个极好的夜晚。我愿意同他言归于好。人与人之间不和这太可笑了。他们待我很好,让我在十一点上床去睡。"(萨特根本没有同乔治·米歇尔不和。)接下来,他继续胡言乱语。

我打电话给莱布教授,请他当天来看萨特。他说,这种症状实在不是他的专业领域,他将为我与一个神经病专家B医生安排一个约会。这约会定在晚上六点。

五点半我和西尔薇到阿莱特家接萨特。他看来还正常,我带他坐车去看B医生,我对B医生说明了病情。他对萨特作了检查,开了一个处方,并写了一个女医生的地址,要萨特马上去作一个脑电图。西尔薇本来在一个咖啡馆等我们,也陪同我们一起前往。我们两人在一个很现代的大楼门口同萨特分手,然后去一个糟透了的咖啡馆等候。这咖啡馆用红色灯彩装饰,一只鸟不停地发出叫声:"你好,拿破仑！"一个钟头后我们去医生那儿，在一个安静舒适的接待室里等候。八点左右萨特见到我们。脑电图没有发现任何严重的异常现象。我们乘车回到我的住处，途中西尔薇下车。萨特说女医生非常和气，带他到阳台上看景色，还给了他一杯威士忌。这显然不是事实。B医生禁止他抽烟，但萨特决心不理睬。这个晚上我们玩了一会儿跳棋，很早睡下了。

第二天萨特看来情况还好。但在十一点，莉莲打电话告诉我，他们一起吃早饭时，他说起胡话。他不认识她了——一会儿把她当成阿莱特，一会儿又当成我。她说她是莉莲·西格尔。他却回答说："我认识莉莲·西格尔。她就住在我家附近，她教瑜伽。"这话本不错，但他以为的莉莲和他说的这个教瑜伽的老师不是一个人。他还问："昨天同我和海狸一起的那个姑娘是谁？""她肯定是西尔薇。""不，不是西尔薇。是你。"

我和他一起吃午饭。他又谈到那个女医生给他一杯威士忌的事。我对他说，他肯定记错了。他承认了这点。整个下午我都在他的住处。他看书，我也看。

第二天早晨八点半，他同B医生在萨尔佩特里尔有一个约会。我八点到他门口时，阿莱特也在那里，她是来和我们一起去的。她按门铃，没有任何反应。我用自己的钥匙开了门，萨特还在酣睡。他很快穿了衣服，我们赶忙坐车前往医院，那儿有一位男护理人员在照管他。我和阿莱特出去找出租车时，她提了建议：她陪同萨特去朱纳斯住一些时候来恢复他的健康。我建议他随后来阿维尼翁找我。但是他同意去吗？她说，萨特现在说"不"往往就表示"是"的意思,当别人强迫他时,他也并不生气。中午我在萨尔佩特里尔见到B医生。他告诉我,萨特患了缺氧症,即一种脑窒息。烟草是一个诱发病因,但根本原因是他的动脉和小动脉的情况。他赞成到乡村去住一段时间的想法,萨特也没有争辩就同意了。B医生让萨特写自己的姓名和地址,他很轻易地写了出来,于是B医生自信地说:"我们会治好您的。"

下午我又见到萨特,晚上他在万达家度过,莉莲·西格尔的儿子开车去那儿接他回我的住处。万达后来告诉我,萨特的精神有些错乱,他对她没完没了地说一个坐在他膝上的黑女人。

第二天,星期六,我们同西尔薇一起度过的晚上是不愉快的。萨特固执地要喝酒、抽烟,我和西尔薇为劝阻他而精疲力竭。第二天吃午饭时我们责备他,颇使他难堪。电梯又坏了,但他一定要登上十楼回到他的房间工作。说到工作,那时他正准备写一篇关于希腊抵抗运动的文章,他反复阅读一本很不错的书《游击战士》,但我想,他恐怕没有记住什么。这天晚上我们在我的住处玩跳棋。他明显地好了一些,但他的记忆仍然恍恍惚惚。

星期一,他读了一整天的《游击战士》,晚上他去朱纳斯。阿莱特星期二打电话给我。天气很好,又要去南方,萨特很高兴;他读侦探小说,但思维仍然有些紊乱。他问道:"为什么我正好在这儿?噢,这是因为我有些累了。我们正在这儿等赫尔克·波洛。"阿莱特认为是侦探小说刺激他去作无稽之谈,她尽可能多地带他去散步。星期五她对我说,萨特精神很好,他到加里哥宁采石场攀登岩石作为娱乐。他的秘书布依格同他们一起度过了两天,布依格走后,萨特小心翼翼地问阿莱特："德迪杰来过吗?"(德迪杰跟布依格没有一点相似的地方,但他也是阿莱特的一个亲密朋友。)星期六她接着报告说,萨特的情况还不错,但有一件怪事——星期四和星期五他上床前没有想起要那通常是必不可少的威士忌。后来我听说他在星期六也忘了这事。当我对萨特提及威士忌的事时,他懊恼地说:"这是因为糊涂了。"

星期日早晨,我坐上去阿维尼翁的火车,心中十分忧虑。我不知道我会看到一个什么样的萨特。过了瓦朗斯,我看到鲜花盛开的树木、松柏,我觉得世界不停地晃动,它在死亡中晃动。

一辆出租车停在"欧洲"旅馆,萨特走了出来,我在那儿等他。他没有刮好脸,头发很长,显得非常老。我带他到了他的房间,给他一些书(《雷蒙·胡塞尔的一生》和《乔伊斯通信集》)。我们谈了一会儿话,然后留下他一人休息。

黄昏时分,我们外出散步,走近大钟广场时,他说:"我们应该往左拐。"他说得对。但他又指着一家旅馆给我看,说道:"早上我在这家旅馆前面等你时,你走进了一家商店。"我回答说,这以前我们还没有在阿维尼翁散过步。"要不然那就是阿莱特。"但是阿莱特没有离开过出租车。萨特控制不了自己错误的记忆,而且他还真相信它。我们晚饭吃得很好,还喝了"教皇古堡"酒。我到萨特房间给他倒加了许多冰块的苏格兰威士忌。我们玩跳棋,但他很难集中自己的注意力。

第二天早上,我们在他房间吃早饭,他的精神很好。我们坐车去靠近阿维尼翁的一座卫城。在一家旅馆我们吃了午饭,几年前我在这家旅馆住了三个星期,年轻的老板娘认出了我。她对萨特说,她的七岁儿子非常想见到他,因为现在学校正教他的诗。这使我们非常惊讶。我们准备离开时,她递给萨特一本留言簿:"请您签名,普雷韦尔先生。""但我并不是普雷韦尔先生,"萨特一边说,一边离开了这位目瞪口呆的老板娘。我们重游了圣安德烈要塞。一阵大风刮来,吹乱了萨特的头发。我感到他是多么地脆弱!我们在草地上坐了一会儿,然后坐在要塞大门边的一个长凳上,罗讷省和阿维尼翁的景色展现在我们面前。这是一个美丽的春天,万木葱茏,天气温暖熙和;幸福就像它这个样子。

我们坐出租车从小城广场返回旅馆。看门人陪同我们去修女那儿,她们每天给萨特打一针。这地方到旅馆只有二十来米,我就先回旅馆了。萨特自己走回来并不感到困难。我们在"大钟"广场吃了晚饭,然后玩跳棋,萨特的头脑好像完全清醒了。

第二天早晨我们租了一辆由司机驾驶的汽车重游波欧。抵达时的景色十分壮观——巨石耸立的荒原伸展在万里晴空之下。萨特微笑着,愉快地说道:"今年夏天,我们要去旅行,我们两个人……"我接着他的话说:"你的意思是说我们去罗马?""是。"他说。他又重复了几次:"我们旅行去,我们两人……"我们在卢斯托·德·博马尼尔的阳光下吃午饭,喝了一点酒。在死气沉沉的城里散步,然后从圣雷米回去,中途路过的乡村繁花似锦,萨特看看他的手表。

我开玩笑问他:"你有一个约会吗?"

"噢,是的,当然,同我们今天早上在啤酒馆遇到的那个女人。"

我说:"我们没到过啤酒馆。"

"不过，我们出发时，在那条路旁，"他有些犹豫，"也许这是昨天的事吧。"

我使他相信我们完全没有什么约会。后来他对我说，他只有一个漂浮的印象，并没有具体的人和地点，即使他自己留下，他也只会一直走回旅馆。后来我们待在他的房间，坐在一起看书。他读得非常慢。他花了两天才读完《新观察家》杂志，但是他已经完全重新回到现实世界中来了。这天晚上，他对我说："你真是应该接下去写你的东西。"我说："好吧，等你的病完全好了。"

第二天，3月21日，天气仍然是好得让人目不暇接。"春天在这里！"萨特欢快地说。我们又坐车去杜尔大桥。在"老磨坊"旅店洒满阳光的平台上喝了一杯威士忌，他问我："这是一座19世纪的桥吗？"我纠正了他，心中为他隐隐作痛。饭后我们沿着桥后面的路散了一会儿步。每走到一个长凳旁，萨特都要坐一会儿。他说，这是吃的东西使他难以消化。他在回阿维尼翁的路上又不停地看手表，我说："我们没有约会，你知道的。""噢，不对，我们有，同那个姑娘……"他答道，但没有再坚持下去。前一天，萨特要去打针，遇见一对教师夫妇，他们是《解放报》的一个委员会的成员；萨特打针回来时，那年轻女人在一个拐角处等他，他同她谈了一会儿；约会的念头可能是由这件事而产生的。这天晚上，我让萨特回顾一下他这一天的事情，他记得很清楚，我们玩了会儿跳棋，又说了会儿话。

第二天上午，他十点醒来，刚好我们的早饭来了。

"昨天晚上我们过得很愉快。"我说。

他答话的口气有些犹疑不定："是的。但昨天晚上，我想我们没有必要外出。"

"你没有对我说过这个意思。"

"从我来到这儿就是这样。我感到如果碰到其他人,我将处于危险之中。这样,我想我应避免见人。"

我进一步去问他,他说,他并不特别害怕任何人,但他总觉得自己是一件东西,同其他人没有任何关系。

"但是你同他们有关系。"

"如果我使得他们存在。"

他又说,除了葡萄酒,总是我在点饭菜;但这不是实情。从所有这些情况看,我断定他的头脑完全是混乱的,他不理解自己身上发生了什么事。他尽量把自己记忆中遗漏和破碎的胡言乱语小而化之,他也说他如果不是病了,就是"累了"。在这段时间,他非常沮丧地两次重复道,"我就要满六十八岁了!"在巴黎的时候,有一次,在他的病发作前不久,他对我说:"最后他们会切断我的腿的——不过没有它们我也可以做事。"显然,他想到他的身体、他的年纪,想到死,他被日益不安的情绪所折磨。

这一天我们去阿莱斯。在朱莱斯·恺撒饭店用午餐,重游了圣特罗菲姆、露天剧场和竞技场。萨特显得非常精神。在竞技场上他问我:"丢失的东西找到了吗?""什么东西?""我们参观竞技场所要的东西呀,早上咱们把它丢了。"他说话稀里糊涂,重复了好几次。在圣特罗菲姆我们买了一张只能进教堂的参观票,然后在剧院又买了一张通用票,他想的是这事吗?不管怎么说,他完全被搅糊涂了。我们由塔拉斯康方向返回,重游了它的城堡。到达阿维尼翁时,萨特对司机说："我们说好了的,明天付车费。"我对他说："不对,明天我们就要走了,我们见不着他了。"萨特付了车费,给了一大笔小费。前一天,给萨特打针的修女说,他的注射费可以在最后一天一起支付给她们。毫无疑问他在心里把这两件事搞混了。

第二天早晨他对我说,这段时间他过得很愉快,而返回巴黎对他来说也是"正常的"。他没有给米歇尔·维恩留下地址。我问他这样做会不会使她生气。

他说："不会。她对这事知道得很清楚,你离开这儿,之所以没有告诉任何人你的地址,都是因为那个折磨你的男人。"

"我?"

"是的。因为他老是想记下我的病状。"

我说绝对没有这回事。而萨特带着惊讶的神情说："我还总以为是这样的呢!"

这些记忆错乱是病情发作的早期症状,不过这并未使我过分担忧。

这天上午有些记者打电话来,但萨特没有见他们。我们在大钟广场阳光下喝了点东西,在饭馆的一楼吃了顿午饭。萨特看着街上人来人往,颇为逍遥。我们围绕这小城散了很长时间的步,他一点也不显得累。六点,我们上了火车,在车上吃饭。莉莲·西格尔和她儿子十一点半在火车站等我们,他们驱车把我们送到我的住处。

第二天萨特理了发,他显得年轻多了。他同阿莱特一起吃午饭,过后对我说,她对他不满意,但他没有告诉我为什么。阿莱特通过电话把情况告诉了我。萨特对她说,他的一盒香烟在下水道里着了火,她看着他表示怀疑,他又说:"你是不是认为我老糊涂了?但这是真的,大家都知道。"他还说刚才接受了一个英国人的采访。

下午,我带给他一个小提箱。他翻阅着里面那些寄给他的信件和书。晚上,我们同西尔薇一起在我的房间,他说话时精力有些不济,大约十一点就去睡了。

他醒来的时候完全能记起前一天的事情。他颇以中午将去一位年轻希腊妇女那儿的念头为乐,她写了一篇关于他的文章,他很喜欢她。他好像完全意识到了每一件事,但我怀疑他是否可能恢复工作。

这天晚上,他没有注意到西尔薇把水掺入威士忌的瓶子中。我不喜欢这种小小的欺骗行为,但我也找不出办法可以减少他的饮酒量。这一夜,他不断地说:"我就要满六十八了!"我问他,为什么这使他那样激动。"因为我原以为我将要满六十七。"

第二天我们又去看B医生。我对他谈到萨特的紊乱状态。萨特也在场,但他听着却无动于衷。B医生带萨特到检验室进行检查。B医生认为他的情况还不算坏。萨特的手书能力比以前一段时间要强得多。B医生对他说,他最大的敌人是酒精和烟草,而这两者相比更希望他戒酒,酒精会毁掉他的大脑。B医生只允许他在午饭后喝一杯葡萄酒。B医生开了一些药。我们出来时,萨特对戒酒这事感到难以忍受:"这等于是向我六十年的生命告别。"过了一会儿,他不在时,我给B医生打了电话。他告诉我,如果这病再次突然发作,他没有把握能够再次恢复萨特的健康。"他处在危险之中吗?"我问。"是的,"他答道。尽管以前我对此事已有预感,但听医生这一说,还是受到致命的一击。萨特自己或多或少知道他的境况,这天晚上他说:"一个人可以就这样了结此生。咱们毕竟做了咱们可能做的事情,做了咱们要做的事。"

早上醒来,他又随便地聊了一会儿。他对我说到为一个希腊人写的一篇序,这是真的;他又说到一个想自杀的青年人,因为青年的父母想让他坐牢。萨特记不起这人的名字,这是豪斯特和朗兹曼的一个朋友。实际上并没有出这码事。这天晚上萨特看来是平安无事的,他似乎是心甘情愿地放弃了酒精,在下跳棋时他赢了我。

这只是一个暂时的缓解。两天以后,阿莱特上午打电话对我说,萨特头晕,他倒下了。B医生通过电话会诊,建议减少用药,并且说,如果过几天这病仍不见好,应该去萨尔佩特里尔医院进行观察。下午萨特同我在一起,他又有些头晕。

第二天他的平衡状态好了一些。但上午他同莉莲喝咖啡时,神思又有些恍惚,他谈到一个自以为真的同一些工人的约会。不过这天晚上我们同西尔薇一起是过得很愉快的。他高兴地对我:"我满七十岁时要再喝威士忌。"我很欣慰,看来两年期间他不会沾它。

4月初他的健康状况相当好,虽然腿还有些虚弱,头脑有时有点迷糊。他读了一本评论《墙》的小书,很感兴趣。他开始遗憾自己不能工作。他写了一封信发表在《纽约书评》上,为在越战中逃跑的美国士兵要求大赦。

他同阿莱特在朱纳斯住了一段时间。我和西尔薇坐汽车接他们去圣保罗-德旺斯。我们到他那儿时,他在阳台上晒完太阳已经下来了。像以前每次隔一段时间再见到他时一样,不怎么好——脸肿了,举止似乎有点儿僵硬笨拙。我们四人出发了,途中经过朗格多克地区美丽的乡村——低矮的常青树丛、葡萄园、鲜花盛开的果树林,远处青山如黛。我们驾车通过克拉乌,绕过卡马尔格地区,隐隐约约可以看见阿莱斯,最后停在埃克斯城门口一家挺不错的旅馆吃午饭。西尔薇留在汽车里睡觉。然后我们再次上路去布里尼奥勒,沿途经过我非常喜欢的埃克斯乡村。路上萨特问道:"那个和我们一起来的小伙子出了什么事? 怎么把他给丢了?"他没有再说下去。后来他对我说,这是由于西尔薇没来吃午饭而把他给搅糊涂了。

在圣保罗期间,萨特的大脑紊乱没有进一步发展,但人的精神不好。阳光灿烂,乡村景色分外娇艳。萨特喜欢坐车去四周近处转悠;他游览了尼斯、卡涅斯、戛纳和穆根斯。但他回到房间之后,老是没完没了地读那本《游击战士》,他几乎连侦探小说也不能读了。"他不能继续这样下去了",阿莱特对我说道,声音惊惶不安。萨特自己也意识到这种状况。一天早上,他点起第一支烟,对我说道:"我不可能再工作……我老糊涂了……"但他仍然怀着对生活的兴趣。我谈到毕加索九十一岁才死,我对他说:"这个年龄倒不错。这可以给你再加上二十四年。""二十四年并不是太多。"他答道。

他同阿莱特一起回巴黎,我和西尔薇一起走。我回到巴黎的那一天,同他一起吃午饭,他的精神很好,充满热情;我讲了我从圣保罗到巴黎一路上的情况,他听得很有兴味;下午,在他的房间,他拆阅信件,翻看寄来的书,以作消遣。但在另一些日子,他又退回到病发状态,没精打采,昏昏欲睡。这种希望和忧虑的反复交替真弄得我疲乏不堪。

我们又去看 B 医生。B 医生在一间房子里试验萨特的反应能力，我在另一间，我听见 B 医生说"好……非常好……"除了血压——200毫米汞柱／120毫米汞柱——一切都正常。他们回到诊断室，萨特诉说他头脑的麻木状况。他带着一种可爱的天真神情说："我不是变笨了。但我的头脑是空的。"B 医生开了一种补药，减少了用药的种类。因为萨特不能再写艰深的著作，他建议萨特去尝试一下诗的写作。我们离去时，萨特似乎又恢复了他那种锋芒毕露的性格，喊道："他什么都没有为我做，这个十足的傻瓜！"我说了他几句，他答道："泽登曼也只能这样做。"实际上，他以为不去看医生，自己也会慢慢好起来；这是不合乎实情的。

他的病情仍然时好时坏，他在下午睡一会儿，醒来时常常胡言乱语一阵。一天，阿莱特对他说，她看了非公开放映的朗兹曼的电影《以色列为什么》。

他说："不光你一个人看了。阿莱特也在那儿。"

"阿莱特？"

"是的，她对这事感兴趣，因为她是一个阿尔及利亚犹太人。"

然后阿莱特问他："那我呢？我是谁？"

萨特一下子恢复过来了。"噢，我的意思是，你是同另一个姑娘在一起。"

她告诉他，电影刚要放映的时候，有炸弹爆炸警告，场地受到搜查。

后来萨特对我谈起这事，他只是说电影开始晚了。他忘记了是什么原因。对一切事他都神思恍惚,他的朋友都注意到,他显得心不在焉,昏昏欲睡;神色沉郁,嘴角上总是挂着一个凝固的微笑。(这是面部肌肉轻微麻痹的结果。)

我同他一起度过许多愉快的夜晚。他乐意喝他的水果汁,星期天我们同西尔薇一起吃饭时总是谈笑风生。蒂托·杰拉西想写一部关于萨特政治生涯的传记,他和我们一起在"圆顶"饭馆吃午饭,然后他同萨特单独谈话。他看到的萨特身体很好。5月21日,萨特恢复了同彼埃尔·维克多和加维的谈话,维克多和加维对莉莲·西格尔说:"他有非凡的智慧,完全像他以前那样。"5月底,他参加了《现代》的会议。豪斯特和朗兹曼也发现他还像以前那样生气勃勃、智慧超群。(萨特从南方回来后,给他们的印象使他们叹息不已。)他仍是犹豫着叫不出别人的名字来,对自己的病情也记不清楚,特别是对头晕的发作。有时他说这是他的"一些小毛病"。一天他对我说:"这可能使你很不愉快。"我答道:"是的,甚至比你更不愉快。""我?我不清楚发生了什么事。"

萨特非常高兴重新开始与维克多和加维交谈。晚上我们同西尔薇一起时,他十分快活,甚至很逗人。6月17日他对弗朗西斯·让森谈了自己的青少年时代。他解释了他与暴力的关系。

他的眼睛是他生活中唯一的阴暗面。像以往每年要做的那样,他去看眼科医生,检查的结果表明,他视力的十分之四——几乎一半——已经丧失了。而他只有一只眼睛能工作。他进行一个为期两星期的治疗,若无效,就要考虑去做一个小手术。

过了两星期,医生仍不能确诊萨特的眼病。萨特的视力变得很糟。我还记得,他低头趴在一个放大镜上看报纸的样子;放大镜是我们的一位日本女朋友送给他的。甚至用放大镜他也不能看清所有的东西。他尝试再三,总不成功。

又过了几天,阿莱特打电话给我——萨特的头晕病又犯了,他刚下床就跌倒了。这天下午,他去看了一位有名的专家。晚上,他谈了会诊的情况,很沮丧;眼科医生在颞骨的静脉中发现一个血栓,在眼的后面发现三个出血点。然而我在约见 B 医生时,他对萨特的情况却比较乐观。萨特的头晕好了一些,他又可以正常走路了。血压仍然很高——200毫米汞柱／120毫米汞柱——但从神经学的观点看,这一切还是正常的。B 医生给我一封信转交给眼科医生,他说明萨特患有一种“带有头晕发作的脑动脉疾病”,他有高血压,有早期糖尿病症状。在一定程度上我对这些早有所知,但看见它们写在纸上仍使我惊惶不安。看到我为此事伤心,朗兹曼打电话给他的朋友——一位姓库尔诺的医生,就此事请教。库尔诺医生解释道,萨特要完全恢复,至少需要一年的时间;然而他一旦恢复了,就可能活到九十岁。如果他的病再次发作,就很难预测后果是轻微的还是非常严重的。

萨特又去看眼科医生,医生说,三个出血点有两个已止住,十分之二的视力得到恢复,两到三个星期可望总体恢复。萨特却仍感不安。他同几位要好的朋友——罗贝尔·伽利玛、珍妮娜及米歇尔的遗孀——一起吃午饭时,一言不发。他们走后萨特带着忧虑的神情问我:“我这是不是很古怪?”但总的来说,他能耐心地对待自己的疾病。在同维克多和加维的谈话中,他讲得不多,但能紧紧跟随讨论的展开而思考,他的插话大都十分切题。他参加了维拉诺夫加勒的青年工人的讨论会(他在那儿作调查),这个讨论发表在6月中旬的《解放报》上。他在一个禁止"新秩序"组织集会的呼吁书上签字;后来,在6月21日,"新秩序"还是举行了集会,萨特在《解放报》抨击马塞兰的决定。6月27日在《现代》的会议上他显得十分愉快,以后的一些天他一直保持了这种良好的状态。B医生对他的健康状况十分满意,萨特的视力看来也有所改善。

像往常一样,他同阿莱特出去度假三星期。我和西尔薇到南方旅行,阿莱特不时向我报告他的信息。他的情况很好,只是散步时容易疲劳,阅读较为困难。7月29日,我们去朱纳斯接他,同他一起去威尼斯,他在那里将会见万达。这次重见萨特,我感到一种混合着悲哀的幸福。由于他扭歪的嘴唇和糟糕的视力,他的脸有一种凝固不变的表情;他显得苍老和疲惫。

我们从朱纳斯到威尼斯的四天旅行是十分愉快的。萨特有点迷糊,心不在焉,但非常快活。尽管视力不佳,他可以隐约看见一路风光,景物的起伏变幻使他很高兴。我们穿过尼姆,沿杜朗斯河而行,因为交通拥挤,绕过阿勒斯和埃克斯。我们在梅阿尔格斯城堡吃午饭,午饭很不错,萨特喝了一杯"古堡"酒。我已在图尔的巴斯迪德订了房间,我们经过迷人的小路到了那里。从阳台上可以看到奇妙的美景:松林如涛,青山起伏。

第二天早晨,我到阳台上去见他,他面对普罗旺斯的美景,已经坐了一个多小时。他不感到厌烦吗?不。他喜欢一动不动地注视着世界。在朱纳斯他也是长时间地坐在阳台上注视着村庄。我很高兴他不因空闲无事而厌烦，但这也使我有点伤心：要在其中寻到乐趣，真正是要变成"空虚的"才行，像他对医生说的那样。

博斯特建议我们去芒东一游并在费朗西斯饭馆吃带蒜泥蛋黄酱的鱼汤。萨特非常想去。我们在这小饭馆的阳台上要了一张桌子。侍者才端来鱼汤，萨特就把盘子弄翻在脚上。幸好没有造成大的问题，我们把他的鞋子擦洗了一下。女侍者又端上一盘汤来。萨特的手脚一向不灵活，但现在，由于视力太差，好像完全手脚无措。他以一种不正常的冷漠态度对待刚发生的事，好像这盘子不是他弄翻的，事情跟他毫无关系。

我们沿着一条挤满卡车的高速公路到达热诺，进城的路既长又难走，萨特不但没有着急，他的情绪反而随和下来。我们在靠近火车站的一个旅馆找到房间，然后到旅馆的餐厅稍微吃了点东西以作晚餐。

早上九点，我又看到萨特倚窗而坐；他七点半醒来后就一直注视着车站广场上人来车往，十分自得。感到自己又到了意大利，这使他很高兴。我们在维罗纳饭店吃午饭，吃烘烤的火腿馅饼，味道非常好。我们落脚的旅馆是我们十年前住过的，房间很漂亮，甚至有点古怪。萨特休息时我同西尔薇外出散步。然后我们三人在圆形剧场旁的主广场上一家咖啡店喝咖啡，这儿的咖啡店很多。西尔薇感到累了，我一个人同萨特去旅馆附近的一家小饭馆吃饭。萨特行走时迈步不大，但也不是很困难，他显得非常愉快。

在威尼斯，西尔薇把车停在罗马广场的大汽车场里，我们上了一条平底船。我和西尔薇把萨特安顿在大运河边上他的旅馆里，接着我们自己去卡瓦莱托旅馆安顿下来,它在圣马克广场后面,然后我们回头去会萨特。我们给他一台收音机,这样,当早上万达睡在隔壁房间还没有过来时他可以听听音乐。他带我们到费尼斯吃午饭,差点走错了路。烈日当空,萨特的身体不耐暴晒,他戴了一顶草帽,但他很不喜欢。"我戴着这帽子感到不好意思",他后来在罗马对我说。我们在圣马克广场喝了鸡尾酒,然后回到萨特的旅馆;那儿有一艘汽船送他去飞机场同万达会面。他站在船上向我们招手,亲切地微笑着。那微笑很少离开他的嘴角,它是这样亲切,几乎过于亲切,由于一种无法言说的原因,我为他担心;在我看来,他显得那样脆弱!

两天后,也就是8月3日,上午九点我在圣马克广场的一家咖啡店同他会面。后来三天我们以同样的方式见面。有时他比我先来这儿。有两次由于他无法看清手表上的时间,清晨四点就起床穿衣。后来发现天色还黑,才又重新躺下睡觉。万达十分注意给他按时服药。他和她经常散步,有时长达一小时。他非常喜欢待在威尼斯。

一天早晨,我同萨特告别。西尔薇对威尼斯的每个角落都已烂熟于心,我不想勉为其难让她久留。虽说萨特很高兴这几天早上的见面("我会想念你",他说),但是这毕竟对他有些不便。我给万达留下了地址,动身去佛罗伦萨。

8月15日我抵达罗马,第二天下午我和西尔薇去佛米奇诺接萨特。透过玻璃窗我们马上认出了萨特——他的帽子、他的个子,特别是他走路的样子。他一手提着个小旅行袋,另一手提着半导体收音机。他来到我们住的那个旅馆房间的阳台上，非常高兴。他身体很好，但还是有一点不对劲。西尔薇把收音机放桌上。"你不想把它拿回去吗？"他问。"我为什么要拿回去呢？这是给你的。""噢，我不需要它。"但后来他一连几个小时听收音机里的音乐，并且说，如果没有这个收音机，他会很难过的。

后来的一些天，我早晨八点半左右起床，萨特已在阳台上了，他吃了早饭后，就漫不经心地望着周围的世界。他的眼睛比8月初的情况更差，不能阅读也不能写作。我请米歇尔打电话给萨特的眼科医生，医生说萨特的眼睛肯定有新的出血；他建议请当地的专家看看。旅馆给我介绍了一位据说是罗马最好的眼科医生，他治愈了卡罗·列维的视网膜剥离。我们约定第二天下午会面，这位医生住在蒂贝尔另一边的普拉蒂区，那里空气清新，十分热闹。他很年轻，讨人喜欢。他发现萨特的眼睛中央有一个出血点。除了等待，没有别的办法。萨特有青光眼初期症状，眼内压也太高。医生开了匹鲁卡品(毛果芸香碱)和迪亚莫克斯滴剂。第二次我们去看医生时，萨特的眼压降低了，但正好那个早晨我给他点了迪亚莫克斯滴剂。他回来后没有接着点眼药，眼压又变得较高，但并不是很高。眼科医生希望匹鲁卡品(毛果芸香碱)单独使用可以化解青光眼。最后一次会诊时，他没有让萨特支付诊金，他只要求得到一本萨特签名的书。萨特给他三本书，上面有着萨特摸索着写的字。这位医生态度亲切，给病人以自信心，萨特非常喜欢他。

我们很满意目前有规律的日常生活。上午我给萨特朗读一些书[这一年我给萨特读了有关福楼拜的一些研究，一期关于智利问题的《现代》,豪斯特(豪斯特的化名是高兹,他在《现代》编委会就是用的这个名字。我在本书中用了他的真名)和勒鲁瓦·拉杜里的新书,两厚本关于日本的非常有趣的书,以及马蒂兹的《恐怖时代的可爱生命》]。用过简单的午餐,他要睡两个钟头。我同西尔薇去散步,或者在阳台的遮檐下坐在一起看书。尽管有空调,天气仍很热,但我喜欢这炎热,这景色之朦胧,这人造革的气味。萨特醒来时我给他读法文报纸和意大利报纸。晚上我们同西尔薇一起吃饭。

萨特吃饭时最使我担心。他不再小便失禁,他饮酒、喝咖啡、喝茶都不超过医生允许的量。但看到他大口吞下那么多的意大利面条特别是冰激凌,我心里很不安,因为他有糖尿病早期征兆。由于他的假牙、嘴近乎麻木和半失明,他吃得不很干净;嘴边沾满食物,我想告诉他去擦掉,又怕他会感到烦恼。他和面条进行着战斗,大口地塞进去,然后又掉出来。他很难同意让我给他切肉。

在智力上,他有时非常活跃,记忆力完好。但也有时神思恍惚,这让我很受不了。有时又让我怜惜得几乎流出泪水,比如,他对我说:"我戴这顶帽子感到不好意思。"又比如,有一次我们离开一家饭馆,他对我低声说:"人们正在看我。"那口气是在说:"他们认为我的情况很不好。"与此同时,他极好的情绪,他的忍耐,尽量不给人带来麻烦,又使我惊叹不已。他从不抱怨他那不再可能恢复的视力。

《或者、或者》杂志有一期是关于萨特的,发表了萨特1961年在葛兰西学院的演讲《主观性和马克思主义》一文,以及一些关于他的文章;我把这些文章翻译给他听。我们偶尔同莱利欧·巴索或罗森娜·罗桑达见面。9月5日西尔薇与我们分手,把汽车开回巴黎。第二天，一个德国女记者艾丽丝·施瓦尔泽来看我们，她和我是在开妇女解放运动组织会议时结识的，我和萨特都很喜欢她。她为德国电视台拍了一部关于我的短片，并拍摄了傍晚在我们阳台上的情景；我们同她吃了一顿愉快的晚餐。我们的朋友博斯特一家也来看我们，他们在罗马住了一些天。

离开罗马时我惴惴不安。"我们何时可再来？"我黯然自问，向这个城市最后望了一眼。"这样，这个罗马的假期和它那悲伤的甜蜜是过去了"，我回到巴黎后写道。巴黎的秋天是极好的，但我担心萨特在巴黎又会劳累起来。

他换了住的地方，他在拉斯帕伊大道的住房太小了。阿莱特和莉莲给他找了一套房间，大了不少，也是在十一楼，但有两部电梯。这套房间有一个大书房，窗下是德巴尔街，抬眼便是蒙巴拉斯新的高楼，远处耸立着埃菲尔铁塔。这套房子有两间卧室，萨特睡的那间窗户朝着院内花园，另一间可供别人睡，这样，他就再不会是一个人单独过夜了。萨特看了这个还没有布置家具的新寓所，很喜欢它。

他的精神状态极好，他说他的视力好了一点点。他当然还不能阅读，但可以玩跳棋。他带着某种满意的心情说着"我的病"。他对我说："我太胖了，这是因为我的病。"在街上，我们走去吃午饭时，他说："不要走得那样快，我的病让我跟不上你。"我说："但你现在没有病啊。""我现在是怎么回事？比以前弱了？"这个词搅动着我的心，我说："当然不是。仅仅是你的腿有点儿软。"但我并不明白他对自己的状况怎么想。

几天后，他已经感到累了。"我见的人太多了。在罗马我们不见任何人。"我想，他怎么能经受得起那即将在10月8日进行的审判所带来的紧张呢？这是一个由来已久的事了。1971年5月，《备忘录》要求把萨特送进监狱。6月，司法部部长和内务部部长根据《人民事业报》和《一切》上选出的他的文章，控告他犯有诽谤罪。作为自由被告人，他去意大利度假。初审调查10月开始，很快就结束了。1972年2月审判时间仍然没有公布，而现在日期定了。

10月8日，萨特将在巴黎法院轻罪法庭出庭，因八名《备忘录》编辑人员的控诉而被传讯；他们要求八十万法郎作为诽谤、侮辱和以死亡恫吓的赔偿金。应该承认，《人民事业报》对他们是不够客气的。它称他们是"被《解放报》清除出去的不受欢迎的一伙，秘密军队组织的半雇佣者，职业的暗杀鼓动者"。负责《人民事业报》的人把传票丢进废纸篓里，萨特因逾期而丧失诉讼权利。为了反击，他必须去请一些证人，证明他有权诚实认真地考虑他的报纸所发表的内容。9月底，他开始研究有关《备忘录》的文件，这是萨特的律师吉泽尔·阿里米寄来的，我们草拟了一个可以提交法庭的声明大纲。

但他的身体不大好，住处的电梯又出了毛病，他只得步行上楼；他的后颈发生疼痛，去看了B医生，B医生看不出他是好还是坏，希望他作一个全面检查。第二天他醒来时显得有点糊涂，这是很长时间没有发生的情况。

我对他说："今天您要去看眼科医生。"

"不，不是去看眼科医生。"

"是眼科医生。"

"不是。我要去看的是在B医生之后负责我的那一位。"

"那就是眼科医生。"

"噢,真的?"

他又问是不是B医生开的匹鲁卡品(毛果芸香碱)。他非常不愿意为他的眼睛去会诊,甚至连想都不愿想。阿莱特和莉莲陪同他去眼科医生那里,回来时他对我说,他不可能完全恢复视力了,他将有很长的时间再不可能去阅读。他带着一种因沮丧而产生的冷漠面对这个想法。我从泽登曼那里得知,他有一个血栓形成,这不可避免地会造成出血。

搬家期间,他主要同我在一起,搬家事宜由阿莱特和莉莲操办。9月26日他在一份作家联盟的呼吁书上签名,反对智利当局的镇压。他同时签名于另一份呼吁书,反对官方新闻机构对这个国家保持沉默。我们修改了他要作的关于《备忘录》的声明,他把文章熟记在心,但开头部分记不住,我担心他怎么对付得了那个场面。晚上我们过得很愉快,但他在下午睡的时间很长。

10月8日,吉泽尔·阿里米和她的一位年轻的同事坐车来接我们,请我们在太妃广场吃午饭。他们说他们有点怯场,萨特则完全不同。他是冷然待之,他经常如此,现在也一样;我们到了第十七法院,旁听了一个小时关于几个轻罪案件的审判,判得很快。两点,萨特的案件开始审理。《备忘录》的人一个不在。他们请比阿吉作为常年律师的助理。首先是关于程序的辩论,然后让证人暂离,萨特向法庭供述。他按照我们商定的方案,对《备忘录》问题进行陈述,他讲得十分有力。但他不应谈到诺格里特被绑架一事,这一点使他在主审法官面前陷入困境。然后听取证词。达尼埃尔·梅耶同比阿吉的争辩是非常滑稽可笑的。比阿吉竟敢说,他之所以抨击萨特,是由于萨特的戏剧《苍蝇》。德比-布里德尔回答说,许多抵抗战士包括波朗都认为,一个人可以在占领时期公开表达自己的观点,如果这样能产生效果,《苍蝇》就是这样。克洛德·莫里亚克有点无所适从:他来这儿是出于对萨特的友谊,但又不是心甘情愿。然后又有许多关于程序的辩论。

《备忘录》撤回对于侮辱和诽谤的控告,仅仅指控被告的恐吓行为。他们的那位年轻律师向我们甩出一篇激烈而空洞的辩护词。主审法官严厉地对他说,不要老是在桌子上猛敲,搞得说话声听不清。接着是比阿吉,他进行了一通辱骂,他显然没有认真研究案卷。否则他可以在《人民事业报》上找到许多失误之处,而不是只限于漫骂和简单地摘引文学名言。吉泽尔·阿里米讲了一个多小时。她对《备忘录》进行毫不留情的指控——谈到它同秘密军队组织的关系,它对暗杀者的鼓动和它的种族主义。法官不时地提醒她说,她谈的问题已经超出了范围,但还是允许她继续讲下去。在闭庭前法官表示,这次审判不是为了再次对《备忘录》判罪。因而将撤销本案诉讼,带有侮辱和诽谤的起诉是无法接受的。(结果是,萨特被判支付1法郎作为损失与利益赔偿费和400法郎罚金。)我们离开时,对这个结果非常满意。

晚上,吉泽尔·阿里米打电话告诉我,她被几个《法兰西晚报》的记者缠住了,他们脸上的样子像是要吃人。"萨特有什么病?他看来很不好。""他正恢复健康。"她答道。而他们没有一点点羞耻心:"如果发生了什么事,你一定要让我们知道,听到没有?"事实上,是萨特蹒跚而行的双腿、他的肥胖和他的冷漠无情的目光所造成的印象令人难以接受。我们同西蒙娜·西诺蒂在太妃广场相逢,她看到萨特的视力状况大吃一惊。萨特有所察觉,一天我们沿着德朗布尔街慢慢行走,去"圆顶"饭馆吃饭,他说:"我该不是太像一个病残者吧?"我只好用违背事实的话来安慰他。

审判的那天下午他同阿莱特去眼科医生那儿。眼科医生直截了当地对他说,他的视网膜受到侵蚀——有一部分向中心侵蚀——因此,治愈是没有希望了。眼镜商可以为他提供一台特制仪器,运用单侧视力,他每天可以阅读一个小时左右。第二天早上,萨特看来好像完全垮了。"审判搞得你疲乏不堪。"我说。"不,不是审判。这是看医生的结果。"实际上会诊并不造成疲劳,但眼科医生的话给了他一个可怕的打击。晚上,博斯特来了,我同他谈到审判的事情,萨特一声不吭,午夜钟响的时候,他便去睡了。

10月12日,他在萨尔佩特里尔医院接受了一次全面检查。阿莱特开车送他去,我中午去接他。B医生对我说,萨特需要完全休息几个月。这是显而易见的。他一天大约有三个小时状况比较好,其余的时间不是昏睡就是神思恍惚。检查结束后,他看上去疲惫不堪。

10月16日(星期二),我同他去眼镜商那里,眼镜商也没有给他什么希望。借助于我们定做的专门仪器,萨特大概一天可以读一个小时,而且条件并不方便。这天晚上,我们第一次谈到他的近乎完全失明,他对我说,他并不那么痛苦,他显得很诚恳。(除了牙痛,过去他从没有承认他有痛苦,甚至在他患肾结石痛得死去活来时也没叫过痛。)

第二天我收到萨尔佩特里尔医院的检查结果,结果并不好。萨特患糖尿病,脑电图的情况更坏。后来B医生打电话告诉我,这个变化无疑是由糖尿病引起的,我充满希望地想,这种变化大概是可以逆转的吧。医生在他的脑子里发现缓慢的波动,这可以解释他的昏睡状态。(然而至今我仍然确信,这种昏睡状态对于因眼睛而焦虑的萨特起了一种保护作用。)

眼镜商借给我们一台他说的那种仪器,但它对萨特完全没有用处。能看到的字走得那样慢,萨特宁可听别人高声朗读,况且这样他也不可能去修订或改正自己的文章。他没有感到失望,因为他对这事压根儿就没抱什么希望。我们把仪器寄回去了。

萨特恢复了他同维克多和加维的谈话。他听他们交谈,偶尔插入一些评论,但总的来说他几乎没有参与进去。一个星期天上午,他在家里接待了《现代》编委会,讨论一篇社论,关于一个对他来说十分重要并经常在我们之间谈论的问题:以色列和阿拉伯之间的冲突,讨论中他没有说一句话。第二天他对阿莱特说,他觉得当时他大概睡着了。朗兹曼和普隆感到吃惊。我给萨特朗读时,他经常睡着,甚至读《解放报》——他最感兴趣的读物——也是如此,他并没有意识到自己的状况。他对一个老朋友克洛德·达依说:"我的眼睛不行了,但就脑子来说,一切都还好。"

晚上我们同西尔薇在一起是很愉快的,有时他甚至开怀大笑,现在这在他是很少有的。但是有一天,我们同西尔薇和我们的朋友列娜——她从莫斯科来,萨特为能再见到她而感到高兴——一起吃午饭,他一言不发,毫无生气。列娜很是伤心沮丧,我也十分疲乏,只有西尔薇努力地创造了一点点活跃的气氛。幸亏后来我们同列娜共度又一个夜晚,比较轻松愉快。

10月底,萨特的状况开始有了好转。他对我们的谈话感兴趣了。一天上午,一位新房客搬到我楼上的房间,搬家的声音吵得要命,萨特对我说:"这的确是我第一次高高兴兴地从你的住所离开!"

我们讨论的主要问题是卡布尔战争,这一回我们两人的看法完全一致。他在同维克多和加维的一次谈话中说明了他的态度:"我不赞成以色列现在的状况。但是我无法接受让它毁灭的思想⋯⋯我们应该奋斗,为这三百万人不被消灭或处于奴隶地位⋯⋯一个人在亲阿拉伯人时,不可能不同时也是亲犹太人的,维克多就是这样的;一个人在亲犹太人时,也应该是亲阿拉伯人的,我就是这样。这样一来,要采取的立场就很有意思了⋯⋯"

10月26日他通过电话接受伊莱·本·盖尔的采访。(发表在10月26日的《明镜》上:法文稿发表在11月5日玛帕姆的《公报》上。《世界报》和《贝尔纳·拉扎尔备忘录》上有节录。)在卡布尔战争接近尾声时,萨特曾这样声明:"我希望以色列人会认清,巴勒斯坦是阿拉伯战争的精神动力。"他对我口授一个为《解放报》起草的声明,发表在10月29日的《解放报》上,虽然这家报纸完全不同意他的观点。"这个战争只会阻碍中东朝社会主义发展的演进过程。"他说。他分析了两大阵营的责任。11月7日,萨特、克拉韦尔和德比-布里德尔发表声明,指控有人窃听《解放报》通讯社的电话和拆阅它的信件。

因为萨特现在感到好一些,他更加难以忍受病情的折磨。他很讨厌一早一晚的打针。"他们打算就这样一直打到我死吗?"他气恼地问我。我带他去看糖尿病医生,医生的诊断是,他有轻微的糖尿病;医生开了一些药并要求他节制饮食,不吃糖。他禁止萨特晚上饮用水果汁。B医生认为萨特的状况有所改善,减去了一些药。离开时,萨特不满地说:"他对我不感兴趣了!"这倒是真的;虽然B医生为萨特认真地治疗,但他对萨特是一个作家这一点不感兴趣——他竟建议过萨特去写诗。

以后一些天,他同阿莱特、我、西尔薇和列娜在一起,不再神思恍惚,开始活跃起来。他已经很长时间不去剧院了。一天晚上,我们同米歇尔·维恩一起,去穆费塔尔街一家小剧院看了一出根据泰韦尼事件编写的非常好的戏剧《我相信我的国家的正义》(一个名叫泰韦尼的年轻囚犯死后被官方断定是自杀,但十分明显的是,他的"自杀"是预先被人安排好了的。他的亲属想弄清他死亡的真相,但没能成功),萨特为它热烈鼓掌。第二天,《现代》会议在他的住处举行,他注意听取了普隆执笔的关于以色列、阿拉伯冲突的社论。他参加讨论,对它进行评说。晚上,博斯特来这儿;萨特的精神仍然很好。

但在第二天,他同《解放报》社长朱利讨论一个越南裔学生被她的同学——一个黑人移民强奸的事件,使他很疲劳。我五点钟来看他,扶他去睡觉。第二天下午,我应他的要求读《包法利夫人》一章中的两种版本,他听着听着又睡着了。晚上,西尔薇和我们在一起,萨特是完全醒过来了;我们给了西尔薇一件很好的毛皮大衣,萨特感到很高兴。西尔薇准备了冷香茶代替被医生禁用的水果汁,萨特非常喜欢。第二天上午,他又见到他的青年朋友希腊姑娘,他很高兴;她要在巴黎住一段时间,在巴黎大学听哲学课。但在下午他又沉沉睡去。

第二天上午,他和朱利准备重新整理一下他们关于强奸事件的谈话。九点半我去一家咖啡店,萨特同莉莲通常在那儿一起吃早饭。她在那里,朱利也在,但萨特不在那儿。我看了一下朱利带来的文章,稿子没头没尾,萨特还没有露面。十点,莉莲打电话给他;他刚刚醒。他终于来了,喝了一杯咖啡,吃了一点东西,我带他回我家。我们用了两个半小时,整理出一篇像样的文章,它发表在11月15日的《解放报》上。在这篇文章中,他思考了这个越南姑娘被强奸所包含的道德意义和政治意义。我给他读了奥雷斯特·普沙里的一篇文章,是关于萨特美学思想的,萨特对它颇感兴趣。(奥雷斯特·普沙里是里斯向我介绍的一位美国朋友。当时他是加利福尼亚大学教授,研究萨特的专家。)后来我们玩跳棋,但他看不清楚,只有作罢。那段日子,最使我难受的事情是,他相信——他希望去相信——三个月内他的眼睛就可以复原。

新住房准备就绪,连电话也已经装好。迁入新居使他高兴。从这时起,我每星期在这儿待五个晚上,睡在他隔壁的卧室里。另外两个晚上阿莱特过来。

萨特在下午仍然酣然入睡,甚至夜里已经睡够了,早上我读东西给他听时,他也时常渐渐入睡。他确实变得对许多事情都漠不关心起来。一天早上,他起床后,我为他擦去衬衣上的一点口水。他说:"噢,是我流出来的。两星期来我一直在流口水。"我没有提及这事,怕他为之羞恼,但他并没有把这当回事。使他有些不快的是他的昏睡状态:"像我这样睡真有点可笑。"他伤心地对我说:"我没有任何进展。"一个星期六晚上,他、西尔薇和我被邀请去吉泽尔·阿里米家吃古斯古斯,他没说一个字。我们同列娜在一家饭馆吃午饭时他也几乎不说话。

我决定去请勒普雷斯教授安排一个约会,库尔诺医生特别向我推荐了他。11月23日我们去比塞特看他。他检查之后感到十分惊讶,因为萨特的脉管以往状况是很不好的,而他观察到的后果却是良好的。据他说,从脑电图上看,没有致病的原因。对于昏睡现象,他还无法解释。他指示搞一个称为伽马脑电图的检查。他严格要求萨特戒烟。他对萨特说:"您的视力和智力都与此相关。"

离开时,萨特对我说,他要继续抽烟,但第二天他到底还是抽得少些了,使我和西尔薇感到吃惊的是,我们过了一个愉快的夜晚,一个我们很长时间都没有过的夜晚,萨特谈到福楼拜和关于被动消极的问题;他说:"两个星期以后,我将完全不抽烟了。"后来他允许自己每天抽三根;过后几天,先是每天抽八根,然后七根,然后六根,最后每天三根。他愿意活着,他愿意为之而奋斗。(不久以后,他又抽得很多。)

的确,他的生之乐趣看来又恢复了。他常去看他的年轻的希腊女朋友,她给他的生活带来欢乐。一天晚上,他同托米科、西尔薇和我在金钟饭店吃了一顿十分愉快的晚餐。只剩我们两人时,我们过得很幸福。我给他读一个关于他的论文集,他认为写得还不错。

他告诉我,他要请彼埃尔·维克多做秘书。布依格仍是他的日常事务的秘书;维克多将给他读书和协助他工作。莉莲打电话对我说,她很高兴这个决定。而阿莱特对我说,她很生气——她联想到施奈曼同罗素的关系,她担心维克多会变成萨特的施奈曼。(参看《万事已了》关于罗素法庭的部分。施奈曼是罗素基金会的主任秘书。在这个法庭上,他是秘书,他自称代表罗素并且是主要负责人。他想表达自己的某些意思时,就说:"洛德·罗素坚持认为……")但萨特非常高兴同维克多一起工作。我也很同意,我不必每天上午给他朗读了。我可以有一点时间自由支配。

12月初,他的状况既没有转好也没有转坏。他嗜睡。甚至在上午,维克多给他读书的时候,他也睡着了。我相信,这是一种逃避的方式。他无法接受自己近乎失明的现实状况。还有许多其他迹象表明他的这种抗拒。我问他:"上午你干了什么?""我阅读和工作。"我又具体地问道:"你为什么说你阅读?""哦,我又想到了包法利夫人和夏尔。我记起很多。"

一个星期四,我同萨特去乔莱克医生那儿,他是一位年轻可爱的眼科医生。他使我们绝望了:出血点已经愈合,但它在视网膜当中留下不可根除的疤痕,现在已成了死组织。我们离开时,萨特对我说:"那么我再也没法儿读了吧?"在返回的途中,他蜷缩在车里,打着瞌睡。后来这些天,他并不显得比以前更加悲哀。他早已听说过这个判决,虽然他想逃避真相,但他知道那是什么。现在他已经体验到它,却仍然想逃避。例如,他对我说:"不要把《解放报》拿走。明天上午我要看。"一天,我把灯从他的椅子旁挪开,他让我把灯放得离他近一些。"你不是说灯碍你的事吗?""是的,但我在看书时需要它,"他又改正自己的话,"哦,我是说,我随便翻翻时需要它。"事实上他已不能去浏览,正像他不可能细细去读一样。他总是想把我带给他的一些新书握在手中——就握那么一会儿。他的病况带给他的痛苦之大使他的精神麻木了。这种平衡状态能持久吗?应该指望它的持久吗?

根据他的伽马脑电图,他的脑子没有什么毛病。但有时他会说出一些很奇怪的话语。一天上午,我把药递给他,他对我说:"你是一个好妻子。"12月12日(星期三),在《现代》的会议上,他打起瞌睡来了。这天晚上,我给他读《世界报》上一些关于他的书的评论,他很注意地听着。

12月15日(星期六),我去他住所,看到他坐在写字台前;他极其伤心地说:"我没有思想了。"他要起草一个支持《解放报》的呼吁书,但总也写不好。我劝他去睡一会儿,然后我们两人一起做了这一工作。他发现自己很难集中注意力,即使这样,他仍然给我作了一些必要的指点。加维来取这篇文章,表示赞成。过了一会儿,我给萨特读热纳维埃夫·伊迪的一本小书末尾一段,这书是评论《词语》的,写得极好。他对这本书很满意。

有一次,他让我很伤心。他环顾自己的书房,说道:"想到这套房子是我的,这真是奇怪得很。"

"你知道,这是一套非常好的房子。"

"我现在不喜欢它。"

"怎么?过去你是很喜欢它的。"

"人们对某些东西是会厌倦的。"

"你厌倦得太快了点。我在我那套房子住了十八年,现在我还是喜欢它。"

"不错,但现在这房子是我不能工作的住所。"

几天后,我给他读波德莱尔书信中的一段,我对他说,他应该读一本关于路易丝·柯莱特的书。"我一回到巴黎就去读。"他答道。接着他又更正自己,"等我习惯了这种生活方式,我就去读。"这新房间和这新的生活方式都意味着他不再能够安心,不再是他真正的住所了。

他总是希望能够把问题看透——把事情想清楚——而现在,就他的眼睛来说,他拒绝相信那些明显的事实。我在回答他的问题时谨慎地说道,他不可能完全恢复视力了。他说:"我不愿意那样想。不管怎么说,我总觉得自己要好一些。"一次吃午饭,孔达问他怎样去忍受这样的事情,他答道:"只要你想到这是暂时的,那显然就可以忍受。"

他多数时间都是设法隐藏自己的焦虑。新年之夜,他、西尔薇和我在我的寓所过得很愉快。这年年底,他的状况好了许多;他很少打瞌睡,有时他完全恢复到了以前那个萨特的样子——例如,1974年1月2日《现代》开会,他就是这样。但在别的时候他又回到冷漠的状态。1月8日七点半,他回到家时,神色是那样沮丧、那样呆板,朗兹曼来这里待了一会儿,见状大惊。他临走时吻了萨特,萨特对他说:"我不知道您是吻一块墓石还是一个活人。"这话让我们的心寒透了。他睡了一会儿,然后听电台的法国音乐节目。夜晚我问他,他说那话是什么意思。"噢,没什么意思。只是开个玩笑。"我仍然追问他。他说他感到自己大脑空空，没有工作的欲望。他带着焦虑和几乎是羞耻的表情看着我："我的眼睛再不能恢复了吗？"我说，恐怕是这样的。我伤心极了，哭了整整一夜。

1974 年

几天后勒普雷斯教授打电话一再对我说，萨特的情况非常好，三个月内不用再找他看病，为了逃避太使人痛苦的实情而沉入睡眠之中，这是正常的。我对萨特说根据勒普雷斯的看法，他的健康状况很好。"但是我的眼睛呢？他说我的眼睛是怎么回事？"问话中，强烈的焦虑和希望令人伤心地交织在一起。"眼睛的事不是他的专业。"我说。"但一切都跟这有关呀。"萨特说道。他去睡了，而我心如刀绞。眼看着一个希望终将破灭，令人于心不忍。

后来的日子，我给他读波德莱尔的书信和斯特林德伯格的《女仆之子》，他依然顾自睡去。一次，我们同西尔薇吃午饭，他默然不发一语。我问："你在想什么？"

"什么都没想。我心不在焉。"

"那么在哪儿呢？"

"哪儿也不在。我是空的。"

这种神离天外的状况他时常有之。6月底的一个上午，我和他一起工作，修改他同维克多和加维的一个谈话。他睡着了。他对自己的视力越来越悲观。他对我说，眼睛的模糊程度日益加深。我们在"圆顶"饭馆吃午饭时，他又说："我有一种感觉，我的眼睛怕是好不了了。"接着又说："说到休息，这也没什么。"然后，他以一种不自信的口气问:"我还是像以前那样富于理智吗?"我说,当然是。我对他说:"我的可怜的人,你的心情不太好。"

"没有什么事值得心情好。"

他几乎完全不抽烟了。有一天我问他:"这对你太压抑了吧?"

"这使我悲哀。"另一次他对我说:"博斯特对他的朋友古尔诺谈到我的事。他说像我这样的病,需要十八个月才能完全恢复。"

"真的? 他对我说是十二个月。"

这时,萨特解嘲道:"你不认为我在两个月内就可恢复视力吗?(他的病发作在十个月前。)"他把视力和身体一般状况当成一回事了。

我同乔莱克医生有一个约会。他说,萨特不会瞎,但也决不会恢复到能很清楚地看东西的程度。我请他不要太直接地对萨特谈这个情况。我们在元月底去看他,他对萨特说,他的视力不会变得更坏。但当萨特问他,自己是不是不可能再去阅读。乔莱克只是含糊其辞。到走廊上,萨特说:"他好像认为我不再可能阅读和写作了。"他停住了口,好像被自己的话所震惊,然后又说:"这还得多长时间啊!"

第二天我们谈到他怎样才能在这一时期工作。正要上床睡觉,他突然说:"我的眼睛是不中用了……所有的人都这样告诉我。"他的声音使人发冷。次日他拾起一本被丢在一边的侦探小说,把它捧到灯下:"我希望能看清这标题。"他正确地辨认出来了,虽然往常他完全看不清报纸的大字标题。遗憾的是,这不能说明什么。他还保有一点点视力,但已是非常之弱了。第二天我问他,愿不愿意试着工作一会儿。"不，还不行，马上工作还不行。"他通常不轻易怀疑什么，但一涉及他的眼睛，他就很敏感。一次我们在一个花园里林荫覆盖的小路上散步，花园就在他住的楼房的大院里，从一个很远的玻璃门上我看到我们的影像。"噢，这是我们!"我喊了起来。"请不要显摆你的好眼睛。"他生气地说。医生给他的药使他大小便失禁。一天下午回家时，他弄脏了裤子。我帮他搞干净了，但我担心这病状会加重起来，使他痛苦不堪。泽登曼说，这是某些药物的正常反应，萨特的血压正常，反应能力也还好。

有件事让我吃惊。从前他是从不去看医生的，现在他责备乔莱克和勒普雷斯对他的病情关注不够。他想再去看那位罗马的眼科医生，那人在去年给他治过病。萨特喜欢这医生，因为他使萨特仍然抱有希望。

从他的脑力看，2月份他的情况开始变好。由于眼睛几乎看不见人，在人多的场合，他往往沉默不语。但2月份《现代》编辑部开会时，他的到会和他的智慧，使每一个人吃惊。他对于文章和调查工作提出了很好的意见。

会议当中，维达尔-纳盖特打电话对《解放报》2月20日、21日发表的题为《试论以色列的叙利亚俘虏》两篇文章提出抗议。这两篇文章因为萨特和我签名于一个呼吁书《为了在叙利亚的以色列俘虏的解放》而对我们提出质问，这个呼吁书发表在《世界报》上，签名的还有费雷德里克·杜邦、马克斯·勒热纳和塞尔迪-雷诺德。我们马上发表了一个声明，否认同其他签名者是完全一致的。《解放报》并未因此而减少对我们的攻击。萨特立即在《解放报》上回答了这两篇文章的作者,谴责他们的自我欺骗。

在这一时期他同意参加勒唐戴克和勒布利斯(他们俩跟萨特一样,曾是《人民事业报》的编辑)主编的《野性的法国》丛书的编写工作,这套丛书先是由伽利玛出版社出版,后由今日新闻出版社出版。他们一起草拟了一篇丛书介绍。

"野性的法国,从某一点说,是面对'合法'国家的'真正'国家,或者说,是野生的,就像人们所说的野生罢工。这不意味着复古主义,也不一定是暴力。从根本上说是在社会某一处展开的一个沸腾的过程,这种沸腾使社会的一部分人奋不顾身,从动乱中显示自己作为自由共同体的存在,而把任何可能束缚它的传统框架排斥在外。"

"我们选择希望。我们敢于尝试可能实现的决裂,去争取全人类走向自由——只有平民的野性汇合之日,才能想象真正的自由……"

"这意味着我们丛书的目标既简单朴素,又雄心勃勃。简单朴素,因为我们从事实出发并不断回到事实上来;雄心勃勃,因为对我们来说,这是一条进入到一种可能的自由思想之路。"

这套丛书的第一本是勒布利斯关于朗格多克地区的书,我大声读给萨特听,我们觉得它是非常有趣的。《野性的法国》丛书打算包括——而最后也确实收录了——萨特同维克多和加维的全部谈话,它的最后一部分在3月份搞完。他们总结了这个讨论。通过这个讨论,萨特"重新学习了"自由理论,重新发现了"构想以自由为中心的斗争的可能性"。萨特认为,这个谈话中关于自由的思想"自始至终都是日益明晰，日益深化"。

但萨特的精神平衡仍然是不稳定的。他时时想动手工作。而结果是在纸上画一些难以辨认的符号。2月底我们同雷贝罗尔一家一起吃午饭。他们在对着福尔吉尔街的一条死胡同尽头有一个很大的画室，它被装修成一间十分惬意的居室，而雷贝罗尔在另一间工作。吃饭前他给我们看了他新近作的一些画，萨特悲哀地说："我看不清它们了。"又说："我希望几个月后能看清这些画。"他现在知道这是不可能的，但他希望相信时间是有利于他的。

3月17日，我们同西尔薇在普瓦西的"鲟鱼"饭馆吃午饭，我们年轻时很喜欢到这儿来，那是因为它的阳台被围起来后可俯瞰塞纳河，阳台上一棵大树森然而立。萨特很高兴来这儿。他觉得饭菜非常好，由于时常神思恍惚，这在他是很少有的。这天晚上他同阿莱特动身去朱纳斯，几天后阿莱特打电话给我：他身体还好，睡得较多。

"现在我真正的假期开始了。"几天后我们在阿维尼翁会面时他对我说。我们打算同西尔薇去威尼斯。火车把我们带到米兰，像往常那样，我们到了斯卡拉旅馆。1946年我们曾住在这儿，当时我们是那样愉快地重新发现了意大利。另一列火车把我们带到威尼斯，然后我们坐那种狭长的平底船到了"摩纳哥"旅馆，它在大运河边，靠近圣马克广场码头，我们房间正好面对运河。上午我和萨特在他的房间吃早饭，我读书给他听。大约一点钟，我们看天气情况，气候非常不稳定，时阴时晴——夜晚大雾常常遮没了圣马克广场。萨特午睡时我和西尔薇去散一会儿步，快到五点的时候我们三人一起外出。我带萨特看了从前的犹太人居住区,又去看了里阿尔托区,我们还去了丽多海滨浴场。因为所有的旅馆都关了门,我们费了好大劲才在海滨找到一家饭馆,一层温暖的薄雾围绕着它,我们吃了一顿不像样的午饭。这天晚上我们挑了一个我们喜欢的地方吃了晚饭,然后在旅馆的酒吧喝了一杯威士忌。

萨特在威尼斯总是感觉很好,但有时也陷入忧虑。一天上午,我在他的房间给他读书,天气是这样晴朗,我们决定下到水边的阳台上去,我要带去那本书。"干什么?"他问,然后又说:"以前,我头脑还清醒时,我们不读书,只是谈话。"我表示不同意他的说法,我只是因为他的眼睛才读给他听的;我们下到这个阳光拂照的阳台上,聊着天。实际上他仍然有非凡的思维头脑,他评论我们读过的书,和我展开讨论。但是他总是很快丢下正在讨论的话题,他既不提出问题也不提出新的思想,很少有什么事让他感兴趣。但作为补偿,他恪守着生活常规和那些出于原则形成的习惯,以固执的忠诚来取代真正的快乐。

一家报纸刊登了我们的一幅照片,并注明了我们现在住的旅馆,有些人就来与我们联系,很让人厌烦,但我们也很高兴蒙达多利〔他是我们书籍出版者的儿子,1946年他同我们一起在意大利旅行,以后我们常去看他。(参见《境况的力量》)〕打电话给我们,他来和我们在旅馆的酒吧喝酒。他留了一脸胡子,年纪大了,说话结结巴巴的。他已同他的妻子——漂亮的维吉尼娅分手了。他的一个朋友同他一起来的,这是位音乐家,正在法国费尼斯指挥多尼采蒂的最后一个歌剧《罗汉的玛利亚》。最后一场演出在第二天(星期天)下午举行。戏票都预订完了,但他们还是在王室包厢给我们找了三个座位。我们为演员洪亮圆润的嗓音和优秀的表演所倾倒。但对萨特来说,舞台就像一个黑洞一样,这使他悲哀。总的来说,他现在比任何时候都更希望看见。我们分手时,我问他,他觉得这一段过得好不好,他兴高采烈地答道:"噢,不错!"但他又补充了一句:"除了我的眼睛。"

4月2日(星期二)晚上,我们进入两间相通的卧铺车厢,吃了带火腿的牛角面包,喝了梅洛特酒。意大利铁路职工正闹罢工,开车晚了一小时。早晨乘务员给我们送来早餐,告诉我们蓬皮杜去世了。一些法国旅游者十分惊恐,他们仿佛看到了将会发生的混乱状态。一个深受刺激的妇女哭叫道:"这下证券交易所的价格要暴跌啦!"

为了不马上重新回到巴黎的生活习惯中,萨特同我在我的寓所住了几天。星期六上午,我同他去看了乔莱克。萨特的眼压还好,没有大量出血。根本问题是,在剧院里他在黑暗中,舞台上的灯光十分刺眼,看不清舞台上的任何东西,但对光还是有感觉的。萨特离开医生时十分愉快:"总而言之,我的状况还好。一切都正常。"他接着说的话没有往常那种明显的沮丧语气了:"他好像认为我决不会完全恢复视力。""是的,你不可能完全恢复了。"我说道,把可能和不可能说得含糊不清。不管怎么说,这是第一次萨特说起乔莱克时没有厌恶之感。我想,在威尼斯时他曾担心眼睛会全瞎,现在他知道自己的视力是稳定的,这使他宽慰。然而即便糖尿病专家和勒普雷斯医生都很满意他的健康状况并减少了用药量,萨特仍然十分悲哀地说:"我的眼睛呢?我不能恢复它了。"

尽管气候如春似夏，他却有点郁闷。"我觉得生活日复一日，毫无变化；我看到你，看到阿莱特，看到各位医生……然后这一切又重复一遍。"他又说："甚至就这次选举来说，人家请我，让我去讲话，但这与阿尔及利亚战争时的情况有那么大的区别。"我对他说，在我同女权主义者的交往中也有同样的感受。"这是年龄所致。"他最后说道，但不是很悲哀。

在4月13日和14日，萨特同《解放报》有一个关于选举的谈话。他希望夏尔·皮奈特成为候选人。（皮奈特组织过利普工人的斗争，萨特以密切的关注追随他们的曲折斗争。）他说明他将不投密特朗的票。"在我看来，所谓的'左翼联盟'是一个笑话。"在同加维和维克多的谈话中他说到反对古典的左翼力量。"我不认为左翼政府可以容忍我们的思想方式。我想不明白为什么我们应该去投赞成那些人的票，他们唯一的想法就是跟我们吵架。"他说，他愿意投皮奈特的票，这是因为他确信皮奈特决不会选上。"如果皮奈特有当选的机会，我不知道我会不会去投票选举他"，他最后说，并且笑了起来。

4月28日他同加维和维克多去布鲁依介绍他们那本还没有出版的书《造反有理》，他们刚刚搞完。在布鲁依有一个正义与自由委员会，是它邀请他们去的。萨特见到了以前的左翼组织分子，但这次会议不是很有成效。那本书最早是在5月作为《野性的法国》丛书中的一本出版的。《世界报》很快发了两篇对该书评价甚高的文章。萨特同维克多、加维和马尔库塞一起讨论了这本书，他和马尔库塞是第一次见面。谈话时萨特的希腊女朋友在场，她为《解放报》写了一篇关于这次讨论的报道。5月24日，萨特给《解放报》寄了一份辞呈，辞去社长职务。由于他的健康状况,他放弃了在左翼报纸的一切职务。

自1974年初以来,萨特签名于许多抗议书。一个是发表在元月的《解放报》上——由避难所调查团起草的关于热罗姆·迪朗的文章。热罗姆·迪朗是安第斯人,是亚珉任意拘捕的受害者。3月27日,在这家报纸发表了一个新闻公报,与阿兰·莫罗有关,谈到亚历山大·桑吉内蒂对阿兰·莫罗发表在1月9日《解放报》上的谈话提出控告的问题。

6月初,萨特是真正好了。我觉得他"完全变了"。他不再昏昏欲睡,他想写一本自传性质的书,他现在正在构思。我们的谈话已恢复到以前我们经常谈话的那种水平。我们同西尔薇一起度过的夜晚非常热闹,有一次我们和艾丽丝·施瓦尔泽吃了一顿非常愉快的晚餐。一天,我建议在假期中用磁带录下我们关于文学、哲学、个人生活的谈话,他同意了。"这样将补救这个。"他说道,并用令人心碎的姿势指了指他的眼睛。

一天晚上,西尔薇带我们去歌剧院听《西西里的晚祷》。萨特穿了一件白衬衣,系了一条临时买来的领带。对萨特来说,这着实是一番打扮,使他觉得有点好笑。他喜欢这个演出。歌剧总体上有些不足之处,但有些曲子非常好,合唱也很不错,导演、布景和服装都是第一流的。遗憾的是,这些美好的东西萨特多少有点领略不到,虽然他的视力比在威尼斯时好了一些。尽管如此,当我们看完演出后在"金钟"吃晚饭时,他仍是十分愉快的。

选举的当晚萨特先到我的家,送给西尔薇一盒威尔第歌剧的磁带,然后我们去朗兹曼家看电视,听选举的结果。结果并不真正使我们震动。蓬皮杜留下来的那一堆烂摊子落到吉斯卡尔手上,这并不是什么不好的事。

6月底萨特的情况仍然不错。他好像对自己的半瞎状态已经忍受下来了。我们同西尔薇一起庆贺他的六十九岁生日,他十分欣赏西尔薇烹调的那一桌美味可口的晚餐。我们激情满怀,为他的健康举杯祝贺。

他仅有一事深感忧虑。他的朋友、那位希腊姑娘看来不仅是过于兴奋而且实际上已经是疯了(从这个词的完全的意义上讲)。她在奥图尔街上当众大闹了一场,被带到圣安娜医院,从那儿出来又进了大学区的医院。精神病医生对我们说,这大概是一次谵妄病的发作,一个暂时性的妄想状况。7月5日上午我和萨特去茹尔当大道看她时,她看上去病得很厉害。萨特去她的房间看她,我在一个小厅里等着,一个小时后他们同我会了面。她穿了一件很长的白衬衫,头发散乱、脸庞消瘦,看上去活像电影里的疯女人。她带着往常那种温文尔雅的态度同我打招呼。萨特和我叫了一辆出租车去巴尔扎尔饭馆吃午饭。同梅琳娜的谈话使他震惊。她对萨特怀有敌意,指责萨特把她关进了精神病院,一定要他放她出去。萨特为自己辩解。"你一定也把阿尔都塞关起来了。"她反驳道。(在索尔本,她参加了阿尔都塞的一次演讲会,阿尔都塞前不久因精神失常住进医院。)她的父亲被通知来巴黎,他准备在几天后带她回希腊。"我想我再也见不到她了",萨特沉痛地说。我觉得在这种情况下离开萨特是很不好的。西尔薇来接我们,我和西尔薇送萨特到阿莱特住的那栋楼门口,他和阿莱特在这天晚上动身去朱纳斯。萨特的手中拿着一个塑料袋,装有我为他整理的洗漱用具。他透过雨幕和他眼睛里的薄雾看着我们。

我同西尔薇在西班牙旅行,从朱纳斯、巴黎和佛罗伦萨发来的电报使我对萨特的健康放了心,萨特同万达在那边小住。这次旅行到最后很糟糕。在蒙彼利埃,在从西班牙到意大利的途中,西尔薇接到她父亲逝世的消息,老人死于心脏病。她把我留在阿维尼翁后,就动身去布列塔尼,我继续坐火车去佛罗伦萨。

当我在萨特住的旅馆大厅里见到他时,几乎认不出他来了,因为他戴了帽子,白胡子遮满了下巴。他不会刮脸,又怎么也不愿意去理发师那儿。在去罗马的火车上,萨特打着瞌睡。但第二天早上,我们再次来到我们那带阳台的房间时,我高兴地看到他的情况很好。旅馆的理发师成功地赢得他的信任,他允许这人给他刮脸,这样一来他就显得年轻多了。在这之后他用一个电动刮胡刀刮脸,很方便,这是西尔薇几天后同我们会面时带给他的。

西尔薇教我使用磁带录音机,我开始同萨特进行一组我们在巴黎就开始的对话。他全神贯注地进行了对话,只是有几天他很累,我们的进度就慢了一些。

除了这个新方法的尝试,我们的生活像以前那些年一样有着同样的节奏——短途散步、听音乐、阅读报纸和书。其中我给萨特读了索尔仁尼琴的《古拉格群岛》和费斯特的《希特勒》。晚上我们在我们喜欢的饭馆平台上吃晚饭。

一天晚上,我们沿一条狭窄黑暗的小街回家,从一辆驶过来的汽车里伸出一只手强夺我的手提包。我紧紧抓住它不松手,但最后它仍被夺去,我也被拉倒在地。西尔薇和萨特帮助我回到旅馆,旅馆就在附近。他们请来一位医生,医生对我说,我的左臂脱了臼。他用绷带进行包扎,第二天我去上了石膏。这一年经常发生这样的事情,我们再也不夜晚步行外出了。.

西尔薇把汽车开回巴黎。博斯特一家来看我们,只待了一会儿。现在只有我们两人了,我们录下了几次谈话。由于9月中的大雨和暴风,我们很少外出。

我们在9月22日回到巴黎,萨特回到那个他"不能再工作"的住处感到很不高兴。晚上西尔薇来这儿,萨特对她说:"您来看死人的家吗?"过了一会儿,我问他为什么这样,他答道:"为什么?显然,我是一具活死尸。"这是在开始一项活动之前。只要活动起来,他就根本不是垂死的而是充满了生气。我们继续我们的对话,他说他是很愉快的。最后他正视了半瞎的状态,并且为能很好地适应这种状态而自豪。他做的第一件事是给吉斯卡尔·德斯坦写一封信,要求让贝利·列维(彼埃尔·维克多)获得国籍。9月30日,吉斯卡尔写了一封回信——在信中他避免称萨特为"大师"——答应很快解决这个国籍问题,最后说:"从您所写的来判断,一切都使我们相隔甚远。但我不像您这样相信这一点。我从不认为人与人的不同只是由于他们得出的结论。他们的探索过程本身也应得到考虑,正如您所知道的那样。"(这是萨特和吉斯卡尔通信的全部内容,有些报纸在萨特逝世后提到此事。)国籍很快就取得了,萨特写了一封短信表示感谢。维克多为了庆祝此事希望开一个晚会,邀请他所有的好朋友;

因为萨特和我打算参加,莉莲·西格尔让出她的寓所,这样我们就方便多了。

萨特重新开始参加《现代》的会议。所有参加10月2日会议的人———埃切雷利、普隆和豪斯特——都认为他完全改变了。他再次见到《解放报》的同事们。10月15日《世界报》刊登了由朱利执笔、萨特和她共同签名的一份呼吁书拯救《解放报》。这报纸由于债务所压,被迫暂停出版。萨特和朱利号召公民捐助七千七百万旧法郎,这是报纸生存下去所必需的。他继续同维克多进行他们的讨论,还有许多约会;下午和晚上我给他读一些他想了解的书。(葛兰西的政治文选,关于智利的报道,最近几期《现代》,关于《超现实主义和梦想》的论文集和康坦·贝尔的《维吉尼亚·沃尔夫的一生》。)他不再打瞌睡,他几乎完全适应了吃饭、抽烟和散步等活动。他很亲切地对我说:"我向你保证,一切都很好。你读给我听,我们工作;我的视力做一般的活动是足够了。一切都很好。"我为他恢复了心神的宁静而高兴。(实际上,是怎样的宁静? 这是哲人的骄傲和不添累赘的欲望? 怎么说呢,我有切身体会:这些精神状态是不可能形之于词语的。包围着他的自尊、明智和担心阻止他去诉苦,甚至对他自己。但在他的心灵深处,他感受到了什么? 没有一个人能够回答,甚至他本人。)

11月16日,萨特在一个与联合国教科文组织断绝关系的声明上签名,联合国教科文组织表示拒绝让以色列在世界上任何地区生存。这时,克拉韦尔作为一个中间人,建议萨特在一组电视节目中谈一谈自己。开始他拒绝了。后来又回绝一两次,他不愿意以个人的身份在电视上露面，以免给人一种支持某个官方组织的印象。但当他同维克多和加维谈到这事时，他有了一个新想法：在这个节目中谈一谈自他诞生以来他所经历的或接触过的本世纪历史。我同意了。他希望从深处更新我们对当代的看法，以此来影响观众。电视二台的头头马塞尔·朱利昂看来是赞成这个计划的——吉斯卡尔的电视台可以用这一组节目证明它的开明。

11月19日，萨特就这个问题对《解放报》有一个谈话。他不抱什么幻想。他说："我们正好看看我们可以走多远。"

现在还有另一些事情深深地吸引着他。在11月21日的《解放报》上，他发表了一封信，抗议德国政府拒绝他去看安德列斯·巴迪尔。这是一个他介入其中的事情。1973年2月他同《明镜》有一个谈话，在一定程度上为"联邦共和国"的行动作了辩护。在1974年3月，《现代》发表了一篇史杰夫·特文斯的文章《感觉丧失的酷刑》，这是指对巴迪尔和他的同志所施用的刑法；同期还有一篇未署名的文章《酷刑的科学方法》和巴迪尔的律师克劳斯·克罗桑特的一篇文章《隔离的酷刑》。此后，克劳斯·克罗桑特请萨特代他去看一看巴迪尔关押的状况，萨特决定这样做。11月4日，他要求允许去看关押中的巴迪尔，丹尼尔·科恩-本迪特作为译员同他一起去。他的决心因豪格尔·明斯之死更加坚定，明斯因绝食于11月9日在关押中死去。萨特在发表于《解放报》的信中说，德国人的拒绝"只不过是玩弄拖延时间的把戏"。此信刊发后不久，艾丽丝·施瓦尔泽以《明镜》的名义，请他就这个题目做一个谈话并发表于12月2日。萨特最后被允许去同巴迪尔谈话，当时他解释了他介入此事的原因。他不赞同

"联邦共和国"在德国现实条件下的暴力行为,他希望表明他对一个被关押的革命战士的声援,抗议对这个战士的虐待。

12月4日,萨特同彼埃尔·维克多、克劳斯·克罗桑特和科恩－本迪特一同前往斯图加特,他同巴迪尔谈了大约一个半小时。博米·巴乌曼驾车带他去斯坦海姆监狱,巴乌曼原先是一个恐怖主义者,他有一本叙述自己经历的书列入《野性的法国》丛书。(几年后,他用克里恩的笔名,重写了这段经历。新书更名为《雇用的死神》。两个版本都有科恩－本迪特写的序。)同一天萨特举行了一个记者招待会,他的讲话的一部分发表在《解放报》和《世界报》上,他和海因里希·波尔一起在电视上呼吁成立一个保护政治犯的国际委员会。他的行动在联邦德国激起一个强烈反对他的运动,12月10日他在巴黎又一次举行记者招待会,克劳斯·克罗桑特和阿兰·盖斯玛也参加了。后来,在1975年5月22日的电视节目"卫星"中,有他关于巴迪尔的谈话。他并不认为去斯坦海姆监狱有多么重要。他说:"我认为这次访问是一个失败。德国公众的舆论没有改变。的确,这次访问反倒激起舆论反对我支持的事业。我说了我考虑的不是巴迪尔被人指责的行为,仅仅是他在什么条件下被关押,但这话等于白说——记者们总认为我在支持他的政治活动。我认为这是一次失败;尽管如此,如果这事有必要重来一遍的话,我还会这样去做。"(同米歇尔·孔达的谈话,参见《七十岁自画像》。)他在另一场合说道:"我感兴趣的是这个团体行动后面的动机,它的希望,它的活动,更广泛些说,它的成员的政治观念。"

12月2日,在去德国之前,萨特、维克多和加维去"圣迹"区一个讨论会上介绍《造反有理》。这个会议的地点是乔治·米歇尔的一个朋友筹措资金提供的，这位朋友委任他为艺术指导。乔治·米歇尔找到这地方并由他的室内设计师朋友把这房间改造了一番。这既是一个电影院，又是一个剧院，又是工艺商店，还是个售价非常便宜的自助餐厅。除了这一次，以后还有许多次，乔治·米歇尔都把这剧院交给萨特使用。

这一时期萨特非常忙。12月17日，在日本之家，他同日本学生进行了谈话，学生们希望了解他的哲学和政治之间的关系。米歇尔·孔达对这次谈话进行整理，发表在1975年的一家日本期刊上。他在一个呼吁书上签名，要求释放因在军队中主张民主权利而被关押的士兵。12月28日，在利埃维矿发生四十三人死亡的事故之后，萨特在《解放报》重新发表了他在伦斯发表的反对煤炭部的起诉书，并增加了一小段话，说明他的这个起诉书是对检察官帕斯卡宣布的。他同富柯一起，就这个事件举行了一个记者招待会。

他的首要工作是讨论我们打算为电视台创作的节目。在一个星期内他同维克多、加维和我就这个事情讨论了三次。我们停止了彼此间的对话，对话由一个打字员进行记录，这种工作是很困难的，因为我们说得相当快而罗马的钟声不时很响地遮盖了我们的谈话声。我们的注意力现在完全放在对电视节目的构想上。除了我们大家一起工作的时间外，萨特和我还用很多时间讨论此事，他用他那几乎无法辨认的字迹记下自己的思考和建议，维克多则在我们每次讨论后，把想法记在纸上，并找人联系相关事宜。在这个节目中，我们打算分十次讲述本世纪的历史，每次七十五分钟，余下的十五分钟联系主题谈一谈今天的现实问题。不到两个月,我们就草拟了六次节目的提要;要给这些节目以充实的材料,还需要历史学家的合作,我们求助于青年研究工作者,他们许多人都是维克多和加维的朋友。

1975年

首先一个问题是由谁担任这个电视节目的制片人。萨特希望特吕弗同他一起工作。莉莲·西格尔同特吕弗很熟,12月31日,她带他来看萨特,但特吕弗不打算干这事。他建议萨特去找罗歇·路易,说这人拥有较强的能力。罗歇·路易是一个出色的电视采访记者和制片人,他于1968年辞职。在一本非常生动的小书《法国广播电视局,我的战斗》中,他说明了自己辞职的原委,后来他创立了斯科普科洛,一个在贝勒维尔有着庞大社址的独立制片合作社。他同意帮我们干,这样就避免了官方监督。与埃德兰(一个非常重要的部"法国广播电视部"部长)谈判的结果是,允许我们在没有他的技术人员参加的情况下进行摄制工作,我们变得有自主权了。剩下的是选择导演。我想到伦茨,他的《绿色的心》我很喜欢。他为我们放映了他最近的一部影片。它描述了《绿色的心》的一位主人公卢路经过五年的囚禁出狱后的一天。萨特要离银幕非常近才能模模糊糊看到一点点,然后他再听别人读电影剧本。他非常喜欢这部影片,我们也是。加维和维克多认为它的政治性不强,但他们也不反对让伦茨来导演。罗歇·路易又推荐克洛德·德·吉弗雷,我们看了他制作的一些电视节目,我们同意了。他俩都同意跟我们合作,虽然就我们这方面来说,事情是没有任何保证的。

12月底,朱利昂在萨特的书房拍摄了六分钟的电视片,在该片中,萨特、我、维克多和加维宣布了我们的计划。拍摄花了我们一上午时间。几天后电视上将播放,我们十分高兴。1月6日,朱利昂在电视节目中雄心勃勃地介绍他这一年的计划,并准备播放这一短片,但没有播放,因为一个月前,加维干了一件蠢事,无论是萨特还是我都无法理解:他在《解放报》上写道,如果萨特同意为电视台工作,那仅仅是为了让电视台出丑。朱利昂对萨特说,加维刚刚写了这样的文章,他不能让加维在影片中出现。我们坚持说明我们同加维是一个整体,朱利昂不得不放弃把有加维的镜头剪掉的念头。最后,我们这个节目在1月20日播放了,虽然是经过审查的。

1月5日,我们召开了一个历史学家会议,他们多数从外省来。因为萨特没有出席,维克多主持了会议。1月7日我们同朱利昂和沃尔弗罗姆——朱利昂的得力助手——在莉莲的家里会面,为了落实一些事情,其中有一个经费问题。维克多和安娜·谢尼埃是制片秘书,到目前为止他们没拿一分钱,都是萨特自己掏腰包。1月22日,我们把六个节目的提要送给了朱利昂,他在20日支付了合同报酬一万三千五百法郎,它是部分付款,整个合同的报酬条件还有待谈判。我们打了十五次电话才弄到这一预支款。

除了每星期三次的"四人小组"会议,在萨特的住所,还有许多别的会。1月28日,萨特同伦茨和吉弗雷谈了一次话,2月28日又谈了一次。2月1日,历史学家们有一次会议,以后每月在斯科普科洛有一次全体会议。他们按照我们建议的主题分为几个组进行工作。

在这些会议上他们陈述了自己取得的成果。专门有一组是妇女,她们希望阐明妇女在近七十五年中所起的作用,这一作用非常重要,它多少有些被掩盖忽略。我们预料,历史学家带来的材料非常丰富,不可能全部拿来使用;我们想按照每一个节目的顺序使这些材料出版成书。我们与帕泰商定,他们将免费提供我们需要的全部文献。

我们需要一位律师来协助处理所有行政管理事宜和经济问题。我们选择了凯杰曼。我们都跟他很熟。2月20日,萨特和维克多向他说明了我们的问题。他建议我们应该要求尽快签署一个议定书,3月6日,萨特同朱利昂和沃尔弗罗姆在莉莲家会面,但他未能签成议定书,只得到第二张支票。钱分给了历史学家各小组,它们在凯杰曼的帮助下组成一个民事社团,作为这个电视节目的第五位作者。

正像我说过的那样,萨特因为无法看到跟他谈话的人而感到不便,在人多的场合他都不大显露自己。在通常的会议上主要是维克多在说话,他那一副权威的架势使一部分人被慑服,又让另一些人恼火。4月13日,萨特进行了长时间的发言,这个会开得相当激烈。

与会者取得的一致意见是,节目应该以萨特为中心,如果发生争执,由他作出最后裁决。但现在历史学家又对他们同"四人小组"的关系提出质疑。他们不想局限在文献资料的搜集上,而让别人据此得出结论。萨特试图说服他们,因为这节目的目标是一个"美学—意识形态"作品,它需要一个很小的写作班子来完成综合工作。历史学家们理解这一点,但总的来说,他们感到灰心丧气。幸运的是,那天中午斯科普科洛准备了极好的冷餐,这使紧张气氛得到缓和。与会者们吃喝起来,并可以三三两两地交谈。下午,会议的气氛显得友好多了。

5月10日的大会开得死气沉沉。第二天,我们都在斯科普科洛围在一张小桌旁吃午饭,但我们没有回到讨论上来。现在没人再有那种神圣的激情,因为议定书仍然没有签字,我们有点怀疑整个事情是否可以搞成。然而女历史学家那一组在一天上午来到萨特的寓所同"四人小组"见面,她们显得极愿合作,对节目一事兴趣甚浓。

钱的问题变得紧迫了。5月12日(星期一)我们四个人在萨特的住处会面,朱利昂也在,我们每个人都急切地同他交涉;他显然缺乏诚意。整个事情都取决于——至少在表面上——我们的工作被划为哪一类。如果它是一个戏剧节目,我们就可以得到我们需要的资金;如果它是一个纪录片,我们只能得到这笔钱的三分之一。朱利昂劝说电视作者和作曲者协会的会长阿兰·德考把它归到戏剧一类。我们约他在下一个星期三会面,萨特在给朱利昂的一封信中解释了自己的态度。

让-保尔·萨特

巴黎,1975年5月15日

电视二台台长巴塞尔·朱利昂先生

文学路158号

巴黎第七区

我们一致同意由我创作一部电视作品,即一组在一个综合性思想指导下的节目,它由图像、对话和评论制作而成,评论者有的是七十五年以来历史中的"角色"(我是其中之一),有的是扮演历史角色的演员。

显而易见,我们没有声称要考虑到这段历史的所有事实:我们所追求的不是文献式的客观性。我们对历史材料进行了选择,这些材料是围绕一个特殊主体的历史——我的历史——而进行加工的。

确切地说,我们要作往事的叙述,我们希望电视观众从自身历史出发,来判别这一历史中的真理和谎言。我们打算给作品以一种史诗的性质,使它成为本世纪的长篇传奇。

为了实现这一点,我们要运用各种美学手段:

——象征手法(例如,在第三部分引出《恶心》的主题);

——抒情风格(例如,在第三部分回顾西班牙);

——真实再现(例如,在第一部分中将出现一位1917年的战争顾问);

——戏剧场面(萨特和演员们各自表演自己的角色);

——材料的借用(例如,第二部分借用关于克朗斯塔德的俄国文献,这与它们原来的使用目的并不一致);

我们上面谈到的处理手法只是一些例子,它们不具有限定意义。

因此,我认为,这一作品只能被看成电视戏剧节目,完全不是纪录片。

5月22日,德考来见萨特;他态度非常和气,完全理解我们的意思。他把这个节目归到戏剧一类,这使节目有可能很快上演。维克多写信给历史学家们报告了这个好消息。

这时,同电视二台的对话仍在继续进行。6月11日,在沃尔弗罗姆的家,举行了一个至少有十四人参加的报告会,包括朱利昂、埃德兰、帕泰的代表,罗歇·路易和视听协会理事皮埃尔·埃马纽埃尔。我们遇到一个棘手的问题:如果孔达和阿斯特律克的电影《萨特自述》在电影院或电视屏幕上映出,这可能会形成与电视二台的节目唱对台戏的局面。这个问题因塞利曼——这部影片的制作者——给朱利昂写了一封信而后得到解决,他保证在萨特提供给电视二台的十个节目播完之前,电影不上映。6月18日,我们的律师凯杰曼同电视二台的律师布雷丁会面,他们起草了一个由萨特和朱利昂签字的议定书。6月底,历史学家和其他有关摄制人员召开了最后一次全体会议,他们对此事充满希望。7月5日,萨特离开巴黎,他并没有那么乐观:因为6月30日他写信给朱利昂,要求与他会面,但朱利昂没有答复。

虽然这个计划使萨特很忙,他这一年还从事了许多其他活动。我继续读书给他听,一般都是些关于最近七十五年历史的书。他听着我读并且做录音。他的智力没有衰退,对一切使他感兴趣的事他都有极好的记忆。但在时间和空间中,他时常摸不着头脑,对于日常生活的一些小小习惯,他变得不大在意,虽然以前他和我一样,对这些习惯是很注意的。

由于《弓》的一期刊载了《西蒙娜·德·波伏瓦与妇女斗争》一文,我问他怎样看待他同女权主义的关系,他在回答中颇多颂扬,但比较表面化。

3月23日到4月16日，我们在葡萄牙。一年前，1974年4月25日，这里发生了人们称为"石竹花革命"的事变。经历了五十年的法西斯主义统治之后，一些厌恶安哥拉战争的军官，搞了一次政变，这不仅仅是一个军事政变集团，这是全体人民的觉醒，他们对"武装力量运动"给予了支持。萨特希望亲临其境了解这个不寻常的事件。开始他很担心："我怎么能够看见里斯本呢？"但他很快就不再焦虑了。我们住的旅馆正好在市中心，靠近一个很大的露天市场，非常喧闹。天气很不错，但风很大，我们不能在户外阳台上待久。于是我们沿着大街在快乐的人群中散步，或坐在罗索的平台上。萨特此行所关心的主要是取得信息。他由彼埃尔·维克多陪同，有时由塞尔日·朱利陪同，同"武装力量运动"的成员进行了多次交谈。他在"红色兵营"吃午饭，不久前，一些企图暴动的军官曾向这儿发起过进攻。萨特对学生作了一次演讲，但他们对他提出的问题缺乏反应，使他有些失望。在他看来，这些人与其说是进行了革命，不如说是经受了革命。另一方面，他同靠近波尔图的一个自治管理工厂的工人有很好的接触。他还参加了作家的一次会议，这些作家在探讨他们今后要起的作用，他们有些不知所措。

萨特回到巴黎，在广播电台作了一个关于葡萄牙的很好的谈话；从4月22日到26日，由朱利编辑，《解放报》发表了萨特、我、维克多和加维之间的系列谈话：（1）革命与军人，（2）妇女与大学生，（3）人民与自治，（4）矛盾，（5）三种权力。萨特最后表示他有保留地支持"武装力量运动"。

5月,捷克哲学家卡雷尔·科西克寄给萨特一封公开信,谴责捷克政府对知识分子实行的镇压。他说到他个人遭受的迫害,其中包括他的手稿被没收的情况。萨特也写了一封公开信,表示支持卡雷尔·科西克。他写道:"你们的政府维护的是虚假的思想,它们不是自由人的精神所产生并检验过的,它们是从苏联拣来的词语拼凑起来的东西,被用来掩盖活动而不是揭示其意义。"他还在5月10日的《世界报》上发表了一个关于罗素法庭过去活动的声明。受该报之邀,他谈到越南战争结束的问题。他同蒂托·杰拉西有一个谈话发表在芝加哥的一家杂志上。其中谈道:"我的每一个选择都扩大了我的世界。因此我不再把它们的影响看成只是局限于法国。我参加的斗争是世界性的斗争。"这一年他在好几个文件上签了名:一个要求遵守关于越南问题的巴黎协定的号召书(1月26日至27日的《世界报》);一个对让-埃登·阿利埃的警告,阿利埃被控挪用了原打算用于为智利囚犯进行辩护的钱款(虽然还不能确认);一个支持巴斯克民族主义者的呼吁书(1975年6月17日的《世界报》)。

我们晚上仍然同西尔薇在一起,过得很愉快。一天,我们在马耶家吃饭。近几年我们又恢复了同他的关系——定期的令人愉快的会面,虽然并不经常;我们喜欢他的女伴纳丁和他们的儿子弗朗索瓦。她把这些晚餐搞成了实实在在的宴会。但那时马耶的白血病已经很严重了,他知道死神正在等着他。有一次我们在诊所看到他,他刚刚大病一场,穿着一件漂亮的长袍,瘦得皮包骨。那个晚上,他那漂亮的房间装饰着他旅行带回来的珍贵物品,我们觉得他是那样瘦,老得那样厉害。与他相比,我感到萨特真是显得年轻,他体重有所减轻，精神也很活跃。这是我们最后一次看到马耶，不久他就去世了。

6月，萨特感到自己精力充沛。学生们来看他，告诉他自己获得的学位，谈到研究生论文和有关他的专著。报纸经常提到他。"看来我又开始出名了。"他愉快地对我说。3月，孔达和他在朱纳斯待了三天，他们有一个很生动的长篇谈话，在他的七十岁生日之际，一部分发表在《新观察家》（全文重新发表在《境况》第十集）；同时赢得人们的祝贺——电话、电报、信件纷纭而至。在这个题为《七十岁自画像》的谈话中，萨特回顾了自己一生的各个方面，现在对自己和自己与世界的关系的一种模糊感受。"情况怎么样？"孔达问他。萨特答道："很难说情况很好，也不能说很坏……我的作家职业已彻底断送了……在某种意义上说，这使我失去了存在的理由。您可以说我曾经存在过而现在不存在了。我本来应该十分沮丧的，但由于我自己也不明白的原因，我的自我感觉还好——我从来没有因为想到自己失去的东西而忧伤、消沉……既然事已至此，我不能干什么了，我就没有理由难过。我有过艰难的时刻……现在我可以做的全部事情就是适应我的现状。现在我没法搞好的是……文章的风格，或者说是表现一个思想或现实的文字方式。"

在后面他谈到对死亡的态度。"并非想到它——我从不去想它；但我知道它就要到来。"他认为他至少还能活十年。一天，他根据他祖辈长寿的情况作了一个令人费解的预测，他指望活到八十一岁。他对孔达说，他很满意自己的生活。"没关系，我做了我想做的事……我写作过，我生活过；我没有什么可后悔的。"他还对孔达说：

"我没有老之将至的感觉。"他说他对事情并不冷漠，但他承认"没有太多的东西让我兴奋。我已使自己处在比较超脱的地位"。这谈话给人总的印象是，他对自己的过去十分满意并以安详的态度面对现实。

莉莲·西格尔在6月21日为他开了一个庆祝宴会。参加的人有维克多、加维、盖斯玛、乔治·米歇尔和我。我们都很快乐，萨特高兴得大笑。6月25日上午，同许多朋友一起，我们看了专为我们放的电影《萨特自述》。尽管他的视力几乎完全丧失，在我身边的他仍同银幕上的他一样。

我们准备去度假。这一年我们打算来一个新花样——我们不去意大利而去希腊，萨特对此十分高兴。同朱利昂的议定书没能签字，这使我们伤透脑筋，但我们还是充满希望；我们很满意我们和我们的合作者这一年所做的工作。萨特同维克多一起计划写一本题为《权力与自由》的书，他在这个夏季开始构思此书。

萨特先在阿莱特那里住了一段时间，后来又同万达在罗马住了一段时间；8月，我和西尔薇在希腊旅行，然后去雅典机场接他。他的身体看来很好。走路还不怎么行，但即使这样，后来一些天他可以走下缪斯山，并沿着他们称为跳蚤市场的小街散步。他又去探望他的希腊朋友。她的病已经全好了，现在在一所大学当助教。由于药物的作用，她的体重增加了二十来磅；她得病前是很喜欢讲话的，现在却变得非常沉默。但她仍然很美，萨特喜欢同她在一起。他们外出时，我同西尔薇在雅典城散步。

几天以后，我们开着汽车乘渡轮去克里特岛。我定了舒适的客舱，我们在船上很愉快。仿佛诗一样，我们行驶在海边一条不知名的路上，正是清晨七点，太阳喷薄而出。埃伦达海滩旅馆在我看来简直成了天堂乐园，它那粉饰一新的小屋有的散落在水边，有的隐约闪现在树木和群芳吐艳的花丛之中。我和西尔薇同住的房间正朝着大海；萨特的那一间在我们后面相隔有二十多米。房间舒适宜人，带有空调冷气。西尔薇经常在早上游泳，我和萨特听音乐——我们带了一台录音机和一些磁带——或者阅读。其中我记得有一本关于多列士的厚书和施雷贝尔总统的《神经病患者的回忆录》。我们在一个遮阳的露天餐室吃午饭；人们随意到一个食品丰富的热食和冷食的餐柜上取自己喜欢吃的东西。我们还开车作了几次远足，其中有一次令人流连忘返——到这个岛的东端转了一圈；另一次是去赫雷克林和克诺索斯；还有一次，有点远也有点累，一直到了卡尼。下午待在家里看书或听录音机。这儿没有好酒吧，但我们有冰箱，西尔薇给我们做可口的酸味威士忌。（勒普雷斯医生允许萨特喝一点点酒。）我们在房间里吃晚饭，几乎没有，或者很少几次去靠近旅馆的一家还不错的乡村小饭馆。这儿的一切都让萨特感到愉快。他的状况出奇地好，没有任何阴影笼罩他那快乐的心灵。

十二天后我们回到雅典。归航很不顺利，我们定了两个舱位，但他们拒绝给我们钥匙。在难耐的嘈杂声、热烘烘的气息和拥挤不堪中，我和西尔薇到接待处去要这两个舱位，跟那些人争吵起来，但没有结果。后来他们把我们三个硬塞到一个远远谈不上舒适的有四个床铺的舱位里。后半夜我们正睡着，一个办事员开了门："您是萨特先生吧？我们不知道。您的舱位已经准备好了。"但我们都拒绝再搬进去。

我们又愉快地沉浸在雅典旅馆的宁静之中。两点左右我们去一个带空调的冰冷的小酒吧吃烤夹心面包,喝一杯鸡尾酒。然后我们出去,或走或坐车到希尔顿六楼再喝一杯鸡尾酒,那儿可以远眺这个城市和远海的景色。我们吃晚饭的地点也不一定,经常是在卫城脚下的一家露天饭馆。

8月28日,我开车送西尔薇上船,她要带车回马赛,然后从那儿再开车回巴黎。两天后萨特和我坐飞机去罗德岛。航程很短。飞机开始降落时,我几乎不相信自己的眼睛。我们住的海边旅馆离老城大约两公里,我们住在六楼,是紧挨着的带有宽阳台的两间房。酒吧和饭馆设在面朝大海的平台上,我们每天去那儿吃午饭。快到晚上了,我们坐车去古罗德岛城门。我们沿着老街散步,这里是那样美妙和充满勃勃生气。这种同萨特一起发现地方的乐趣,我已经有很长时间未能领略了。有时,我们停在乡村里有大树遮阳的露天咖啡店,有时我们在城墙脚找一家充满趣味的饭馆吃一顿快餐。坐出租车返回之后,我在阳台上给萨特读一两个小时的书。天气很好,海景令人目不暇接,脚下辽阔的海湾让我想起了科帕卡巴拉。

我们作了两次远足,都是坐出租车。一次到林多斯,一个美丽的小村庄,街道的房屋被粉刷成白色,悬空在大海之上。这地方因它的卫城而特别有名,但要骑驴才能上去,我们没敢作这种尝试。另一次是去加米罗斯,一个保存得相当好的大古城。在路上我们看到一个坐落在山腰上的非常美丽的修道院。

我们回到雅典又待了十天。天气开始凉快了,散起步来十分舒适愉快。萨特散步还行,他甚至还登上了卫城。有时,他同梅琳娜一起吃晚饭,梅琳娜白天非常忙,她带他去一家雅典知识分子常去的咖啡店。萨特回来时常常要到十一点钟,他总是和我在他的房间里喝一杯威士忌。

在这期间他有两次接受采访,一次是对一份左翼日报,一次是对一份无政府主义小报。

这个夏天朱利昂给萨特写了一封信,他建议先搞一个"试点节目",这是侮辱性的,而且荒谬至极,因为我们的节目已经形成了一个整体,不能从单个的片段来判别。几天以后,在9月23日,我们回到巴黎,萨特、我和维克多——加维在美国——在莉莲·西格尔的家同朱利昂会面。萨特强烈地指责朱利昂。他说,他早已过了接受考试的年龄。试点节目的建议事实上就是一种考试,可以让人打上不及格、及格或良好的分数。我们唯一可以接受的鉴定人是观众,但这里要求提交的"试点节目"不是对观众而是对"专家"的,这就是说,实际上这是一个新闻检查措施。朱利昂提出的资金问题完全不是真正的问题,因为对于持续一个半小时的戏剧节目,一百万法郎的预算是正常的;这有许多先例可以援引。事情的真相是,节目的提纲被送到希拉克总理那里,这是由一个名叫安德烈·维维安的议员干的,他同法国广播电视局的关系密切,这些提纲是朱利昂拿给他看的。自1月份以来,维维安和希拉克就强烈地反对我们的计划,而朱利昂秉承他们的旨意,一直在欺骗我们。最后,等我们拂袖而去,他们的破坏活动便大功告成。

9月25日,萨特由我和维克多陪同,在"圣迹"区举行了一个记者招待会。9月24日,朱利昂刚得知消息,就打电话给萨特说,他同意给四亿旧法郎。如果在六个月前,还有足够的时间改变电视拍摄剧本以便削减它们的花费;(每一个部分都作一亿旧法郎的预算。这样十个部分的节目共需十亿旧法郎。朱利昂提供的不到一半。)现在这是太迟了,而朱利昂也知道一点。他这样做的唯一目的是不让公众明了事情的真相。事情还是真相大白了。在"圣迹"区有许多人参加了这个记者招待会。萨特精神抖擞,他详细地叙述了整个事情,确切地谈到事情的真相,说得完全令人信服。他给记者招待会加了个题目"电视审查制度问题"。他说:"有人说'萨特正在放弃'。不对,是被迫放弃。这是一例确凿的非直接的审查。"他说明朱利昂曾应允他完全自由地去表达自己的思想。我们把首次预算交给朱利昂时,他曾说:"即使费用超过八亿(旧法郎)我们也干。"后来萨特同政府就这个问题有一场争辩,我们的提要莫明其妙地落到希拉克手里,希拉克否定了这些提要。然后朱利昂想以慢慢跟我们磨的方式来实现政府的意图,到最后提出一个我们无法接受的试点节目的建议,以此来达到他的目的。

记者十分注意地听了这些说明,最后他们有些人问:"为什么您不把剧本拿到国外电视台去拍?"萨特回答:"这里谈的是法国的历史,而我要谈的对象是法国人。"另一个问题是:"为什么不借用电影的渠道?"他答道:"十个小时,时间很长。而且这套节目意味着首次运用一种富有生气的眼光来创作电视节目。我担心不可能同这个电视台一起工作,是马塞尔·朱利昂说动了我。但现在这已经过去了。我决不再在电视上出现,无论是法国的还是外国的。"他最后说：“过去，米歇尔·德罗依完全有自由搞他的1946—1970年编年史。”

总的来说，报界忠实地报道了这个记者招待会的情况，朱利昂则开始了一个反对萨特的诽谤运动。开始时他承认，“萨特先生不是一个守财奴，但他希望有一切可能的手段供他支配，以实现他的梦想”。但到后来他暗示萨特想得到一大笔版税，这完全不是真的。这笔钱原来都是准备交给那些历史学家小组的。他还控告萨特自己不干事，让年轻的同事们去干。这同样是谎言，萨特在“四人小组”和在所有的全体会议上都很努力地工作。最后，电视台的那些人放出一个谣言，甚至在斯德哥尔摩也引起反响，那边发了电文寄到法新社，按这个谣言所说，萨特要求获得他在1964年所拒绝的诺贝尔文学奖奖金。他对报界作了一个声明坚决地否认此事。

卢森堡广播电视台建议萨特、我和维克多在1975年10月5日的“每日奇闻”节目中接受采访。萨特同意了，我们准备了自己的谈话稿。但已发生的整个事件使他十分气愤。这个星期，阿莱特打电话对我说，她发现萨特非常疲劳。一天晚上，他同我在一起，突然说话十分费力，他的嘴角和舌头尖几乎麻木了。一刻钟后这个症状消失，但他告诉我，他经常有这种情况，我很担忧。

当我们去卢森堡广播电视台电视演播室时，萨特还没有恢复过来，他上楼梯时举步艰难。接待我们的记者显然是怀有敌意的，我感到紧张。萨特显得精神疲惫，他说得很慢，语调几乎没有任何变化。我非常担心他在这个节目期间神思恍惚的毛病会突然发作。我马上从对话者那边抢过话题，讲了很长时间，大谈我对朱利昂的看法。科恩-本迪特从瑞士电视台同时参与这一节目,搞得趣味横生。总的来说,这个"每日奇闻"是一次成功。

我们从广播电视台回到莉莲·西格尔的家,她准备了一个小小的午宴,席间有几位历史学家,他们因同电视二台断绝关系而深感失望。快到五点时,我把萨特带回他自己的住处,他睡了一会儿。他承认自己已是筋疲力尽了。"我们整整工作了五个多钟头。"他少气无力地说道。晚上他是在万达家度过的。第二天,即10月5日(星期天)上午,阿莱特给我打了电话。她说:"这不很严重,但……"在万达家时,他已经有点站立不稳了。她把他扶进一辆出租车,米歇尔在"大教堂"外面等着接他回他的房间。路上他又跌了几跤,早上她驾车送他到阿莱特家,他又跌倒了。泽登曼赶去,给萨特打了针,他嘱咐萨特要长时间卧床休息。萨特跟我通了电话,他的声音还清楚,但很微弱。他留在那儿同阿莱特吃午饭,然后阿莱特借了一位朋友的汽车送他回家。他们把他几乎是抬回到他的房间,扶他上了床。整整一下午我陪着他,泽登曼晚上来了。萨特的血压从140毫米汞柱上升到200毫米汞柱。萨特从他的房间到厕所这短短的几步路也需要人扶着。晚上我睡在他隔壁的卧室,总之,两间房的门都开着。

星期一和星期二萨特一直躺在床上。星期二晚上,勒普雷斯医生同泽登曼一起来了。萨特的血压是215毫米汞柱。他们会诊了很长时间。除了通常的药,他们又开了强力减压剂和瓦列莫去帮助他少抽烟。他们建议他起床后坐在安乐椅上,并且下午睡一觉。

生活又走上正轨。萨特在家吃饭。星期天西尔薇给他带来午饭。星期四是莉莲,星期一和星期五是米歇尔,其余三天是阿莱特。
而所有的晚餐,都是我到他那儿去时买一点东西来吃。

10月15日(星期三)上午,泽登曼又来了。萨特的血压降到160
毫米汞柱。他减了药,并对萨特说,他可以出去走动了。萨特这样
做了。看来他好像恢复到病前的那个样子,但他服用的药物又引起
小便失禁,有时在夜里,以致弄脏了他的睡衣,看见这些事情的发
生,他表现得无所谓,而我则感到十分难过。

尽管如此,他带着一种固执的表情说,他还要抽烟。我坚决反
对他这样做。如果他年老糊涂,深为痛苦的将是我——他并不意识
到自己的实际状况。是我说服他了吗?或者他被米歇尔读给他听
的一篇文章所影响?那篇文章说,在动脉炎的病例中,抽烟可能导
致一条腿截肢。总之,他几乎不抽了。他一天不超过四支,有时他
只抽三支。

有许多次,他好像为自己的境况而痛苦。一个星期天晚上,我
们谈到,一个人不可能指望活上一百年。他说:"说到底,我不过是
一个哑角的角色。"第二天我向他提到这句话,他告诉我他为什么这
样说,他恼火的是,加维冒顶他的名就西班牙问题在《解放报》发表
了一个谈话。这个谈话发表于1975年10月28日,当时佛朗哥奄奄
待毙。萨特说,佛朗哥有"一张拉丁人可恶的混蛋嘴脸"。这个说法
使许多读者气愤。萨特说,"这是一个错误——在谈话最激烈时讲
出的词语在写成文字时获得了另外一种意义——但这完全是我自
己的错。佛朗哥有他名副其实的脸,无疑他是一个坏蛋,也没有人
会否认他是一个拉丁人。"

他的健康状况没有恢复，他也知道这一点。"我的身体不是很好"，一天早上，他和莉莲在附近的"自由女神"咖啡店吃早饭时说道。他抱怨自己的嘴特别是喉咙有些麻木，使他的吞咽十分困难。他喝一杯茶或一杯橘子汁至少需要一个小时。他的血糖含量还正常，但他的行动越来越困难了。11月19日（星期四），从他的住处到"自由女神"咖啡店，一百多米的路他走得非常困难；大约两点，他去蒙巴拉斯城楼脚下的巴西饭馆时——我们常在那儿吃午饭——也是举步艰难。第二天泽登曼来看他，泽登曼发现萨特恢复得不太好，有些担心，勒普雷斯傍晚时也来了，他认为萨特比前一次见他时要好，总的健康状况也还好。但就他的运动神经（走路、吞咽）而言，他对我说："萨特已降低了一个水平，他不可能再升上来了。"我还记得，两个月前，萨特登上了护城墙；我担心是否有一天，他完全不能动弹了。由于他无法控制自己的反应能力，他又新添了一个肠功能紊乱的毛病。这太可怕了，当你的精神还健全时你的身体却背叛了你。

就智力而言，萨特是完全恢复了。他说："最重要的事就是工作，幸运的是，我的头脑还不错。"他又对我说："我的头脑现在比以前很长一段时间要清醒得多。"这是真的。他奋力地同维克多一起写他们计划的那本书《权力与自由》。他对我给他读的书和这个世界上发生的一切都有浓厚的兴趣，特别是对戈德曼的情况，他了解得非常详细。（戈德曼是一个左派分子，他被控告和被判定犯有抢劫和暗杀一位药剂师的罪行；在上诉中，他的暗杀罪被弄清楚了，但抢劫罪没有搞清楚。在监禁期间他写了一本书《回忆一个无名的犹太人》。他后来被暗杀,而杀害他的凶手一直逍遥法外。戈德曼是《现代》编辑部的成员。)11月中旬,我们认为戈德曼的上诉可能被驳回,萨特在维克多的帮助下,拟了一封抗议信打算交给《世界报》发表。后来因为对戈德曼的判决被撤销,萨特没有发表它,戈德曼的朋友都因这个审判结果而高兴。

由于萨特进行了许多活动,他再次感受到生活之乐趣。一天上午莉莲问他:"依赖别人,这不是让人很恼火吗?"

他微笑了:"不。这甚至让我觉得有点愉快。"

"被人宠爱吗?"

"是的。"

"因为你觉得我们爱你?"

"噢,我早就知道这个了。但这是让人高兴的。"

11月10日,《新闻周报》的欧洲版发表了萨特同简·弗里德曼的谈话。她问他:"当前您生活中什么是最重要的?"他答道:"我不知道。一切。活着。抽烟。"他完全感受到这个蔚蓝和金黄色的秋天之美丽,他乐在其中。

萨特常被要求签名于一些声明和呼吁,他一般都不拒绝。他同马尔罗、孟戴斯·弗朗斯、阿拉贡和弗朗索瓦·雅各布签名于一个呼吁书,去制止在西班牙判处十一个人死刑的行动(这个呼吁书发表在9月29日的《新观察家》上,由富柯、雷吉斯·德布雷、克洛德·莫里亚克、伊夫·蒙当德等人送往马德里。)当那十一人被处以死刑时,他签名于一个抗议信和一个呼吁书,号召举行一次向西班牙进军活动。他同密特朗、孟戴斯·弗朗斯和马尔罗共同抗议联合国把犹太复国主义视为种族主义的决议(见 11 月 17 日的《新观察家》)。他在一个要求改善被关押士兵状况的呼吁书上签了名,这个呼吁书于 12 月 15 日在巴黎互助大厅上被宣读。

他有一个新的娱乐活动。阿莱特为他租了一台电视机,有好的西部片或娱乐片时,我们就看一看。萨特坐得离电视屏幕非常近,这样他可以看得较为清楚。一个星期一的上午,我同他去看一部很不错的希腊片《演员游记》。经理专门为我们放这部片子,只有几个朋友在场,这样,我可以给萨特读字幕而不妨碍别人。

12 月 1 日,萨特收到署名 G.I.N. 的一封恐吓信⋯⋯吉泽尔·阿里米认为这是很严重的事情,G.I.N. 是一个极右翼团体,它自称爆炸过《解放报》的图片社。萨特向附近的警察局报了警,我让人安了一个防弹门。我真有点担心,但萨特不怎么在意。他的宁静没有受到破坏。"这三个月我过得极好",12 月底他对我这样说,他的确容光焕发。1976 年初,人们问他,他希望人们怎样来祝愿他,他热切地说:"活一万年!"

我们同西尔薇一起去日内瓦作了一个短期旅行,这使萨特非常高兴,尽管下着雪,天气很冷。我们在古城里散步,参观了科佩特,游览了洛桑。回到巴黎,萨特又恢复了他同维克多的工作。他甚至又开始写起东西来了。他的笔迹潦草模糊,难以辨认,但维克多能够辨认出一点来。他在尽最大可能追求自己的价值。"我不相信我写出了什么。"他对我说。但他发现自己正在《存在与虚无》和《辩证理性批判》的基础上进行自我批判,这说明他是相信它的。

1976年

3月初,萨特对我口述了一篇关于帕索利尼的文章。萨特在罗马见过他,十分喜欢他的一些电影,特别是《美狄亚》的第一部分,其中有一段对《圣堂》的美妙回忆。在这篇文章中,萨特回顾帕索利尼之死的背景。他先是自己用笔写,字迹无法辨认,后来又背给我听。这是一篇好文章,发表在1976年3月14日的《晚报》上。他完成这篇文章总共不到三个小时,这使他非常高兴。

我和维克多都认为,有好长一段时间萨特的脑子都没有这么好过。有时他确实给人一种他的智慧之光就要熄灭的印象,但那是在场的人太多或人们让他厌烦的时候;他也可以是充满生气、精神抖擞的。例如,在我们同艾丽丝·施瓦尔泽一起度过的晚上,他就是这样。但有一点是确实的:虽然他可以听别人谈话,他作回答或参加讨论,但他不再有创造性了。在他身上存在着一种空白,所以现在对他来说吃和喝要比以前重要得多。他很难适应新的东西,很难容忍别人反驳他。我几乎从来不反驳他的话,即使他对过去发生的事有着许多错觉。

3月10日,我们同西尔薇去威尼斯,这是我们三人永不会感到厌倦的城市。萨特迈着小步同我走了很长时间:"你不厌烦吗?同一个走得这样慢的可怜虫散步,你不厌烦吗?"他有一次问我。我对他说不厌烦,这是真心话。他能散步这个事实本身就已经够我高兴的了。他有时仍是忧郁地对我说:"我再不能恢复我的眼睛了。"当小汽艇上的游客扶着他的胳臂帮助他上岸时,他感到伤心。"我看来像一个衰弱不堪的人吗?"他问我。"你看上去眼睛不好用,这没有什么可难为情的!"我对他说。但这些乌云很快就消失了。我的右臂神经疼,很难受,我对他说:"看,这是什么? 这就是老之将至。一个人总是有这样那样要命的事。"他自信地说:"我没有这样的事。我什么毛病都没有。"这使我笑了起来,他想了一会儿,也笑了起来。他很自然地感到自己完全未受损伤,他比去年更好地适应了自己的状况。

又回到了巴黎,他继续同维克多写他的著作。这是一个美丽的春天——阳光灿烂,草木葱翠,萨特的花园里繁花似锦,鸟儿欢鸣。阅读,音乐和电影排满了我们下午和晚上的时间。这一年年初,新一集《境况》出版,内含四篇政治随笔,一个关于《家庭的白痴》的谈话,一个同我关于女权主义的谈话,一个同孔达的题为《七十岁自画像》的长篇谈话。伽利玛出版社《如此》丛书中再版了《存在与虚无》,在《思想》丛书中再版了《境况》第一集。《辩证理性批判》的英译本在伦敦出版(德文本于1967年出版)。萨特在澳大利亚广播电台的谈话——关于马克思主义,关于莱恩和关于知识分子的作用——被收成一卷在纽约出版。5月1日他就电影《萨特自述》的剧本作了一个谈话,他谈到他同法国电视台的争论。6月他在《解放报》发表了关于拉扎克的一封信:他很遗憾自己不能在降灵节参加关于拉扎克的会议。在这个月,《新观察家》发表一篇他写的短文,其中谈到企业中的劳动安全问题。

他还在一个声援"边缘团体"的声明上签名,这个团体1月20日占领了苏联大使馆的一座附属建筑物。在1月28日的《解放报》上他签名于一个呼吁书，要求共和国总统帮助让·帕潘斯基。帕潘斯基是一个小学教员，临时被派去教中学。1966年，帕潘斯基教一个班的英语，一个视察员来了；这人不懂英语，却写了一个说帕潘斯基教得不好的报告，让帕潘斯基回小学去。帕潘斯基要求对方改正错误的说法，但没有结果。1974年他发表了一个题为《蹩脚剧场》的小册子，抨击这个视察员、陪审团和不公正的提升。帕潘斯基被终生除名于教师名册，他因而开始了一个绝食抗议（长达九十天）。

在2月17日的《解放报》和2月18日的《世界报》上，刊登了萨特、我和五十名诺贝尔奖获得者签名的一份呼吁书，要求释放米克哈尔·斯特恩先生。我们一起发起了一个支援他的运动，最后我们取得了胜利。5月12日萨特和另外一些知识分子发表了一个公报，对乌尔里克·米恩霍夫在德国监狱的死表示震惊。

这一年夏天，我和萨特分开了一个月，萨特先是同阿莱特在朱纳斯，之后同万达在威尼斯度假；同时我再次同西尔薇去西班牙旅行。然后，我们三个人，萨特、西尔薇和我前往卡普里。我们住在奎斯桑那旅馆，在那儿待了将近三个星期，非常愉快——卡普里是萨特最喜欢的地方。每天下午，我们很早就去萨洛托喝点什么。萨特甚至两次步行到岛上汽车禁止通行的地方，这段路是很长的，他得经常坐在凳子上休息，但他的腿已经没有大碍了。我们在露天饭馆吃午饭时，他坐着晒太阳。凭窗远眺，他可以感觉到这如画的美景逐渐消失在蓝色的海水之中。

我们返回罗马——我们把汽车留在那不勒斯的一个汽车场——回到我们常住的那个带阳台的房间。第二天西尔薇走了，萨特和我还要一起待两个星期。像以往那些年一样，我们的日常生活是很愉快的。万神殿的一部分和邻近的街道现在被用作散步的场所，我们常去那儿散步。我们同巴索和他的妻子在拉文拉广场吃午饭。我们在威尼斯偶然遇见了乔斯·代恩和马尔卡·里包斯卡，以前我见过她们，她们来同我商谈为电视台改编《被解除婚约的妇女》一事。萨特很喜欢她们，我们一起吃晚饭。我们的假期结束时，博斯特一家来看我们并陪同我们去飞机场，从那儿我们飞往希腊。因为萨特答应过梅琳娜去雅典看她，我们在那儿住了一个星期。他白天同我在一起，晚上同她一起度过。我们没有去找过去我们喜欢的旅馆，不过我们住的那个旅馆就在它附近，十分阴暗。虽然外面阳光灿烂，房间内却不得不从早到晚点着灯。幸好我有工作可做。我开始搞那个改编的脚本，为《被解除婚约的妇女》写对话。

又是9月中旬的巴黎，除了少数日程的改变，一年前那样的生活又开始了。直到10月中旬天气才好起来，我们的心情也开朗了。而且萨特确实适应了自己的状况，他的事情进行得不错。他不再参加《现代》的会议，他以极大的热情同维克多工作，而人们总是要求他做这样那样的事情。10月，他参加了一个支持苏联政治犯的集会，要求释放库兹涅佐夫。他和勒布利斯和勒唐戴克一起，签名于博米·巴乌曼的书《西柏林的"图帕马罗"游击队》的前言（我曾说过，在萨特访问巴迪尔时，他给萨特开车），这书作为《野性的法国》丛书之一出版。这是一个从前的德国恐怖主义者的自传，德国警察在1975年没收了它；萨特同海因里希·波尔一起要求出版这书。这时它在法国出版。萨特写道："博米·巴乌曼的观点并不一定是我们的，但它们在直接向野性的法国呼喊。"

9月，《肮脏的手》再次在"水手"剧院上演。此剧在各省巡回演出已达一百五十场。除了马卡伯吕，评论界对该剧的反应都是很好的。电影《萨特自述》在2月底开映。评家们再次热烈赞扬萨特，观众成群结队地来看这部影片。《文学杂志》发表了一个萨特和米歇尔·西卡尔关于《家庭的白痴》的非常有趣的长篇谈话。(米歇尔·西卡尔是一位对萨特的作品非常了解的青年哲学教师。)有两期《政治周刊》是萨特专号，其中有夏泰莱、豪斯特和维克多写的文章。

"一个多么辉煌的复兴！"我对他说道。"一个埋葬前的复兴。"他笑着答道。实际上他是十分愉快的。萨特是很自负的，唯其如此，他绝不让自己陷入虚荣之中。像所有的作家那样，他关心自己作品的成功和它的影响。但是对他来说，"过去"总是很快就被超越，而他把一切指望都放在未来——他的下一本书，他的下一个剧本。他现在不再对未来多作指望，而他对自己的过去非常坦然。有几次他说道，他已做了他想做的事，他是满意的。但他不愿意被抛弃和被遗忘，即使这仅仅是一段时间。因为他不再可能用他老年的全部精力去制定新的计划，他只得和他已完成的东西合在一起。他把自己的作品看成是已经完成的东西，通过它们，他可能像自己希望的那样被人所承认。

11月7日(星期天)，在以色列大使馆，他接受耶路撒冷大学博士学位的荣誉称号。在他的讲话中(他精心准备过，并且已熟记于心)声明，他接受这个学位是为了促进以色列和巴勒斯坦之间的对话。"长时间来我是以色列的朋友。如果说我关注着以色列，我也关注着灾难深重的巴勒斯坦人民。"这个讲话发表在《贝尔纳·拉扎尔备忘录》。不久,萨特同埃迪特·索雷尔的一个谈话发表在11月底的《犹太人论坛》上。(埃迪特是勒内·德佩斯特里的前妻。我们是在古巴同她认识的。)他说,现在他不会以《对犹太人问题的思考》那样的方式写东西了。他谈到他在埃及的旅行和1967年在以色列的旅行,并说到,如果开罗大学授予他学位,他也会接受的。

11月《新左派评论》开始发表《辩证理性批判》第二卷中很长的一节。其中,萨特思考了苏联社会的情况和"单独一国的社会主义"的问题。所选的这一部分哲学色彩要比历史学色彩浓厚,因此,它们可以说是第一卷的延续,因为第二卷是试图深入到具体的历史中去。

在11月12日的《解放报》上,他发表了一封信支持拘留在里昂的五个科西嘉人。11月13日,他在对《政治周刊》的谈话中谴责给欧洲带来危险的德国—美国的霸权。他参加了"反对德国—美国的欧洲"委员会的活动,其中的一个爆发点是J.P.维吉埃。

梅琳娜来巴黎待了一个星期,萨特常去看她。他见到她的快乐要比在雅典时减少了许多,他发现她有些"空洞",但仍然对她充满着感情。

《现代》编委会的人员是大大减少了。博斯特听不清人说话,不再来了;而朗兹曼的全部时间都花在他关于大屠杀的电影上面。看来我们应该共同选择一些新的成员。由于萨特又开始参加会议,我们选择了彼埃尔·维克多、弗朗索瓦·乔治,后者经常与杂志合作,以及里古洛特,一个年轻的哲学教师,曾在杂志上发表过东西,他写的

Humanを termin

一封信深深地感动了我们；还有彼埃尔·戈德曼，我们对他的评价都很高。一天晚上他同朗兹曼来看萨特，我很快对他产生强烈的好感；萨特也同样，但像经常发生的那样，如果有不认识的人在场，他完全不说话。当他和我单独在一起时，他忧虑地说到自己的这种状况。我尽可能地安慰他。另一方面，在又一个晚上，当豪斯特和他妻子来同我们一起喝一杯时，萨特是非常活跃的，因为他与他们熟悉。

1977年

萨特的身体总的来说非常好。病情没有进一步发展。他走路并不困难，只是烟抽得太多，对身体大有影响，他也感到自己吞咽十分困难。但他的心情很好。"现在我非常快乐。"他对我说。尽管他认为自己情况的"好转"是他的葬礼般的"复兴"，那些关于他的文章还是使他很高兴。他的智力没有受到损害。假如他可以阅读，并反复读自己的作品，我相信他能产生出一些新的思想来。这段时间他在同维克多搞一个对话，谈到他们合作的意义和原因，这个谈话发表在1977年1月6日的《解放报》上。

在这个谈话中他说明了他即将出版的一本书《权力与自由》的新形式，这种新形式不仅适合于他不能握笔写作的状况，也符合他的一种热切希望：在书中应该表现出一个"我们"来。在他看来，这本书是"在我的生命将要终结之时我想要完成的伦理学和政治学"。当他想到这是一种联合产生的思想时，他又有些犹疑不定，因为他仍然相信一个人只可能独自进行思考。但他又希望通过"我们"去产生一种思想，"这要求一种名副其实的由你和我同时形成的思想；在这个思想活动中，我们每个人的思想都因另一个人的思想而发生一些变化；我们必须产生一个我们的思想，在这个思想中你在认出了自己的同时也认出我，而我也在认识你的同时也认识了自己"。

"不管怎么说，我的境况是很奇怪的；总的来说，我的文学生涯已经结束了。我们现在搞的这本书不完全是写出来的。可以说，我不是一个充满活力的人，我活着，但已经衰老了。我同你谈着话。我有点超然于自己的作品。我愿意同你一起……搞出一部超出我自己作品的作品。"

"事实上我还没有死，我能吃也能喝。但就我的文学工作已完结而言，我已经死了……现在我同自己作品的关系有了一个跟以前完全不同的变化——我同你一起工作；你的思想跟我的不一样，这使我进入了一个以前所不熟悉的领域，产生了某种新的东西；这是我搞的最后一部作品，它跟我以前的作品不同，不属于那些作品的整体之列，但实质上它跟那些作品又有相同的地方，比如，在对于自由的理解上。"

有一点是很明显的，萨特左右两难的处境使他颇为烦恼，但他努力去适应它，他不断地勉慰自己说，目前这种状况对自己也有积极的一面。

这时，他又几乎不能行走了。他的左半边腿疼痛——小腿、大腿和踝部。他没法站稳脚。勒普雷斯医生要我们放心——萨特的脉管病没有发展，这只是坐骨神经痛。萨特在自己的房间里待了两个星期，最后他还是没有好转。晚上，他的腿使他疼痛难耐，白天他的脚又折磨着他。一直到12月，他都能够不太费劲地走到附近的巴西饭馆；然而到了元月，他走这段路每一回要停下来歇三次，到了饭馆时已经是上气不接下气，而且腿脚痛得厉害。

那时我和阿莱特晚上都同他在一起，我们在他那儿睡。但到了星期六，万达要同他一起待到十一点；到了这么晚我和阿莱特再去他那儿很不方便。米歇尔提了个建议：星期六万达离开后她去萨特那儿，晚上就在他的隔壁房间睡。这种安排对我们每个人都合适，很长一段时间我们都是这样办的。

一个星期天，萨特、我和西尔薇在"棒槌"饭馆吃午饭，他的行为很反常——他好像完全睡着了。这天晚上九点左右，他的病情加重，我不得不拨急救中心的电话，请来医生；萨特的血压是250毫米汞柱。打了一针后降到140毫米汞柱。由于血压突然下降他第二天感到很不舒服。库尔诺医生来了，莉莲也在这儿，他把她拉到一旁问道："他喝了酒吗？"她说喝了的。她不愿意让我知道。萨特对她说，星期六晚上米歇尔同他在一起时，他喝了半瓶威士忌。萨特自己对我承认了这事。我打电话给米歇尔，对她说，为了这事星期六她不要再来萨特这儿了。过了几天，她对萨特说："我是想帮助你愉快地死去。我以为这是你希望的。"但他完全不想去死。这事发生后，每当星期六晚上离开他时，我都给他倒出一定量的威士忌，然后把酒瓶藏起来。这样，在万达走后他可以喝一点酒，抽一会儿烟，然后安安静静地去睡觉。

1月初，我们在西尔薇家吃了一顿喜庆午餐。伽利玛出版社出版了电影《萨特自述》的剧本，获得巨大成功。萨特同卡特琳娜·夏安有一个谈话,内容是关于他同女性的关系,发表在1月31日的《新观察家》上。他参加《现代》的会议,现在《现代》每月在他的住所开两次会,在两个星期三的上午,他参加讨论。他一般习惯于不拒绝别人的要求,这次他又同意签名于一篇文章,发表在1977年2月10日的《世界报》上,实际上这是维吉尔在同他谈话后写的。其中萨特谈道:"德国社会民主党于1945年重建以来,一直是美帝国主义在欧洲的最得力的工具。"他号召所有社会党积极分子同"德国—美国"在欧洲的霸权主义进行斗争。这篇文章的风格一点也不像萨特的,而且从萨特这儿发出一个向社会党人的呼吁,这也实在令人吃惊。朗兹曼、普隆、维克多等人都表达了他们的不满。

萨特答应梅琳娜在2月中旬去雅典大学作一次演讲,她在那儿工作。2月16日(星期三)他和彼埃尔·维克多坐飞机去雅典,他在那儿待了一个星期,同维克多一起吃午饭,同梅琳娜一起吃晚饭,同时打着腹稿准备他的演讲。他演讲的题目是"什么是哲学"。22日(星期二),原定为八百人的会堂里坐了一千五百人。萨特发表演讲,他讲了大约一个小时,激起了一阵阵雷鸣般的掌声。维克多认为这个演讲内容"简单"了一些,但因为大多数学生都不太懂法语,他们不可能透彻理解那些较为艰深的概念。第二天我去奥利飞机场接他们。我在排队通过的旅客中寻找他,他们当中有个人看到我担心的样子,对我说,"他们就在后面"。萨特和维克多终于来了,他们出来得很晚。萨特下飞机走这么长的一段路有点累了,但这次旅行他是很愉快的。

3月9日,梅琳娜来到巴黎。第二天早上不到九点,她在电话里惊惶地对我说,萨特同她去巴西饭馆吃晚饭,回来时在路上把腿给摔伤了,有两次他几乎倒在地上;周围的人把他送上电梯。他的脸像死人一样苍白,大汗淋漓,上气不接下气。我马上打电话给泽登曼,并且赶去萨特的住处。(在后面的讲述中我们再不会提到泽登曼医生了。他在德朗布尔街突然倒下,死于心力衰竭。)他的血压是220毫米汞柱。梅琳娜向我保证说,萨特喝酒没有过量,我相信这一点,因为她总是密切注意着他。况且现在他的头脑完全清醒。这天下午我同他在一起。晚上库尔诺医生来了,谈到萨特的一条腿痉挛的症状。第二天阿莱特打电话对我说,萨特又跌倒了几次,特别是在他要上床时。

库尔诺医生回去了。虽然萨特的血压下降了很多,库尔诺仍建议他去布鲁塞斯医院作一次检查。同每一个星期二一样,我睡在他的住处。一天早上八点半,莉莲来接我们。我和莉莲帮助萨特穿过花园,坐电梯,下楼然后坐进小汽车里。他几乎完全不能走。到了医院,一个男护士用轮椅把他推走。医生决定留他到第二天下午。在他接受各种检查时我留在他的房间,给他办理一些手续。医院开了午饭,他吃了一大半。他的右侧血压正常,左边要低一些;这说明两边不对称。我守在他跟前一直待到三点半,他睡着时我就看书,直到阿莱特来。

第二天上午我回到医院。头一天萨特吃了晚饭后,又看了一会儿电视,睡得很好。医生现在正对他进行一个长时间的X射线检查——胸部、腿部、手,等等。他们把萨特送回床上,然后豪塞特医生来了。他很有说服力地谈到萨特的病情。他说萨特只有戒烟才可能挽救自己的腿。如果他现在开始戒烟，病情就可能大为缓和，他还可能安度晚年直到正常地死去。否则他的脚趾要被切掉，然后是他的整个脚，他的整条腿。萨特看来很受震动。我和莉莲不太费劲地带他回了家。他说他想再仔细考虑一下抽烟的事。他见到了梅琳娜和阿莱特，第二天见到彼埃尔和米歇尔。下午晚一些时我到了他那儿，他走路好了一些。但第二天晚上，他对我说，他的腿每天夜里都要痛一个多小时。

星期天，他、我和西尔薇来到凡尔赛，我们到朋友科米克的漂亮的房子里做客。我们吃填鸭，喝些味道很美的葡萄酒。我们驾车返回时，西尔薇有点醉了，她向萨特说了一些很热情的话，这使萨特十分高兴。（她有时对萨特不太热情。因为她并不认为萨特有病，所以对他的有些做法生气，萨特总说她有"坏脾气"并因此责备她。但这并不影响他俩在各方面的关系。）

这天晚上我和萨特一边读书一边谈话。他决心第二天（星期一）停止抽烟。我说："想到自己正在抽最后一根烟，你不觉得伤心吗？"

"不伤心。说真的，现在我已经有点讨厌抽烟了。"

毫无疑问，这时他是把抽烟同一点一点地割掉他身体的一部分联系在一起了。第二天他把他的打火机和烟递给我，要我送给西尔薇。这天晚上他对我说，他的心情出奇地好，因为他停止了抽烟。这是他最终放弃抽烟，此后他再也没有抽烟的欲望了。甚至他的朋友在他面前抽烟时他也不受影响——的确，他甚至还赞同他们这样做。

下一个星期四,莉莲和我带他去豪塞特医生那儿进行一次私人会诊。豪塞特仔细查看了萨特的一个很厚的医疗档案,他祝贺萨特放弃了抽烟,并开了一系列静脉注射的药。他说,如果萨特感到有点痉挛性的疼痛,就应该立即停止行走,否则有发作心脏病或中风的危险。他坚决反对萨特去朱纳斯短途旅行的计划,他给我一个很厚的信封,要我转交给库尔诺医生。我们带萨特回家,我和莉莲一回到我的房间,就用蒸汽打开了豪塞特的信。这是一个很详细的病情概述,我们不怎么看得懂。莉莲把它留下准备给她的朋友,一个女医生看。

莉莲第二天打电话给我。她的那位朋友认为,这份报告是非常令人担心的——萨特的腿中只有百分之三十的血液循环。"如果注意照看的话,他还可能活几年。"她说。几年!对我来说,这个词是太可怕、太悲惨了。我完全意识到萨特活不了很长时间,但我和他就要永别的那个时间界限在这以前总还是模糊的。现在这一切都变得很近。五年?七年?无论怎样,是一个确定的有限时间。死,这个不可避免的东西,已经在这儿并且它已经占有了萨特。我以前那种漫无边际的焦虑现在变成了一种根本的绝望。

我努力让自己坚强地面对这个现实。我拿着重新封好的信回到萨特的房间,库尔诺医生当时打开后把它留在桌子上。他劝告萨特在两个星期内尽量少走动。我们准备去威尼斯,我说服萨特在飞机场定了一个轮椅。

在威尼斯,我们仍然住在我们历年来常住的那个房间,萨特非常高兴又来到这里。但他很少离开旅馆的房间。每次我们去他喜欢的一个饭馆吃饭都是一次艰难的长征。他连去圣马克广场也很困难。因为天气潮湿,时有阵雨,他也不能坐在咖啡店的阳台上。天气好时我们在旅馆餐厅吃午饭,在那儿可以远眺大运河。有时我们走过一条街到哈里酒吧去坐一坐。晚饭我们在旅馆的酒吧吃一个夹心面包片。多数时间他在自己的房间,我读东西给他听。下午他睡觉或者听收音机里的音乐时,我同西尔薇出外走一走。尽管如此,我们离开时,他仍对我说,他很满意在威尼斯的日子。

回到巴黎后的几天里,萨特见梅琳娜的次数很多。他又喜欢起她来:"同她在一起时,我觉得自己好像是三十五岁。"莉莲经常看到他们在一起,她对我说,在梅琳娜的陪伴下他的确变得年轻了。我觉得这很好,因为在他的生活中还能带给他愉快的事真是太少了!一天早上他正起床,右腿疼痛异常,以至于他说道:"我觉得好像他们在割我的脚。"服了止痛片后他好一点,又打了一针,他完全不痛了,但他走路仍很困难。单独和我在一起时,他很开朗,生气勃勃。但有外人在场时他常常变得退缩起来,封闭在自己之中。甚至有一天晚上同博斯特在一起,他一句话也没说。博斯特感到震惊,对我说:"我怎么能够想象这会发生在他身上!"

而我当时想,这对他是必然会发生的。他总是把自己的工作排得满满的,从不休息。如果他感到疲倦了,感到捉摸不定或者想睡觉,他就给自己服科里特拉纳(兴奋剂)。虽说他的动脉先天性的狭窄容易让他得病,但他至少没有做任何防止病发作的事情。他是在耗费自己的"健康资本"。他知道这一点,实际上他说过,"我宁可早一些死去,也要完成《辩证理性批判》"。我不知道在格罗德克的书的影响下，他是否可能多少有意地选择自己的处境。他并不真正希望去写《福楼拜》的最后一卷，但这一段时间又没有别的计划，所以他又不愿意完全放弃它。怎么办？对我来说，我可以闲居着而生活不会丢失它的全部意义。萨特不是这样的。他愿意生活——甚至强烈地生活——但是要有一个条件，这就是有可能工作。在这个回忆录中，读者会看到，工作是萨特无法摆脱的事情。当他发现自己失去了把工作搞好的能力，他就过量地喝酒；他的活动量加大得超过了他可能承受的限度，这必然会导致他疾病的发作。他没能预见到这会导致他近乎失明的状态，因此无比震惊。他想自己该歇下来了，对他来说，病是休息的唯一正当的理由。

现在我不再完全相信这个假设——一个有点过于乐观的假设，因为它假定萨特能够主宰自己的命运。但可以肯定的是，他晚年的这场悲剧是他整个一生的结果。人们可以运用里尔克的话来说萨特："每一个人都在自身肩负着自己的死亡，正像果子带着自己的核。"萨特的衰老和死是他的生活所导致的。大概就是因为这个，他能够那样安详地迎接它们的来临。我说这话时没有幻觉；这个安详的心灵也时常受到干扰。他越来越感到需要一杯酒。在这次度假前我问维克多，他认为萨特的健康状况怎样。"他越来越糟。"维克多答道。萨特在每次同他谈话之后都很气恼地要威士忌喝。

在1977年6月21日，他七十二岁生日时，他是十分愉快的，他同许多知识分子在雷卡米埃剧院欢迎东方的持不同政见者。与此同时吉斯卡尔在爱丽舍宫会见勃列日涅夫。萨特挨着米克哈尔·斯特恩博士坐着，我们为他的获释出过一份力，他十分诚挚地向萨特致谢。萨特同其他在场的人作了简短的交谈。

在这一年里,像往常那样,他签名于许多文章,都发表在《世界报》上:1月9日,支持处境困难的《政治周刊》的呼吁书;1月23日,反对摩洛哥镇压的呼吁书;3月22日,一封致拉瓦尔法庭庭长的信,信中表示支持伊万·皮诺,他因退回自己的军籍簿而被控告。3月26日,抗议一名歌唱家在尼日利亚被逮捕的信;3月27日,为争取阿根廷公民自由权的呼吁书;6月29日,寄给贝尔格莱德会议的请愿书,反对在意大利的镇压;7月1日,反对巴西政治形势恶化的抗议信。

此外,萨特和一个音乐研究家吕西安·马尔森有一个谈话,发表在7月28日。在这个谈话中,萨特谈到他的音乐爱好,他痛惜电台的《法国音乐》节目的新变化。该节目负责人在8月7日至8日的《法国音乐》上对他的批评作了回答。

7月初,萨特同阿莱特、布依格和布依格的一个女朋友——一位萨特非常喜欢的年轻妇女乘小汽车去朱纳斯。经过了已成为习惯的一番接送(自从他近乎失明以来,他坐飞机到达尼姆时总是莉莲去接他;第二天博斯特驾车去她家,送他和万达去飞机场,然后他们坐飞机去意大利。),他同万达去了威尼斯,他在那儿待了两个星期。我常给他打电话,看来他的情况很好。但莉莲的朋友宣告的那个结论仍然压得我喘不过气来:只有几年好活。我同西尔薇去奥地利旅行,有她和我在一起以及我对风景、城镇和博物馆的兴趣帮助我消除心中的不安。但在晚上,虽然我竭力去抵抗这种情绪,我还是不能完全消除它。我从萨特的房间拿了一管安定,现在我徒劳地指望靠吞服这种药丸来平复我的心情,我喝着过量的威士忌。这样做的后果是我的双腿发软，走路摇晃起来了。有一次，我差一点跌进湖里去；另一次，我走进旅馆的大厅，一下子跌倒在扶手椅上，女主人大为惊诧地看着我。幸好，到了早上我又恢复过来了，我们度过了一些很愉快的日子。

我们去威尼斯，西尔薇在罗马广场坐在小汽车里等我，我乘汽船去萨特的旅馆。跟往常一样，这时我又一次激动，我看到等候在门厅的他——看到他的黑眼镜、他那笨拙的动作。天气极好，我们和西尔薇驾车离去。我们在佛罗伦萨停了下来，我在精益旅馆预定了房间，房间的侧面有阳台，在上面可以鸟瞰整个城市。我们在酒吧喝鸡尾酒，萨特愉快地微笑着，正像他以前常有的那样。

第二天，大约两点，我们到达罗马，清冷凄凉的罗马。十分不幸，我们那套带阳台的房间没有了。它被租给一个美国人整整一年。但我也喜欢我们的新住所——两间卧室，被一间小客厅分开，客厅里有一个低低鸣响的冰箱。这套房间也是在十五层楼，我们可以清楚地看到圣·彼得教堂，还可以欣赏异常壮观的日落。

我们一起度过了三十五天，先是同西尔薇，然后是我们两人单独在一起。我想萨特是完全恢复了（除了他的腿，但他几乎完全不能行走）。他同我讨论我读给他听的书时，思路十分敏捷——特别是对苏联持不同政见者写的那些书。虽然博斯特一向对萨特的状况持悲观态度，但他和奥尔加来看我们时，他也为萨特表现出的活力惊讶不已。西尔薇走后的一天，离我们住的旅馆十码远有一个小咖啡店开始营业，它原先是一个汽车间。我们每天在这个小店的平台上吃午饭，吃一个夹心面包或煎蛋卷。有时在晚上，从我们吃晚饭的饭馆坐出租车回来时,我们停在这儿喝点威士忌,然后再回我们的房间。我们常安排在那儿同人们见面。

在罗马,这一年的夏天人们的精神动荡。一个学生在波伦亚被杀,该市市长是共产党人。在9月23日到25日举行了一个声势浩大的左派示威活动,前面我已经说了,萨特在一个声明上签字,反对在意大利的镇压。这一举动在意大利新闻界引起了轩然大波,特别是在共产党的报纸上。一家极左翼报纸《斗争继续》同《现代》的关系很好,请萨特就这个问题作一个谈话。M.玛索奇怂恿萨特支持波伦亚集会。罗森娜·罗桑达请他不要那样做,她预计这会引起麻烦。9月15日在我刚刚谈到的那个小咖啡店里,萨特同《斗争继续》的几个头头会面。他们以"自由与权力不可能结合"为题在9月19日的《斗争继续》上用四页的篇幅发表了这个谈话。萨特说明了他关于意大利共产党、关于历史的妥协、关于巴迪尔-明雷夫一伙人、关于东欧持不同政见者、关于知识分子对政府和党的作用、关于新哲学家、关于马克思主义等问题的看法。他说:"每当政府警察向一位青年战士开枪时,我总是站在青年战士一边。"他宣称自己是站在这个青年一边,但他不希望波伦亚出现暴力。他的话使每一个人都感到满意,包括罗森娜·罗桑达。

萨特的确说得非常好。在我们自己的谈话中他也是一样,我发现他完全是过去的那个萨特。我们谈到我们的一生,我们的时代,谈到大大小小的一切。

的确,他老了,但他真正是他自己。

他的心中往往有些奇思怪想。他不再希望梅琳娜来罗马看他,或者像原来设想的那样,我们去雅典看她。他说,他将给她这一年生活在巴黎的钱。因为他答应过这事,但现在他不想再见到她。"她是太追求自己的利益,没有意思。她对我不再意味着什么。"

我们回到巴黎不久,她也来到巴黎。萨特对她说:"我对你仍然有许多感情,但我现在不爱你了。"她哭了起来。以后,他每隔一段时间去看她。

在他的最亲近的圈子里有着许多女人:老朋友和新来的人。他愉快地对我说:"我从来没有被这样多的女人所包围!"他好像完全没有遭到不幸似的。当我问他这事时,他说:"是的,这个世界现在有着不幸的方面,但我不是不幸的。"他十分遗憾自己的视力是那样坏,最重要的是他不能看到这些女性的面容;但他感到自己充满活力。他同维克多一起读他感兴趣的东西,他也以看电视作消遣;在《现代》会议上他参加的讨论比往年都多。

他也对政治事件倾注了极大的关注,特别是对巴迪尔的律师克劳斯·克罗桑特的情况。7月1日他签名于一个反对引渡克罗桑特的呼吁书;在10月11日,他同"反对德国—美国的欧洲"委员会一起,提出一个新的抗议。11月18日,这个委员会发布了一个关于施莱尔事件的公报。10月28日,他、P.H.哈尔贝瓦克斯、达尼埃尔·盖兰和我签名于一个反对在对待波里萨里奥阵线问题上使用暴力的警告书。10月30日,他拍电报支持伊朗反政权的知识分子。12月10日他签名于一个呼吁书反对对画家安东尼奥·索拉的驱逐。

11月底他对我口述了一个为他的戏剧的美国版而作的短小序言,他很乐意做这件事,大约一个小时就完成了。

东巴黎剧院打算重演《涅克拉索夫》，这个戏剧从1955年上演以来，就没有在巴黎重演过。10月，萨特同乔治·维尔勒、安德烈·阿奎尔特和莫里斯·德拉吕关于这个戏剧有一个谈话，在12月他对此作了一个说明。他强调，他真正的目的是谴责新闻界耸人听闻的行为。他说："今天我无疑会选择另一种方式，但正像我以前所做的，我还会抨击某种新闻界，它恬不知耻地捏造完全是虚假的丑闻来欺骗它的读者。"有些人指责他同意重演《涅克拉索夫》，他回答说，他的所有的戏剧，包括《肮脏的手》，现在都已成为保留剧目，他看不出有什么理由要去制止这个戏剧的上演。

谈到这个问题，我想指出一种极大的误解，即认为"不要迫使比扬古尔绝望"的口号是萨特的口号。（让·迪图尔和另外几个记者坚持这种观点。）萨特的反对者们认为，如果出于对共产党的忠诚（他并不属于这个党），对某些令人为难的真相保持沉默是较为适当的；但萨特从没有这样做过。是他和梅洛-庞蒂最先在《现代》揭露苏联集中营的存在。他的这种诚实态度在后来一直没有改变。人们应该重读一下这个戏剧。瓦列拉，一个冒充"选择了自由"的苏联部长涅克拉索夫的骗子，被右翼新闻界收买去揭露苏联，揭露他是个其实什么都不知道的东西。维罗尼克，一位年轻的左翼战士，对他说，虽然他自以为欺骗了富人，事实上他是玩着跟他们一样的把戏，他将"使穷人绝望"，特别是比扬古尔的穷人。瓦列拉不关心政治，无耻之极，十分贪财。他用一种嘲弄的口气喊道："让我们用一切手段使比扬古尔绝望吧！"这些剧中人没有一个是代表萨特的。

1978年2月这剧首次重新开演。莫里斯·德拉吕，他曾是迪兰的学生,奥尔加要好的同学,来到萨特的房间接萨特、我、奥尔加和博斯特。他驾车送我们去剧院。萨特很喜欢这个剧的导演和演员的表演。闭幕后我们去演员休息室,他热烈祝贺维尔勒和演员们演出成功。

自从1967年在埃及和以色列旅行以来,萨特对中东问题特别感兴趣。萨达特对以色列的访问深深地激动着他。他写了一篇简短的引人注目的文章,鼓励埃及和以色列之间的谈判;它发表在10月4日至5日的《世界报》上。

他、我和西尔薇在这一年的年终过得非常愉快,我们在"多米尼克"吃火鸡。萨特对自己的工作和生活方式十分满意。"总的来说,自从我们回到巴黎以后,我的日子过得很好。"他对我说。

1978年

他仍然同许多年轻的妇女密切交往——梅琳娜和别的一些人。一天,他抱怨同维克多在一起工作搞得太少,我笑着对他说:"这是因为年轻的女士们太多了一点!""但这对我是有益处的。"他答道。的确,我相信这可以激起他对生活的巨大兴趣。他带着一种孩子般的自满心情对我说:"在这以前我从来没有像这样受到女人们的喜欢。"

还有一些因素使他保持了乐观的心情。莉莲·西格尔搜集了他的一些照片,我写了简短的说明,伽利玛出版社拿去作为一个摄影集出版。米歇尔·西卡尔为《斜线》杂志准备了一期关萨特的重要文章,他们常在一起讨论。让内特·科隆贝尔和许多年轻人来看他,同他谈他们写的关于萨特哲学的研究。伽利玛出版社把他的全部小说列入"七星"丛书出版,由米歇尔·孔达写序。"复兴"还在继续着,他的确被这种情景深深打动。

然而他现在有一个极大的忧虑:钱。自从我认识他以来,他在钱财方面一直是慷慨大方的;在他的一生中,他把自己所得的一切都给了各种各样的人。他有规律地每月拿出大笔的钱给不同的接受者。他从伽利玛出版社得来的津贴马上就用光了,他几乎没给自己留下什么钱。如果我要他为自己买双鞋,他会答道:"我没有钱。"而让他作为一件礼品接受一双鞋又是很难的。他欠出版者一笔数目不小的钱。这使他产生一种真正的焦虑,不是他自己,而是为所有那些依赖他的人。

因为希望就近了解萨达特访问的结果,2月,他由维克多和阿莱特陪同去耶路撒冷,维克多和阿莱特现在成了朋友。虽然这个旅行是很短的,我仍然担心会累着他,但他完全没有劳累感。在奥利机场,一辆轮椅推着他上了飞机。飞机着陆时,伊莱·本·盖尔接他坐进一辆小轿车。他们四人住在面对耶路撒冷老城的宾馆;他们也在死海海滨一家很好的旅馆中住了一夜。五天来,萨特和维克多同以色列人和巴勒斯坦人谈话。气温25摄氏度,而天空蓝得可爱。萨特陶醉在良辰美景之中。他喜爱活动,愿意了解各种事情,在眼睛允许的情况下他愿意看看当地的风光。如果像有些人说的那样,老年的特点是缺乏好奇心,那么他是完全不老的。

在这样短暂的调查活动之后,萨特决不会主动去写一篇文章的。维克多却希望他写。"你们毛主义者总走得太快。"萨特在他们

第一次谈话中就对他这样说。但维克多终于让萨特勉为其难地同意写篇文章,他们把这篇文章寄给《新观察家》,签上他们两人的名。博斯特打电话给我,十分激动不安地说:"这太糟糕了。大家都为这篇东西吃惊。得说服萨特收回它。"我读了这篇文章,发现它写得的确非常差劲。我转达了博斯特的要求。"行,拿回来吧。"萨特不在意地答道。但当我对维克多说起此事时,他勃然大怒。他从未受过这样的冒犯。他责怪我事先没有跟他说这事。我估计萨特原想对维克多谈谈这事,但他没有这样做,无疑是因为他没有把它当多大回事。我对维克多没有多说,至少暂时我们在外表上还是客客气气的。但不久,在我的房间里开了一次《现代》的会议,萨特没有参加;维克多、普隆和豪斯特三人就这篇文章大吵了一通——普隆和豪斯特认为它糟透了。维克多对他们出言不逊。后来他骂我们都是死尸并宣称他从此再不参加这个会议。

他的这种反应使我震惊。萨特和我年轻的时候,我们写的东西不知道遭到多少次拒绝,但我们从没有认为那是什么冒犯或侮辱。维克多当过"无产阶级左派"的头头,他保留了"小头头"的观念——一切都得听他的。他很容易从一种信仰转到另一种信仰,而且总是带着同样的固执。他有一种强烈的难以支配的热情,他对自己的信念从来固守不变,并且不允许别人提出疑问。因为他的这种特点,有些人感到他的话很有煽动力,但他与批评态度是格格不入的——写作却要求具备这样一种态度——如果有谁对他写的东西提出批评,他就觉得自己受到伤害。从那时起,他和我不再说话;我避免在萨特的寓所遇到他。这是一个不愉快的境况。在这之前,萨特的朋友也都是我的朋友。现在维克多成了唯一的例外。我不怀疑他对萨特的感情,也不怀疑萨特对他的感情。萨特在对孔达的一次谈话中谈到这一点:"我希望的一切就是我的工作将有人接着搞。例如,我愿意彼埃尔·维克多去完成这项作为知识分子和战士的工作,他也想完成它。从这个角度看,他是所有我认识的人中唯一使我完全满意的人。"他十分赞赏维克多那种志向激进的特性和希望一切的雄心,实际上这颇有点类似萨特自己。"当然你不能实现一切,但你应该希望一切。"也许萨特认错了人,但即使这样,也没有什么。他就是这样看维克多的。他有时去维克多称为"公社"的地方吃晚饭,那是维克多和他的妻子同另一对夫妇——他们的朋友——共有的郊外的一套房子。这样的晚上萨特过得很愉快。我不想掺和到他们之中,我遗憾的是,从这时起,萨特生活的一部分向我封闭了。

我们有点厌倦威尼斯了。复活节假日我选择了去西尔蒙拉,一个加达湖上有城墙的小城。那儿不允许汽车进去,除非车中的人是要在这城里住下的,我们正是这样。我们住进一家湖滨旅馆。像往常那样,我在他的房间读书给他听。因为他喜欢沿着狭窄而空旷的街道(星期天除外)散步,我们常走到靠近广场的一家咖啡店里,在阳台上坐坐。我们在近处的一家小饭馆吃饭。西尔薇开车带我们出去转很长时间,我们围着湖转。有一次我们重游了维罗纳;另一天,我们重游了布莱西亚。在返回巴黎的路上,我们在塔洛瓦尔的"冬爷爷"小旅馆歇脚。一般来说,萨特吃得非常简单,但这一次他也不反对品尝一下真正好的饭菜。

从这时起到暑假的这几个月,他的政治活动较少一些;年初,一个假的"萨特的政治遗嘱"在西西里岛出版。作者罗列了一些陈旧的无政府主义思想,把它们归之于萨特写的东西。萨特发表了一个声明否认此事。6月,他写信给《世界报》说,到了今天,1968年事件后的第十年,不应该再禁止科恩-本迪特回到法国来了。在这个月,他还签名于一个关于海德·肯普·博尔特切尔的情况的声明,她是一个德国姑娘,5月21日在巴黎受到警察审讯时被严重烧伤。

但真正使他感兴趣的事是他同维克多写《权力与自由》这本书。录音机记下了他们的谈话。他同米歇尔·西卡尔有一个谈话发表在《斜线》上,其中他谈到他是怎样看待这部作品的:"如果这书能坚持搞完,它将具有一种新的形式……是在两个活人之间的形式……是在两个活人之间的真诚坦率的讨论,在这部作品中他们详尽地阐述了各自的思想;当我们互相对立和辩驳时,这不是故意做出来的而是真实的……在这本书中,我们有互相对抗的情况,也有一致的情况,这两方面都很重要……对我来说,最根本的是,这书有两位作者,这样,在这书中就有矛盾、生活。人们……可以采取不同的观点来读它。这是使我特别感兴趣的地方。"

夏天来了。像往年一样,我同西尔薇在瑞典旅行之后,接着同萨特在罗马相会;我们在那儿度过了非常愉快的六个星期。我们返回巴黎时他的健康状况看来是稳定的。他同维克多讨论,我读书给他听。他仍然从他与许多女性的友谊中获得快乐。梅琳娜回到雅典,但其他的人取代了她。弗朗索瓦兹·萨冈在报刊上发表了《给让-保尔·萨特的情书》后,萨特和她常在一起吃午饭。他十分喜欢她。约瑟·达扬和马尔卡·里鲍斯卡为我拍电影时萨特也参加了,而

《斜线》为他准备的一期专号也已出版。

10月28日，他会见了从拉扎克来的一个农民代表团。《现代》上有几篇关于他们的斗争的文章。萨特出于几种原因对这个代表团产生兴趣：他们反对政府；他们反对扩张军队；他们找到了新的反抗的技巧；他们的活动是非暴力的，同时又完全打破了当局的秩序。1976年他们开万灵节会议时他本想前去同他们探讨这些问题，但他的健康状况使他未能如愿。

1978年10月他们有些人在圣塞弗兰进行了一场绝食斗争。有人来请萨特参加他们第二天举行的记者招待会。他因太累而没有接受他们的邀请，但写了一个在招待会上对记者宣读的声明："你们当然相信必须保卫法国，但你们认为军队不应该居留在远离国境的地方，不应该在乡村中占地万亩，不应该建立一个由新武器造成的灭绝地带；你们还会认为政府不应该把住有居民的大片土地租给别的国家的军队，让他们来此演习。你们是对的。在这样一个和平时期，把拉扎克变成一个据说是防止世界大战的基地，这真是莫名其妙，这只能说明当局者的愚蠢和欺世盗名。"

与此同时，他在考虑一个计划，这是一个从里昂来的演员吉约马向他提出来的——上演一部名叫《剧中人》的作品，这个作品是让内特·科隆贝尔根据萨特的一些历史和政治文章编写的。这部戏获得巨大成功，首先是在里昂的两个主要的剧院上演，然后在法国各地演了两年。

1979 年

3 月,萨特的以色列-巴勒斯坦讨论会由《现代》主持。自从同伊莱·本·盖尔一起旅行后,维克多一直有搞这个讨论的打算;他们经常互通电话。我们的以色列老朋友弗莱潘为《现代》提供了他主持过的一个关于以色列-巴勒斯坦问题讨论的会议记录,但他要一大笔钱,而这个文件并没有多少新东西。维克多认为最好是在巴黎安排一个类似的会谈,并在《现代》上发表会谈的结果。这要花不少钱,但伽利玛出版社愿意出这笔钱。维克多和伊莱通过电话拟定了一个参加者的名单,寄出了邀请书。被邀请者多数住在以色列。

会谈将要举行时,又碰到许多麻烦事,《现代》的办公室根本没地方可供开会之用。承蒙米歇尔·富柯的好意,我们可以用他那套宽敞、明亮、布置简朴优雅的房间,维克多在塞纳河左岸的一家小旅馆定了一些房间,在附近的一家饭馆定了间餐厅。桌子、椅子和录音机都安置在富柯的起居室里。尽管还有一些技术性的问题,第一次会谈仍然如期在 3 月 14 日举行了。萨特在会上作了简短的发言,宣布了会谈日程,这是他和维克多事先商量好了的。除了萨特、克莱尔·埃切雷利和我——我第二天没有再来——再没有《现代》编委会的人参加。他们,也包括我自己,都对维克多干的这事持一种不信任的态度。

会谈的参加者作了自我介绍。一位住在耶路撒冷的巴勒斯坦人伊布拉欣·达卡克认为这个对话是无意义的。萨特难道不知道在以色列的巴勒斯坦人和以色列人每天都在见面和互相谈话吗?既然没有邀请埃及和北非人参加,在耶路撒冷召开这样的讨论会,岂不更为简单和省钱?伊莱·本·盖尔和维克多辩解说,有些巴勒斯坦人现在不可能进入以色列。达卡克回答说,有些巴勒斯坦人也没有能从以色列到巴黎来。说完他宣布退出这个会谈。别的人实际上都是从以色列来的。除了巴勒斯坦人爱德华·塞德是在美国哥伦比亚任教,还有沙林·沙拉夫,是一位奥地利的巴勒斯坦教师。有一两个人说德语,其余的人几乎都说英语。有人志愿充当翻译。如果有以色列人说希伯来语,伊莱·本·盖尔就当翻译。谈话录了音,阿莱特把录音打印出来。会谈进行时,克莱尔·埃切雷利和凯瑟琳·冯·布劳不太热情地送上咖啡和果汁。在正式会谈之后,巴勒斯坦人和以色列人一起在维克多定的饭馆吃午饭,这样他们谈得比较放松一些。给他们安排的旅馆房间是那么简陋,这使得他们感到惊讶,更让他们吃惊的是萨特的近乎沉默和维克多——一个他们一点也不了解的人——所占的重要地位。一位小个子金头发的犹太教教士要求按犹太教教规给他开饭。《现代》的一位朋友施穆尔·特里加诺带他去梅迪西斯街的犹太饭馆。

会议发言多少还是有些意思的,有些动人之处,但总的来说是旧话重提——巴勒斯坦人希望归还他们的领土,以色列人——这都是些左派人士——同意这一点,但希望他们的安全能得到保证。不管怎么说,所有这些人都是知识分子,是毫无力量的。维克多却因这个会议而十分得意。他对萨特说:"这会成为一条重要的国际新闻的。"他可能失望。由于各种原因,这个会议结果在10月份一个以色列和平主义运动——它在政治上没有起任何重大作用——的刊物《现在要和平》上发表，反应平平。1980年夏天，爱德华·塞德——被维克多认为是会谈参加者中最负声望的人，对他的一些朋友说，他搞不清楚为什么把他从美国弄到巴黎来，他参加了这个讨论会，觉得搞得很差劲，谈到会议报告时，他认为更差。1979年3月，萨特受维克多的影响，也对这个会谈感到满意，我没有对他谈我的怀疑态度。

我们和西尔薇开车去南方度复活节假。我们在维恩睡觉，普安特饭馆的饭菜让我们大倒胃口。到了埃克斯，我们的情绪又高涨起来。我们住的这个旅馆离城约一公里，有一个大花园，空气中飘散着阳光和松树的清香，远远地，我们可以看到圣雅克托瓦尔的屋脊凌空而出，飞刺蓝天。坐在门外仍然觉得冷。我和萨特在他的房间读书，我们三人也常驾车外出，去附近我们喜欢的一些地方吃午饭。

回巴黎不久，萨特被一个半疯的人热拉尔·德·克莱韦斯弄伤了。他是比利时人，一个诗人，是我们的朋友拉勒曼特和弗斯特雷坦的被保护人。他在精神病院期间，有时到巴黎来，他一来这儿，就日甚一日地向萨特要钱。这次他又从病院获准出来。每次来，萨特都给他一点钱，最后终于对他说，请他以后再不要来了。但他还是要来。这次来，萨特和阿莱特在家，不让他进来，门只开了一点，门链条仍然拉着的。他们争吵了几句，克莱韦斯突然从口袋里掏出一把小刀，越过链条，朝萨特刺去。然后他使劲撞门，他用的劲是那样大，门上虽然装了钢板，但晃得厉害。阿莱特打电话叫来警察，警察在楼房的走廊上追赶了很长时间，才把克莱韦斯抓了起来，萨特流了很多血。他的大拇指被刺伤，好在没有伤到筋骨。他的手包扎了好几个星期。

6月20日，萨特出席了"为了越南派只船"委员会举行的记者招待会。这个委员会已经成功地进行了第一步工作。光明之岛号船在普洛-贝顿靠岸，接收了一大批越南难民。现在这个委员会希望在马来西亚、泰国的难民营和西方国家的过渡难民营之间建立一个空中补给线，为此需要动员新闻界。记者招待会在品泰西亚旅馆的大厅举行。格吕克斯曼同萨特一起参加，在这个招待会上，萨特同雷蒙·阿隆长时间来第一次握了手。富柯讲了话，接着是库克尼尔医生讲话，他在光明之岛号船上工作，然后是萨特，他在阿隆讲话前离开了一会儿。6月26日，他们一起去爱丽舍宫请吉斯卡尔多加援助船民。得到的答复是一些空洞的承诺。萨特并不认为他同阿隆的会见有多么重要，虽然有些记者一再谈到它。(这些记者宣称这是一个政治上的和解，意思是说萨特现在开始接近右翼的立场。这完全不是事实。)

这一年的暑假也过得很愉快。埃克斯的春天迷住了我们，8月里我们又回到这里来了。这次我们的房间在二楼，带着相通的阳台，在阳台上可以一直看到花园。我们常在阳台上坐着读书、谈话。有时我同他一起去"米拉波"吃午饭，他很喜欢在那儿吃饭——我们乘出租车去，因为萨特几乎不能走路了。或者在旅馆的花园里吃午饭，或者由西尔薇驾车带我们去我们喜欢的地方。我们常常看到远处浓烟滚滚——那是森林火灾。萨特住在这儿非常满意。他也很高兴西尔薇——她即将返回巴黎——驾车送我们去马泰格机场，我们在那儿乘飞机去罗马。我们又住进了我们的老房间，观赏着白色的圣彼得教堂,在阳光下灿灿然,在月光下幽幽然。我们又恢复了我们往日宁静的生活习惯。萨特经常看望住在罗马的一位美国姑娘,他最近才同她结识。我们两人一起去看艾丽丝·施瓦尔泽,还有克洛德·库奇,他同一个朋友卡特琳·里霍伊特住在这个城市。库奇对萨特健全的幽默感和愉快的情绪感到惊讶。他不很了解萨特,但曾想象过萨特因病状和丧失视力会受到沉重的打击,然而现在出现在他面前的是一个充满生活乐趣的人。萨特出现在公众场合时,常给人一种痛苦的印象。在吕泰塔旅馆相会之后,雷蒙·阿隆在写给克洛德·莫里亚克的信中说:"我感到自己看到的是一个已死的人。"(参见克洛德·莫里亚克:《不变的时代》第六卷)但在私人交往中同他交谈的人都被他那种不可征服的生命力深深打动。

他同意接受 M.马乔希的采访,她在《欧洲》上发表了这个访谈记录,但他不很喜欢它。

我们离开巴黎后不久,莉莲·西格尔从巴黎打电话给我们,告诉我们戈德曼被害的消息。我惊呆了。戈德曼总是准时参加《现代》的会议,我一开始就很喜欢他,后来变为一种深沉的感情。我喜欢他冷嘲热讽式的智慧,他的快乐,他的热情。他充满活力,语惊四座,独具怪才;无论是对敌对友,他的态度是经久不变的。他被打倒时仍从容镇定,使他的死愈加骇人听闻。萨特也受到很大的震动,虽然他现在对一切都取一种比较超然的态度。

我们回到黎时萨特希望参加戈德曼的葬礼。克莱尔·埃切雷利驾驶她的小汽车送我们去太平间。我们没有进去,但我们随枢车到了公墓的门口。这儿拥挤不堪,我发现很难过去,虽然人们认出了萨特,纷纷有礼貌地给他让路。但汽车又不被允许越出某一区域。萨特和我缓慢而艰难地通过拥挤的人群,埃切雷利留在车上。走了一会儿萨特感到一点劲也没有了。我想让他坐在旁边一座墓上歇一下,这时有人拿来一把椅子。萨特坐在上面,我们在那儿歇了一会儿,一些不认识的人围着我们看了又看。幸好勒内·索雷尔看见了我们;她的汽车就停在我们旁边。我们请人转告克莱尔·埃切雷利我们走了,便进了勒内的车。

萨特恢复他同维克多的工作。我有点担心这事。接连三天我都在问他:"你的工作进行得怎样?"第一天他说:"进行得不好。我们一上午都在争论(某个问题或另一个问题)……"第二天他答道:"还是不怎么好。我们不一致。"第三天他说:"我们开始互相理解了。"我担心他可能会作出太多的让步。我很想及时了解这些谈话,但它们录音后由阿莱特拿去整理和打印。她干得很慢。萨特对我说,什么都还没弄好。

11月,他为《晨报》同卡特琳娜·克莱芒有一个谈话,并和报社的编辑们吃了一次午饭。12月,他对贝尔纳·多尔谈到他对于戏剧的思想。谈话发表在《戏剧作品》杂志上,他谈到他喜欢的剧作家——皮兰德洛、布莱希特、贝克特——并详细叙述了他自己的戏剧历史。1980年1月,他发表声明抗议对安德烈·萨哈罗夫实行软禁,支持联合抵制莫斯科奥林匹克运动会。2月28日,他接受一家同性恋月刊《快乐的脚步》的访问。他同卡特琳娜·克莱芒和贝尔纳·班戈为即将出版的一期《弓》进行了一次谈话。

1980 年

2 月 4 日,萨特在布鲁塞斯医院作了一个新的检查,按照检查结果看,他的情况不好不坏。他觉得自己的活动很有意思,同年轻女人的往来很是愉快,不论别的,生活在他仍是一件快乐的事情。我记得一天上午,冬日的光辉直射进他的书房,拂照在他的脸上。"啊,太阳!"他狂喜地喊道。我们计划着他、我和西尔薇去贝尔伊莱度复活节假,他常常兴高采烈地谈到它。他十分注意自己的健康,放弃了抽烟。就我所知,他酒也喝得很少。我们一起吃午饭时,他要一小瓶白葡萄酒,慢慢地喝下半瓶,还要剩一半下来。

3 月初一个星期天的早上,阿莱特发现他躺在卧室的地毯上,醉得一塌糊涂。后来我们了解到,同他交往的那些女朋友,不知深浅,给他带来一瓶瓶威士忌和伏特加。他把这些酒藏在柜子里和书后面。那个星期六晚上——万达离开后他唯一的一次独自过了一夜——他乘机大喝了一通。我和阿莱特拿走了这些酒瓶。我给那些年轻的女士们打电话,请她们再不要拿酒来,又狠狠地责备萨特。实际上,这次醉酒没有引起直接的后果,显然不会危及他的健康,但我担心以后的发展。更主要的是我不理解他为什么又喝起酒来。这跟他近来一向表现的稳定的精神状况不相符合。他避开我提出的问题,笑着说:"但你也爱喝酒。"我想他大概又像以前那样,不能忍受自己目前的境况了。"日久成自然",并不是这么回事。[《禁闭》:"我想人们会日久成自然。"(加尔散)]时间不但不会治愈创伤,恰恰相反,它还可能使其更加疼痛。后来我找到了这个原因,甚至他自己也没有清楚地认识到：他不满意自己同维克多的这次谈话，而这个谈话很快就要在《新观察家》上发表。

在它发表前一个多星期，我终于读到这个谈话——它由萨特和贝利·列维署名，贝利·列维是维克多的真名。我异常震惊。这跟萨特在《斜线》中说的"复数的思想"完全没有关系。维克多没有直接表达他自己的任何见解，而是使之出于萨特之口；他以披露事实的名义，扮演着一个代理人的角色。他对萨特说话的口气居高临下，傲慢不逊，所有在发表前读过这一谈话的朋友都有一种说不出的厌恶感。跟我一样，他们因这个谈话具有对萨特"逼供"的性质而震惊。事实上，从萨特第一次见到维克多以来，维克多已发生了很大变化。他和其他许多以前的毛主义者一样，转向了上帝——以色列的上帝，因为他是一个犹太人。他的世界观成了唯灵论的甚至是宗教性的东西。萨特很不满意他的这种转变。我记得有一天晚上，他、我和西尔薇在一起说话，他吐露了自己的不满。"维克多要坚持整个道德都起源于犹太教的全部经文！但我完全不这样看。"他对我们说。像我已经指出的那样，一连许多天，他不停地同维克多争辩，然后，厌倦于争论，终于作了让步。维克多不是帮助萨特去发挥萨特自己的思想，而是对他施加压力使他抛弃自己的思想。维克多竟敢说，萨特关心的只是怎样去赶时髦！——萨特一生之中，从来没有想到要去赶时髦。维克多还大肆诋毁博爱的思想，而这种思想在《辩证理性批判》中是强烈并且深刻的。我向萨特表达了我的失望程度。萨特有些惊讶。他原指望这个谈话会受到某种适度的批评，没想到现在受到这样激烈的反对。我告诉他，《现代》全体成员的看法都跟我一样。但这话只是使他更加决心马上发表这个谈话。

人们怎样解释这种"拐骗老年人"的做法——正像奥利维埃·托德说的那样(他本人甚至连拐骗死人也不曾退缩)。

萨特总是认为应该不断地反对自己,但他这样做从不是为了急功近利;维克多归之于萨特的那种含含糊糊、软弱无力的哲学完全不是萨特的。(雷蒙·阿隆在萨特死后同维克多在电视答辩中对这一点说得很好。)萨特为什么居然同意接受这些东西? 他从来不轻易受任何人的影响,现在却受到维克多的影响。萨特对我们谈到过为什么,但这个原因还得较深入地推究一下。萨特在生活中是着眼于未来的,要不然他就活不下去。现在他因自己的身体状况受限于目前,他认为自己已经死了。(在前面我们已经看到,在意气消沉的时候,他说自己是一个"活着的死尸"。)他的衰老、疾病、半失明使他无法看到未来。这样,他就求助于一个替身——维克多,一个左派战士和哲学家,一个萨特梦想实现的和竭力去帮助其存在的"新知识分子"。对他来说,怀疑维克多就意味着放弃他的生命的延续,而这要比相信未来一代人对他的赞扬更为重要。这样,尽管他有种种保留,他还是让自己相信维克多。萨特现在还在思考,但他想得很慢。而维克多巧舌如簧,他让萨特不知所措,当萨特需要静下心来想一想谈的问题时,他并不给萨特这样的机会。最根本的问题是萨特再不能阅读了,他再不能重读自己写的东西。我相信,这是非常重要的。我不可能对一本我没读过的书作出判断。萨特也跟我一样。而现在他只能通过耳朵来判别一篇作品。他对孔达谈话时说道:"问题在于,只有在你自己读一篇文字时才会产生反思和批判的因素;当某个人读给你听时,决不会明显地产生这种因素。(《七十岁自画像》)"其次,维克多受到阿莱特的支持,她对于萨特的哲学著作可以说是一窍不通,她赞同维克多的新的思想倾向——他们一起学习希伯来文。萨特遇到了这样一个联盟,他又不能拉开距离进行认真阅读、独自思索,然而只有这样才能使他保持自己对事物的洞察力;这样,他便顺从了。这个谈话发表时,得知所有的萨特主义者,更广泛些说,他的所有的朋友都跟我一样极其震惊,他感到惊诧和伤心。

3月19日(星期三),我们和博斯特一起度过了一个愉快的夜晚,谁都没有提这个事情。只是在上床睡觉前萨特问我:"今天上午《现代》的会上,有谁提到这个谈话吗?"我说没有,这是实情。他看来有点失望。他多么希望能找到一些支持者!第二天上九点,我去喊他起床。平时我去他房间时他仍在睡梦中;这次他却坐在床边,气喘吁吁,几乎不能说话。前些天阿莱特在这儿时他有过一次他称为"吞气症"的发作,但很快就过去了。这一次是从早晨五点一直持续下来,他连摸到我的门口敲门喊我的劲儿也没有了。我吓坏了,我想打电话但服务台把电话线路掐断了,因为布依格没有支付电话费。我匆匆穿上衣服到门房打了个电话,请附近的一位医生,他很快就来了。医生看了一下萨特就立即到隔壁房间打电话给急救服务站,过了五分钟他们来了。他们为萨特放了血,打了一针,治疗持续了近一个小时。他被放在一个带轮子的担架上,推过长长的走廊;一个医生在他头的上方举着氧气袋为他供氧。他们把他带进电梯,送进一辆等候在门口的救护车上。医生们还不知道应把他送进哪家医院,要去门房打电话。我返回他的房间随便梳了一下,穿好衣服。我想,现在他会受到医生的认真治疗,病状大概很快就可以终止。我没有取消我同迪恩和让·普隆的午饭。我动身去见他们,关上了萨特住所的门;我决没有想到,从此以后,这扇门再也不会对我打开了。

午饭后,我坐一辆出租车去布鲁塞斯医院——现在我知道萨特在那儿——我请普隆同我一起去,并在那儿等着我。"我有点害怕。"我对他说。萨特在特别护理病房,呼吸已经正常了,他说他感觉很好。我没有待得太久。他有点昏昏欲睡,我也不想让普隆久等。

第二天下午,医生对我说,萨特有肺水肿,引起高烧,但很快就能吸收掉。他住的病房宽敞明亮,萨特自以为住在郊区。他发烧时说起胡话来。那天上午他对阿莱特说:"小家伙,你也是要死的。你是怎么被火化的?现在我们俩终于死了。"(阿莱特是犹太人,朗兹曼对我们谈到他关于纳粹灭绝犹太人的电影,由此涉及焚尸炉。我们也谈到福里逊的争辩,他否认它们的存在。此外,萨特希望死后被火化。)我去他那儿时他对我说,他刚刚在他的秘书家里吃了午饭,秘书的家就在巴黎附近。哪一个秘书?他从没有对维克多或布依格用过这个词。他总是叫他们的名字。看到我惊讶的样子,他解释说,医生人很好,提供给他一辆车送他来去。他经过的郊区妙不可言、令人愉快。我问他,他是不是在梦中看到了这些景象?他生气地说不是,我没再坚持问下去。

这一天和以后几天,他的烧慢慢退了,也不再说胡话。医生对我说,这病是由于肺部供血不足导致动脉功能不足。但现在肺部循环重新建立起来了。我们想早点出院去贝尔伊莱,萨特对此十分高兴。"是的,我很想去那儿。这样我们就可以忘掉所有这一切。"(所有这一切是指同维克多的这次谈话以及它产生的反应。)医院规定萨特一次只能见一个人,上午是阿莱特去,下午我去。我常在十点钟打电话问他这一夜过得怎样,他的回答总是"非常好"。他晚上睡眠极好,而且午饭后也睡一会儿。我们谈些无关紧要的事。我来看他时,他正坐在一个扶手椅上吃饭。他大多数时间都是躺着的。他瘦了,看起来很虚弱,但精神还好。他盼望着出院,但他的病,使他能够愉快地忍受目前的境况。阿莱大约六点钟返回这儿,看着他吃晚饭,有时她离开一会儿以便维克多可以进来。

不久以后,我问豪塞特医生,萨特什么时候可以出院。他有些犹疑地答道:"我说不准……他很虚弱,非常虚弱。"过了两三天,他说萨特不得不再次住到特别护理病房,在这里,病人一天二十四小时都可以得到观察护理,以减少突发事件的危险性。萨特不喜欢这个地方。西尔薇来看他时,他谈到这个,好像是谈一个住下度假的旅馆:"我不喜欢这个地方。幸好我们很快就要离开了。我很想去一个小岛。"

去贝尔伊莱的事,实际上再没有任何可能了。我退了那里预定的房间。医生希望能随时观察萨特,以免他的病情复发。他们把萨特带回特别护理病房,但这个房间比第一次的更加明亮宽敞。萨特对我说:"这不错,现在我离家很近了。"他有一个模模糊糊的感觉,以为开始时他是住在巴黎郊区一个医院里。他看起来越来越疲乏,他开始长褥疮,膀胱功能很糟糕。医生给他作了一些处理,他下床时——现在他很少下床了——后面拖着一个装满尿的小塑料袋。

有时我离开他的房间,为了让别的来访者可以进来——博斯特或朗兹曼。这时我便去候诊室坐着。在那儿我无意中听到豪塞特医生和另一个医生交谈,他们用了"尿毒病"这个词。于是我明白萨特已无望,我知道尿毒症常带来可怕的痛苦;我猛地一下哭了起来,扑到豪塞特的身上:"请您答应我不要让他知道自己就要死了,不要让他精神不安,不要让他有任何痛苦!""夫人,我答应您。"他沉重地说。过了一会儿,我要回到萨特房间去时,他喊住了我。在走廊上他对我说:"我想让您知道,我答应的事不只是说说,我会做到的。"

后来医生对我说,他的肾因为没有供血,已经不再起作用了。萨特仍在排尿,但没有排除毒素。要挽救肾就得动一次手术,但萨特已无力经受它;即使可以动手术,这血液循环的缺乏会影响到大脑,使它衰老。于是只有一个答案:让他安宁地死去。

以后的这些日子他没有遭受很大的痛苦。他对我说:"只是在早上他们给我敷裹褥疮时我有点不舒服。但只是那一会儿。"这些褥疮看起来真可怕。(幸好他看不见它们——一大块一大块紫蓝色和泛红的疮。)实际上,由于缺乏血液循环,这是坏疽在侵蚀着他的肉体。

他睡的时间很长,但他对我说话时神智仍是清楚的。有时使人觉得他总是希望自己能够好起来。在最后一些天里,普隆来看他;萨特请他倒一杯水,愉快地说:"下一次我们一起喝一杯,在我的住处喝威士忌!"(乔治·米歇尔的叙述总的来说是准确的,但他说这是萨特最后的话,这是弄错了。)但第二天他问我:"我们怎样安排葬礼的花销呢?"我当然反对他这样说,把话岔开到住院的花费上,让他相信社会保险机构会出这一笔钱的。但我发现他似乎已经知道大限将至，而且并不为此而惊慌。他唯一担心的事就是最后这些年让他焦虑的事情——没有钱。第二天，他闭着眼，握着我的手腕说："我非常爱你，我亲爱的海狸。"4月14日，我去时他还睡着；醒来后说了一些不连贯的话语，没有睁开眼，然而他把自己的嘴唇给我。我吻了他的唇和脸颊，他又睡去了。这些话语和这些举动对他来说都是异乎寻常的，显然他预感到死亡的来临。

几个月后，我见到豪塞特医生（我很想见到他），他告诉我，萨特有时问他一些问题："这一切会怎样了结？我会发生一些什么事？"但让他担心的不是死，而是他的脑子。他无疑感到死之将至，但并无焦虑不安。豪塞特说，他在"隐忍"，或者像豪塞特自己纠正的那样，他是"认了"。他们给他服用了一些药，对精神安宁状态起了作用。但更重要的是（除了他的半瞎状态刚开始的那些日子）他总是以克制和坚强的态度来迎接对他所发生的一切。他不愿意用自己的麻烦去打扰别人。他认为反抗一个他无法改变的命运是一件没有意义的事情。正像他对孔达所说："事情就是这样，我对此无能为力，因此，我也就没有必要难过。"（《七十岁自画像》）他仍然充满热情地去爱，但他也完全习惯于死的思想，即使他能活到八十岁也是这样的。他平静地迎接死亡的来临，他对周围人的友谊和感情满怀感激之心，对自己的过去感到满意。"我做了我应该做的事情。"

豪塞特也谈到，萨特经受的痛苦和烦恼决不可能影响他的病况。一种强烈的危机感可能造成灾难性的直接影响，但思虑和担忧，如果能及时淡化，不会使脉管系统产生什么问题。他又说，脉管的状况在最近的将来必定会变得更坏。两年后,脑外侧会受到严重侵蚀,萨特也就不再是萨特。

4月15日(星期二)上午,像往常那样,我问萨特睡得好不好,护士答道:"是的。但是……"我立即匆匆赶去。他好像睡着了但直出粗气,这显然是处于昏迷之中,他从前一天晚上就一直都是这样。我守了几个小时,看着他。六点左右我让位给阿莱特,要她发生什么事请打电话给我。九点钟电话铃响了。她说:"完了。"我同西尔薇来了。他看上去还是那个样子,但他的呼吸已经停止。

西尔薇通知了朗兹曼、博斯特、普隆和豪斯特。他们立即赶来。医院允许我们在这个房间待到第二天早晨五点。我让西尔薇去拿些威士忌来,我们一边喝,一边谈着萨特最后的日子,谈着他早些时候的事,谈着我们该做哪些事情。萨特常对我说,他不想葬在拉雷兹神父公墓他母亲和继父之间;他希望火化。我们决定将他暂时葬在蒙巴拉斯公墓,然后再送到拉雷兹神父公墓火化,他的骨灰带回后安放到蒙巴拉斯公墓的一个永久性的墓中。我们守在他身边时,记者们已拥到这栋楼房的周围。博斯特和朗兹曼出去要求他们离开。他们藏了起来,但没法进来。萨特住院期间他们也想拍他的照片。有两个记者穿着护士的衣服想混进萨特的房间,但医院的人发现了他们,把他们赶走了。护士很注意地拉上窗帘、放下门帘来保护我们,但仍有一张萨特睡觉时的照片被拍了下来,无疑这是从邻近的一个屋顶上偷拍的,发表在《巴黎竞赛画报》上。

我要求留下来同萨特单独待一会儿,我想挨着他躺在被单下。一位护士阻止我这样做:"不行。注意……坏疽。"这时我才明白所谓的褥疮的真正性质。我在被单上睡了一会儿。五点，护士们进来了。他们又铺了一条被单和一块罩布盖在萨特身上，把他带走了。

这一夜我是在朗兹曼家度过的，星期三我也在他家。以后的一些天我在西尔薇家住，这使我免于电话和记者们的骚扰。这一天我见到了我的妹妹，她从阿尔萨斯来，还有我的一些朋友。我翻看报纸，还有顷刻间大量涌来的电报。朗兹曼、博斯特和西尔薇操办了一切事宜。葬礼先是定在星期五，后来改为星期六，以便更多的人参加。吉斯卡尔·德斯坦告知我们，他知道萨特不希望为自己举行国葬，但他可以提供这笔安葬费。我们拒绝了。他坚持要向萨特的遗体告别。

星期五我同博斯特一起吃午饭。在安葬之前我想再看一看萨特，我们来到医院的前厅。萨特被放进了棺材，他穿着他去歌剧院时西尔薇带给他的那套衣服。这是我房间里他唯一的一套衣服，西尔薇不愿意去他的住所找别的衣服。他面部安详，就像所有的死者一样；并且跟他们多数人一样，脸上没有任何表情。

星期六上午，我们聚集在这个活动场，人们给萨特作了殡葬准备，他的脸没有遮盖，一身新衣衬着他僵冷的脸。在我的要求下，班戈给他拍了几张照片。过了很长时间，人们翻过床单盖住了萨特的脸，关闭了灵柩，把它带走了。

我同西尔薇、我的妹妹和阿莱特进了灵柩车。我们前面一辆小汽车满载着各色各样的花束和花圈。一辆小公共汽车载着那些老年的和不能走远路的朋友，后面跟着巨大的人流——大约五万人，多数是青年。有人敲灵柩车的窗户，这是一些拍照者趁我不注意把镜头靠在窗玻璃上拍照。《现代》的一些朋友,在灵车后面形成一道屏障,而枢车旁所有那些我们不认识的人都自发地手拉着手,筑起了一道围墙。总的来说,一路上人们井然有序,群情激动。"这是1968年运动的最后一次游行。"朗兹曼说。而我什么也没看见。我服了瓦列莫,竭力不让自己倒下,这一意志使我变得有些麻木。我对自己说,这确实是萨特希望的葬礼,但他不可能知道它了。我从灵枢车出来时,灵枢已经安放在墓底。我要了一把椅子坐在这个打开的墓的旁边,我的心一片空白。我看到人们爬上墙、登上坟墓,模模糊糊、密密麻麻一大片。我站起来要回到车中去。这只有十米远,但人群是那样密集拥挤,我以为我会闷死的。然后我同从墓地散散落落返回的朋友们一起又来到朗兹曼的家。我休息了一会儿,后来,因为我们不想分开,就一起去泽耶尔,在一个单间里吃了晚饭。当时的情况我什么都不记得了。我显然喝多了,下楼梯时几乎是被人抬了下来。乔治·米歇尔把我带回我的房间。

以后三天我在西尔薇家。星期三上午萨特在拉雷兹神父公墓火化,我已是心力交瘁到极点,因而没有去。我睡着了,而且——我说不清楚是怎么回事——从床上掉了下来,我在地毯上仍然保持着一种坐的姿势。西尔薇和朗兹曼从火化场回来看到我时,我已神志不清、口说胡话。他们把我送进医院。我得了肺炎,病了两个星期。

萨特的骨灰安放在蒙巴拉斯公墓。每天都有一些不知名的人在他的墓上放几束鲜花。

我承认,还有一个问题我没有自问过,读者大概会提出来:在死亡迫近时我没有警告萨特,这样做对吗?他在医院时,极其虚弱,恢复无望，我当时一心考虑的就是对他隐瞒他的病情的严重性。但在那之前呢？他总是对我说，不管是癌还是其他不治之症他都希望知道。而他的情况不是很清楚的。他是"在危险中"，但他也可能挺到十年之后，正像他希望的那样，或者一切都将在一两年内完结？没有谁能知道。他没有任何办法，也不可能更好地注意自己的身体。他热爱生活。不管怎样他已经接受了自己的失明和虚弱状态。如果他确切地意识到逼近他的威胁，这可能只会给他生命最后的岁月罩上阴影而没有任何好处。况且，跟他一样，我也是动摇于担心和希望之间。我的沉默没有把我们分开。

他的死却把我们分开了。我的死也不会使我们重新在一起。事情就是如此：我们曾经这样长久融洽地生活在一起，这本身就是一件美满的事情。

同让-保尔·萨特的谈话
（1974年8—9月）

谈话前言

这些谈话是1974年夏秋时节先在罗马，然后在巴黎进行的。有时萨特感到疲劳，问题回答得不很好；有时是因为我的问题不够灵活，没有提到要点上。我删去了一些我认为是没有意义的话。这些谈话是按照主题整理的，同时它们又多少保持了时间的顺序。我想让这些谈话有一个适合阅读的形式——大家知道，按照录音记下来的东西同完全是写出来的东西之间是有很大区别的。但我并不想用文学语言来修饰它们——我想保留它们那种出于自然的色彩。在这些谈话中可以找到一些散漫无章的段落，一些停滞不前的地方；在其中还可以找到重复甚至矛盾的话语。如果改动这些地方，我怕会歪曲萨特的原意，会让那些含义微妙之处消失殆尽。关于萨特本人，这些谈话似乎没有提供什么特别新奇的东西，但人们可以从中找到萨特曲折的思想历程，听到他那活生生的声音。

文学与哲学（一）

波伏瓦：我们现在从文学和哲学角度谈谈你的著作吧。你觉得对这个问题是不是有些东西可说？你对这个话题感兴趣吗？

萨特：说实在的，我不那么感兴趣。现在没什么可让我感兴趣。但好多年来我对这是有兴趣的，也可以谈谈吧。

波伏瓦：为什么你如今对任何事情都不感兴趣了？

萨特：我不知道。所有那些东西都过去了，也都谈过了。我想去发现一些可说的事情。现在还没有找到；但我会找到的。

波伏瓦：你在《词语》中很好地解释了阅读和写作对你意味着什么，你在十一岁时是怎样把作家当成自己的天职的。你注定要去搞文学。这解释了你为什么想要去写作，但完全没有解释你为什么写了那些你已写下的东西。在你十一岁到二十岁期间发生了一些什么事？你怎样看待你的文学作品和哲学著作之间的关系？我们刚认识时，你对我说，你想同时成为斯宾诺莎和司汤达。这个话题很不错。我们就从我第一次见到你时你正写的那些东西谈起吧。你为什么写这些东西——这是怎样发生的？

萨特：我在十一二岁时写了一本歌颂英雄的书《伯利辛格金的葛茨》。这是《魔鬼与上帝》的前身。葛茨是一个了不起的人物。他征服众人并且建立了一个恐怖统治，但同时他的意图又是善良的，那时我读了一篇东西，是关于中世纪一个德国人的故事，我不知道是不是葛茨。总之他们要处死他。他们把他放到塔顶的大钟上，这钟的十二点被他们挖了一个洞，从里头一直挖穿到钟面。他们让他的头从洞里伸出来,当钟从十一点半走到一点半,这钟的指针就把他的头割掉了。

波伏瓦:这真有点像埃德加·爱伦·坡的文笔。

萨特:这是一个慢慢砍头的刑罚。事实上它给我留下了很深的印象。你看,有很长一段时间,我一直在做那种事——模仿别人。

波伏瓦:你继续这种模仿活动有多长时间? 你什么时候开始把写作当作自我表达的一种形式?

萨特:很晚。直到十四五岁我都在照抄或者至少是改写那些旧的报纸故事和惊险故事。到了巴黎才使我改变了方式。我想我是在拉罗舍尔,读四年级时写了最后一部长篇故事,是关于葛茨的。后来读三年级和二年级时,就没怎么写了。到了一年级,我已来到巴黎,我开始写些较为严肃的东西了。

波伏瓦:你或多或少照抄的那些故事,其中还是有你自己的选择的。你并不是什么故事都抄的。直到十四岁,你都很喜欢冒险故事和英雄故事。

萨特:是的。关于一个比其他人都强大的英雄的故事。有点儿与我自己相反——一个一挥剑就杀死了恶棍、解救王国或搭救少女的英雄。

波伏瓦:你在《词语》中已经描述了你一直维持到十四岁的情况——你在玩一个写作的小把戏。为什么到巴黎后你同写作的关系改变了呢?

萨特:嗯,这同其他人的文学有关系。在拉罗舍尔我仍在看游侠小说,像《无稽之谈》和《芳托马斯》那样的流行小说、惊险故事,然后是较低级的中产阶级读的那一套文学作品,例如克洛德·法雷尔的东西。作家们写航行、写轮船,这儿有感情、爱、暴力——但只是一点点不很严重的暴力和犯罪事件。他们还会表现殖民地的没落。

波伏瓦:你来到巴黎时读的东西变了吗?

萨特:变了。

波伏瓦:为什么? 受谁的影响?

萨特:受我周围一些男孩的影响,包括画家格吕贝尔的兄弟尼赞,他们和我同一年级。

波伏瓦:那时你们开始读些什么东西?

萨特:我们开始读一些严肃的作品。例如,格吕贝尔读普鲁斯特,我是到了一年级才逐渐了解普鲁斯特——十分高兴地了解了他。同时我开始对古典文学感兴趣,这门课是由乔金先生教的,他很有能力,为人彬彬有礼,非常聪明。他常对我们说,我们应该自己解答那些难点和问题。后来我们就这样去阅读。我去圣热纳维埃夫图书馆读了所有我可以找到的古典文学书籍。我非常自豪。那时我就想到要进入文学界,但不是作为一个作家而是作为一个有教养的人。

波伏瓦:那么你是通过一些同学和老师进入文化界的。那时除了普鲁斯特,还有哪些作家让你感兴趣?

萨特:嗯,例如,还有康拉德。在一年级和哲学班时,尤其是哲学班时。

波伏瓦:你读纪德的东西吗?

萨特:读了一点,但没有很大兴趣。我们读了《地上食粮》,我觉得它有点令人厌烦。

波伏瓦：你读吉罗杜的东西吗？

萨特：是的，读了很多。尼赞对他赞叹不已，甚至写了一篇完全是吉罗杜风格的短篇小说；我也写了一篇颇受吉罗杜影响的东西。

波伏瓦：这么说你那时所做的事情中已经包含哲学的内容了？

萨特：是的，我不知道为什么。不管怎么说，以后我们就走到了这一步。你看，这有点像19世纪的事。人们到处放点哲学——即使在布尔热那里也是这样。我所做的也差不多。

波伏瓦：这是主题文学。

萨特：这个主题是即兴产生的。

波伏瓦：但你想要表达的仍然是你的思想而不是你对这个世界的体验，是这样的吧？

萨特：是我的思想，也包含有对世界的体验——但不是我的：一个虚假的模仿的体验。不久以后，我写了一个青年英雄和他的姊妹的故事，他们正是带着小资产阶级的体验飞升到众神那里。也许可以说这是我的体验，但实际上并非如此，既然他们是希腊孩子。

波伏瓦：在《亚美尼亚人埃尔》中不是有一位姑娘吗？

萨特：是有，但大家不怎么谈论她。她只是给这位青年英雄递话头的。

波伏瓦：这个故事说了些什么？是不是关于灵魂的评判，那个亚美尼亚人不正是灵魂的评判者吗？

萨特：不是。这个亚美尼亚人是被评判者。有一场同巨人们的大战，奥塔同巨人泰坦们的大战。

波伏瓦：但这是写在《猫头鹰耶稣》和《病态天使》之后。

萨特：噢，是的。《猫头鹰耶稣》是写在《病态天使》之前，它应是在一年级或哲学班时写的。

波伏瓦：可以谈谈为什么写它吗？它对你意味着什么？《猫头鹰耶稣》写的是一个矮小的外省教师的一生，是不是这样？

萨特：是的，但这是通过一个学生的眼光看的。小说的主人公真有其人，是拉罗舍尔中学的一位老师。他曾请我去过他家。我想象他的葬礼，而这一年他真的死了。孩子们没有参加他的葬礼，然而在我的故事里他们参加了。我想象这个葬礼大概是因为我毕竟真正去过他的家，但没有任何奇迹发生。在我的故事中，他被葬时孩子们起哄。

波伏瓦：是什么促使你写这个故事的？是不是因为尽管你们起这个教师的哄，你在他身上看到你自己命运的预示？或者仅仅是其他原因使你对他产生兴趣？

萨特：这事的实质是，我从游侠故事转变到写实的小说。主人公是一个可怜的人，但我仍然保持了一个积极的主人公的传统，在那个男孩身上体现了这一点。他没有什么奇特之处，但他在这个故事中被当作一个有批判性的非常聪明活跃的见证。

波伏瓦：这就是有趣的地方，你怎样由模仿英雄故事转变为创作写实故事？

萨特：我想，有一段时间尽管我被惊险故事迷住了，但我知道那只是初级阶段——还有另一类作品，我知道这一点，因为在外祖父家我读过另外一些书；在《悲惨世界》中有英雄主义的一面，但这毕竟不是英雄主义。我读了法朗士的长篇小说，我读了《包法利夫人》，这样我知道文学并不总是包含惊险的一面。我应该进入现实主义之中。从游侠故事改变为现实主义，这就是说，我应该像实际看到的那样来谈论人们，其中仍然有什么东西刺激着我。当时我决不会写出那种什么事情都没有发生的书，总得有一个事件是有重要意义的英雄事件。在这个故事中，打动我的是这个人的死。他死在学年中，又指派了一个新教师，一个完全不同的人。他是一个刚从战争中返回的小伙子，挺不错的。四年级以后……

波伏瓦：是普鲁斯特促使你去写日常生活的吗？

萨特：不是普鲁斯特。我想，是因为我有一个很好的教师。他有那些说到日常事情的小说，于是这对我来说是很自然的。我知道有这样的小说。例如，在我很年轻的时候，我就读了《包法利夫人》，从我的观点看，它只能算是现实主义的。我看到，这确实不是一部游侠侦探小说；这样，我认识到，人们还写些跟我以前梦想去写的那些东西不同的书，而我应该照它们的样子写。于是我读一年级时开始写《猫头鹰耶稣》，我认为它是现实主义的，因为我毕竟是讲我的一个老师的故事，仅仅在细节上有些改变。

波伏瓦：大概你有点厌倦了游侠小说。读游侠小说是有点孩子气的。

萨特：噢，我总是很喜欢读的。

波伏瓦：然后是《病态天使》。这个故事对你来说代表着什么？

萨特：现实主义。这是发生在阿尔萨斯，一个我知道的地方。离山不远处有一个疗养院，我经常从那儿路过。那儿有一个布满松树的山坡,在另一边很远的地方可以看到一些房子。疗养院就在那儿。我把一个人物放到这个疗养院里,我想他是一个年轻教师,有病;我关于他的描述完全是胡说八道,都是编造的。我用一种嘲讽的口吻讲这故事,无意之中也表现了我自己的某些东西。

波伏瓦:举例说,是什么? 这个故事是不是他吻了一个有结核病的女孩子? 他不是因此而传染上了吗?

萨特:我想,他跟她睡过。不,他有病。而她也受到疾病的严重感染。她比他病得更厉害。这事发生在疗养院,她同他度过了一个不愉快的夜晚后回到自己的房间。他们没有做爱,因为她咳嗽得太厉害了。至于这个结尾,我没有弄得很清楚……

波伏瓦:你为什么有这个病态的思想? 是什么东西使你在那一时期讲了一个病态的故事?

萨特:这是病态的,因为这是睡在一起的一些肺结核病人。我是像一条鲱鱼那样健康。所以我根本不知道肺结核是怎么回事,我也不懂得性方面的问题。这实际上是玩弄概念。我想我应该写些恐怖故事。这不是一个恐怖故事,但其中的人物令人感到恐怖。我不能真正记起为什么——你知道的,在某一方面这仍然是我对自己的世界、自己的环境的描写。这不是一个陌生的难以理解的领域。

波伏瓦:发表在《无题杂志》上的另外一些作品也是现实主义的吗?

萨特:是的。我的第一部小说《失败》没有出版,也是现实主义的。这是有点古怪的现实主义——这是个类似尼采和瓦格纳的故事,我是尼采,而一个相当平庸的角色代表瓦格纳,科西玛·瓦格纳也是这样。主人公爱上了科西玛，科西玛爱瓦格纳，而他又是瓦格纳的一个密友……这是在向现实主义小说的转变中残留的游侠小说的后遗症。

波伏瓦：《亚美尼亚人埃尔》乃至《真理传奇》都好像是朝着一个方向发展。这是对希腊神话的一种改造，有一种相当夸张的文风。这个转变是怎样发生的？你的希腊语和拉丁语的学习给你很深的影响吧？

萨特：确实是。我觉得我经常把古代世界看作一个神话宝库。

波伏瓦：你非常喜爱希腊语和拉丁语吧？

萨特：是这样的，从六年级以来一直是这样。埃及、希腊和罗马。我记得当时，六年级和五年级就教古代史。后来我读了一些书。我特别喜欢迪伊的罗马历史，它充满了轶闻趣事。

波伏瓦：这里有英雄主义的一面。它同游侠故事也有一定的联系。但为什么有这种情况：尼赞已经具有一种风格，甚至在《无题杂志》上发表了一些受吉罗杜影响的具有非常现代化文风的作品，与他相反——一直持续到《恶心》——你的作品却有着强烈的学究气，甚至是夸张做作的。你说你喜欢普鲁斯特和吉罗杜，但你写作时好像完全没有受到他们的影响。

萨特：是这样的，这是因为我来自外省，我在那儿了解了19世纪资产阶级的全部文学。这些作家夸张做作，学究气十足，十分愚蠢。尼赞住在巴黎。一所巴黎公立中学比一所拉罗舍尔公立中学要先进得多。我们不是生活在同一个世界。我是生活在19世纪，而尼赞完全意识不到它，他是生活在20世纪。

波伏瓦:但到了巴黎后你也读了同样一些书,而且你们两个是朋友。这对你没有影响吗?

萨特:这产生了一个危机,一个内心的危机。噢,不是很严重,但即使这样……

波伏瓦:这也算是一个应该被考虑的事情吧?

萨特:是的。对于一个读过克洛德·法雷尔的人来说,读普鲁斯特是一个复杂难弄的工作。我不得不改变我的视野——我不得不改变我同人们的关系。

波伏瓦:是同人们的关系还是同词语的关系?

萨特:也同词语,也同人们。我认识到,有时你对人们是主动的,而在平时你是被动的。所有这些都很重要。我想去了解一个真实的领域、一个真实的环境,连同人们在自身中反应和经历的真实关系。所有这些都是我以前无法知晓的。

波伏瓦:请更清楚地解释一下:同人们的真实关系、经历、行动……

萨特:大家的情况都很相似。他们行动而且他们忍受。但有些人忍受,有些人行动。

波伏瓦:但巴黎是怎么让你搞清楚了这一切的?

萨特:因为那时我是一个寄宿学校的学生,而寄宿生之间的关系总是很难处的。

波伏瓦:为什么?请说确切一点。

萨特:因为集体宿舍就是一个完整的世界。你记得吗?——当福楼拜除了浪漫主义文学外什么都不考虑时,他正是在集体宿舍,他在那儿读浪漫主义文学。集体宿舍是一个世界。

波伏瓦：你在拉罗舍尔时已经知道人们在行动、在忍受，不是这样吗？你同伙伴们的关系不就是这样？请进一步解释一下从拉罗舍尔到巴黎之间的转变。

萨特：嗯，我并不知道做寄宿生是怎么回事。人家告诉我寄宿生活很不愉快。我的外祖父和父母亲甚至说——"不，你不会做一个寄宿生的，因为你会离家太远——老师或校长会欺侮你的。"但我不能每天晚上都在外祖父家睡觉。有六天我在中学睡，从不离开学校，作为一个寄宿生，在这些晚上就有同那些陌生人的关系。然后，星期天我回到外祖父家。这是一个跟我父母亲的家完全不同的天地，因为我的外祖父是一个教师。我又回到他的藏书室，我生活在另一个世界。这也是一个大学的世界，因为我正准备进巴黎高师、通过教师资格会考。星期天我常去教堂唱歌。

波伏瓦：真的？我一点也不知道。你为什么去唱歌？

萨特：因为我喜欢唱歌，而他们在找一些人组成一个作弥撒的唱诗班。在亨利四世中学小教堂演唱。

波伏瓦：那时你的学习不错吧？

萨特：我在读一年级时得了奖学金，在哲学班好像也得了奖，我记不清楚了。

波伏瓦：既然你也非常喜爱文学，最后你为什么选择了哲学？

萨特：因为我学哲学屁屁讲授的哲学课时——他的名字叫夏布里埃，但我们叫他哲学屁屁——哲学对我来说显得是对世界的认识。所有的科学都属于哲学。在方法论中你可以学到一门科学是怎样构造起来的。在我看来,一旦你懂得怎样去从事数学和自然科学工作,这就意味着你理解了全部自然科学和数学。我想,如果我专门研究哲学,我将学得世界上的一切,我将在文学中谈论它们。可以说,这给了我内容。

波伏瓦:你说"我准备去谈论这个世界"。你认为作家应该去说明这个世界吗?

萨特:是的,大概是同别的孩子的谈话给了我这种想法。我认为小说应该如实地说明这个世界——文学的、批判的世界和活生生的人的世界。

波伏瓦:你不认为文学应该由谈论自我构成吗?

萨特:噢,完全不。完全不是这么回事。正像我所说,我是从游侠故事开始的。后来我不再想它们,但仍然有某种东西影响着我。在《自由之路》中仍然有游侠小说的气味。

波伏瓦:是这样的。但在《恶心》中就完全没有,在《墙》中也没有。好,那么你就去搞哲学,因为这门学科可以让你了解一切,让你相信一切都是可知的,所有的科学都已被掌握。

萨特:对。一个作家必须是一个哲学家。自从我认识到哲学是什么,哲学就成了对作家的根本要求。

波伏瓦:为什么它对于写作是绝对必要的呢?

萨特:我那个时代写个人的事情是不受尊重的,至少像我外祖父和我周围的人那样的资产者和小资产者是这样看的。这样,人们就不写私人的事情。

波伏瓦:但是当你开始喜欢普鲁斯特时,他谈的正是私人的事情——他怎样睡觉，他怎样不睡。当然其中也有世界，但总之……

萨特：对，我开始喜欢普鲁斯特，主要是关于世界的事情。这是逐渐产生的。后来我也想到写作是个人的事情。但你不要忘记，从那时起，我开始研究和写作哲学，我认为文学的目标是写一本书，对读者展示他以前从没有想过的事情。这是我很长时间以来的理想——我要成功地说出有关世界的事情，不是任何人都能发现它们的，但我将看到这些事情。我还不知道它们，但我会看到它们的，而它们将展示世界。

波伏瓦：为什么你觉得自己能够向人们展示世界？你心中有什么感受？非常聪明？非常有天赋？命中注定？

萨特：非常聪明？当然，是的。虽然我有一些难题——比如说数学和自然科学的成绩不太好。但我相信自己是非常聪明的。我认为自己并没有特别的素质。我想一个观察世界的聪明人会有自己的风格和所想说的话。换句话说，我的头脑中有一个理论——我们还要回到这上面来——按照这个理论，我是一个天才，这整个理论受到我的写作方式和我思考我写东西的方式的反驳。我想，在某种意义上，我是一个正在写书的人，如果我尽可能地写出它们，我就会得到某些东西，我就会是一个好作家，特别是我就会揭示出世界的真理。

波伏瓦：揭示世界真理的想法是很有意思的。但它的产生是因为你有被称为观念和理论的东西。甚至在你很年轻时你已有了自己关于事物的观点了。

萨特：是这样的，对于那些值得去考虑的事情我有自己的观点。

十六岁时,在一年级和哲学班,我就有了这些观点,那时我构想了一大堆观念。

波伏瓦:对,而这些观念需要以一种文学形式来传递;必须创造一个美的东西,一本书,但同时它也揭示你心中的那些观念——总之,就是关于世界的真理。

萨特:我还没有全部知道这个真理,还差得很远。我完全不知道它。但我将要学得它。我主要不是通过观察世界而是通过组合词语得到它。通过组合词语我将掌握真实的事物。

波伏瓦:这怎么可能发生呢?

萨特:嗯,我不知道。但我知道这个词语的组合是有结果的。你组合了它们,然后就有了一个提供真理的词语集合体。

波伏瓦:我还不怎么清楚这一点。

萨特:文学在于把词语互相结合起来——我这里没有涉及语法等。你通过想象来组合词语,创造词语集合体的是想象,例如……"逆着太阳光"。在这些词语集合体中,有些是真实的。

波伏瓦:你好像说的是超现实主义那一套东西。你组合词语,然后通过一些无以名状的魔力,突然这些词语揭示了世界?

萨特:是的,的确是这样。的确有一些无法知晓的魔力,因为我没有想到它。它是由语言本身提供的。

波伏瓦:但你不仅仅是碰运气写作,不仅仅是无一定秩序地写下词语吧?

萨特:当然不是。

波伏瓦:相反地你是注意遣词造句的,在这上面下了很多功夫。

萨特：在作品有一定的哲学内容时，更是这样。例如，在读一年级文科预备班或哲学班时，我发现了超现实主义者。

波伏瓦：他们使你感兴趣吗？

萨特：是的，有一点。这是难以理解的。我受的是非常传统的教育，我遇到的全是反对这种教育的东西。我对超现实主义产生兴趣，因为它使尼赞感兴趣，慢慢地我的兴趣越来越浓厚。在巴黎高师时它已成为时髦的东西了。那些超现实主义者年龄比我大不了多少。我读巴黎高师时十八岁，他们二十五岁左右，年龄上没有多大差别。我们读《纯洁的概念》，读艾吕雅和布勒东；我记得这对我非常重要，因为我试图按照超现实主义的风格来写东西。那时我可以说，就像那些超现实主义者一样，开始考察疯狂的人们。我根本不在乎一个作品内在性质的美，我根本不注意它。重要的是这书提供了最大量的新知识。

波伏瓦：你是怎样达到你的最重要的观念——偶然性的观念的？它总是保留在这种或那种形式之中。

萨特：嗯，我在"米迪栓剂"笔记本中首次暗示了这一点。

波伏瓦：谈谈这个笔记本吧。

萨特：我是在地铁发现它的，它是一个空白本子。这是在文科预备班的时候。这是我的第一个哲学笔记本，我在上面写下了所有我想到的事情。这个笔记本是由米迪实验室发的，供医生使用——页码按字母顺序排列。这样，如果我有一个思想是由A开头，我就把它记下来。我关于偶然性观念的起因是很奇怪的。我开始想到它是由于一部电影。我看的电影中并没有偶然性，而当我走出电影院时,我发现了偶然性。因此,电影的必然性使我在走出电影院后,感到大街上没有必然性。人们到处走动,他们是普普通通的……

波伏瓦:为什么这个对比对你有这样重要的意义?为什么偶然性的这个事实这样打动你,以至于你真正想去以它为写作对象?……我记得我们初见面时,你对我说,你想把它写成类似命运之于希腊人的东西,你希望它成为世界的根本尺度。

萨特:是这样的,因为我认为它被忽视了。顺便说一下,我现在仍然这样认为。例如,如果你把马克思主义思想一直贯彻到底,你会发现一个必然性的世界,没有偶然性。只有一种决定论和辩证法,但没有偶然性的事实。

波伏瓦:偶然性使你非常激动吗?

萨特:是的。我想我通过电影和走出电影院上街而发现它的原因是,我是被迫去发现它的。

波伏瓦:你在"米迪栓剂"笔记本中关于偶然性写了些什么?

萨特:这个偶然性是存在的,就是人们能由在电影院和到街上之间的对比而被发现的,在电影院没有偶然性,而退场到街上却正好相反,除了偶然性什么都没有。

波伏瓦:比如说,你对尼赞或其他朋友谈到你的偶然性理论吗?

萨特:他们不感兴趣。

波伏瓦:为什么?

萨特:这引不起他们的兴趣。

波伏瓦:因为你还没有给它一个足以引人注目的形式吗?

萨特:可能吧。我不知道。你知道巴黎高师的人们是不怎么理睬别人的意见的,他们都在寻找自己的意见——正尝试着摸索自己的路。尼赞从法西斯主义者很快地转向共产党人。在那些日子他没有时间考虑偶然性问题。

波伏瓦:详细地谈谈哲学和文学之间的关系吧,这个问题特别打动我。你对我说过"我想成为斯宾诺莎和司汤达"。但你是怎样看待这两者的关系的?你没有把书分成两个系列,一个是哲学的而另一个⋯⋯

萨特:那时我不想写哲学书。我不想写类似《辩证理性批判》或《存在与虚无》那样的东西。我想让我相信的哲学和我要获得的真理在我的小说中得到表达。

波伏瓦:就是说你的根本愿望是《恶心》。

萨特:对,我就是想写《恶心》。

波伏瓦:你已经具有一个很好的人生观了。在你给卡米耶的信中有一封你十九岁时写的信,它让人大吃一惊,因为它已经包含了你后来有的一个巨大理论的萌芽,谈到幸福、写作、对于某种幸福的否定和对于你作为一个作家的价值的肯定。关于这个价值的感受确切地说是什么?

萨特:是绝对。我相信它就像基督徒相信圣母玛利亚一样,但我没有一点点证明。然而那时我的感觉是,我写下的这些小小的废话虚言,这些游侠故事,最初的现实主义小说都证明我是天才。我不可能通过它们的内容来证明这一点,因为我完全知道事情还不是这样,但仅仅写作这个事实本身就证明我是天才。这是因为,如果写作的活动是完美的,那么它就要求一个作者是天才。写完美的事物这个事实是一个人是天才的证明。一个人可能为了写完美的事物而想去写。此外，那些不是十分完美的事物多少超出了完美的界限而走得更远。但"写作就意味着写完美的事物"的思想是古典的思想。我没有证明，但我对自己说，因为我写作，即写完美的事物，这意味着我将会这样做。因此，这就是一个写完美事物的人了。我是一个天才。这一切全都可理解了。

波伏瓦：你为什么觉得自己非常聪明？

萨特：因为人们那样对我说。

波伏瓦：你并不是总是班上的第一名。在拉罗舍尔时，你在学校里成绩并不太好。

萨特：当时我有这种声誉，我不完全知道为什么，肯定不是我的继父造成的。

波伏瓦：这是对你继父的一种反抗吗？

萨特：也许是吧。我想我的思想是真实的，而他的仅仅限于科学。

波伏瓦：你完全没有谈过这事。在十一岁到十九岁之间你同继父有什么冲突吗？你有这样一个科学家继父，由于许多感情上的原因你当然不喜欢他，他从你那儿夺走了你的母亲。这不会使你反对科学。但不管怎么说你有一个倾向于文学的儿童时代。你可以说明一下这方面的情况吗？

萨特：要说清楚我同继父的关系，这需要很长的时间。

波伏瓦：这是儿童时代和少年时代的关系。

萨特：是的。我们现在不谈这个，因为就写作而言，这一点也不重要。直到十四岁,我常把我写的东西给母亲看,她说:"非常好,非常不错的想象。"她不把它给继父看,他也不注意它。他知道我在写,但他一点也不关心,而且这些作品不值得任何人注意。但我知道继父不关注它,也就是说,实际上我总是为反对他而写作。我的整个一生都受此影响,写作就是反对他。他不责备我,因为我太年轻——我做这事获得的自由比玩棒球还多——但事实上他是反对我的。

波伏瓦:他认为文学是无意义的吗?

萨特:他认为一个人在十四岁时不应该打主意去搞文学,在他看来那是无意义的。他认为一个作家应该是这种人,三四十岁,写了一定数量的书。但一个人在十四岁不可能干出什么名堂来。

波伏瓦:我回到这个问题上来:为什么你觉得自己很聪明?

萨特:我不觉得自己很聪明,因为这个词对我来说是不存在的。它存在,但我不用它。我也不认为自己很蠢。我认为自己有点深刻,如果一个儿童可能运用这个词的话。可以说,我认为我可以把一些事物纳入自己的心中,而别的孩子对它们视而不见。

波伏瓦:这也是你认为自己要比继父懂得多一些的原因吗?

萨特:我想他比我聪明,因为他懂数学。

波伏瓦:但你想,你具有某种他没有的东西吧?

萨特:对。有写作这个事实。写作的事实使我超过他。

波伏瓦:思想的事实也是这样。你认为他说话是没有意义的吗?

萨特:不。要判断他说的东西是很费劲的。他是另一种思想,跟我的不同,他没有要点,但我不能说那时他的思想已经走入歧途。他谈到数学、物理学、技术知识和工厂发生的事。他有一个完全组织化的世界。他读的书都没有什么趣味,但在当时却很有名气。

波伏瓦:这么说他不是一个只对本专业的东西感兴趣的工程师了?

萨特:对。他读过的书我也读而且也喜欢,当然许多工程师今天也这样做。但就我来说,这给我一种非常不舒服的感觉。

波伏瓦:回到那个你谈得很少的时期吧,十一岁到十九岁。当时你有什么政治态度吗?

萨特:1917年我们对苏联革命有些兴趣,我和别的孩子……

波伏瓦:那时你有多大?

萨特:我十二岁,但我们不是十分关注它。我们主要关心的是,我们能不能够打败德国,尽管苏联已单独媾和,这就是我的全部政治态度。

波伏瓦:你对于社会有什么感受?

萨特:我是一个民主主义者。我的外祖父是一个共和主义者,使我相信共和主义——我在《词语》中谈到这一点。

波伏瓦:这会不会使你同继父发生冲突?你是一个民主主义者和共和主义者这个事实有什么表现吗?

萨特:没有冲突。我的继父也是一个共和主义者。当然可以说我们不是同一种共和主义者,但直到后来这个区别才逐渐明显。我的共和主义首先是表现在词语上。我对于社会的感受是,社会上的每一个人都应该有同样的权利。

波伏瓦:那时你们就这些问题有没有特别的冲突?

萨特:没有。但后来,我去巴黎上中学时有了。对了,我忘了一个细节,这是我被送到巴黎的原因。上三年级时我偷了继父的钱,这是他给我母亲的钱。

波伏瓦:谈谈这事吧。

萨特:嗯,我需要钱。

波伏瓦:是的,我知道。你希望像别的孩子一样,能够拿钱上剧院或者买什么东西……

萨特:拿钱买点心。我记得我是怎样常去拉罗舍尔的大糕点店用我母亲的钱吃罗姆酒心水果蛋糕。

波伏瓦:这样你就很缺钱花。

萨特:我是需要钱。我母亲的钱包放在碗橱里,里面总有她整月的零用费和买东西——例如买食物——的钱,有一大摞纸票,于是我自己动了手。我开始拿一法郎的钞票——这比今天的一法郎要值钱得多——然后我有点胆怯地这儿拿五法郎、那儿拿两法郎的纸币,五月的一天我发现我已拥有七十法郎了。在1918年,七十法郎是一大笔钱了。后来有一天我累了,很早就睡了。第二天早上母亲弄醒了我,她想知道我是不是好一些,我把我的夹克衫拉过来放着,里面装着我的全部财产——纸币和硬币,挨着我的腿,使我感到温暖。她拿起衣服抖了一下,本来是无意的,忽然她听到衣袋里的硬币叮当作响。她把手伸进口袋,发现了大把的纸币和硬币,她拿了出来,问道:"这些钱是哪儿来的?"

我说:"这是我开玩笑从卡迪洛那儿拿来的,他母亲给他的,我打算今天还给他。"

我母亲说:"好吧,我来还给他。你今天晚上把他带到家里来,我问问他是怎么回事。"

这真使我大为尴尬,因为卡迪洛很成问题——我说不出我为什么选择了他——他本是我最大的对头。这个早晨我去学校,去找卡迪洛,这是魔鬼干的活,他正想敲掉我的头呢。最后,在别的孩子的干预下,他答应来我家,但他也要得到一部分钱,他拿到钱后给我五分之三,他留五分之二。他来了。我母亲对他进行了一次谆谆教导,使他觉得非常滑稽——我母亲说,一个人不应该让自己像这样被盗,在他这个年纪应该特别注意,如此等等。他拿了钱走了。他马上给自己买了一个大手电筒。两天以后他的母亲卡迪洛夫人发现了此事。那时他把该给我的那五分之三的钱给了我的朋友,他们没有及时转交我。我的母亲和继父大发雷霆,我因此受到责罚,事情就是这样的。

波伏瓦:是这样的,这孩子的母亲卡迪洛夫人来你家问这一笔钱是怎么回事。

萨特:对。这样我母亲一切都明白了。我受到严厉责骂,在一段时间里他们都不理我。我记得——当时读三年级——我的外祖父同外祖母从巴黎来。外祖父知道了这些事非常生气。一天我同他去药房,一枚十生丁的硬币从他手中落到地板上,叮当作响。我准备去捡它。他制止了我,自己弯下腰,他那可怜的膝盖吱嘎作响,他认为我不配再从地上拾钱。

波伏瓦:这会损伤你的自尊心。这是使儿童的心灵受创伤的事情。

萨特：是的，这刺伤了我。于是我同其他孩子的关系就不好了。

波伏瓦：就写作的观点看，你在拉罗舍尔同其他孩子的关系对你有多大程度的影响？你有时谈到，他们使你学会了暴力。

萨特：是的，这使我学会了暴力。在平常的情况下，我所知道的暴力就只是给人或被人在鼻子上猛击一拳。在巴黎学校就是这样。但在拉罗舍尔中学他们认真地对待这种战争，对手总是一个德国佬：他们是很暴力的。暴力是一个日常的存在。这首先有战争的暴力，然后是那些没有父亲的孩子的小暴力。我从远处和近处认识到了暴力，尤其是我成为它的目标。目标，像在公立学校中那种打架时的目标。人们并不把你像一个敌人那样来打击而是像一个同学那样来打击，以使你不做错事，或是迫使你同某人和好，或者只是为着好玩，这本来没什么。我们都属于公立学校。我们有两个主要的公敌——一个是可尊敬的圣父们的学校，一所宗教学校；另一个是我们称为小流氓的孩子们，他们不固定地属于哪所学校。他们未来的前途大都是去当学徒。他们跟我们一样，十二岁到十六岁，我们碰到他们就打架，不管他们是谁，仅仅因为他们的衣服比我们穿得差一些。他们来了以后眼睛直瞪着我们，两支队伍互相挥以老拳。我特别记得，有一天放学后我同母亲去商店。在通向拉罗舍尔市中心的一条街上，靠近一个挂着大钟的大门，我同一个小流氓脸对脸地相遇了。我们在大街上打着滚，互相拳打脚踢，直到我母亲走出商店；看到我躺在那儿，同我的敌人纠缠不休，她完全惊呆了。后来她伸手把我从敌人的搂抱中扯了出来。我们同他们经常全力以赴地互相搏斗。

波伏瓦：同这些男孩打架时，你是马上同那些平时与你为敌的同校孩子站在一起吗？

萨特：是的。如果他们有谁要跟小流氓打架，他们就会邀我一起去。这是公立学校孩子的一个联盟。但我不完全属于这个公立学校，因为我是一个巴黎人，我说话和生活方式与别的孩子不同。我有一些朋友，我常给他们讲一些夸夸其谈的故事，他们不相信这些故事。例如，我刚到拉罗舍尔中学时，我说我在巴黎有一个姑娘，星期六和星期天我们去旅馆做爱。当时我是十二岁，个头比同年龄的孩子矮，这个故事看来就更为滑稽可笑了。我是自己的受害者，我原以为他们会为我的故事喝彩。

波伏瓦：这种敌对行动是深深地影响着你还是在某种程度上只是属于一种游戏？

萨特：对别的孩子，可能是做游戏，好玩。对我来说不是。就我来说，我感到自己运气不好，我很不幸。我经常是被嘲笑和打击的对象。发生这种事时我感到自己低人一等，这时我不在巴黎，不在亨利四世中学。我有一些困难，但在那个年龄这些困难是不可避免的。我有一些朋友，但我很难与别人相处。不管怎么说，在亨利四世中学时有一个集体，我是其中的中坚分子。而在拉罗舍尔，我有一些朋友，但维系感情的东西主要来自我个人方面。

波伏瓦：这影响到你后来的发展吗？

萨特：我想是有影响的。重要的是我决不会忘记我在那儿学来的暴力。我根据这个来看待人们互相间的关系。从那以后，我同我的朋友就再没有过温柔的关系。在他们中间,或者从他们到我或者从我到他们总有关于暴力的思想作梗。并不是没有友谊,但似乎证明了暴力在人们的关系中是绝对必要的。

波伏瓦:在亨利四世中学或在巴黎高师的时候,你同马耶、吉尔、尼赞的关系中是不是也有过暴力行动?

萨特:同尼赞,没有过。对吉尔和马耶,我从没有想到要在什么时候去敲掉他们的脑袋。但我感到有一种距离,在我们中间有一种暴力的可能性。

波伏瓦:这对你在巴黎高师的行为有什么影响吗? ……

萨特:有的,仍然有影响。这是很自然的。把水弹打在穿着晚礼服迟归的同学身上,这在我看来是十分正常的。在拉罗舍尔不同。我们同小流氓打架,这个搏斗使我们成了资产阶级分子。就我来说,我不怎么想扮演这个角色,但我可以说,它的影响在我身上确实存在。去打小流氓就使你自己成了一个资产阶级分子。

波伏瓦:在后来你决不是一个狂暴的人,是不是这样?

萨特:在巴黎高师时,我的鼻子经常被打得出血。

波伏瓦:你常常会勃然大怒,我开始认识你时,你是十分易怒的,特别是在早上。但它从没有变为暴力。

萨特:是没有。

波伏瓦:这同我们刚见面时你所具有的那种语言上的狂暴有一定关系吧? 你对事物运用了粗暴的词语。这有关联吗?

萨特:这是暴力淡化的、抽象的形式,我们都梦想着一个能成为20世纪哲学的简单暴力的哲学。尼赞读笛卡尔时,他构想了一个暴力世界。

波伏瓦：使你同小流氓打架的这种暴力有右翼的近乎法西斯主义的色彩吧？

萨特：不是法西斯主义，肯定不是。而右翼，是的。我对你说过，我们是资产阶级。

波伏瓦：你怎样摆脱它的？

萨特：我并不感到我真正在其中。后来我来到巴黎……

波伏瓦：我相信，从外省到巴黎对你是非常重要的吧？

萨特：我没有马上感到这一点。我把自己首先看作是从那个习惯了的小世界流放出来的人。这是在二年级。这时打架或粗暴态度都不再是问题了，我同孩子们有一个正常的同时也有点乏味的关系。但到最后我变得喜欢这周围的一切了；我使自己适应了拉罗舍尔。我是由于外祖父——一个德语教师——的缘故而去巴黎的，那儿有他的同学当校长，他想给我找一个好学校；他要让我从令人发指的违法行为中转变过来，因为我在前一年因偷家里的钱同卡迪洛一起成了罪人。

波伏瓦：你刚才说你这些年是不幸的，但现在你又说自己适应了拉罗舍尔的生活。

萨特：是的，在四年级和三年级时我是很倒霉的。但在二年级我就适应了。

波伏瓦：你到了巴黎有什么感受？你说到这一点：作一个寄宿生对你很重要，而在这以前你是同家人生活在一起。这对你有什么影响？你很早就适应了一个寄宿生的生活吗？

萨特：当时我很担惊受怕，因为我读了不少19世纪的小说，写的是孩子们成了寄宿生就都变得十分不幸。这对我好像是一个规定好了的事情——你是一个寄宿生，因此你是不幸的。

波伏瓦：事实上呢?

萨特：事实上我不是不幸的。我又见到了尼赞并重新建立了同他的关系——比以前深得多，我们开始了一种亲密的友谊关系。我们常去看望那些我们认识的高年级的孩子，借他们的书看。这样我慢慢知道康拉德和别的人。

波伏瓦：那时尼赞也想写作吗?

萨特：我认识尼赞时他就想写作了，甚至在读六年级时他就想写。我觉得这事棒极了，发现了一个跟我一样想写作、一直想写作的人。贝尔科特有点不同。他也想写，但他很少谈它。他比较沉默寡言。重要的是我和尼赞都想写作，这把我们联结在一起。别的孩子知道我们想写作，他们都对我们表示敬意。当然，我是在一年级A班。乔金教我们拉丁文和希腊文，我已经谈过他了。我学得不错，课程学完时我得了奖学金，这在拉罗舍尔是无法想象的事情。

波伏瓦：尼赞的成绩也不错吧?

萨特：他的成绩也可以，但不如我稳定。他喜欢外出，看望一些熟人，喜欢同他家中的朋友待在一起，喜欢聚会、姑娘和所有这一类事情。但他也非常喜爱脑力工作、作家的工作。

波伏瓦：他也想成为一个伟大的作家吗? 或者在某种意义上说，他也想成为一个天才吗?

萨特：我们没有谈这个。

波伏瓦：天才的思想——按照你的说法——想去写作这个事情中固有的思想是什么？

萨特：固有的东西是，你为了创造一些值得创造的东西而写作：为使一些有价值的和体现你自身的东西走出个人圈外。人是在他写的书中被别人发现的。我和你都只是通过普鲁斯特的书来发现他的，我们喜欢他或不喜欢他也是从他的书中来的；人在他的书中现实地存在着，人的价值是从他的书中来的。

波伏瓦：总的来说，这有点像康德的思想：你应该尽你所能。你应该写出一本好书，这是你的誓言，你的选择；你应该写一本伟大的作品，结果你自身就具有了写这本书所必需的东西。

萨特：显然是这样的。我选择了去写作某种作品，我是被造成要那样做的，这的确完全是康德主义的。但康德刻板的一般化的道德观忽略了偶然性的因素。一个人必须在境况中行动，不仅仅考虑人们抽象的生存，而且考虑到他们所具有的偶然性的特征。

波伏瓦：你那时正好是在这种水平上，在抽象的水平上，你对未来的看法仍然是抽象的。这是不是表现在骄傲、自满、轻视别人和狂热之中？你对此有什么体验？

萨特：确实有过狂热的时候，我只是在一闪念的直觉中才感受到我的天才，其余的时间它只是一种毫无内容的形式。有一种难以理解的矛盾现象，我从没有把自己的作品看成是天才的作品，虽然它们都是按照我对天才作品的理解和要求去写的。

波伏瓦：总而言之，天才总是属于未来的？

萨特：对。

波伏瓦：那时你已经很清楚地意识到，你的那些作品——《猫头鹰耶稣》《病态天使》《亚美尼亚人埃尔》——不是很好的。

萨特：我没有说，但我知道这一点。

波伏瓦：你怎样看待《失败》？

萨特：起初我是把它看成一部可以表达我的特别感受方式和世界观的小说。它没有写完，所以它不能同别的东西相比。写这部小说我也没有认为自己是天才，但这部小说对我是比较重要的。

波伏瓦：《真理传奇》呢？

萨特：当时我认为《真理传奇》更重要一些，因为它包含我个人的哲学思想。我想，如果这些思想以美好的语言表达出来了，就会打动人们的心，说清楚人是怎么回事。你知道，有些人思考普遍的东西，他们是博学者，而另一些人有着普遍的思想，我说的是哲学家和资产阶级分子。而这儿却有一个独自思考的人，我希望成为这种人，他只是独自努力思考，正是由他的思想和感受，照亮全城的人。

波伏瓦：《真理传奇》有一个片段发表过。这是你第一次发表作品吧？

萨特：是的。

波伏瓦：当时你有一些热忱的读者。

萨特：这篇东西的形式很讨厌。用一种华丽的随笔语言谈论哲学，这真有点荒唐。它缺乏应有的专门术语。

波伏瓦：后来你进行了总结，写出了《恶心》。这时，你真正创作了文学，同时你又表达了自己对世界、对偶然性等的哲学观点。我们回到天才问题上来，你的生活历程是怎样变化到这一步的？

萨特：现在我认为，风格并不是为自己写下一些好句子，而是为别人写。一个十六岁的孩子，想搞清楚写作是怎么回事，而他又不具有他人的概念，这就是个问题。

波伏瓦：一个人怎么刚好能够知道词语的组合对读者将产生什么影响呢？他应该相信虚无吗？这里需要冒冒风险吧？

萨特：是的，要冒点风险。人们有理由去碰碰运气。

文学与哲学（二）

波伏瓦：你过去常有一种"得救"的思想，它是根据这种想法：一部文学作品有一个超越瞬时的实在，是某种绝对的东西，这不是说你直接想到后世，而是说你想到一种不朽。得救对你意味着什么？

萨特：当我开始写"寻求一只蝴蝶的一个高贵家族的成员们"时，我写下了某种绝对的东西。我写下了某种绝对的东西，也就是我自己。我使自己置身于永恒的生命之中。一件艺术创作物能超出世间事物而长存。如果我创作了这样一部作品，它就长存于世，因此，作为使之实现的作者，我也长存于世。这后面隐含着基督教的不朽的思想——我从终有一死的生命过渡到不朽的生命。

波伏瓦：当你的思想达到介入文学的时刻，这种情况就终结了吧？

萨特：完全终结了。

波伏瓦：现在还有没有得救的思想？它再没有恢复过吗？我想这个观念完全消失了吧？这并不是说你不再密切注意后世，不再从侧面注意后世了。

萨特：一直到写《恶心》以后，我还在做天才的梦，在战后，在1945年，我展现了自己的才能——有了《禁闭》和《恶心》。1944年，同盟国撤离巴黎，我已经享有天才之誉，我作为一个天才作家去国外旅行，前往美国；那时我是不朽的，我对这个深信不疑。就是说我不再去想它。

波伏瓦：是的，因为事实上你不是那种人，他们说，"我写了不朽的作品，我是不朽的"。你完全不是这样的。

萨特：而且这也很复杂。因为一旦你是不朽的，你创造了不朽的作品，那么一切都已经确定了。但你又感觉到自己正在创造某种过去不存在的东西，所以你应该把自己放进日常时间里去。最好不要去想不朽，除非是同可见的现实联系在一起，应该把一切都放到现世的生活中去。我活着，我为了活着的人写作，同时也想到，如果我正在做的事情成功了，我死后人们仍然会读我的东西，而那些后世的人们，虽然我的作品不是为他们写的，我的话语不是向他们说的，他们仍将发现，我的作品是有存在价值的。

波伏瓦：你认为哪一个对你是主要的——文学还是哲学？你是愿意人们喜欢你的哲学还是文学，或者你希望他们两者都喜欢？

萨特：我的回答当然是希望他们两者都喜欢。但是有层次之分，哲学是第二位的，文学是第一位。我要通过文学实现不朽。哲学是实现文学的一种方式。哲学本身没有绝对价值，因为境况的变化导致哲学的相应变化。哲学的正确与否不能在当下作出判断，它不是为同时代的人写的。它推究永恒的实在，它谈论的是永恒，这样，它难免要被别的东西超过，它会被落下来。它谈论的是那些远远超越我们今天个人观点的事情；文学正相反，它记下的是当前的世界，是人们通过阅读、谈话、情欲、旅行发现的世界。哲学要更进一步。比如说，哲学要思考这样的问题，今天的激情是古代没有的新的激情；爱情……

波伏瓦：你的意思是不是说，在你看来，文学有一种更为绝对的特性，哲学却较多地依赖于历史进程，有许多东西要经常修改。

萨特：它必然要求修改，因为它总是超越现时代。

波伏瓦：的确是这样。但即使笛卡尔和康德被人们以某种方式超越，他们的存在这个事实中就没有一种绝对的东西吗？他们被超越，但超越者是在他们所做出的贡献基础上继续前进的。他们是一种参照物，这就是绝对。

萨特：我不否认这一点。但在文学中没有这种情况。喜爱拉伯雷的人入迷地读着他的作品，好像他是昨天才写成一样。

波伏瓦：在一种完全直接的方式中。

萨特：塞万提斯、莎士比亚，你谈着他们的东西，好像他们仍在今世。《罗密欧与朱丽叶》或《哈姆莱特》，好像是一些昨天才写成的作品。

波伏瓦：那么你是把文学放在作品的首要地位了？但从你读的东西、所受的教育来看，哲学占有很大的分量。

萨特：是的，因为我把它作为最好的写作工具。哲学给了我创造一个故事的必要尺度。

波伏瓦：但总不能说，哲学对你仅仅只是一种文学的工具。

萨特：起初它是这样的。

波伏瓦：起初，是的。但后来，当你写了《存在与虚无》，又写了《辩证理性批判》的时候，就不能说哲学仅仅是为了有可能去创造文学作品。这也是因为你对哲学本身已十分喜爱。

萨特：不错，它使我感兴趣，这是肯定的。我希望表达我的世界观，我让我的文学作品或随笔中的人物在他们的生活中体验这种观点。我是给我同时代人描述这个观点的。

波伏瓦：总而言之，如果有人对你说，"你是一位了不起的作家，但作为一个哲学家你不使我信服"；又有人说，"你的哲学非常惊人，但作为一个作家你没有什么价值"，你会更喜欢第一种假设吧？

萨特：对，我更喜欢第一种假设。

波伏瓦：大概你认为，你的哲学并不是独一无二地属于你，别的人也会提出惰性实践的观点、循环的观点，这正像最早的科学家，他们第一个发现的东西别人或迟或早也会发现。这么说，文学也不是绝对的，不能说文学已接近或达到终点；虽然哲学被超越，它同时又继续进行下去。例如，笛卡尔就在你身上存在，这种存在方式与莎士比亚或塔西特，或者任何一个你十分乐于阅读的某个人在你身上存在的方式是完全不同的。后者可以用某种方式影响你，他们要通过你的共鸣或反思才能做到这一点，然而笛卡尔却成了你的生活方式的一个必不可少的部分。

萨特：我小的时候想写一部像《巴黎圣母院》或《悲惨世界》那样的小说，它到后世仍会得到人们的承认，一个无可修改的绝对物。你知道，哲学是从一个侧面进入我的生活的。

波伏瓦：哲学为什么进入你的生活，使你成为它的创造者的？

萨特：小的时候我想象自己是一个小说的创造者。我开始接触哲学时，我并不了解它是什么。我有一个表兄正在上初等数学班，正像所有上初等数学班的孩子一样，他也学哲学。他在我面前不愿谈哲学。我知道他正在学我不知道的东西，这引起了我的好奇。但我已经具有牢固稳定的关于小说和随笔——不是哲学随笔——的思想，这些思想是太强烈了，学哲学的念头一出现就被它们推翻。

波伏瓦：那你怎么又成了一个哲学的创作者？

萨特：这是有点奇怪的，因为在哲学方面我不想成为一个创作者，我不想当一个哲学家——我认为这是浪费时间。我喜欢学哲学，但说到去写哲学著作，我觉得那是很荒谬的。这很难理解，因为正像我写那些虚构的故事一样，我本来也可能以写哲学著作为乐的。但哲学同真理和科学有关联，而这些东西使我厌烦，再就是那时搞哲学还是早了一点。在文科预备班我的第一篇文章的题目是"什么是持续？"那时我已接触到柏格森。

波伏瓦：在那以后，在你准备学位论文和通过教师资格会考的那几年，你对哲学感兴趣吗？

萨特：有兴趣。我写了一些受益于或者不如说"受害于"我的哲学知识的作品。的确，我记得《亚美尼亚人埃尔》就包含着关于柏拉图山洞的描写。我觉得应该把这些搜集在一起进行描述。

波伏瓦：这么说，你对哲学也是感兴趣的，你写了一个很不一般的精练的学位论文，一个非常透彻的关于想象的论文。

萨特：当时德拉克鲁瓦对我说："好吧，为我的丛书写一本关于想象的书。"

波伏瓦：你为什么同意写这个？当时你是那样专注于《恶心》和其他各种文学创作计划之中。

萨特：不写哲学不是绝对的。当时我认为写这篇东西可能对我有好处。关于想象的书是同文学联系在一起的，因为艺术品有一个对想象的关系，再就是，很早以前我就有了关于形象的思想，我想把它们弄清楚。

波伏瓦：你也有关于偶然性的思想，这是哲学思想。我们刚认识时，你对我说："我想成为斯宾诺莎和司汤达。"这么说你也有一种成为哲学家的倾向了？

萨特：是的，但是你看到，我选择了能为20世纪的人们所理解的敏感的人。对我来说，斯宾诺莎与其说是一个哲学家还不如说是一个人。我喜欢他的哲学，尤其喜欢他这个人。现在使我感兴趣的倒是他的著作——这是不同的。

波伏瓦：有两本书《心理学与想象》和《想象心理学》。德拉克鲁瓦要的是哪一本？

萨特：《心理学与想象》。

波伏瓦：它们之中包含着一种辩证关系吗？

萨特：我记得我在写《心理学与想象》时就有了关于《想象心理学》的思想。它们不是形成两个分离的部分，而是一部完整的作品，第一部分是《心理学与想象》，第二部分是《想象心理学》。我给德拉克鲁瓦作为他的丛书之一的，是第一部分。

波伏瓦：你后来为什么又写了《存在与虚无》？

萨特：这是在战争期间，我在"奇怪战争"期间和在俘虏营中构思了这本书。我是在那种年代写它的——你要么什么都不写，要么写些有根本意义的东西。

波伏瓦：关于虚无的思想在《想象心理学》中已有表示。你禁不住要深入钻研。

萨特：在《存在与虚无》中我表达了我的根本思想。自从进哲学班以来，我决定赞同实在论。在巴黎高师学哲学时，我彻底地反对唯心主义。我读一年级和文科预备班这两年，对我的哲学十分重要。在这之前，我完全不知道哲学教师讲的是些什么。我进巴黎高师前两年，哲学搞得不错，那时我已有一个思想——任何不能说明意识的理论想要如实地看待外在的客体，都注定会失败。最后这种思想使我去了德国，那时人们对我说，胡塞尔和海德格尔有一种如实地领悟实在的方式。

波伏瓦：然后你对哲学产生了巨大兴趣，你在德国花了一年时间去透彻研究胡塞尔的哲学并且去了解海德格尔的东西。

萨特：我在德国的时间是这样安排的：从早上一直到下午两点，是搞哲学。然后吃点东西，五点左右返回，写《恶心》，就是说搞文学。

波伏瓦：但在哲学班时就是如此，这很重要。我记得你读到莱维纳论胡塞尔的书时十分惊慌，因为你对自己说："噢，他已经发现了我的全部思想。"由此看来，你的这些思想对你是至关重要的。

萨特：是的，但我说他已经发现了它们，这是我弄错了。

波伏瓦：你有某种直觉，你不希望别人在你之前也有它。因此你也指望着哲学创作。当你生活在巴黎时，你变得更成熟一些了，你同尼赞谈到的，或你自己考虑的成功契机是什么？

萨特：在我的那篇受尼采和瓦格纳之间关系启发的小说中，我把自己看成是这样一个人，他将有阅历丰富的一生，在每一次悲剧性的结局之后，都写一本将会出版的书。我想象一种罗曼蒂克的生活和一个天才——他直到死都不被世人承认，死后终于获得美名。这些东西是老套套了。我常让这个人物在我眼前浮起，想象着将要对他发生的一切。重要的是，我已经在一个十分合理的方式中预见了写作。我将写我的书，它们是些好书，我将让它们发表——这就是我看问题的方式。尼赞出了一两本书后，我从《真理传奇》中抽取了一部分给他，并在《比菲尔》上发表了一节。

波伏瓦：当你顺理成章地想到你的作品发表了，人们读到它时，你期待着怎样的成功？你想到荣誉和声望吗？我是指你在十八岁到二十岁的时候。

萨特：我认为，能够理解我的读者只会是少数出众的人。

波伏瓦：这是你特别喜欢的司汤达的传统——"幸运的少数"。

萨特：这些读者会承认我和喜欢我。我的东西会被一万五千人读到，而另外的一万五千人会知道我的名声，然后还有比这更多的人知道。

波伏瓦：然后你希望能继续下去。成为斯宾诺莎和司汤达，这意味着成为一个给他的时代打下印记的人，并且让后世的人也读他的东西。你二十岁时就想到这些吗？

萨特：是的，在我刚认识你时，我就是这样想的。

波伏瓦：从某一方面来说，你是非常骄傲的。你拿小伊比亚斯的话来说明自己,"我还从没有遇到过对手"。

萨特: 我把这话写在笔记本上。

波伏瓦: 你对荣誉、声望的看法是怎样发展的?你对自己的专业在内心有什么感受?

萨特: 从根本上说,这是非常简单的——写作,然后出名。但有某种关于时间的思想把这一切弄得复杂起来。

波伏瓦: 后来,《恶心》被拒绝出版时,你受到沉重打击。这使你发生动摇了吗?

萨特: 更多的是,这说明我把出版者太当回事了。一个真正的天才,我想象的天才,在这种情况下会付之一笑,说:"噢,不给我出版。好吧……"

波伏瓦: 对的,尽管你很骄傲,你也是——谦虚这个词对你不太适合——能够通情达理和有耐心的。你没有把自己的书看成天才的作品,虽然你在《恶心》中花了大量功夫,你也并没有那样看问题。我希望你能把这一点解释得更清楚一些。

萨特: 情况各有不同。开始时作品只是一种可能性,它还没有实现。我开始坐在桌子旁写作,但还没有作品,因为它还没有出来。因此我同作品的关系是抽象的。而我正在写,这是一个真实的行动。

波伏瓦: 一旦你写了一本书,比如说《恶心》,你就确实把它当作一本书看待。《真理传奇》也是这样。你很愿意别人评价它;你意识到它的不足。你写《恶心》是得到我的支持的——我非常喜欢它——而你也确实寄希望于这本书。当它被拒绝时你是大吃了一惊。

萨特：这是常有的事。但我仍然把自己看成一个天才——虽然我还是很谦虚的，如果我可以这样说的话。我同朋友谈话就好像是一个天才对他的朋友谈话。完全不是装模作样的，而是发自内心的，这是一个天才在讲话。

波伏瓦：我们回到《恶心》首次被拒绝的事上来。你是不是认为自己是一个天才，但还没有找到被别人承认的方式？

萨特：我认为《恶心》是一本好书，它被拒绝就像文学史上别的好书被拒绝一样。你写了一本书，你把它拿了出来，后来它成了一部名作……

波伏瓦：普鲁斯特就是这样的。

萨特：我就是这样看问题的。我一直认为自己是一个天才，但是在将来，这个事实才会变得明显起来。我将成为天才。我现在已经是了，但更重要的是我将是一个天才。我对《恶心》有很大的指望。

波伏瓦：在《恶心》被拒绝后你和我正在夏莫尼，你非常伤心。我觉得你甚至掉了眼泪，这在你是很少有的事情。这是一次很大的打击。

萨特：是的，但我想，这书被拒绝是因为它写得好。

波伏瓦：我是完全支持你的。我觉得这书非常好。

萨特：我也这样想。我有过悲哀的时刻，寂寞的时刻，我对自己说，这是一次失败，让我重新开始。但天才的想法没有放弃。

波伏瓦：后来《恶心》被接受了，不久以后你的一些短篇小说很快就出版了,你感到满意吗?

　　萨特:噢,这真不错!

　　波伏瓦:我知道,因为当时你给我写了一些信,兴奋之情溢于言词。你给我讲了它是怎样被接受的,别人怎样要求你作一些小小的修改,你怎样同意了,因为你觉得有道理。布里斯·巴兰要求你删掉一点人民党的内容。你没有玩天才那种不接受任何意见的把戏。

　　萨特:是这样的。

　　波伏瓦:你完全准备去接受忠告。这几乎是超验的特性和经验主义的特性之间的一种结合。

　　萨特:对。

　　波伏瓦:从超验的观点看,你是一个天才,但问题在于使之在经验的生活中表现出来。你没有绝对的把握说,自己可以马上做到这一点。

　　萨特:是的,因为当我求教于我的导师们,那些有名的前辈时,我看到在三十岁以前一个人是不会真正成为大人物的。维克多·雨果、左拉和夏多布里昂的生活就包含着一个很长的历程,虽然我不是太喜欢夏多布里昂。他们的生活综合在一起,造成了一种单个的生活,这就是我的生活。我确实按照这些人的榜样去做,而且我想,五十岁时我要尝试一下政治。

　　波伏瓦:因为这些伟人全都从事过政治活动。

　　萨特:我不认为政治就是生活,但是在我未来的传记里,应该有一段政治活动的时期。

　　波伏瓦:我希望你就这个主题谈一谈。

萨特：关于天才的主题？

波伏瓦：在这一方面你感受到的和思考过的。你认为《恶心》是一部杰作吗？

萨特：不。我认为：我说了我想说的，这就很不错。我修改了莫雷尔夫人和吉尔指出的不足之处。我尽了自己的努力，它是有一定价值的。但我没有走得太远。我没有认为：这是由我的天才产生的一部杰作。这里还有点什么要说一下。不是"它是一部杰作"，而是"它是一个天才写出来的东西"。虽然我不能确切地说明这一点，但这个意思应该是清楚的。我不轻视自己的作品。它们代表着某个重要的东西。而作为一个天才我有权嘲笑这些作品，拿它们取笑，虽然同时它们具有第一等重要的地位。如果一个天才不被承认，他不应该让自己绝望。

波伏瓦：另一方面，如果一本书取得成功，他是不会完全满意的吧？

萨特：当然不会；他继续干。他还有别的东西要说。

波伏瓦：在这以后事情是怎样发展的呢？

萨特：嗯，关于天才的思想的难点是，我相信在不同的智力之中有一种同等的东西。这就是说，一个作品可能被称为佳作，因为它的作者适合于写这类作品，他具有一定的专门技巧，但并不是因为他具有一种别人不具有的性质。

波伏瓦：你曾对我谈到，一个人应该区别天才和聪明，你认为自己并不特别聪明，而把你和拉罗舍尔别的孩子区别开来的是一定的理解力和关于使命的思想——你是来揭示真理的。这样，你毕竟有一个不平常的命运。

　　萨特：是这样的，但这没有什么意义。使命的思想必须放弃。但这是真的，我过去常常想，"我有一种使命"。

　　波伏瓦：是的，你在《词语》中关于米歇尔·斯特罗戈夫那一部分已经谈到这一点。但即使这样，在战争爆发前，你不认为自己比你周围的人更聪明吗？

　　萨特：是的，当时我认为自己无疑比别人聪明。

　　波伏瓦：有一次你对我说——我想那是对的——"从根本上说，聪明是一种严格的要求。"它很大程度上不是指思路的敏捷，或者能够发现一大堆事物之间的联系，而是一种要求，要求不停止，继续深入，永不满足。我认为你就有这种要求。你觉得这种要求在你身上要比别人更强烈吗？

　　萨特：是的，但我现在不会这样说了。我再不会说，因为我写了书，我就比一个楼房建造者或旅行推销员要高出一头。

　　波伏瓦：你和尼赞在一起时，你们常开玩笑说自己是超人，而在《词语》的结尾处你又说自己只是一个普通的人。这是一个非常模糊的话——你又想到它又没有想到它。你是怎样开始从超人的思想转变为普通人的思想的？说实在的，这个作为普通人存在的思想对你意味着什么？

　　萨特：我想，我可能比另一个人更有天资一些，智力较发达一点。但从根本上看，我的智力、感受力和别人是相同的。我不认为自己有什么优越性。我的优越性就是我的书，当然这是就它们是好书来说的，但另一个人也有他的优越性——这可能是冬天在咖啡店门口卖的一包热栗子。每个人都有他自己的优越性，就我而言，我选择了这一个罢了。

波伏瓦：你不完全相信这一点，因为你还认为有些人是傻瓜或混蛋……

萨特：但我不认为他们一开始就是傻瓜或混蛋。他们是被造成那样的。我在笔记本中写下了愚蠢的本质和某些人被迫接受它的方式。愚蠢的本质是来自外部，这是外来的强加给聪明的一种压力。愚蠢是压力的一种形式。

波伏瓦：你觉得在战争前和战争后你的天才观有了改变吗？

萨特：有改变。我觉得战争对我所有的思想都很有益处。

波伏瓦：在当俘虏期间，一方面你有点满意，因为从一个完全默默无闻的基础开始，你使别人承认了你是某一个人。换句话说，你的确可能只是一个普通的人。使你高兴的是，在所有这些人中你没有失落，没有被你的文化、你的书或者你的聪明所隔离，相反地你同他们共同前进。这是共同前进，是普通的一员，这使你认为任何一个人都有一种价值。

萨特：你说得也许很对。

波伏瓦：这是一件你很高兴的事。你到了那儿，两手空空，默默无闻，不为人知，对周围的人没有任何明显的优势，因为他们并没有强烈地意识到知识的优势，而你同他们建立了很好的关系。你写了《巴理奥纳》，这不是一般人写得出来的；你是知识分子和教士的朋友。你给自己找到了适当的位置，你设法让自己变得像一个普通的二等兵。

战后,荣誉的浪潮向你涌来,你说过,你完全没有预料到有这样一种国际声望。这对你产生了什么影响?这是一种希望的满足?是天才得到承认?还是一个对你一直坚持的超验真理没有特别重大影响的经验性事件?

萨特:是第二种情况。当然这事对我有一定的影响,我相当有名气了,有人从很远的地方来对我说:"您是萨特先生吧?您写了这个和那个。"我认为这没有什么了不起。看到这些人说"噢,您写了这个,您写了那个",我无动于衷。对我来说,获得荣誉的时间还没有到,直到人的一生终结之时它才到来。在你完成了自己的作品、到了生命的终结,你才是最后获得了荣誉。但说实在的,这些事我并没有想得很清楚,这比我想的要复杂一些。在你生命终结之时有一个转换时期,在你死后还要继续若干年,然后才能谈得上荣誉的事情。可以肯定的是,我把它只是看成一个不很重要的逢场作戏,一种显示真正荣誉的幻影;它不是荣誉自身。对于1945年挤在一起听我演讲的人们,我跟他们没有同样的感受。我不喜欢他们。他们被塞在一起,女人们都给挤昏过去了。我觉得这真滑稽。

波伏瓦:你知道,这里面有着趋时附势的成分,也有的是出于误解,还有些是政治境况造成的。因为那时法国文化正对外传播,而又没有什么可送出去的。

萨特:我没有过多地参与这整个事情。我只是考虑我做过的事,因为报纸说:"他做这,他做那,为了让人们谈论他。"

波伏瓦:是的,有人说你意在博得公众的注意,实际上你正好相反……

萨特：我根本就不注意这些。我写作。我写了一个戏剧后当然也需要有观众看，但我没做任何招徕观众的事情。我写戏剧，我让它演出，这就完了。

波伏瓦：战后，你对自己的书的看法有什么发展吗？你是不是常常自问："归根到底，我写的所有这些作品算是什么？我达到了什么水平？我能坚持下去吗？"

萨特：是的，但想得很少。

波伏瓦：对，真正的问题是写这些书，因写书使自己感到愉快同时也得到某些人的赞赏。让自己满意又让某些读者满意的工作是生活中最好的事情。至于荣誉，你可能在生前就得到了，但这并不能让夏多布里昂免遭可怕的苦难折磨，虽然这些苦难是同政治事件有关联的。

萨特：荣誉决不是纯粹的。它同艺术在一起，它也同政治和许多许多其他事情在一起。战后的名声使我不再去追求别的什么，但我从来没有把它同我以后的荣誉混为一谈，那些荣誉是可能得到也可能得不到的。

波伏瓦：换句话说，你所说的荣誉，是指后世的定论吧？

萨特：除非这个世界完全改变，我会在 20 世纪获得一席之地。文学教科书会把我作为一个成功的作家提及。它们可能说这个成功是由于读者的错觉，或者相反，它们可能说，我很重要，等等。再说，荣誉是同某种优越性联系在一起的——超出其他作家的优越性。应该承认这不怎么好，因为我想到两个矛盾的东西。我想到，好的作家要比其他人好，而一个非常好的作家要比任何人都好，这任何人，就是说，除了另一些非常好的作家，这些人是很少的。我把自己放在这一等级之中。但我又想，读者仅仅是根据一定的情况来区别那些从事写作、创作文学的人。这位作家被看成比那位好，大概不会在任何时候都是这样，而只是在一定时期。的确，某位作家即使死了，他的书实际上可能更有价值，更有益于人，由于这种或那种原因它们碰巧适应了时代。我想到，一个作家写了一部有价值的书，在他死后，有一种根据这个时代和世纪改变的生命。他可能被完全遗忘。我又想到，一个在自己的作品中实现了文学本质的作家同别人是难分上下的。另一位作家也实现了文学的本质。你可以根据他是接近还是远离你的思想和你的感受力的范围来喜欢这一个或喜欢那一个，但说到底他们是一样的。

波伏瓦：你的意思是，在你看来，作家的优势既是某种绝对的东西又是同历史相关联的。

萨特：正是这样，或者你也可以这样想，你将成为一个作家，你要写各种东西，如果写得好，你就是一个好作家。但我又想，做一个作家，就是要实现写作艺术的本质。你对写作艺术本质实现的程度，同别人是难分上下的。当然，你可以停留在比某某人占优势这种水平上，但我说的不是这个。我说的是真正的作家——比如说，夏多布里昂或普鲁斯特。我为什么要说，夏多布里昂对文学的理解不像普鲁斯特那样清楚呢？

波伏瓦：我同意。写作没有一个类似考试那样按分数分等级的情况。这是每一个独立的个人在每一个特别时期选择这一个作家或者那一个作家。但你现在还考虑后世的问题吗？它对你还存在吗? 或者它对你完全没有关系了,就像《阿尔托纳的隐居者》中的螃蟹一样?

萨特:我不知道。我有时感到,我们是生活在一个完全改变文学思想的大动荡的前夜,会有另外一些原则,我们的作品对于后人可能不再有什么意义了。我想到这个。我有时候还在想这事,但并不总是在想。俄国人继承了他们以前的全部文学,但中国人没有这样做。这样,人们怀疑过去时代的作家是否都会保留下来,或者仅仅只是保留他们当中的几个。

波伏瓦:就你所想,你认为是你严格意义上的文学作品还是哲学著作更可能流传下来? 或者两者都可能?

萨特:我想是《境况》。其中有些文章关系到我的哲学,但风格非常朴素,谈的是人所共知的事情。

波伏瓦:总而言之,是对这个时代的一切方面的一种批判性的反思? 包括政治方面? 也包括文学和艺术方面?

萨特:我很愿意看到伽利玛出版社能把它们汇成一卷出版。

波伏瓦:从主观上看,你同你的作为一个整体的作品有一种什么关系?

萨特:我不是很喜欢它。小说是不成功的。

波伏瓦:不是这样的。它还没有完,但并不是不成功。

萨特:一般来说,人们对它评价不高,我认为他们说得对。至于哲学著作……

波伏瓦:它们可是好得出奇!

萨特:但它们会带来什么呢?

波伏瓦：我认为《辩证理性批判》大大推进了思想！

萨特：这样说有点理想化了吧？

波伏瓦：我认为完全不是这样。我相信，在使世界和人们成为可理解的方面，它是非常有用的，正像《福楼拜》一样，虽然是用另外一种方式……

萨特：我没有完成《福楼拜》，我再也不能写完它了。

波伏瓦：你没有完成它。《包法利夫人》的风格不怎么让你感兴趣。

萨特：但关于它我仍然有些东西可说。

波伏瓦：是的，但是关于福楼拜你已经说了很多了；它们合起来是那样一部大著作！这是一个人思考另一个人以及这种思考方法的作品。这里有一点容易忽视，这部著作有着严格意义上的文学性；读《福楼拜》是很引人入胜的，正像读《词语》一样。

萨特：我从没有好好写过《福楼拜》。

波伏瓦：但有些地方确实是写得出奇地好，这是真正的文学，像《词语》一样。

萨特：《词语》我是想把它写好。

波伏瓦：你在比较你的作品和你想做的事情时，说实在的，你并不是不满意。是不是这样？我知道，青年时代无穷的梦想不会同后来的现实情况完全吻合，现实总是有限的，即使这样，你希望做的是什么？

萨特：我不是很满意，也不是不满意。再说这儿有一个很大的问题：这一切将会变成什么样？

波伏瓦：这正是我们刚才说过的。后世将怎样对待它？

萨特：如果我们的后代像中国人那样，他们会把它抛在一边。

波伏瓦：情况不完全如此。

萨特：这真正是一个变革的时代，没有人能说它往何处去。而我们生活过的这个世界是长不了的。

波伏瓦：但是我们不是在 18 世纪，却仍然在读 18 世纪的书。我们不在 16 世纪，却仍然读 16 世纪的书。

萨特：但 18 世纪没有这样一种革命。1789 年革命是不能与之相比的。

波伏瓦：虽然世界改变了，我们还是读希腊和罗马的作品。

萨特：我们是把它们当作不存在于今世的东西来读的，而这是另一回事了。

波伏瓦：在你看来，文学总是保有同样的价值，还是在你积极参加政治活动时它就变得有点失去价值了？

萨特：不，政治不会使它丧失价值。

波伏瓦：你怎样看待这两者的关系呢？

萨特：我的观点是，政治活动应该努力建立这样一个世界，其中文学可以自由地表达自己——与苏联的想法正好相反。但我从没有政治化地看待文学问题。我总是把它看成自由的一种形式。

波伏瓦：有没有过这样的时期，与政治问题相比，文学如果不说是无意义的，那么至少也是只有次要的意义？

萨特：没有，我从来没有这样想过。我不是说文学应该放在首位，我只是说我注定要去搞文学。政治像一般人那样搞，但文学要以自己的方式去搞。

波伏瓦：对。由于这个原因，在你最近同维克多和加维的谈话中，他们想让你放弃《福楼拜》的写作时，你没有同意。在1952年的一段时间内，你为了广泛阅读，差不多停止了写作。这使你接近共产党并产生一种"脱胎换骨"的愿望。但即使在那时文学仍然保持着它的……

萨特：我没有多想过这事，但即使我当时那样做，我可以对你说的是，我早已经献身于文学。

波伏瓦：那一时期你不再写那些根本性的东西了。

萨特：我在阅读。

波伏瓦：并且在思考。

萨特：那时我写了《共产党人与和平》。

波伏瓦：这些东西不是文学性的，主要是政治论文。

萨特：是的。同加缪关系的破裂从根本上说也是政治性的。

波伏瓦：你自己圈子里的人，或者像波朗这样的人，或者那些被严格地称为评论家的人，他们对你的赞赏——这造成了什么？你完全看不起评论吗？或者正好相反，你十分重视它们？你怎样看待你同评论家和读者的关系？

萨特：在我看来，读者总是比评论家更聪明一些。事实上我从评论家那里什么也没有学到，除非他也是写过一本这样或那样的书的。他们有时让我学到一点东西，但大多数人是什么也没有让我学到。

波伏瓦：像所有的人那样，当一本书出版时，你也是非常热切期待着……

萨特：我想知道人们是怎样看待它，结果什么都没有得到。是的，我出了一本书后，我看了所有的评论文章。不是所有的，因为读不完。我看到这一年写的评论文章的目录，我感到惊讶。我还没有看到一半。我试着去把它们读完。但评论家只是说这是好的，或这不怎么好，这就是他们告诉我的一切。其余的人……

波伏瓦：有没有读者使你在写未来的作品时受到启发或者相反，让你写不下去？这对你的作品的发展有没有影响？

萨特：我没有这种印象。不，我有一个特别的读者，这就是你。你对我说，"我同意，这不错"。于是它就真是不错。我就去出版这本书而毫不在乎评论家的意见。你给了我巨大的帮助，你给了我自信，我不再感到孤独。

波伏瓦：从一个意义上说是读者让你的文学露出真相。

萨特：但我没有看到这样的读者，另外，评论也不能让我满意。只有你才能理解我，一直都是这样。如果你认为某个东西是好的，那么在我看来，它的确不错。评论家却想不到它。真的，他们都是笨蛋。

波伏瓦：但是当你的作品被那些聪明的人们首肯时，或者取得了真正的成功时，你仍然要受到外界的影响。

萨特：现在评论家是有些不同了。有一个人我很喜欢，道布罗夫斯基，他很聪明，眼光敏锐，理解事物的能力很强。还有一些人跟他类似，因为今天评论讲求一种意义。以前没有这个东西。

波伏瓦：有件事很清楚，对于《词语》的热情赞扬并没有使你去写它的续集。

　　萨特：是这样的。我为什么要被他们说服呢？他们说："会有一个续集的。"好吧，没有。

　　波伏瓦：在某种程度上说，写作仍然是对一种召唤的回答。此外，你常常是即兴而作，一般来说，你发现自己的作品回答得非常好。《境况》全都是……

　　萨特：《境况》全都是即兴而作的文章。

　　波伏瓦：这样，它毕竟同广大读者有一种直接的关系。

　　萨特：是有关系。某事发生了。有些读者就会想，萨特是怎样看待这事的，因为他们喜欢我。这样，有时我为他们写作。

　　波伏瓦：我刚认识你时，你是一个年轻小伙子，你为后世而活着。有没有这样一个时期，你认为后世对你完全没有意义？你可以谈谈为你的同代人承担义务的写作和得到后世的认可之间的关系吗？

　　萨特：你在从事介入文学时，考虑的是在二十年后就不再有任何意义的问题；你考虑的是与现实社会有关的问题。如果你有一定的影响，如果你对这问题处理得很好，你让人们按照你的观点去行动和看问题，这就是成功。直到这个问题好歹解决之后，后世的观点才会存在——这里每一种情况都肯定不是由作家自身决定的。在这个问题已被解决之后就有一种在二十年或三十年后从一个严格的美学观点看这个作品的方式！这就是说，不错，你知道这个故事，你知道一个作家在一个特定的时刻写了这篇文章——例如，博马舍写了一些非常重要的小册子。但你再不能为一个当代的问题运用它们了。你把文学主题当作是对一切人都有效的,但没有顾及它的轶闻方面的内容。细节成了象征。一个给定的特殊事实对于一个特定社会或几种社会特性的一系列事实都是有效的。一个被限定的事物成了一般的东西。

因此,当你写作介入文章时,你首先考虑的是你必须谈论的主题,你要提供的论据,以及使事物便于理解、较能打动同时代人的风格。你没有时间多想这书将来再不会激起人们的行动。而在你的思想背后仍有一个模糊观念,你觉得如果这书完成了它被指定要完成的东西,那么将来它在普遍的形式中就有影响。它将不再起作用。它在某种程度上被看成是一个没有理由的东西,它看起来完全是这个作家无缘无故地写了它,它不是出于一个确定的社会事实,也不具有由此产生的一定有效价值。这样,人们因为伏尔泰作品的一般价值而赞赏它,然而在伏尔泰的时代他的故事是由于某些社会现象而获得价值的。这样就有两种观点,作家在写作时意识到了这两种观点。他知道,如果他写了某种特殊的事情,他就参加了一个行动;在他看来好像不仅仅是为了写作的愉快而运用着词语。然而实际上他又认为他创造了一个具有一般价值的作品,这是它的真正意义上的价值,即使它被发表去实现一个特殊的行动。

波伏瓦:还有两三件事是我们应该搞清楚的。首先,并不是你的全部作品都同样是承担义务的。有些作品,像《禁闭》和《词语》,具有较独特的美学色彩。你写它们不是为了去实现一种行动。它们是被称作艺术品的作品,真正的文学作品。其次,在你写一个呼吁书或是一个说服人们的作品时,你总是非常注意风格和文章结构,这既是为了影响你的同时代人,又是带着一种想法,想使这个作品具有一种在后世仍然有效的普遍性印记。

萨特:大概是这样的。

波伏瓦:看来,你决不是不在乎后世。

萨特:不是不在乎,我并不多想这事。我总是为读我的东西的同时代人写作,在这个梦想的后面,也隐含着一种后世的观念——后世只会产生一个完全改造过的作品,它不再是行动的,它成了像所有属于过去的物体那样的一件艺术品。

波伏瓦:它们是作为属于过去的东西而被了解的。显然你还是想到过后世,因为你常对我说——而且我想你甚至在《词语》中还写到这一点——文学对你来说完全隐藏着死亡的思想。你不介意死亡,因为你死后仍可幸存;这样,你认为一本书是比人活得长的。

萨特:先是在我小的时候,在《词语》结尾处提到的那个时期,接着是后来那些年,一直到二十岁,我都是非常强烈地相信后世。慢慢地我明白了我首先应该为今天的读者写作。这样,后世就变成一个闪烁于其后的东西了,我在根本上是为当代读者写作,同时,后世像一种模模糊糊的萤光伴随着我。

波伏瓦:你完全不是那样的作家,他们指望着将来,而对同时代人带有一种自信的轻视,就像司汤达那样——虽然你非常喜欢他——他想,"我将在一百年之后得到理解,这样,现在对我是无所谓的"。

萨特:我绝对不是这种人。

波伏瓦:你一点也不轻视你的同时代人,你一点也不想借自己的书来得到回报。另一方面，你大概也想到，就你来说，由于你成功地触动了同时代人的心灵，你将代表着自己的世纪而走进后世，并不是由于你与他们不同而做到这一点。

萨特：我认为，同时代人的这种承认，是发生在我的一生中的事情，是为了达到荣誉或死必须经历的阶段。

波伏瓦：正是你的作品的客观化给予了实在性这种荣誉。这儿有一个重要的想法，你在《词语》中也谈到的，即文学带来了某种得救的思想。

萨特：的确是这样，因为我在《词语》中说了，我对文学能长存于世的理解显然是一种基督教的移情。

文学与哲学（三）

波伏瓦：你在德国攻读哲学时也没有放弃《恶心》的写作。你在两个方面都花了时间。

萨特：《恶心》是很重要的。

波伏瓦：但攻读哲学对你来说同样重要，这使你在德国待了一年。我问过你，你是怎样写起《存在与虚无》的，你却答道，"因为战争"。

萨特：是的。

波伏瓦：但这个解释不太令人满意。

萨特：嗯，我为写《存在与虚无》做了很多笔记。其思想都是建立在我在"奇怪战争"期间写的一本笔记的基础上，这些思想直接来源于我在柏林的那些年。我写那本笔记时手头没有一本书，这样自己只好凭空创造。我不明白战俘营里德国人为什么给我海德格尔的东西。至今这对我仍是一个谜。

波伏瓦：他们是怎么给你的？

萨特：我在战俘营，一个德国官员问我需要什么东西，我答道"海德格尔"。

波伏瓦：大概是因为海德格尔比较得当局的欢心……

萨特：也许是这样。总之，他们把书给了我，一本厚厚的很值钱的书。这很奇怪，因为他们一般对我们是不会这么大度的，你知道。

波伏瓦：是的，这是有点奇怪。那么这就是说那段时间你在读海德格尔。

萨特：我在战俘营读海德格尔。可以补充一句，我早就通过胡塞尔了解他了，比读他自己的东西了解得更好。我在1936年就读过他的东西……

波伏瓦：噢，对，我记得你让我翻译了他的很多东西。好像还是在鲁昂的时候，我们谈到过他。对的。同时，《存在与虚无》又是来源于你在《想象心理学》中的发现。

萨特：不错，是这样的。我发现意识就是虚无。

波伏瓦：后来你常说，你再没有像你写《存在与虚无》时那样的思想和直觉了。

萨特：虽说是这样，我还是写了一些与哲学有关的书，例如《圣·热内》。

波伏瓦：是的。

萨特：在我看来，它是一个长篇随笔，不是哲学的。实际上我一直运用着哲学思想。

波伏瓦：对。

萨特：也可以把《圣·热内》称为一部哲学著作……后来通过写《辩证理性批判》，有些东西又回到我心中。

波伏瓦：噢，不错。这也是由偶然因素造成的，与当时的境况有关，因为波兰人要求你……

萨特：波兰人以哲学方式向我提些问题。这样就产生了《方法问题》。波兰人发表了它。我想在《现代》上发表它，你也劝我这样做。

波伏瓦：是这样的。

萨特：原来的本子不是很好。我重新写过，在《现代》上发表。

波伏瓦：你是这样做了，但这里没有另一个动因吗？从1952年开始你大量阅读了马克思的著作，哲学成了一种政治性的东西，由此看来，波兰人要你写这篇文章就不完全是偶然的了。

萨特：对的。在马克思看来，哲学应该被取消。我不这样看问题。我认为哲学仍在未来之城中。但毫无疑问的是，我参考过马克思主义哲学。

波伏瓦：这里似乎应该更详细地解释一下：人们向你建议写《方法问题》，但你为什么同意做这事？

萨特：因为我想知道自己的哲学究竟处于何种地位。

波伏瓦：在你同马克思主义的关系中……

萨特：从表面上看是这样的。但首先是同辩证法的关系，如果你看过我的那些笔记本——可惜它们都不在了——你会看到辩证法是怎样以其自身的方式进入我的写作之中的。

波伏瓦：在《存在与虚无》中完全没有辩证法。

萨特：确实如此。我从《存在与虚无》发展到一种辩证法的思想。

波伏瓦：是的。在写《共产党人与和平》时你开始创立一种历史哲学。这是产生《方法问题》的某个阶段。

萨特：是这样的。

波伏瓦：但你是怎么继续从《方法问题》前进到《辩证理性批判》的呢？

萨特：《方法问题》只是方法论，它后面还有哲学，有我开始解说的哲学辩证法。我在结束《方法问题》三个月或三个月之后，开始写《辩证理性批判》。

波伏瓦：你是怎样发现自己有新思想的？因为有些年你对我说："不，我不知道自己是不是可以再写一本哲学书。我不再有思想。"

萨特：嗯，我想我当时说"我不再有思想"时，是漫不经心说的，甚至那时我也是有一些东西的……

波伏瓦：有些自我创立的东西。

萨特：对。写《方法问题》时，我写得很快，我的思想又得到清理。这些思想是在我积累了三四年的笔记中匆匆记下来的……这些笔记你知道……

波伏瓦：噢，不错，我好像仔细看过这些厚厚的笔记……但在我看来,它们似乎还没有包含像逆溯和惰性实践这样非常重要的思想。

萨特:对。但在辩证法的水平上已有对它们的某种预示,这在我来说已经够了。

波伏瓦:你实际写作时,对文学或哲学有什么不同的态度吗?

萨特:我写哲学时差不多不打草稿。写文学我要连打七八遍草稿,每一页的七八段作为单独的一组。我写三行,在它们下面画一横线,然后第四行是写在另一张纸上。哲学没有这种情况。我拉过一张纸,开始写上我头脑中酝酿的思想——那大概是不久前才有的思想——然后一口气写完。可能这一页纸还写不完,得好几张纸。然后到某一张纸写完时我停了笔,因为我有个地方写得很不好。于是我进行修改,接着再往下写,一直写完。换句话说,哲学是我向人们讲的话。它不像一部小说,那也是向人们说话,但是以另一种方式。

波伏瓦:是这样的。

萨特:我认为,一部小说是为了给人去读。而在哲学中我是向人们作解释——我可以用笔这样做,也可以用舌头、用嘴这样做——正像现在这样来表达我的思想。

波伏瓦:换句话说,你不可能用录音机写文学,却可以用它来写哲学。

萨特:对。

波伏瓦:我看到你写《辩证理性批判》,气势真吓人。你几乎完全不再看一遍。

萨特：第二天上午我再看头天写的。我一般每天写十页左右。这是我一天可以完成的最大工作量。

波伏瓦：看你写《辩证理性批判》时我好像是在看一个运动会中的绝技表演。你是在科里特拉纳的作用下写作的。

萨特：写《辩证理性批判》的整个期间我都在服用这种药。

波伏瓦：写文学作品时你从来不用科里特拉纳。

萨特：写文学不可能用科里特拉纳，因为这东西影响灵感。我记得在战后我试着用它写《自由之路》。写的是玛志厄回家前在巴黎街上徘徊这一段，写得糟透了。他走过好多条街，每一条街使他产生各种联想。

波伏瓦：我记得这事。这真糟糕。我想问你另一个问题。即使一个人不是自我陶醉者，他也有某种关于自我的形象。我们谈过了你小的时候和稍大一点时的自我形象。那么你现在的自我形象呢？你六十九岁了。以你为题的论文、书目提要、传记、访问记和作品是那么多，有那么多的人想见到你，这对你有什么影响？所有这些有什么作用？你认为自己是不是已被划为历史纪念碑式的人物或者……

萨特：在某种程度上讲，我已是一个历史的纪念碑，但不完全是。我好像重新发现了一个人，我一开始就常常想到要做这种人。这个人不是我，但又是我，因为他毕竟正在讲话。人们为他们自己创造了某个人物，而这就是我。这是一个"我—他"和一个"我—我"。这个"我—他"是人们创造的，同时又是以某种方式同自我发生关系的"我"。

波伏瓦：这是不是说，在今天的这个人物和你年轻时梦想的人物之间有着完全的一致？

萨特：不是这个意思。我从没有对自己说，"嗯，这差不多就是我年轻时所期望的，如此等等"。我没有这种意思。我很少想到自己，这些年来我完全不去想这事了。

波伏瓦：从什么时候开始？从你开始介入政治吗？

萨特：差不多是的。当我干着私密或个人的事情时，当我去看某人或为某人做某事时，这个自我就再现了。但是在文学中，我正在写作时，这个我就不再存在。在五十岁或五十五岁时——在写《词语》之前——我常常梦想写一个故事，地点是在意大利，写一个年龄跟我相仿的人同生活的关系。这会有浓厚的主观色彩。

波伏瓦：我模模糊糊记得这事。我们还要回到一件事情上来——那些你没有写完的书。

萨特：行。

波伏瓦：你为什么打算写它们？后来你为什么又放弃了？……

萨特：关于《阿贝玛尔王后或最后一个旅行者》我已经写了很长一部分，还做了很多笔记。

波伏瓦：再问一个问题。你说你对自己的形象或自我不感兴趣。那么你乐于进行这些谈话吗？

萨特：我很愿意。请你注意，如果我谈得很糟糕，如果受到伤害，我是很生气的。

波伏瓦：这是当然。

萨特：因为现在我没有很多的事情可做，我不得不多少注意到自己……我不是什么都没有……

波伏瓦：首先是因为你关于自己谈得太少。

萨特：确实如此……

波伏瓦：你在《词语》中谈到自己，在关于梅洛-庞蒂和尼赞的文章中也谈了一点点自己的情况。但对于你十一岁以后的情况，你没有写过一点自传性的东西。你从不记日记。你经常记下那随时涌入你头脑中的思想，但你从来没有一段时间是天天记日记的。你甚至从来没有想到要这样做。

萨特：是这样的，除了在战争期间。战争期间我每天都要记下进入头脑的任何东西，但我把这看成一件不很重要的工作。文学开始于选择，否弃某一方面而接受另一方面。这是同写日记不一样的事情，写日记时的选择实际上是自发的，不可能得到很好的解释。

波伏瓦：记日记这种写作似乎可以称为未加工的文学，你在这方面是很有特点的。你的信写得非常漂亮，称得上是书信体大师，特别是在你年轻时。我们分离时你常给我写很长的信，而且不仅仅是给我。你有时给奥尔加的信长达十二页，对她谈到我们的旅行。在你服兵役的时候、我去旅行的时候，你给我写了非常非常长的信，有时甚至是连续两星期每天都写。这些信对你有什么意义吗？

萨特：它们是对眼前生活的速写。例如关于那不勒斯的一天。这是让它为收信人存在的方式。它是自发地完成的。私下说说，我认为这些信是适于发表的，但实际上它们对那些收信人才具有意义。在我的心中有一个隐隐约约的想法，这些信件在我死后可能发表。但我不再写这种信了，因为我知道，一个作家的信是会发表的，但它们并不值得发表。

波伏瓦：为什么不值得？

萨特：因为它们除了少数情况，都没有经过充分的推敲。例如狄德罗给索菲·沃朗德的信。就我来说，我匆匆写下它们，什么都没有删改，除了我要寄给那个人，我从不费神去考虑读者会怎样看。这样，在我看来，不能把这些信说成是文学作品。

波伏瓦：是的，但你毕竟十分乐于写信。

萨特：我是很喜欢写。

波伏瓦：以后它们一定会发表的，因为它们是那样有趣和充满生气。

萨特：实际上，我的信有些像日记。

波伏瓦：有一天你说，你受那些名作家的生活情况影响很大。事实上伏尔泰、卢梭和其他人的信件都是很重要的，并且都发表了——是这促使你写信吗？

萨特：我写信时不带有文学目的。

波伏瓦：你刚才说，你模模糊糊地觉得它们大概会发表的。

萨特：嗯，写这些信的活动本身使我快乐和充满激情，这时的激情要比想到一个作家的信会被所有的人读到时强烈得多。我很乐于在信中玩弄一下词藻，但做得并不过分，没有太浓厚的学究气。我自以为是实现了自发的文学。现在我不相信这种自发文学，但那时我相信。简单些说，我的信就是我的生活的见证。

波伏瓦：嗯，我不认同你现在对自己信的评价。你可以说说你有哪些书是没有出版的吗？

萨特:《真理传奇》。

波伏瓦:这不相同。它是被拒绝出版的。它只有一部分发表了……但有一本书是完全值得考虑的,就是《心理》。确切地说,这书是怎么回事?

萨特:《心理》是我从德国回来后写的,是在读海德格尔特别是胡塞尔的东西一年以后。

波伏瓦:后来你写了《自我的超验性》,发表了。

萨特:对,它是发表了,它又被人遗忘,它消失了,然后又被勒邦小姐再版。

波伏瓦:在《自我的超验性》和《心理》之间有一种关系。

萨特:从《心理》的思想来源看,可以这样说。《心理》是描述那种称作心理的东西。用哲学语言说就是,一个人怎样体验主观性。《心理》解释了这个。它也涉及情感、感觉……

波伏瓦:你把它们看成是意识以外的心理对象。这是你的主要思想,是不是这样?

萨特:是的。是这样的。

波伏瓦:正像自我是超验的一样,还有……

萨特:感觉也是超验的。

波伏瓦:感觉、情感。这是一个很值得重视的著作,它涉及整个心理领域。

萨特:它应是一篇重要性不下于《存在与虚无》的书。

波伏瓦:《情感论》是《心理》的一部分吧?

萨特:是的。

波伏瓦：你为什么保留了《情感论》——顺便说一下，你这样做很对，它是很不错的——而把《心理》的其他部分舍弃了？

萨特：因为舍弃的部分是重复了我所吸收的胡塞尔的思想。我用不同的方式表达了它，但仍然完全是胡塞尔的——没有独创性。而《情感论》有独创性，这就是我保留它的原因。这是对于某种称为情感体验的一个彻底的研究。我说明它不是独自产生而是有对意识的一种关系。

波伏瓦：它们为意向性所激动。

萨特：对。这是我仍然保有的思想，它并不产生于我，但对我是必要的。

波伏瓦：它的独创性是把意向性用于情感，用于情感的表达，用于体验情感的方式，等等。

萨特：胡塞尔无疑是把情感看作先于意向性的。

波伏瓦：确实如此；但他没有研究它。

萨特：至少是没有像我那样认识。

波伏瓦：这么说，《心理》是你放弃的第一本书？

萨特：是的，仅仅保留了一部分……后来几乎在同时我写了中篇小说，是关于一个女子管弦乐队从卡萨布兰卡到马塞的旅行。

波伏瓦：这个女子管弦乐队在《延缓》中又出现了。

萨特：这是一个我在鲁昂听到的女子管弦乐队，它同卡萨布兰卡一点关系也没有。

波伏瓦：故事中是有这个管弦乐队，而后来有一个轻步兵或步兵，他认为自己很漂亮。这个故事里发生了什么事？

萨特：天知道。它就像那个关于午夜的太阳的小说一样,一次我同你作徒步旅行时,把它丢失了。

波伏瓦：噢,对了,是在喀斯。那是在《恶心》之后,你想把它收进一个短篇小说集……这小说集后来出版了。你谈谈《午夜的太阳》这篇小说吧。

萨特：它说的是一个小姑娘孩子气地看到午夜的太阳,我记不清楚到底是怎样一回事了。

波伏瓦：她头脑里构成了一幅图画:夜深时在天空有一轮辉煌的太阳。后来她看到了真正的午夜太阳,那其实类似一个拉长了的黄昏,没有任何奇妙之处。你对这个故事考虑得不太多。

萨特：是的。我没有再写它。最后它概括地描述了一个我虚构的旅行,而这个小姑娘的印象多少是我自己的。

波伏瓦：还有另一个故事,同你给奥尔加写的那封关于那不勒斯的长信有关系。

萨特：对,它的一部分发表了。

波伏瓦：题目是《食物》,你可以谈谈这个小说吗?

萨特：让我想想。那时我同你在那不勒斯,我们准备去阿马尔菲。

波伏瓦：我在那不勒斯同你分手,因为你对阿马尔菲不太感兴趣,我要自己一个人去。这样你独自一人在那不勒斯待了一晚上。

萨特：我遇见了两个那不勒斯人,他们愿意带我看看这个城市。大家都知道这是什么意思。这是去看一个隐秘的那不勒斯,主要指妓院。而事实上他们带我去了一个妓院,一个有点特别的妓院。我们进了一间带有长沙发椅的房间,它靠墙摆着——这房间是环形的——另一张长沙发椅在当中,是一个围绕着柱子的圆形沙发椅。鸨母让那年轻人出去,然后一个年轻妇女和另一个不那么年轻的妇女进来了,两人都是一丝不挂。她们互相在干一些事情或者不如说假装在干一些事情。年纪大的妇女长得很黑,扮演男人;而另一个,大约二十八岁,很漂亮,扮演女人。

波伏瓦:你对我说过,她们做出各种姿态,是那种在著名的庞培秘密宗教仪式的行宫中可以看到的。

萨特:的确是这样。她们首先报告这些动作名称,然后非常下劲地模仿各种姿态。我离开了那儿,有点瞠目不知所措。下楼时我遇到那两个带我来的年轻小伙子,他们等着我。我给了他们一点钱。他们去买了一瓶苏威葡萄酒,我们在街上喝了它。我们吃了点东西,然后他们跟我分手。他们带着我给的一点钱离去了,而我也兴致索然地走了。

波伏瓦:但总的来说你这个晚上还是过得挺有意思的。第二天我回来时你很有兴味地对我谈到这事。你的这篇小说就是讲的这个特别的夜晚吧?

萨特:是的。我想谈一谈那个男孩逛妓院的情况,和他对那不勒斯的观感。

波伏瓦:为什么最后你没有发表这部小说? 它的题目是《流放》。

萨特:我没有想过这事。我原以为你会不同意发表它的。

波伏瓦:为什么? 它不是很好吗?

萨特：它不可能是很好的。

波伏瓦：我们大概是考虑到它的结构不适当——它不可能达到你的其他小说的水平。

萨特：可能是这样。

波伏瓦：在《存在与虚无》之后你开始写一个伦理学方面的著作。

萨特：我打算写它，但我一直拖着没写。

波伏瓦：你在一本书中对尼采进行了重点研究，写得很长，我觉得写得非常好。

萨特：那是我对伦理学研究的一部分。我关于马拉美的那一篇还要长些——大约两百页。

波伏瓦：噢，真是这样！你对于马拉美所有的诗都有一个非常细致的解读。你为什么不出版这本书？

萨特：因为我一直没有写完，总是放下然后又拾起。

波伏瓦：但就这整个东西而言——你没有把它称为你的《伦理学》，它是一个对人类态度的现象学研究，同你关于尼采的随笔相关联——你为什么放弃了它？

萨特：我没有放弃它。那些笔记后来大都派了用场。

波伏瓦：在我看来，你是认为其中现象学的东西太唯心主义了。

萨特：的确是这样。

波伏瓦：对你来说，写一个心理分析的东西是太唯心主义了。

萨特：不是心理分析，是一个描述。

波伏瓦：一个对于人类各种态度的现象学的描述。还有另一些东西你没有完成。你写了一个关于丁多列托的长篇随笔,你已在《现代》上发表了一小部分。你为什么放弃了它?

萨特:写了很长之后我发现它使我厌烦。

波伏瓦:重要的是你写了那些东西。

萨特:我是受斯基拉出版社委托写的。

波伏瓦:是的。

萨特:不是斯基拉出版社选择了丁多列托,而是我对他说,我将要写丁多列托。我放弃它是因为我对它厌倦了。

波伏瓦:还有一本书也是写了很长时间又放弃了的:《阿贝玛尔王后或最后一个旅行者》,那是什么时候写的?

萨特:那是在1950年到1959年。我大概写了一百页。我相信有二十个地方我提到那种平底船造成的哗哗声。

波伏瓦:对,你对威尼斯作了大量描写,而且你发表了关于威尼斯的那一节。你发表了这书的部分内容。

萨特:是的,在《兴致》上。

波伏瓦:你想用词语之网去捕捉意大利的印象,但这破坏了对旅行本身的描写。

萨特:从一个旅行者的叙述角度来看,这的确是一种自我破坏。

波伏瓦:是这样的。

萨特:我所考察的意大利仍然是很有意义的,虽然不是对于旅行者。

波伏瓦:你是雄心勃勃的,你想把它写成两者兼而有之:历史的——例如你想通过谈论基督战胜纪念碑来洞察意大利的整个历史——同时又是主观的。

萨特：是这样的。

波伏瓦：这应该是客—主观的。

萨特：我写它时确实是雄心勃勃的，我放弃它是因为我不能及时地找到最好的表达方式。

波伏瓦：虽然你写它时是很有兴趣的。

萨特：是的，当时我有很大的兴趣。

波伏瓦：还有另外一些你思考过但没有实现的文学或哲学著作吗？

萨特：我准备写一部伦理学的著作，是为邀请我讲学的美国大学准备的。开始我是为了发表而写了四五篇演讲稿，后来我就只是为自己写作了。我有一大堆笔记。顺便说一下，我不知道现在它们在哪儿，它们应该在我的房间里。一大堆关于伦理学的笔记。

波伏瓦：它谈的主要问题是道德和政治的关系吧？

萨特：是的。

波伏瓦：这么说它是与你1948年或1949年写的那些东西完全不同了？

萨特：完全不同。我有一些关于它的笔记。这整部著作实际上是非常重要的。

波伏瓦：你为什么又放弃了？

萨特：因为我厌倦于写哲学。你知道的，这总像是同哲学纠缠在一起。至少我担心是这样。我写了《存在与虚无》，我感到很疲乏。总之，这是一个非常可能的续集，但我没有完成它。我写了

《圣·热内》,它可以被看成是哲学和文学之间的某种东西。后来,我写了《辩证理性批判》,然后又暂停。

波伏瓦:因为它要求读很多历史方面的东西吗?

萨特:正是这样。我必须研究长达五十年的一个时期,必须去考察有助于了解这五十年的一切必要的方法,不仅仅是作为一个整体来考察,而且要考察它们各自的细节。

波伏瓦:你觉得如果是研究一个事件,花的时间要少些,例如法国革命。你关于法国革命作了大量的研究工作。

萨特:对,我还准备去研究一些事件。我想真正深入历史的本质中去。

波伏瓦:你谈到斯大林主义。

萨特:是的,我开始谈到斯大林主义。

波伏瓦:你的作品有另一个方面是我们完全没有谈到的,它非常重要,这就是你的戏剧……你是怎样写起戏剧来的?它对你有什么重要意义?

萨特:我总觉得自己会干这一行的,我八岁时在卢森堡公园玩,我常常玩那些木偶,戴上手套那样的东西让它们活动。

波伏瓦:你少年时代又回到写戏剧的想法上来了吗?

萨特:是的,又回到这上面来了。我写了模仿滑稽剧和小歌剧。我是在拉罗舍尔发现小歌剧的,我常和中学的朋友去市立剧院,在看戏中受到影响,开始写一个戏剧《奥拉突斯·科克勒斯》。

波伏瓦:噢,是的,我知道。

萨特:我还记得两行:"我是米修斯·斯克沃拉,我站在这儿/我是米修斯、米修斯。"后来在巴黎高师时我写了一个独幕剧《我将有一个好葬礼》。这是一出滑稽剧,是写一个人描述自己死亡的痛苦。

波伏瓦:它上演了吗?

萨特:没有,当然不会上演,我又写了一个独幕剧作为巴黎高师的活报剧。每一年都有一次戏剧表演,是给校长、他的部下、学生和家长们看的。我写了一出。演出是非常令人恶心的。

波伏瓦:你也参加了演出。

萨特:我演朗松,那个校长。

波伏瓦:这一切都非常有意思。以后你继续写吗?

萨特:我又写了一部戏剧,我记得是叫《埃皮梅泰》。诸神来到一个希腊村庄,他们想要惩罚这个村庄的人,村里有诗人、讲故事的人和艺术家。最后悲剧产生了,普罗米修斯赶走了众神。在这之后他迎来可悲的下场。我觉得这个戏剧的表达形式很差劲。我仅仅把它看成是一个起步。

波伏瓦:后来呢? 我想我们应该谈谈《巴理奥纳》。

萨特:我那时是一个战俘,每一个星期天我们一伙人都到一个大谷仓去演戏。我们自制了一些座位,因为我是一个知识分子,能写,他们请我提供一个在圣诞节上演的戏剧。我写了《巴理奥纳》,写得很糟糕,但还是有点戏剧的味道。不管怎么说,直到写这部戏剧时,我才真正喜欢上戏剧。

波伏瓦:你写给我的信中谈到它,你说到,从这时起你打算认真地写一写戏剧。《巴理奥纳》是介入的戏剧。你假托罗马占领巴勒斯坦来暗指法国。

萨特：是的。德国人不理解它。他们只是把它看成一部圣诞节戏剧。但法国战俘一看就懂，我的戏剧感动了他们。

波伏瓦：这给了你这样的力量———在一些并不是外来人组成的观众面前演出，它是属于中产阶级的戏剧。

萨特：是的，《巴理奥纳》是在那些被卷入的观众面前演出。当然如果另外一些人理解了这出戏，就会禁止它演出。但所有的战俘都知道它谈的什么。在这个意义上说，它是真正的戏剧。

波伏瓦：在这以后是《苍蝇》。谈一谈你写它的情况。

萨特：跟你一样，我同奥尔加·科萨克韦茨是朋友，她在迪兰手下学习怎样当一个演员，她需要有一个机会在一部剧中演出。我对迪兰提出，由我来写一个。

波伏瓦：《苍蝇》对你意味着什么？

萨特：《苍蝇》，这是我的老主题了———一个叙述详尽的传奇故事，一个运用于当代的传奇故事。我保留了阿伽门农和他的妻子的故事，俄瑞斯忒斯杀死他母亲的故事，复仇女神的事情，但我给它另一种意义。事实上我给它一种同德国占领有关的意义。

波伏瓦：更清楚地解释一下吧。

萨特：在《苍蝇》中我想谈自由，我的绝对自由，我作为一个人的自由，而首先是被占领的法国人在德国人面前的自由。

波伏瓦：你是对法国人说："自由吧，恢复你们自由的意志，去掉他们企图强加给你们的懊悔。"看到自己的戏剧演出时，你有什么感想？观众和你的作品都在那儿。这跟一本书的出版有什么不同？

萨特：我不太喜欢这次演出。我和迪兰是朋友，我们谈到过这剧的演出。我对舞台知识了解甚少,谈的那些东西超出了我已知的范围。我感到导演的工作是那样重要,明白了自己所写的东西与舞台上实际出现的东西差距是很大的。这是在我写的东西的基础上完成的,但这又不是我写的东西。后来,写别的戏剧时,我再没有这种感受了,我觉得这是因为,我那次插手了演出。

波伏瓦:它同其他戏剧有什么一致的地方? 例如,同《禁闭》的关系?

萨特:卢莱奥干得很不错,为以后的演出搞了一个很好的样板。他所实现的东西正是我写这剧本时内心所看到的情景。

波伏瓦:下一部戏剧呢?

萨特:是《死无葬身之地》。我打算用这种方式揭示法国公众在战后对抵抗运动战士的冷淡态度,因为大家渐渐把他们忘了。这种现象是资产阶级复活的表现,资产阶级在一定程度上是德国人的帮凶。他们对关于抵抗运动的戏剧大为恼火。

波伏瓦:是的,人们在剧中看到一件丑恶的事情,特别是拷打的情景。确切地说,你为什么写这部戏剧?

萨特:提醒人们记起那些抵抗战士们,他们受到拷打,他们是勇敢的,人们在那时谈论他们的方式是有些卑鄙的。

波伏瓦:我们不再逐一去谈你的全部戏剧了。我希望你谈谈你的戏剧作品和严格的文学作品之间的区别。

萨特:起初,很难找到主题,我有时在书桌旁坐两个星期、一个月甚至六个星期来寻找主题。有时我的头脑中会闪现出只言片语来。

波伏瓦：噢，对了！有一次你对我谈到"《启示录》的四个骑手"。

萨特：经常有一个模糊的主题出现。

波伏瓦：应该说你的戏剧常常是由于一个特别的原因而写的。你想处理的不是一个主题问题。例如，你想为万达写一部戏剧好让她演出。

萨特：是这样的。

波伏瓦：她很长时间没演出了。她想去演出，而你也想让她演出。这样你就对自己说，我要写一部戏剧。

萨特：正是这样。有一个主题我总在想它但我一直未能抓住。一个人，他的母亲怀孕了——他因此而大为生气。

波伏瓦：噢，是的。

萨特：她看到她的一生，而观众看着这个舞台，看到相继亮灯的"房间"。他们看到她一生中的所有事件，包括她经受的折磨和最后的死。而她分娩了，孩子生下来了，长大成人，经历了所有被预示的场景，但在最后她是一个了不起的人，一位英雄。

波伏瓦：对，你对这部戏剧想得很多。但它从没有真正成形。

萨特：是的，从没有成形。

波伏瓦：我们回到你为舞台工作的方式上来吧。

萨特：开始，我根据一个主题工作，然后我放下它。我忽然想出一些短语和对答，我就记在笔记本里。这些形式多少都弄得有点复杂，然后我把它们搞得简练易懂一些。《魔鬼与上帝》就是这样写成的。我记得我设想的一切，我后来都放弃了……

波伏瓦：是对于最后的定稿来说。

萨特：是的。在这一点上我认为写作并不很困难。问题在于人们之间的谈话，他们反复说那些他们不得不说的话。

波伏瓦：我看到你写戏剧的方式，我觉得你在酝酿戏剧作品时有大量的准备工作是同舞台联系在一起的，而短篇小说和长篇小说在纸上就完成了。

萨特：是的。

波伏瓦：一本书的成功给你的快乐要比一部戏剧大吗？

萨特：嗯，就戏剧来说，它们获得成功时你当然是高兴的。你很快就知道这部戏剧是一次大失败还是成功。但戏剧的命运是很奇特的。它们可能完全失败，或者正好相反，即使第一次演出失败了，它们仍能重新获得成功。它们的成功总是有问题的。这不像一本书。如果一本书写得好，它就能流行很长时间，大概三个月，然而你可以确信它取得成功。但是对于一部戏剧，一次成功可能变为一次失败，或者一次失败可能变为一次成功。这是很奇怪的。这样，巨大的成功通常导致很坏的结果。例如，布拉瑟有两次都把我的那个剧弄得很糟糕——这个剧他演了一些场，然后他要么度假去了，要么就越演越差，这个剧就算完了。

波伏瓦：还有另一件事。你很少再看你自己写的书。但你经常重看自己的戏剧，因为它正到处上演或者开始重演。再看它时，你觉得自己看到了一个新的东西吗？你有这种感觉吗——它好像成了另一个人写的东西？

萨特：没有这种感觉。这部剧会继续演下去的，你看到的只是演出方式。

波伏瓦：戏剧给你最大的愉快是什么？是看它演出、想它是好还是坏？或者是因它获得成功而愉快？总之，作为一个剧作家，你最愉快的时刻是什么时候？

萨特：嗯，我要说的显得有点奇怪：一本书是死的。这是一个死的物体。它放在桌上而你并不是密切地注意到它——你和它之间不是完全一致的。在一定时期，一部戏剧却不同。你活着，你工作，而每天晚上都有一个地方在演你的剧。这是非常奇怪的，你住在圣日耳曼大道，却知道在街角处的安托万剧院……

波伏瓦：正在演这部剧。你发现《死无葬身之地》写得很不合意。虽说是这样，从另一个角度看，你也喜欢它吧？

萨特：是这样的。我喜欢《魔鬼与上帝》。这是一个巨大的成功。

波伏瓦：然后它在维尔森剧院上演……

萨特：噢，对的。我也很喜欢这次演出。

波伏瓦：当你看到《苍蝇》在布拉格上演时，我想你也应该高兴。

萨特：是的，这部剧演得很好，我感到非常欣喜。但对一部剧的第一次演出我不是太乐观，因为这时还谈不上证实它会怎样。

波伏瓦：确实，这对剧作者来说是个难耐的时刻。看你的戏剧的首场演出时我没有一次不是非常焦虑的。

萨特：即使它的演出效果很好，也仅仅是表明一种可能的趋势……直到它接着演下去并且一直反应响好，这时你才会体验到真正的愉快——这整个事情就合为一体了。你同观众有一个真正的联系，如果你愿意，你可以在某一个晚上去剧院，坐在一个角落里，看看观众有怎样的反应。

波伏瓦：你从来没有那样做过。

萨特：我从来没有那样做过。或者说几乎没有那样做过。

波伏瓦：你最喜欢你的哪一部戏剧？

萨特：《魔鬼与上帝》。

波伏瓦：我也非常喜欢它，此外我还非常喜欢《阿尔托纳的隐居者》。

萨特：我不是那样喜欢它，但我仍然很高兴写了它。

波伏瓦：但你写它是在那种情况……

萨特：是在1958年我的危机时期写的。

波伏瓦：大概这使你很沉痛。

萨特：你记得，我们听到戴高乐突然行动的情况，我们正离开巴黎出外度假。我们去意大利，在罗马我写了《阿尔托纳的隐居者》后面的一些场次。

波伏瓦：有家庭事务会议的那一部分……

萨特：是的。

波伏瓦：这一场非常糟糕。

萨特：是非常糟糕。此外，第一幕仅仅有一个纲要。以后我又逐渐充实它们，整整一年……你记得吗？

波伏瓦：记得很清楚。我们当时在圣尤斯塔乔广场，在我们住的旅馆附近。

萨特：是的。

波伏瓦：我接着看你最后一幕的手稿，我感到吃惊。你也同意我的观点。你看出那不是一个家庭事务会议，只是一个父亲和儿子之间发生的事情。

萨特：是这样的。

波伏瓦：现在你怎样看待自己同戏剧的关系？

萨特：我现在不写戏剧了。这已经结束了。

波伏瓦：为什么？

萨特：我已经到了同戏剧分手的年龄了。好的戏剧不是由老人写出来的。一部戏剧有某种急迫的东西。人物出场说道："早上好！过得不错吧！"而你知道，两三场后他们将被卷入一个紧迫的事件中，有一个对他们可能是很糟糕的结局。这事在真实生活中是很少的。一个人不是在紧迫的状况中。一个严重的威胁可能正逼近一个人，但他不是在紧迫的状况中。然而你不可能写一个没有紧迫状况的戏剧。你要重现这种紧迫感，让它为观众所感受。他将在自己的想象中活跃着一个紧迫的时间。他们将担心葛茨是不是会死，或者他是不是去同希尔达结婚。这样，你的戏剧在演出时，它会使你处于一种经常的紧迫状态之中。

波伏瓦：为什么仅仅因为年老了，你就不能再恢复那种紧迫感？相反地，你应该想到："我的日子毕竟不是很多了。我应该把那些最后想说的事情尽快说出来"。

萨特：对的，但现在关于戏剧我没有什么可说的。

波伏瓦：你受这个事实影响吧：现在法国的戏剧几乎不再是作家的戏剧了？

萨特：确实是的。例如，《默努肯的1789年》是由演员创作的，他们自己创作了这个剧本。

波伏瓦：这是不是真正影响你的一个因素？

萨特：是的。我的戏剧作品已成了过去的东西。如果我现在去写一部戏剧——实际上我不会写——我将给它另一种形式，为了它能同今天的趋势一致。

波伏瓦：戏剧中有一个让人烦恼的事——观众，几乎总是些资产阶级分子。有一次你说："说真的，对那些来看我的戏剧的资产阶级分子我没有什么可说的。"

萨特：有过那么一次，工人阶级观众来看我的戏剧。这是《涅克拉索夫》。那时我同《人道报》、共产党的关系很好，他们让工厂和巴黎近郊的许多人来看《涅克拉索夫》。

波伏瓦：工人们喜欢这部戏剧吗？

萨特：我不知道。我只知道他们来了。还有许多人在工厂上演《恭顺的妓女》，反响很好。

音乐与绘画

波伏瓦：为什么现在你很少读文学？

萨特：从童年起，很长时间以来，直到1950年，我都是把一本书看成某种呈现真理的东西。风格、写作方式、词语，所有这些都是一个真理，而它带给我某种东西。我不知道这东西是什么，我不能用词语把它表达出来，但我觉得它给我带来某种东西。书不仅仅是物体、不仅仅是同世界的一种关系，而且也是同真理的关系，一个很难用词语表达但我可以感受得到的关系。我要求于文学书籍的东西就是这种对真理的关系。

波伏瓦：是不同于你自己世界的某种观点的真理。

萨特：我不能确切地说出这个真理。就这点来说，评论对我很有益处。我试图去抽取出作者的真理意义以及它可能带给我们的东西。这是非常重要的。

波伏瓦：你后来放弃了这种思想吗？如果放弃了，是什么原因？

萨特：我放弃了它，因为我认为一本书要比这平凡得多。我常常同那些大作家一起，获得这种感受。

波伏瓦：你什么时候失去了这种感受？

萨特：大约是在1950年或1952年，那时我在一定程度上进入政治领域。我对政治充满兴趣，同共产党人产生联系。这时那种感受就消失了。我觉得它好像是一百年前的思想。

波伏瓦：你是指一种有文学魔力的思想？

萨特：对，文学有一点魔力。文学展现的特殊的真理不是由科学或逻辑的方法对我提出的，它是从书自身的美、从它的价值来到我这里的。我深深地相信它。我相信写作是一个产生实在的活动，确切地说不是这书，而是超出这书的某种东西。这书属于想象，但超出这书的是真理。

波伏瓦：在你读了大量的历史书并且深深地投入介入的写作时，你就不再相信它了。

萨特：是的。一个人是逐渐获得他自己的体验，正像他丧失过去常有的思想那样。这是在1952年左右的事情。

波伏瓦：我记得你最后带着极大乐趣读的书是《莫比·迪克》。

后来你还读了热内的书。你不是出于偶然写了他,你被他的作品迷住了。我想,在1952年以后,你没有什么很大的文学热情了。

萨特:是的。

波伏瓦:你那时的阅读有研究也有仅仅是消遣的。

萨特:此外还有历史书籍。

波伏瓦:我记得当时有些我很喜欢的书你没有读。我向你推荐过它们,像阿尔贝·科恩或约翰·考珀·波伊斯的作品,但我们没有在一起谈过它们,甚至在我告诉你它们是非常好以后,你还是没有兴趣读它们。严格地说,这是从对文学着魔状况中解脱出来了。

萨特:大概是的。而且一般来说,我再不能真正理解人们去写小说的原因。我想谈谈我曾经认为文学是什么,然后再谈我放弃了的东西。

波伏瓦:这一定要谈谈。这是十分有趣的事。

萨特:开始我认为文学是小说。

波伏瓦:是的,一种叙事,同时通过它看到世界。它给你的东西不是社会学随笔、统计学报表或别的什么可以给你的。

萨特:它给了人们一种个体、个人和特殊的感受。例如,一部小说将给人们呈现这个房间、这墙的颜色、这些窗帘、这个窗户,而且以只有小说能做到的方式。我喜欢小说的原因正是这个,各种物体被命名提说,并显示了自己的个体特征。我知道所有这些描述之处都是存在的或者存在过,因此成为真理。

波伏瓦:虽说你不是特别喜欢文学描写。你的小说中常有描写,但它们总是同活动、同人物看待自己的方式紧密结合在一起。

萨特：而且很短。

波伏瓦：是的。一点点隐喻，三个小词暗示某个东西。不是一个真正的描写。

萨特：因为一个描写——嗯，它不是时间。

波伏瓦：对。它造成一种停顿。

萨特：它造成了一种停顿。它不是像物体在瞬间中显现的那样来给出物体，这物体好像一直存在了五十年。这是荒谬的！

波伏瓦：而在叙述的运动中暗示这个物体，这就很好！但是不是还有另一个原因？这是不是因为你特别地读过了所有那些文学名篇？应该承认，眼下出版的书很少有什么惊人之处。

萨特：战前是这样的。

波伏瓦：噢，不，战前你还没有读卡夫卡、乔伊斯或《莫比·迪克》。

萨特：是的。我读过塞万提斯，但我读得很差劲。我常说自己应该重读《堂·吉诃德》。我试着读了一两次，但都放下了，我不是不喜欢它——相反，我非常喜欢它——但环境使我放下了它。有那么多的东西要重读和开始去读。我本来可以读它的。

波伏瓦：大概你认为它再不能给你什么东西了，不能丰富你，不能给你任何新的世界观。你知道，这儿你的看法同一般的看法是一致的。你我一生中常有这种情况。总的来说，现在人们小说读得比有一个时期少，兴趣也较小。就是说，"新小说"的尝试使人们感到厌烦，他们宁可去读传记、自传、社会学或历史学研究。这时他们对真理的感受要比读小说时强烈得多。

萨特：实际上我就是读的这些东西。

波伏瓦：不错，现在使你感兴趣的就是这些东西，但还有别的跟文学不同的东西是你一生中非常喜爱的：音乐和绘画，还有雕塑。有件事我注意到了，觉得很好奇：虽然你总是非常喜爱音乐，你弹钢琴，你的家庭是一个音乐世家，你现在仍然听得很多，既听录音带也听收音机，但你实际上从没有写过音乐方面的东西，除了对莱博韦茨关于介入音乐的书写过一个导言外。

萨特：是这样的。

波伏瓦：另一方面，绘画……一开始，我刚认识你时，你不是特别喜爱它。后来逐渐地自我培养，你开始喜爱和理解绘画了，你就这个主题写了很多文章。你可以说说这事在你一生中的意义吗？这两种不同情况的原因是什么？

萨特：一开始是音乐，因为这是我很早就接触到的东西。至于绘画，我是看复制品。五岁、六岁一直到七岁，我都没有去过博物馆，但我看绘画的复制品，特别是精美的拉鲁斯词典，其中有许多插图。跟许多孩子一样，在我看图画之前，我已受过形象化的教育。但我是生在音乐之家。有一件难以理解的事情。我的外祖父开始被音乐深深迷住。

波伏瓦：你的外祖父施韦泽本人？

萨特：对。他对音乐有兴趣，他写了一篇关于歌唱家、音乐家汉斯·萨克斯的论文。

波伏瓦：然后有阿尔贝特·施韦泽关于巴赫的著作。

萨特：外祖父十分重视这本书，他经常读它。他有时也作曲。

我记得我十五岁时看到过他创作的乐曲，那是在他兄弟，一个牧师的家里。他坐在钢琴旁作曲。他创作的曲调有点像门德尔松的东西。

波伏瓦：他同阿尔贝特·施韦泽是什么关系？

萨特：他是阿尔贝特的伯父，跟阿尔贝特的父亲是兄弟。

波伏瓦：你外祖父看重阿尔贝特·施韦泽吗？

萨特：看重，但他并不十分理解阿尔贝特。他和阿尔贝特面临的难题完全不一样而有点嘲笑阿尔贝特。

波伏瓦：这么说，阿尔贝特·施韦泽是这一家最大的音乐家了。

萨特：是的。我还是一个孩子时出席过他在巴黎的一个风琴演奏会。我母亲带我同外祖父一起去的。

波伏瓦：你母亲本人也是爱好音乐的吧？

萨特：对，非常爱好。她演奏得很好。她在声乐方面受过高级的训练，唱得非常好。她演奏肖邦的乐曲、舒曼的乐曲以及其他一些难度很大的乐章。她确实比我舅父乔治的经验少些，但她喜爱音乐，常在下午为弹奏钢琴——顺便说一下，我在《词语》中谈到这一点。

波伏瓦：你上过钢琴课吗？

萨特：很早以前上过。我记得大约是十岁，就上钢琴课了。

波伏瓦：你一直上到什么时候？

萨特：我离开巴黎去拉罗舍尔时就不再上钢琴课了。

波伏瓦：你是怎样让自己练得一手好琴的？

萨特：我自己练琴。我读四年级时母亲的钢琴就放在继父家的客厅里,我没事时常溜进去弹奏我记得的曲调。后来又有一些我从拉罗舍尔音乐商店买的或租的小歌剧曲谱。开始我学习进展缓慢,感到困难,但我对节奏很敏感。母亲再婚后由于继父的缘故很少玩钢琴,他实在是不喜欢音乐。不过在我放学回家后,继父还没回家之前她也玩一会儿。我坐在旁边听,她走后我就自己玩。开始我用一个指头,后来五个,最后用十个指头玩。我终于成功地练习到了一定的水平。我弹得不是很快,但能演奏多种乐曲。

波伏瓦:你同你母亲合奏过吗?

萨特:合奏过,四重奏曲和弗朗克的交响乐曲。

波伏瓦:你主要是弹钢琴吗?

萨特:是的。我的音乐素养跟妈妈没什么不同。直到两年前,在阿莱特家,我还在弹钢琴。

波伏瓦:住在波拿巴街你母亲家里那段时间,你经常弹。我还记得那个小格子花镀金长凳,你常坐在上面,在工作前弹上一个小时。

萨特:我有时是那样的。

波伏瓦:你常常是从三点玩到五点,到五点开始工作。开始我还可以玩一点钢琴——我总是弹得非常糟,但还是可以弹一点点的——我们一起合奏过。

萨特:是的,偶尔一起弹过。

波伏瓦:不经常一起弹,因为你弹得比我好得多。你常弹奏肖邦的东西。后来你不再同你母亲住在一起,你再没有钢琴可弹了。

萨特:我们应该区别一下不同的时期。我在母亲家和在圣艾蒂安我继父家弹钢琴一直到十三四岁。后来我回到巴黎，成了一个寄宿生，我在外祖父家弹钢琴。他们有一架钢琴平时很少用，我外祖母有时弹一弹——她坐在钢琴前弹出一些曲子。外祖父完全不会弹。这样，星期六、星期天我从学校回来后，弹钢琴是我最愉快的事情。那时我弹得不好，常出错，而到我开始弹奏那些名曲时，我的手不能弹得很快，但已经能够较好地演奏肖邦、弗朗克和巴赫的东西了。

波伏瓦：你是弹得很不错的。虽说没有达到一个演奏家的水平，但算是不错。

萨特：这是逐步养成的，我弹琴的时间越来越多。我母亲有时指点我一下，外祖母也指点一下。我常在外祖父家玩。我还记得一首贝多芬钢琴小提琴奏鸣曲的二重奏钢琴乐曲，还有舒伯特的一些乐曲以及肖邦的几首曲子，我花了相当长的时间学习弹奏它们。但音乐确实使我感到非常愉快。

波伏瓦：你去听音乐会吗？你有没有唱片？

萨特：我没有唱片。当时唱片的质量不是很好，而且我家里也没有听唱片的习惯。但我星期天去听音乐会，有时同外祖母，有时同外祖父去。我还记得在塞纳河街举行的那些有名的"红色音乐会"，我同外祖父一起去的，在幕间休息时供应有白兰地浸泡的樱桃。

波伏瓦：是演奏古典音乐吗？

萨特：对，演奏者都很不错，他们演奏得很好。那时我只知道古典音乐。

波伏瓦：你说过，还有小歌剧。

萨特：是的，但我的意思是，我几乎完全不了解较现代的音乐。只知道一点儿德彪西。

波伏瓦：几乎每一年见面时，我们都要去加夫音乐厅听贝多芬四重奏曲。

萨特：我们至少去两次。

波伏瓦：我们很注意这个问题，是不是有一些大作曲家我们不知道。实际上有些人是我们完全没有注意到的，特别是维也纳流派。

萨特：还有贝拉·巴托克。

波伏瓦，我记得你是在美国发现贝拉·巴托克的。

萨特：是的。

波伏瓦：不久之后，或者是在这同时，我们通过莱博韦茨搞清楚了无调性音乐是怎么回事。战后我们发现了巴托克和普罗戈费夫。

萨特：我从来不喜欢普罗戈费夫。

波伏瓦：我也是。但他毕竟是我们听到的第一位现代音乐家。

萨特：我们的主要发现是巴托克和无调主义者。

波伏瓦：我住在比谢雷街时买了一个大留声机。是维恩帮我挑选的。它的转速是七十八，一面的时间是五分钟。我们听了许多东西。其中有蒙特维迪的。后来密纹唱片问世了，我又买了一台留声机。

萨特：你收集了一套很不错的唱片。

波伏瓦：那时我们热衷于听贝格、韦贝恩那些，后来是那些较现代派的人。我说我们，因为我们常在一起听。以后我们又开始听施托克豪森的东西，然后是泽纳克斯，然后是所有那些大现代音乐家。音乐对你是很重要的。那么怎么会有这种情况——我想到你曾对我十分清楚地解释了无调性音乐特别是十二音符音乐——你确实从没有过写作音乐问题的欲望？

萨特：我觉得音乐不是我能够谈的。我可以谈与文学有关的东西，哪怕是跟我的关系很远，但毕竟与我写的东西有关，这是我的职业、我的艺术，这样，我有权利把自己关于一部文学作品的思考公布于众。但关于音乐，我想那是音乐家或音乐研究家去做的事。

波伏瓦：而且音乐方面的文章是很难写的，几乎没有人能写好它。一般来说，音乐评论总是让人十分厌烦的。莱博韦茨在《现代》上的文章还算是好的。马辛一家写了一本关于莫扎特的好书。总的来说音乐的文章无论写得怎样，音乐的语言好像都是不可翻译的。

萨特：音乐有它自己的语言。

波伏瓦：你懂得音乐基本原理吗？

萨特：我学过一点。

波伏瓦：视唱练耳？和声学？

萨特：是的，我八九岁时学了这些东西。后来我读了多声部音乐的理论著作。

波伏瓦：你怎么能那样好地理解无调性音乐和十二音符？你的耳朵很习惯这种音乐吗？就我来说，我完全搞不清楚它是怎么回事。

萨特：我是完全理解它了吗？

波伏瓦：不管怎么说，你曾对我很清楚地解释了许多东西。

萨特：我了解它的基本原理，但我是花了很长时间才领会它们的意思的。

波伏瓦：回到我的问题上来，你为什么写了关于介入音乐的文章？

萨特：因为我听音乐时想表明一下我的态度。对，我想写一点关于音乐的东西。这样，莱博韦茨让我为他写序时，我很自然地同意了。

波伏瓦：你对我说，"我觉得谈论音乐对我不很适宜，这应该是音乐家的事"。但为什么有一段时间你认为谈论绘画是你应做的事？

萨特：那是比较晚的事情。我第一次去卢浮宫时才开始知道一些图画。我十六岁时住在巴黎，外祖父带我去卢浮宫。他向我介绍各种图画，没完没了地评论着，使人厌烦。但我对自己看到的一切都很感兴趣。读一年级和哲学班时我就一个人去。我甚至还带了一位姑娘——尼赞的表妹——一起去，一位金发小姑娘，我已经懂得该怎样同她谈论图画。可以说这样做的方式是滑稽可笑的，但我知道怎样去谈论它们了。但我背后并没有一个注重绘画价值的家庭，而他们对于音乐是有确定的价值观的。我家里人不注意绘画。

波伏瓦：你的朋友呢？特别是尼赞，还有格吕贝尔，因为他兄弟是画家。

萨特：格吕贝尔从没有谈过绘画。

波伏瓦：尼赞从来没有真正喜爱过绘画。

萨特：总的来说尼赞研究绘画在很大程度上跟我相同。就是说，直到十五岁他对绘画还一无所知。十六岁时他去卢浮宫，他看图画，他试图理解它们。但我们不是一起去的，或者很少一起去。我总是一个人去。

波伏瓦：总之，你只是看古典绘画。你从不去看现代画展。

萨特：对。我知道有现代绘画，但……

波伏瓦：后来你怎么去了？实际上你首先接触到的是印象派绘画。塞尚？凡·高？

萨特：是的，塞尚和凡·高。外祖父想必同我谈过塞尚。

波伏瓦：你逐渐进行自我培养。你外出旅行，看了大量的东西。在这一方面我们一起克服着我们过去受过的许多教育。

萨特：你给我介绍了现代绘画。

波伏瓦：我了解得不很多，但受雅克的影响，我了解了毕加索的一些东西，也了解一点布拉克……

萨特：我对于他们一无所知，我是通过你才了解他们的。

波伏瓦：意大利和西班牙在我们的这种自我培养上帮了大忙。那时费尔南德·杰拉西正开始画画。在马德里时，他对我们说，他不完全同意我们的看法，我们对博希评价过高而对戈雅评价不足。随便说一下，我现在仍然很喜爱博希，而对戈雅的评价要比过去高得多——当时我不怎么喜欢戈雅。杰拉西认为戈雅的有些东西我们没有领悟到。他是对的。这样，逐渐地，绘画对你越来越重要了。我们看了许多画展——毕加索、克莱，等等。你不是画家，却敢于谈绘画——在我看是谈得很好——这是因为什么？此外，你谈了哪些人？我们扼要地谈一下。有沃尔斯、贾科米泰。

萨特：还有考尔德、克莱。不是在一篇专门的文章，而是在关于贾科米泰和沃尔斯的文章中谈到的。还有丁多列托。

波伏瓦：回到我的问题上来。为什么你写关于绘画的文章好像是完全自然、十分容易的事，而音乐文章却在禁写之列？

萨特：我认为写音乐文章需要进行一种音乐研究家的训练——在论述音乐前要弄清楚多声部音乐和了解所有那些放在一部作品后面的东西。一个人可以在音乐中得到享受、得到教益，就像我这样，但要理解音乐的全部意义，那就得有比我更多的修养。

波伏瓦：但你又怎么想去谈论绘画呢？

萨特：我对于绘画的体验跟绘画史没有关系。我看到了一幅图画，在我看来是需要解释的。那是在科尔马，那时我……

波伏瓦：噢，对了！你看了格鲁纽沃尔德的一幅画，这是你最喜爱的一幅画。

萨特：是的。

波伏瓦：还有另一幅图画你也非常喜爱的，即《虔诚的阿雅尼翁》。

萨特：在我懂得绘画之前，我已经知道它了，因为我在卢浮宫的一个房间里经常看到它。我看到这幅画，我非常喜欢它。这甚至是在我认识你之前。

波伏瓦：至于格鲁纽沃尔德，是你向我介绍了他。

萨特：我读了于伊斯芒斯的一本书，可以说是一本关于图画的书。

波伏瓦：于伊斯芒斯谈格鲁纽沃尔德的书？

萨特：对，在《格格不入》一书中详细地谈到他。

波伏瓦：这很有意思。因为没有任何书上的东西能让你去谈谈音乐。

萨特：是没有。

波伏瓦：只有一个人对于一切音乐作品能有很好的评论，这人就是普鲁斯特；但他谈得是非常主观的。在我看来，关于绘画的书要比关于音乐的书好写。好，这样你读了于伊斯芒斯的书。你觉得一个文人也可以谈绘画。

萨特：是的，他谈得非常好，至少在当时是非常好。他提出问题，描述图画。我甚至在看到格鲁纽沃尔德的图画前就读了于伊斯芒斯关于他的书。所以我是在不知道格鲁纽沃尔德的情况下读关于他的东西的。这是在战争期间，当时去阿尔萨斯是不可能的。直到战后我才看到他的图画。当时我读了于伊斯芒斯关于格鲁纽沃尔德的一些东西。

波伏瓦：你的第一篇绘画文章是哪一个？我们刚才提到了一些，但没有按次序讲。哪一个是第一篇？

萨特：应该是关于考尔德的那一篇。

波伏瓦：对，关于考尔德的文章应该是写于 1946 年或 1947 年。你是为考尔德在巴黎的一个画展写了这篇文章。严格地说考尔德不是一个画家，但这不是问题。然后是谁，贾科米泰还是沃尔斯？

萨特：是贾科米泰。写贾科米泰是在写沃尔斯很久之前。

波伏瓦：你是先写他的雕塑还是先写绘画？

萨特：先写雕塑。有很长时间我是只把他当作一个雕塑家看，后来我才开始欣赏他的绘画。

波伏瓦：应该说他创作的最美的东西仍然是雕塑。

萨特：确实是这样。但他的图画我也是非常喜爱的。

波伏瓦：你和贾科米泰是朋友。你常同他交谈，他理解雕塑的方式有某种同你关于雕塑和想象的理论一致的地方。

萨特：是的，我们彼此很了解。他在向我解释他的作品时也解释了雕塑这个整体。于是我写了他。

波伏瓦：你是由他而激起写作的愿望，是这样的。这完全是个人的原因。而丁多列托呢？你对我说，这是在一个特别的时刻产生的想法。而为一个画家写一本长书的想法……

萨特：这个想法吸引了我。我觉得丁多列托是很有意思的，因为他向威尼斯画派发展，独立于十分重要的佛罗伦萨画派和罗马风格。我非常喜欢威尼斯画派的画而不太喜欢佛罗伦萨画派的东西。在说明了丁多列托这个人时也就说明了威尼斯派的绘画。其次，在我看来，丁多列托在他的图画中研究了三维。这对我是新奇的，因为一幅画毕竟是平面的，而有一维是想象的。是这个事实促使我去写一部研究他的书，他是那样深入持久地关注着空间，三维空间。

波伏瓦：你刚才说的使我产生了一个想法。你愿意写绘画而不写音乐是因为，虽然音乐实际上影响着它的时代、它那个时代的社会，但这是在一种关系遥远、非直接的方式中进行的，使人难以理解，以至于看起来几乎是独立于它的时代和社会；而绘画真正是一种社会的想象，几乎是一种社会的映射。是不是这样？这是一个原因吧？

萨特：是的。丁多列托就是威尼斯，虽然他不画威尼斯。

波伏瓦：在某种程度上说，这可能就是你写绘画的原因。

萨特：确实是这样。音乐的地位是太难确定了。

波伏瓦：好，这个主题你还有什么要说的吗？

萨特：绘画和音乐对我总是存在的，它们仍然存在着。绘画现在已经把我拒之门外。我再不能看到它了。

波伏瓦：是最近这一年。

萨特：同样的原因我再不能演奏音乐了，但我可以听它，听收音机、磁带。

旅行

波伏瓦：我们已经谈了音乐、绘画和雕塑，还有另一种文化方面的事情——旅行。你作过许多次旅行。年轻时你常常梦想去旅行，有许多次你是同我一起去旅行，也有许多次我没有去。你的旅行是各种各样的：有些是短途的，有些是很轻松不费劲的，有徒步的、骑自行车的，也有坐飞机的，等等。我愿意听你谈谈这些旅行。

萨特：我的一生是一系列的冒险，或者说是一场冒险。我是这样看待它的。这种冒险在每一个地方都多少可以得到一点，但在巴黎很难得到。因为在巴黎你几乎不可能看到一个印第安人挽着一张弓，头上插着羽毛跳跃着。于是冒险的要求使得我去想象在美洲、非洲和亚洲的旅行。这是一些有助于冒险的大洲。至于欧洲，它不能提供多少冒险的机会。这样我开始梦想我去了美洲,我在那儿同一些野蛮人搏斗,结果我平安无事,把周围一大帮子人一一打倒。我经常梦想这个。小时候,我读冒险故事时,年轻的主人公坐飞机或飞船去那些我想象不到的国家,我也梦想去那儿。我想去射死黑人——那些吃人的生番、那些野蛮人……

波伏瓦:这么说那时你是种族主义者了?

萨特:确切地说我不是。但他们是有色人种,而我被告知,他们进行了可怕的大屠杀、暴行、拷打,这样我看到我勇敢地保卫了一位欧洲姑娘。这些冒险故事使我感到愉快,它们使我产生一种对整个地球的向往。我很少想到自己是个法国人。我有时想到这一点,但我也想到我是一个生活在整个地球上的人——我不说是属于地球的人——是熟悉整个地球的人。我想,将来我要去非洲或亚洲,通过这样做而占有这些地方。这整个地球世界的思想是非常重要的,在某种程度上说,是同"文学的作用是谈论世界"的思想相联系的。世界比地球大,但大致来说这两者是同样的东西。旅行刚好可以加强我的这些占有。我说"占有",因为我正回忆着我是小孩的时候,现在我不会用这个词了。我想,确切地来说,这不是占有,而是一个人和他在一定时刻在某一地方之间的关系,不是一种占有关系,而是这样一种关系:使大地和景物展现我从没有看到过的东西,展现我存在于此而看到的东西,并通过它们造成我的改变。

波伏瓦:总之,是体验的丰富。

萨特:对。这就是我一开始具有的关于旅行的思想,从那时起,我就是一个潜在的旅行者了。你刚认识我时……

波伏瓦：你想参观君士坦丁堡的贫民区。

萨特：是的。

波伏瓦：但你在认识我之前有过旅行吗？

萨特：没有去过国外，除了瑞士。我们去瑞士，因为我的外祖父、外祖母和母亲为了洗温泉必须去各种游览胜地，例如蒙特雷伊。

波伏瓦：但这并没有给你一种旅行的感觉。而是使你感到在度假。你要求乘一艘邮船去日本这事同你的旅行欲望有关系吗？

萨特：噢，当然！这艘去日本的邮船是空的，它正要出发。不是我要求去日本。实际情况是，学校的校长要挑选一名学生去日本，这学生将在日本京都一所中学任法语教师。我报了名。这在我看来是顺理成章的一件事。这是在我们已结识的时候……

波伏瓦：是的，如果你去日本，我们就会分离两年。后来没有去成，你很伤心。

萨特：后来是佩隆去了，因为他们更想请一个语言专家去教法语，我完全理解这一点。所以我的第一次旅行是我们一起去西班牙那次。那是一次难得的乐事，是我旅行的开始。

波伏瓦：这多亏了杰拉西。受尼赞的影响——他曾向我们提出过建议——我们本来是考虑去布列塔尼作一个比较省钱的旅行。但杰拉西说："听着，来马德里你们可以同我一起住，这很自在。来吧，这并不需要花费很多钱——你们完全应付得了。"通过国境——这对你意味着什么？

萨特：这使我变为一个大旅行家。一旦我通过了一个边境，我就可以通过所有的边境。因此，我成了一个大旅行家。那个边境叫什么来着？

波伏瓦：我记得我们是由菲格拉斯过去的。它不完全是边境，但我们是在这儿坐火车去的。

萨特：在那儿我们第一次看到了海关职员，我们是很高兴的。我们在菲格拉斯是那样开心。

波伏瓦：噢！我记得这真是一个美妙的夜晚，虽然菲格拉斯环境很差，而且周围的村庄也没有可观之处——我今年又去了一次。我们住在一个小旅店里，非常愉快。但它完全不是你梦想的旅行。因为这个旅行是同我在一起……

萨特：噢，这一点也是很好的。

波伏瓦：但旅行中没有任何你期盼的冒险成分。这是一次十分节俭适度的旅行，两个年轻教师带着一点点钱的旅行。

萨特：冒险成分是在我的梦想中。我在逐渐消除它。在我第二次旅行时冒险这一页就翻过去了。我去了摩洛哥，我的小主人公们在那儿曾经有过那么多可怕的搏斗，而我此时却完全失去了任何冒险的思想。实际上也没有什么事儿在我们身上发生。

波伏瓦：这……

萨特：我是说，旅行首先是发现城镇风景区。然后才是人们，我不了解的人们。我离开了一个我也不了解的法国，或者了解得非常少的法国。那时我还不知道布列塔尼。

波伏瓦：你对法国几乎一无所知，我也一样。

萨特：知道蓝色海岸。

波伏瓦：你还知道阿尔萨斯。

萨特：对，知道一点点。我还知道圣拉斐尔。

波伏瓦：开始那些年我们去了西班牙，后来去意大利，然后我们在法国旅行。在第二次西班牙旅行快要结束时，我们去了西班牙的圣地亚哥，然后去摩洛哥。这是我们在战前的旅行。还有希腊，所有这些给你带来什么？

萨特：首先是文化。例如，我去了雅典或罗马，罗马是尼禄和奥古斯都的城市，而雅典是苏格拉底和阿西比亚德。我们根据文化来规划这次旅行。杰拉西住在西班牙，他是我们的朋友，他招待我们。这有不同的意义。但这次旅行的实质仍是由塞雅利亚、格拉那达、阿尔汗布拉宫、斗牛戏等决定的。事情总的来说就是这样。我想了解和发现每一件我听说过的事情——不是从公立中学，而是通过我喜欢的作家。我不很喜欢巴雷斯，但他谈到了托利多和格林科。例如，我就应该去看一看从阅读巴雷斯的书而得到的关于格林科的东西。

波伏瓦：你有点把事情弄混淆了。斗牛跟一座希腊神殿或一幅图画并不相同。这是投入这个国家、这些人群中去的一种方式，当然这也是值得重视的。

萨特：斗牛是很值得一看的。

波伏瓦：你认为一个人的旅行方式应该是"现代的"。

萨特：对。

波伏瓦：我的意思是，例如，当吉尔在格拉那达的阿尔昂拉逗留时，你认为——你是正确的——我们也应该到那个南部城镇去。

萨特：并且去看看西班牙人。

波伏瓦：看看现在的生活。我还记得在隆达你同吉尔的争论。你很恼火我们只看到属于过去的死的东西——贵族宫殿——对你来说，这城镇现在是没有生命的。你在巴塞罗那就很高兴，因为在那儿我们进入了一个密密麻麻的生命之城。

萨特：我们看到了西班牙罢工者的罢工活动。对，我还记得在塞维利亚，桑·乔尔将军的政变。

波伏瓦：这没有持续多长时间。他第二天被捕了。

萨特：是的。但我看到这位将军在敞篷汽车上。市长把他带走了。

波伏瓦：这同你的冒险梦想有点联系。

萨特：啊，是的。这是有点冒险性的东西。

波伏瓦：但我们是没有危险的。

萨特：在那一时刻我们被这个事件所抓住。总之，我们是在同人们相接触。

波伏瓦：我们同人群一起散开。有位妇女伸出她的手喊着："这太愚蠢了，这太愚蠢了。"国家的改变、风土的变化对你有什么意义？

萨特：斗牛和类似的东西不仅仅是文化的。它们是比街上一个简单的集会或我在那儿可以看到的一个偶然事件更神秘、更坚固的东西。它们形成了对这个国家许多方面的一种综合。我们不得不去反思斗牛这种活动，以便发现它的意义。

波伏瓦：还有风土的变化，我们可以从吃喝中感受不同的味道。

萨特：当然。在意大利我就想到意大利的糕点，我们对这谈得很多，我甚至还就这个写了文章。

波伏瓦：是的。我记得你把热那亚的宫殿同意大利糕点的味道和颜色相比较。我记得，在伦敦你也试图去搞一个构成伦敦的综合体。显然，这是太匆忙了一点……但你试图去把握这个整体。这方面我们有很大的不同。就我来说，我总是想去观看，观看一切。而你觉得最好的事情是，例如，让自己沉浸在一种气氛之中。什么都不做，坐在广场上叼着烟斗。你看到几个特大教堂时，就是用这种方式把握西班牙的。

萨特：确实是这样。而且我仍然坚持自己的观点。

波伏瓦：现在它多少也是我的观点。

萨特：是的，确实是这样。我想在佐科多维尔广场抽着烟斗，这真是一个令人愉快的时刻。

波伏瓦：例如，在佛罗伦萨——当时我真是着了迷，我是一个糟糕的旅行者；在佛罗伦萨，在两点左右吃了午饭后，直到五点以前你都不外出。你在学德语，因为过年后你要去柏林。但我出去了。我至少要参观四五个教堂，看许多图画，许多东西——我一直不停脚。你仍然乐于进行这种你称为文化旅行的旅行。但有一个尺度我们没有谈到：所有这些旅行仍然具有一种政治的尺度。

萨特：噢，那时这是不明确的。

波伏瓦：是很模糊。但我们仍然意识到那种气氛。在西班牙的旅行是这个共和国，共和国的建立。在意大利的旅行从反面讲是法西斯主义。德国，你在那儿待过，也是我们一起旅行的地方，是纳粹主义。而在希腊，这是米塔泽斯。我们对政治不是感受得很多，但它对我们毕竟存在。

萨特：是的，它存在。我们在一个街角遇到一位市民，他跟我们的思想毫无共同之处，有时这的确可以导致巨大的纷争。我首先是在意大利感受到它。法西斯主义确实是非常强烈的现实。我记得有一天夜晚在纳沃纳广场，我们坐着，沉入梦想，突然来了两个穿黑衫的法西斯分子，戴着他们那种小帽，他们盘问我们在干什么，声色俱厉地要我们回旅馆去。我们在街角的每一个地方都可以看到法西斯分子。

波伏瓦：我也记得在威尼斯，看到了德国褐衫党。我觉得这非常讨厌，这一切都很使人讨厌，特别是你想到第二年就要到德国去。

萨特：是的，我仍然可以十分清楚地看到那些褐衫党。我们也感受到了米塔泽斯的存在。但因为缺乏信息，对他的意图不怎么了解。我们不太担心他。

波伏瓦：我还记得我们在诺普利亚看到的一座监狱。我们见到一个希腊人，他对我们说："所有的希腊共产党员都关在这儿。"说话的口气很是得意。而这是一个监狱，周围长满了仙人掌。在你的记忆中，那时最能触动你的东西是什么？我们去意大利有两次。

萨特：对的，是两次。去西班牙也是两次。

波伏瓦：我们觉得西班牙较活跃些。

萨特：法西斯主义者使意大利变得僵硬、造作，成了尴尬之地。先前的价值消失了或在一段时间内被放到一边。这样，意大利人看来又对我们抱有敌视态度。因为他们联合在法西斯主义周围，我们不喜欢他们，他们也不喜欢我们。我们没有同城镇或乡村的人们多接触。到处都有法西斯主义的枷锁。

波伏瓦：你对那些较早的旅行还记得什么？

萨特：它们使我欣喜若狂，这是确实的。它们给我打开又一个尺度。我感到有另一个尺度，一个外面的尺度，一个在这世界之中的尺度。法国变成一个缩小了的圈地。

波伏瓦：对，它再不是绝对的中心。我想，你对摩洛哥的旅行也是印象极深。

萨特：这是一个完全不同的世界，不同的文化观念，不同的价值。这儿有利奥泰的后代，还有苏丹……一般来说，我们法国人同别的法国人交往。我们不住在阿拉伯人的镇上。

波伏瓦：我们有较长时间同外界中断了联系。例如在费兹，我们除了睡觉很少离开阿拉伯的城镇。

萨特：在费兹我病倒了吧？

波伏瓦：是的。

萨特：那时发生了什么事？

波伏瓦：嗯，我们吃了一顿地方风味的饭，吃得很不错，我们临走时说："真奇怪，我们竟吃了四道甚至六道菜。这应该是难以消化的，我们本应该感到难受，但我们完全没有不好的感觉。"我们甚至还为这事找原因，说道："这是因为我们没有喝葡萄酒——这是因为我们没有吃面包。"回来后你躺下了，得了肝病，在床上躺了三天。

萨特：我记得这事。

波伏瓦：你还记得别的你觉得很有趣的事情吗？

萨特：我们同博斯特一起在希腊旅行。这次旅行非常令人愉快。我们常在野外睡觉——例如，在德洛斯。我们在一个岛上观看了一场希腊拳击和朱迪表演。

波伏瓦：我想你指的是在赛拉。

萨特：是在赛拉，然后在希腊乡村，我们常在野外睡。

波伏瓦：嗯，我记得是每隔一天到野外睡一次，没有帐篷，什么都没有。特别是在那个靠近斯巴达的美丽小镇上，在一些带着壁画的拜占庭式的教堂里。我们在一个教堂里睡，早上醒来时，周围围满了农民。看，都是我在谈；这本应该是你谈的。

萨特：完全不是这样，我们共同谈——这是我们一起经历的一段时间。总的来说，这些旅行没有节外生枝。我们平静安宁地活动着。我们站在局外看人们。这些旅行有点像巴黎资产阶级的游览，但当我们到了乡村时，就不是这样了。例如，我们在野外睡觉。

波伏瓦：是的，因为我们没有钱。

萨特：人们能感受这一点，而这立即使我们接近了工人阶级的领域。

波伏瓦：但我们由于不懂语言往往与外界隔离。确实，只有在西班牙，我们才有一个属于这个国家的人为我们当向导，给我们讲故事，告诉咖啡店在哪里，指出巴列-英克兰，我们第一次在西班牙旅行就是这样的。

萨特：这多亏了杰拉西。在意大利事情要好办些，我正开始学意大利语。

波伏瓦：是的，我们可以设法应付；但我们没有同他们进行任何真正的谈话。我们既没有同知识分子往来，也没有同政治家见面，当然我们是不会同法西斯主义者往来的。后来，在美国是什么情况？又是另一种情形。

萨特：对。可以说这是第三种旅行。第一种——我从没有实现过——冒险的旅行。再就是适合于我们状况的旅行，文化旅行，我们进行了多次。然后由于从 1945 年起发生的历史事件，我们开始了一种不是严格意义上而是一定程度上政治的旅行。就是说，在这种旅行中，无论这个国家可能是什么样，我们都试图从政治的角度上去理解它。

波伏瓦：在旅行中我们再不是孤独的旅行者，我们同那个国家的人们接触。这是非常重要的事情。好，我们谈谈去美国的旅行吧。

萨特：美国——我们平时想得比较多……一开始，我是一个小孩时，尼克·卡特尔和布法罗·比尔这些人给我显示了某种美国的形象，后来电影上面又进一步给我显示了这种形象；我们读了那些现代著名小说，多斯·帕索斯和海明威的。

波伏瓦：还有爵士音乐。噢，我们谈到你对音乐的爱好时没有提及它。爵士乐对你是很有影响的。

萨特：是的。

波伏瓦：这是你第一次同一群人旅行。不是同一群旅行者，而是同一群记者。而且你是同一个特别的代表团进行这次旅行——你们要写文章。你为《费加罗报》写文章。可以说你是作为一个记者进行这次旅行的。

萨特：对，我开始体验记者的工作。他应该习惯于报道。安德烈·维奥利斯同我们在一起。

波伏瓦：这不是你第一次坐飞机吧？

萨特：不，是第一次。我是乘一架战斗机，由一个战斗机飞行员驾驶。

波伏瓦：这对你有什么影响？你完全不怕吗？

萨特：在起飞和着陆时完全不怕。在飞行中我有点心神不安，但不是很紧张。这对我没有很大影响。美国人让我们使用这架飞机，这飞机载着我们跑遍了美国；我不怎么感到害怕。

波伏瓦：这种旅行有什么不同的尺度？

萨特：对我来说，这是一种完全不同的旅行。通常的旅行——是坐火车进行的，从一个国家到另一个国家。而坐飞机飞越海洋却有极大的不同。这跟一种普通的通过边境的旅行性质完全不同。而且美国海关人员的粗暴态度也无法同欧洲多数国家自由轻松的过境方式相比。

波伏瓦：但你们是一个被邀请的团体，他们对你们不宽容些吗？

萨特：不宽容。他们逐一检查我们的提包，照例问了所有那些问题。

波伏瓦：这次旅行有什么特点？

萨特：这个旅行是有人陪伴的。不仅仅是有飞机送我们七个人旅行，而且这事是由作战部负责的。

波伏瓦：这次旅行的目的是向你们显示美国的战争成就？

萨特：就我来说，我一点也不关心美国的战争成就。我希望看到的是美国。

波伏瓦：当然是这样。

萨特：我很感谢他们，因为他们给我们显示了整个美国，其次当然也有战争成就。

波伏瓦：他们给你们显示了什么战争成就？

萨特：例如，一家军工厂。

波伏瓦：这样，在这个旅行中你原则上看到的是一个活跃的国家，一个在运动中的国家。

萨特：原则上，因为我看到罗斯福的增值税，而从战争的观点看，它并不特别重要。

波伏瓦：是的，但这是经济知识。它再不是像较早的旅行那样只是一个图画、纪念馆或风景的问题。

萨特：在纽约时他们带我们到一个放映室，放映了一部很长的美国影片，放了好几天，这是自战争开始以来拍摄的，我们以前都没有看过的。这是一种类似文化的东西。

波伏瓦：这应该很激动人心。

萨特：是很激动人心。

波伏瓦：在纽约你住在什么地方？

萨特：住在广场酒店。

波伏瓦：你们去的时候受到很好的接待吗？

萨特：我们是在晚上到达纽约的，晚上十点，没有人会预料我们那时到达。我们通过海关时没有人预先给海关打招呼，他们对我们大作威福。他们把行李还给我们后要我们去一个大接待室角落里坐着。我们七个人，夜里十点，没有灯光，挨着我们的行李坐着——我们的行李不多，每人只有一个箱子——我们等着。最后我们这一伙人中负责的,觉得应该去尽一点责任,说道:"我去打个电话。"他手头有一个在巴黎时被给的电话号码。他打了电话,接待者得知我们这次漫长艰难的飞行时既高兴又惊奇地表示了对他的欢迎,因为他们没有料到这天晚上会有飞机来。

波伏瓦:是的,这确实有点混乱。

萨特:这事发生在我们到达纽约的那个特别的夜晚,本来我们也可以在另一天到达的。正因为是在这一天到达,所以没有一个人接待我们。他们马上派了汽车来飞机场接我们去纽约。汽车送我们进了市区。我们离开飞机场开向旅馆时,经过了一些非常拥挤的街道。夜里十点半钟人还这么多。到处五光十色,商店里灯火辉煌。夜深时灯火要少一些,但通夜不灭。我记得我很惊奇,坐在汽车里,看着明亮的商店开着门,店里人正在忙着——这是理发店——已是深夜十一点了。在夜里十一点你还可以理发、洗脸或刮胡子。这个城市使我惊讶不已,因为我看到的主要是阴影。这些阴影忽而在商店下面,忽而在商店上面,巨大的阴影。这是我第二天看到的摩天大楼的阴影。我们是星期六到达的。

波伏瓦:你觉得这旅馆是非常奢华的吧?。

萨特:旅馆……我们看到的第一个景象是从一个转门出来的一群白发妇女,她们穿着袒胸露颈的晚礼服。还有穿晚礼服的男人。这也许是某个节庆日或别的什么。

波伏瓦:他们通常都是这样的。这不是节庆日……

萨特:人们由于这种那种原因聚会,他们穿着晚礼服。我在这儿好像重新发现了和平:他们不知道这是一个战争时期。

波伏瓦：我们通常住的旅馆都不是很豪华的，你不觉得广场酒店是奢华得有点惊人吗？

萨特：没有这种感觉。但我们第二天早上有一顿极好的早餐。这使我联想起我们在伦敦的早餐——那是很简朴的，当然，也是很不错的。

波伏瓦：对，但和美国相比，法国是太穷了，这不使人吃惊吗？

萨特：对我来说，这只是意味着美国是远离战争的。这个国家没有被侵略。

波伏瓦：这是真的，主要是因为这一点。而法国是处在一种可怕的贫困状况中。那时我在西班牙和葡萄牙，我因这两个国家的富有而吃惊。那么在纽约也该有同样的印象！

萨特：是的。但事实上这并不特别刺激我。

波伏瓦：你对我说过你的衣服的故事。

萨特：有这回事。第二天，接待我们的那个部的人第一件事就是带我们去商店，特别是让我们买夹克和裤子。我买了一条条纹裤。

波伏瓦：你也为我买了一套样式考究的衣服。

萨特：是的。三天后我也有了一套衣服。我就穿这衣服。我已经有一件伐木者穿的夹克衫。

波伏瓦：是的，质量很差。卡蒂埃-布列松给你拍了张穿这衣服的照片。第二天你接触纽约的印象如何？

萨特：开始他们让我们随便沿着第五大街散步。我记得这是星期天。我同我们这一伙人一起出去的。

波伏瓦：你们并不总是待在一起吧，你们七个人？

萨特：对，但第一天，所有的人都在一起沿着第五大街散步。早上我们看到人们走进一个教堂。这条大街给我们很深的印象。而我后来更喜欢另一些大街——第六大街、第七大街，还有鲍厄里大街和第三大街。我开始找到我去这些地方的道路——这是很容易寻找的！而我完全着了迷。我们都是五六十岁，就是说，都是中年以上的年纪。

波伏瓦：你们住的广场酒店紧挨着中心公园，你们在那儿吃饭吗？

萨特：我们常被请去吃午饭或晚饭。

波伏瓦：我想，就你见到的人来说，这次旅行跟我们其他的旅行有很大的不同。

萨特：对。确切地说，我见到的不是这个国家的人民。我见到的都是作战部的人——例如，在收音机里讲话的人。他们对法国讲话、对英国讲话。

波伏瓦：那儿有法国人吗？

萨特：有，还有英国人。

波伏瓦：想必你会见到一些美国人。

萨特：是的，当然。

波伏瓦：你逐渐了解了那些通过收音机来为战争尽力的人们。

萨特：我见到的许多，正是这样的；我往往是在有所安排的情况下见到这些美国人。我是说，我是在他们带我去的地方见到这些人的，我同这些人谈话。我记得有一个工厂是坐落在由预制房屋建成的村庄里,这些房屋周围都是砾砖破瓦。看到这些预制房屋放在一起像一个村庄,整个地被垃圾和翻过的土地所包围,真使人觉得奇怪。

波伏瓦:总的来说,你看到些什么? 你待了多长时间? 三个月? 四个月?

萨特:是的,三四个月。

波伏瓦:你主要是待在纽约吧?

萨特:噢,不是的。旅行,官方安排的旅行,是让我们去外地前在纽约待一星期,回来时再待五六天。我待了两星期。此外,我是从华盛顿离开美国的。我比别人离开得晚些。我们离开的日期都不相同,因为我们能花的钱都不相同。在官方安排的旅行结束后我至少待了六个星期。

波伏瓦:在纽约?

萨特:对,在纽约。

波伏瓦:你去了好莱坞吗?

萨特:去了,我几乎立即就去了。我们去了华盛顿、田纳西流域管理局,然后是新奥尔良。没有去迈阿密。很久之后我才去访问迈阿密。我从新奥尔良穿越美国,仍然是坐飞机。我们参观了科罗拉多大峡谷,然后继续旅行。

波伏瓦:你也参观了芝加哥吗?

萨特:是的,当然。我们去好莱坞,从好莱坞去芝加哥;然后我记得去了底特律。

波伏瓦:对,作为对战争的努力他们必须给你们显示一些令人惊骇而讨厌的城市。

萨特：对的，我参观了底特律，然后我们回到纽约。

波伏瓦：在纽约你见到了许多法国人。你见到了布勒东。

萨特：是的，很自然地我同那儿的法国人相接触。我想必是马上就见到拉扎尔夫，或者至少是他的妻子。

波伏瓦：那儿有许多离开法国去美国的法国人，或因为他们是犹太人，或因为他们不愿在占领期留在法国。安德烈·布勒东是那时离开法国去美国的。

萨特：我见到了布勒东。我也见到了莱热，我拜访了他。他是非常亲切的。我去看他好几次，他从没有让我空手回来过，就是说，每次他都要我挑选些他的画。这些画我收藏了很长时间。我在美国挑选了这些画，后来他把这些画带给我。

波伏瓦：莱热、布勒东。里勒泰·尼赞也在。

萨特：还有列维—斯特劳斯。是的，我又见到了里勒泰·尼赞。还有谁？还有跟布勒东一起的那些人。有雅克琳·布勒东和她未来的丈夫大卫·阿尔。她正要离婚。

波伏瓦：大卫·阿尔是一个美国人。

萨特：他是一个年轻的美国雕塑家。他好像没有一个职业。

波伏瓦：迪夏普也在那儿。

萨特：对，但迪夏普不是一个流亡者。

波伏瓦：他在那儿已住了很长时间。

萨特：我同他一起吃过午饭。

波伏瓦：在那些真正的美国人中你见到了谁？

萨特：有圣－埃克萨佩里的妻子。后来我同考尔德也熟识了。

波伏瓦：你没有同作家见过面吗？

萨特：我在巴黎见到的一些作家。我在那儿见到了多斯·帕索斯。

波伏瓦：理查德·赖特，你在那里同他见过面吗？

萨特：见过，他和他的妻子，后来还有一些美国评论家。我们还没有提到海明威。我也是在法国同他见的面。

波伏瓦：噢，是的！我们在解放期间同他见过面。不说英语这不让你太担心吧？

萨特：不担心，因为我见到的这些美国人都会说法语。有谁不懂法语，很自然地，就会中断同我的联系。我在美国的外国流亡者中间有点名气，因为我在占领期间为阿隆的杂志写了一篇关于法国的文章。

他人——同女人的关系

波伏瓦：我们来谈谈你同女人的关系。关于这个话题你想谈点什么？

萨特：就我来说，从童年起，她们就是许多炫耀、体贴、表演和吸引的对象，既是在梦中又在现实中。早在六七岁，我就有了一些"未婚妻"，像人们常说的那样。在维希时我四五岁，而在阿卡辛我非常喜欢一个小姑娘，她有结核病，第二年死了。我六岁——当时我在一个带桨的小彩船上照了一张相——我以此在这小姑娘面前夸耀，而她是那样可爱，但她死了。我常常挨着她的轮椅坐着。她整天都躺着,是个结核病患者。

波伏瓦:她死时你很伤心吧?这给你很深的印象吗?

萨特:我记不清楚了。我记得的是我为她写了一些诗,我在给外祖父的信中寄去了这些诗。它们完全不堪卒读。

波伏瓦:是一个儿童的诗。

萨特:一个六岁儿童的没有韵味感的诗。总之,我写了一些诗。此外,我很少同那些小姑娘们接触,但我仍有一种恋爱关系的想法。

波伏瓦:你的这种特别的想法是什么?它是产生于你读的书中吗?

萨特:肯定是的。我记得一件事——无疑是许多男孩都会经历的事——我五岁时发生的。在瑞士湖滨我的母亲和外祖父、外祖母出去了,留下我和一个小姑娘。我们待在卧室。我们看着窗外的湖,后来我们玩儿"医生"游戏。我是医生,她是病人,我给她灌肠。她拉下自己的小内裤,别的也脱了。我甚至有一个灌肠器——我想它应该是一个我常给自己灌肠的套管——而我给她也灌了一下。这是对于我五岁时性的记忆。

波伏瓦:这小姑娘很喜欢这样吗?她感到愉快吗?

萨特:总之,她由我摆布。我想这使她快活。后来到了九岁,我有了一种扮演大演说家、诱惑者的欲望。我不知道该怎样去诱惑,但我在书中读到,一个人可以是一个不错的诱惑者。我认为一个人可以通过谈论星星做到这一点,可以把自己的手臂搂着她的腰或肩,用迷人的话语对她大谈这个世界的美而做到这一点。后来在巴黎,我有一个套在手上扮演几个人物的木偶戏。我常常拿着它到卢森堡公园,我把它套在手上,蹲在一张椅子后面,椅面就成了一个舞台,我让我的人物表演。观众是女性——那些下午来这儿的附近的小姑娘。当然,我是尽可能地让人物作出各种姿态。到了九岁我就不干这种事了。这多半是七八岁时。后来——是不是因为我真正变难看而不再有兴趣了?——总之,接近八岁,以及后来一些年,我完全不跟街上或公园的小姑娘们接触。而且在那时,将近十岁或十二岁时,对双亲关系开始有些疑虑。这时出现了一些生气和争吵的情况。大概是这个原因。另一方面,在我母亲和外祖母周围有些年轻妇女,她们跟我母亲年纪相仿佛,多半是外祖父的学生或他的朋友的学生,而我同她们有些接触。

波伏瓦:你的意思是你发现她们是有吸引力的?至少是她们中的一些人?

萨特:对的。只是我不能想象同这些二十岁的妇女玩儿未婚夫的把戏。她们常常抚摸我。这是我第一次对女人产生肉体上的感受。

波伏瓦:是同成年妇女而不是同小姑娘感受到这个?

萨特:是的。我喜欢小姑娘们。她们是真正自然选择的玩伴,但我们之间没有什么肉体方面的感受。她们尚未成形,而妇女则成了形。她们的乳房和屁股,我很小时就感兴趣。她们常常抚弄我,而我喜欢这样。我记得一位年轻妇女留给我两种互相矛盾的印象。她是一个体态优美的十八岁的大姑娘,要玩儿丈夫和妻子的小游戏的话她的年纪太大了,但我们之间又有一个丈夫和妻子的关系。大概她一直玩儿着亲切的游戏。我想着她的美丽,被弄得神魂颠倒。

那时我七岁而她十八岁。这是在阿尔萨斯。

波伏瓦：后来大一点呢？十岁或十二岁时？

萨特：没有发生什么。我在亨利四世中学一直待到十一岁。然后我去了拉罗舍尔。我的继父的朋友圈子以及他对生活的态度使我不可能同小姑娘有什么接触。他认为在我这年纪应该同男孩子玩。我的朋友应该是我中学的男同学。我的父母只是同区长、市长和一些工程师——以及类似这样的人——结识，而非常偶然的，这些人没有一个有年纪小的女儿。这样，在拉罗舍尔，我的时间整个地浪费掉了，我所有的只是对母亲的两三个朋友的一些模糊感受，但那不是太多。我确实对我母亲有一种性的感受。十三四岁时我得了乳突炎，动了手术。我在病房住了三星期，我母亲在我旁边安了一张床，床的右角对着我。晚上我睡下时她开始脱衣服，而她几乎脱光了。我醒着，半闭着眼睛，透过眼睫毛看她脱衣服。顺便说说，我的同学想必发现了她给予他们的感受，因为当他们列举自己喜欢的女性时，总要提到她。

在拉罗舍尔我和一个商店老板家的年轻姑娘利塞特·乔里斯有一段往事。她常沿着拉罗舍尔内侧码头散步，我觉得她非常美。她知道自己是美的，因为有许多男孩在追求她。我对朋友们说，我想同利塞特·乔里斯见面，他们说这很容易。有一天他们对我说，我应该做的一切就是跟着她散步。她确实在那儿，有几个男孩围着她谈话。我同朋友们在另一边散步。我不知道该怎么做。她得到关于我的信息。她知道如果她同别人待在一起就不可能从我这儿得到乐趣。于是她就骑着自行车朝小巷走去，而我跟在后面。什么都没有发生。但第二天,我走向她时,她转向我,当着我的朋友们的面说道:"丑八怪,带着你的眼镜和大帽子滚吧!"这话语使我愤怒和绝望。此后我看到她两三次。有一次一个男生不希望我在希腊文翻译课上考第一,就和我说她在十一点钟等我。而希腊文考试是从八点到十二点,这样我不得不让我的作文在十一点差一刻完成。我这样做了,我得了一个很可悲的分数。当然,并没有人在指定的地方等我。后来有一次我在码头上看到她,我从上面跳到沙地上。我站在她旁边像个傻瓜,不知道该说什么,最终什么也没有谈。她看到了我,但她继续玩儿她的,也许她怀疑我会说出什么蠢话来。

波伏瓦:你从没有同她交换过只言片语? 没有散过步,谈过话,做过游戏?

萨特:从来没有。

波伏瓦:你同她从没有任何关系?

萨特:一点关系都没有。

波伏瓦:在拉罗舍尔你注意过别的姑娘吗?

萨特:我和两个朋友曾向一个电影院女招待员的女儿献殷勤。而她对佩尔蒂埃和布蒂勒尔比对我更有兴趣些,他们长得很漂亮,但她仍然愿意见我们三个人。这时间并不长。我们同她谈话,去她家看她,这就是所有了。我像另外两个人一样同她谈话。我们去看电影,她在她母亲在工作时进来,挨着我们坐着,聊着天。我记得她是十分美丽的,但并没有由此有些什么。我大概不是一个很有天赋的诱惑者。我记得这是直到十五岁时我仅有的两个女性事件,后来我离开拉罗舍尔去巴黎亨利四世中学。我的外祖父坚持要我为自己的业士学位考试努力。我在拉罗舍尔同样可以通过它，但他认为这种改变可以让我做得更好一些。而的确，在巴黎的第一年，我作为一个寄宿生发生了很大的变化，因为成绩全优而得奖，这在拉罗舍尔是不可能的。

波伏瓦：我们还是回到女人的问题上来。在巴黎的情况怎么样？

萨特：在巴黎我开始有一种模模糊糊的同性恋倾向。我冒险在宿舍脱男孩子的裤子。

波伏瓦：这种倾向是很轻微的。

萨特：但这种倾向存在。这一年好像我是同尼赞的一个远房表姊妹去了卢浮宫？她不很漂亮，我认为她可能感到我这个人不是很招人喜欢。

波伏瓦：但在你心中已有了一种见解。一个年轻男子应该同女友恋爱——这是一件得到确认的事。

萨特：是的，确实这样。后来，我认为，作为一个作家，我应该同许多女人有恋爱关系，充满激情，等等。这是我从关于大作家的书中学来的。

波伏瓦：你的朋友——例如尼赞——也有同样的见解吧？他们也这样做了吗？

萨特：确实有同样的见解，他们或多或少这样做，因为他们还很年轻。

波伏瓦：不是很有钱。但他们仍然有这种思想。

萨特：例如，他们迷上了查德尔夫人，是一个我们常常取笑的同学的母亲。在一年级我记得没有任何重要的恋爱事件。

波伏瓦：以后呢？

萨特：在哲学班也没有。

波伏瓦：你第一次同女人上床是什么时候？

萨特：哲学班的第二年。我在路易大帝中学。在亨利四世中学我通过了第二次业士学位考试。有一个极好的文科预备班，阿兰是哲学教师，我不知道为什么他们让我离开那儿。他们把我硬塞到路易大帝中学，那儿的文科预备班使人厌烦，我待在那儿，由那儿进了巴黎高师。这事很费解。一开始，从西维尔斯来了一位妇女，是医生的妻子。一天，不知道是什么原因，她到中学来找我。我说我是一个寄宿生，她说这令人遗憾，但你在星期四和星期六不能外出吗？我说可以外出。而她约我在下星期四下午到她的女朋友的房间幽会两小时。我同意了，虽然不完全理解是怎么回事。我理解她希望同我发生肉体关系，但我不能真正理解为什么，因为我并不觉得她认为我是有吸引力的。

波伏瓦：但以前在西维尔斯认识她时，你们中间没有什么关系吗？

萨特：没有。

波伏瓦：你认识她很久吗？

萨特：不久。她来中学找我确实让我大吃一惊。我搞不清楚她心里是怎样想的。我履行了这个约会，而她让我明白我们可以一起上床。

波伏瓦：她多大？

萨特:三十岁。我十八。我干这事并没有很大热情,因为她不是很漂亮,也不是很难看——我设法做得好一些,她看来是快活的。

波伏瓦:她又来过吗?

萨特:没有。

波伏瓦:那么她大概不是很快活。她没有再同你定一个约会?

萨特:没有。她第二天就走了。换句话说,她来中学找我是为了上床,完了事她就回家了。

波伏瓦:你再没有得到她的消息?

萨特:大概她不知道我在哪儿,我对这事一点也不理解。我只是像它发生的那样来谈它。这一年或是第二年我星期四常外出,同亨利四世中学的朋友聚会。他们常在那儿同姑娘们见面,从圣米歇尔附近来的姑娘,特别是还有亨利四世中学看门人的女儿。我们同她们见面,一起外出——我是一个寄宿生——我们对她们温存一阵,然后她们几乎一个人一个房间进行幽会,于是我们同她们鬼混。我跟一个我记得是很漂亮的姑娘上床,她应该有十八岁。她很乐意地上了床。

波伏瓦:你是同她有一种恋爱关系,还是仅此一次艳遇?

萨特:只有这一次接触;但我同别的姑娘也有同样的事,在干这事前后她对我十分亲切,这样看来她不会感到不愉快;她并不要求那种我没有给她的东西。她很满足于事情就是这样。

波伏瓦:为什么你和你的朋友们都没有同这些姑娘接着往来?

萨特:因为我们有些轻视这些姑娘。

波伏瓦:为什么?

萨特:我们认为一个姑娘是不应该这样的。

波伏瓦:噢,我明白了!因为你们有一种性道德!这真有点滑稽可笑,那时你们开始想到这个!

萨特:我们把我们母亲朋友的女儿们同我们刚刚抓住的姑娘进行了对比,这些资产阶级的女儿们当然是处女。虽然你也可以含蓄地向她们调情,但决不可能去干比亲吻更进一层的事,如果你确实亲了她的话。而同那些姑娘,如果事情顺当你就可以同她们上床。

波伏瓦:而你们作为体面的小资产阶级分子,是不赞成她们这样干的?

萨特:对的,我们确实不赞成这个,但……

波伏瓦:但你们又很高兴自己趁机利用了姑娘们的这种状况,同时你们又想到,"我决不同自己的情妇结婚"。你们远远没有想到结婚,按照你们的想法,一个姑娘仍然不应该做这种事。你们——我是指你和你的朋友——是有点踌躇的。你们并不希望同这些姑娘私通,是不是?

萨特:是的,是这样。

波伏瓦:你们认为这些免费和轻易上床的姑娘多少有点像妓女,你什么时候才丢掉这愚蠢的想法?

萨特:噢,非常快。一旦我同一些成年女子发生性关系,我就再没有这种想法了。这种想法只是出现在中学那段时间。

波伏瓦:一种资产阶级教育给了你很深的影响。

萨特:完全是这样的。但在我去巴黎高师时,这就过去了。

波伏瓦:这完全是些性游戏。在你第一次重要的恋爱事件前还有别的什么情况吗?

萨特:没有。

波伏瓦:你同卡米耶(你的"未婚妻")以及同巴黎大学的一些姑娘们的关系都知道了。此后有我们的恋爱关系,这是有些不同的。

萨特:是的。

波伏瓦:而要理解你同女人的其他关系,我们就不应该忽略这一点。但我们下次再谈这个。我想问你的是——我们认识后,你马上就对我说,你是多伴侣化的,你不想把自己限制在一个女人身上或一个恋爱事件上;我理解了这一点,而事实上你有一些恋爱事件——我想知道的就是这。在这些事件中,你发现女人最有吸引力的地方是什么?

萨特:无论什么都有吸引力。

波伏瓦:你是什么意思?

萨特:我发现你具有我要求于女性的最重要的性质。因此,这把其他的女人放在一边去了——例如,她们可能只是长得漂亮。出现这种情况是因为你身上体现的东西比我希望给予那些女性的多得多,别的人则较少,这样她们也较少卷入。粗略地说因为曾有一些人很深地卷入,但从整体看不是这样。

波伏瓦:但你的回答"无论什么都有吸引力"是非常奇怪的。这好像是一个女人只要偶然同你接触,你就完全准备同她恋爱。

萨特:啊! 老天……

波伏瓦:当然实际上并非如此,有些女人常要投入你的怀抱,而你毫不客气地拒绝了。有一些你认识的女人,你同她们没有恋爱关系。

萨特：我做了一些梦，爱的梦，这给我提供了一个模特儿。她是一个金发碧眼白皮肤的女人，在我一生中认识的女人有像她的。但我从来没有同这些女人真正恋爱过，而这个形象仍在我心中。她是一个金发碧眼白皮肤的漂亮女郎，她穿着小姑娘的衣服；我比她大一些，我们在玩一个通过卢森堡池塘的铁环。

波伏瓦：这是一个真实的故事还是一个你梦想的故事？

萨特：不，它是……它是我梦想的。

波伏瓦：啊，我明白了！总之，你是梦想着童年的爱。

萨特：不，这些童年的爱代表了爱自身。我是光着大腿而她穿一件小姑娘的衣服，这都代表我在那时、二十岁时的事情。你明白吗？在二十岁我象征性地梦想着同一个小姑娘玩铁环。

波伏瓦：一个小姑娘，而你自己是一个小男孩。

萨特：实际上我们两个年龄都较大，而玩铁环的游戏代表了性关系，大概因为我把铁环和棍子看作典型的象征。我感到它们更多地是我在梦中见到的样子。这是我在二十岁时的一个梦。在这梦中没有优越性的问题。男人不是比女人优越，这儿没有大丈夫气概。最近我认为，男人无疑是有非常强烈的男子气的人，但这并不意味着他们想具有权力。他们认为自己相对女人有优势，但他们把这同男女平等的思想糅合在一起。这是很奇怪的。

波伏瓦：这要看你是谈的什么男人。

萨特：嗯，许多男人。我们认识的多数男人，并不是说他们不是真正的男子汉；而是说在谈话中，在日常生活中，他们有一种平等的准则。可以说他们的男子气并没有实行这个准则,而他们在性关系中实际上并没有体现出平等的东西。但男子气概并不是男子喜欢夸耀的东西,至少不是我认识的那些男子喜欢夸耀的。显然我们应该再看一看别的地方,别的情况。

波伏瓦:我们回到你身上来。女人最吸引你的是什么,你的平等思想是怎样的?在什么程度上可以说你对她们是扮演了某种专制的或保护性的角色?

萨特:我觉得自己是很有保护性的,因此也是专制的。你常常为这责备我,不是对于你,而是对于除你之外我所认识的女人。但并不总是这样,我同她们多数出众者的关系是平等的,而她们也不能容忍另一种性质的东西。我们回到我在女人身上寻求什么这个问题上来。我觉得这首先是一种感受、情绪的气氛。严格地说,这不是所谓的性气氛,而是具有一种性背景的感受。

波伏瓦:比如说,你在柏林有一个恋爱事件。你同一个你称为月亮女人的人在一起。你喜欢她什么?

萨特:我感到惊异。

波伏瓦:她不是很漂亮,也不很聪明。

萨特:是的。

波伏瓦:这不是她不完美的地方吗?

萨特:是的,是不完美……但她有一种乡下人谈话的方式,一种奇特粗俗的谈话方式,跟我很接近。她没有我们那种蒙巴拉斯的谈话方式,而有类似拉丁区的谈话方式。虽然我跟她的谈话不像我们的谈话那样展得开,但我仍然以为我跟她的思想体系是相同的。我是完全搞错了，但我当时是这样想的。这个情况比较特别。是的，我觉得总的来说我应该是个男子汉，因为我是在一个有男子气的家庭中长大的。我的外祖父是一个硬汉。

波伏瓦：文明就是有男子气的。

萨特：我同这些女人的关系中占支配地位的不是男子气概。当然每个人在这种关系中都要担当某种角色，我的角色是较为活动和理智的；女人的角色主要是在感情的水平上。这是一种很普通的恋爱状况，而我并不认为有感情的一方就比理性实践和体验的一方要低一些。这只是不同性情的问题。并不是说女人不可能像男人那样来体验理性，也不是说一个女人不可能成为一个工程师或哲学家。这只是说，多数时间一个女人是有着感情的价值而有时是性的价值；我就是这样看的，我觉得同一个女人有关系就是在某种程度上占有她的感情。力求使她感受到这一点，深深地感受到这一点，占有她的感情——这就是我要自己做的事情。

波伏瓦：换句话说，你要女人爱你。

萨特：对。她们由于感受到成了属于我的某个东西而不得不爱我。当一个女人把她自己给我时，我在她脸上、在她的表情中看到这种感受；而在她脸上看到了它也就等于占有了它。有时在笔记本里，有时在书中，我阐述了——现在我仍然这样认为——感受和理解是不可分开的，感受产生理解，或者不如说它也是理解，而后来理性化的男人把这当作一个理论上的难题，这是把它抽象了。我认为一个人具有一种感受性，随着年龄的增长这种感受变得越来越抽象、综合和有较多疑惑，于是它就转变为一个男人的理性，一种对体验性难题有影响的理解力。

波伏瓦：你的意思是，对女人来说，这种感受性没有转变为那种理性。

萨特：对，但有时不是，当她们通过教师资格会考或当上工程师时，以及类似的情况，她们就不是这样。她们完全可以像男人一样做事，但首先是由于她们的教养，然后来自她们的感觉，她们有一种把感情放在首位的倾向。因为她们的地位通常不是上升得很高，因为她们由社会形成和维持的物质关系和社会关系，她们保留了自己未被削弱的感受性，这种感受性包含着对他人的一种理解。那么从理性的角度看，我和女人的关系是怎样的？我对她们谈我思考的事情。我往往遭到误解，同时我又被一种丰富了我的思想的感受性所理解。

波伏瓦：你可以举一些例子吗？这给了你什么样的感受？

萨特：是在特殊具体情况下的感受，是对于我在理性水平上谈的东西的感情解释。

波伏瓦：但总的来说，你觉得自己要比任何同你有关系的女人都聪明一些。

萨特：是的，是要聪明一些。但我认为聪明是感受性的一种发展，她们由于社会环境的缘故没有达到我的发展水平。我认为从根本上说，她们的感受性跟我的感受性是同样的。

波伏瓦：但是你说过，在同女人打交道中你是更有支配性的。

萨特：对的，因为我不是从单个的观点看我自己。这种支配性从我的童年就开始了。我的外祖父支配外祖母，我的继父支配我母亲。

波伏瓦：是的。

萨特：作为一种抽象的心理结构我保留了这种支配性。

波伏瓦：再就是在所有那些书中，那些深深影响你的名人故事中。男人总是主人公。

萨特：确实是这样。这是我对托尔斯泰感兴趣的原因。这里的情况是声名狼藉的，男人滥用了他的力量。总之，这儿有一种类型，一个典型。但最后我开始认识到，这是由教养产生的。后来，我是说我三十五岁或四十岁时，我认为理解和感受力代表了个体发展的一个阶段。在五六岁时一个人是没有理解力和感受性的——还没有赋予感受性，他有情感的感受性和理智的感受性，但不持久。后来他的感受性可能仍然十分强烈而理解力也逐渐发展，或者感受性压倒了理解力，或者感受性没有增进而理解力完全是自身发展。感受性产生理解力，而它自身也仍然存在着，是天然而未加琢磨的。因此，这种支配感是一种模型、一种社会象征，对我来说是没有道理的，虽然我试图确立它。我不认为自己是较有理解力的就应该胜过和支配我的伴侣。但在实际上我又是这样做的，因为我有这样做的倾向，我想获得同我有关系的女人。所以我支配她们。从根本上说，我主要关心的是把我的理解力渗透到另一个人的感受性中去。

波伏瓦：你接受了女人的特殊处理问题的方式……

萨特：是在那个特定时刻显示给我的特殊处理问题的方式。

波伏瓦：她们常那样。你甚至于被一个难看的女人所吸引吗？

萨特：真正完全难看的，没有，从来没有。

波伏瓦：可以说你喜欢的所有女人，要么就是很漂亮，要么至少是十分有吸引力、充满魅力的。

萨特：对，我喜欢同一个漂亮的女人建立关系，因为这可以发展我的感受性。美、迷人，等等——这些都没有理性的价值。你也可以说它们是理性的，因为你可以对它们作出一种解释，一种理性的解释。但你爱一个人的魅力时，你是爱某种无理性的东西，即使思想和概念可以在相当程度上解释魅力。

波伏瓦：你不是由于严格意义上的女性性质而找到有吸引力的女人的——而是由于性格的力度、理智和精神方面的东西。总之，不是魅力和女人气，是不是？我想到两个人，一个是同你没有恋爱事件但我们都非常喜欢的人——你也非常喜欢她——克里斯蒂娜，另一个是你刚刚谈到的。

萨特：对的，我看重克里斯蒂娜的性格力量。如果她没有那种实际上具有的性格，我是不可能理解她的，而且这还有些让我惊奇。但这毕竟是第二位的性质。重要的性质是她、她的身体——不是作为一个性对象的身体，而是她作为建立在我同女人关系上的不可知、不可分析的感情总和的身体和面貌。

波伏瓦：在你同女人的关系中是不是还有某种皮格马利翁的成分？

萨特：这要看你说的皮格马利翁是什么意思了。

波伏瓦：在某种程度上塑造一个女人，向她解释一些事情，使她成长，教她一些东西。

萨特：的确有这种成分，而这意味着一个暂时的优势。这只是一个阶段,以后她既通过他人又通过自身而发展。我使她达到某种阶段。严格地来说,这时的性关系是既承认这个阶段又超越这个阶段。这种情况确实很多。

波伏瓦:你觉得皮格马利翁的角色有什么意义吗?

萨特:这应该是每一个人都有的对那些可能帮助的人所起的作用。

波伏瓦:对的,这是真的。但你好像是说,吸引你的完全不是那种理智而辩证的方式。对你来说,这更多的是你的感受。这是一种真正的愉快感。

萨特:是的。如果一星期里我突然发现自己理解了某些东西,而且她也前进了一步,我是很愉快的。

波伏瓦:你同女人的关系并不都是这样的。

萨特:对。

波伏瓦:有些关系完全不对对方产生影响。

萨特:确实如此……到了一定的时刻同女人的性关系就发生了,因为那时这种接受和配合的关系是不言自明的。但我不把重点放在这上面。严格来说,这不像爱抚那样使我感兴趣。换句话说,我更多地是一个对女人的刺激者而不是性爱者。这是我对待女人的方式。我想许多男人理解女人的方式要比我更超前一些。在某一方面他们是较为落后而在另一方面也较为超前,他们从性的观点出发,而性观点就是"准备去上床"。

波伏瓦:你认为这是较超前还是较落后?

萨特:较超前。因为这有结果。对我来说,根本的充满感情的关系应该包括我的拥抱、抚摸和吻遍全身。但性活动——它也有，而我也完成它，我确实往往完成它，但带着某种冷淡。

波伏瓦：你已谈到这种通常是同女人关系的性冷淡，但这也是同你身体的关系……你为什么总有这种性冷淡，而同时你又非常喜欢女人？决不是天生的欲望使你这样……

萨特：当然不是。

波伏瓦：这跟"罗曼蒂克"有关系。对你来说，女人总是在司汤达意义上的"罗曼蒂克"。

萨特：对的。没有这种"罗曼蒂克"就不会有这种事。可以说，一旦男人由于发展自己的理解力而弄到丧失感受性的地步，他就会去要求另一个人、女人的感受性——去占有敏感的女人而使他自己可以变成一种女人的感受性。

波伏瓦：换句话说，你感到自身的不完善。

萨特：对。我认为一种正常的生活就包含着同女人的连续不断的关系。一个男人被他做的事，被他所成为的那个样子，通过同他一起的女人所成为的那个样子所同时决定。

波伏瓦：你同女人可以有一种同男人没有的接触，因为这些理智的谈话有一种感情的基础。

萨特：一种感受的基础。

波伏瓦：某种"罗曼蒂克"的东西。我注意到——而且大家都注意到，这甚至还带上了传奇色彩——几乎我们或你的每一次旅行中，都有一个实际上是体现了那个国家的女人。

萨特：是的。

波伏瓦：在美国有 M 小姐，在巴西有克里斯蒂娜，等等。

萨特：这在一定程度上是因为，他们不可能突然让一个女子投入你的怀抱，但他们可以让她在你身旁对你解说这个国家的美。

波伏瓦：不完全是这样的。在苏联，他们开始给你一个男向导，很明显你们之间没有友谊。

萨特：我马上对他有一种反感。的确，旅行时同我一起旅行的女人，对我是非常重要的。

波伏瓦：这不仅是一种性的事情。女人往往是一个人访问的国家最好的体现。当她们具有良好气质时，要比男人有趣得多。

萨特：因为她们具有感性。

波伏瓦：她们似乎离社会较远一些，但仍能很好地了解这个社会。如果她们很聪明，她们的观点就比男人有趣得多。这是客观事实：你喜欢的女人真正是可爱的女人。她们真正是那样的，我可以证明这一点，因为在另一个层面上，我也迷恋她们。

萨特：是的。这样，当一个女人代表着整个国家，许多东西就变得十分可爱。她们虽然身处国家的边缘，但内心总是丰富的。克里斯蒂娜代表了饥饿三角地带。而反对一个国家并不意味着不代表它，一个人代表了它同时他又反对它。

波伏瓦：把你想到的东西都说出来吧。

萨特：现在，我回想起我接触过的女人，我记得的总是她们穿衣服的形象，而从不是裸体，虽然看到她们裸体时我是非常愉快的。不，我看到她们穿衣服的形象，而裸露则是一种非常特殊的亲密关系，但……你必须经由某些过程才能得到。

波伏瓦:好像这样才是较真实的……

萨特:当她穿衣服时,是的。不是更真实些,而是更像一个社会存在物,更可接近一些——一个人只有通过身体和精神两方面的多次裸露才能达到无遮蔽状态。在这之中我跟别的爱女人者是一样的。总之,我同她们生活在一种历史中,一个特别的世界中,而妨碍我同她们生活在世界本身中的是你。

波伏瓦:你是什么意思?

萨特:世界,这是我同你生活的世界。

波伏瓦:是的,我理解你说的意思。在其中你经历了各种不同的世界。

萨特:这使得那些关系变得低下,同样还有人们的性格和所有客观方面的东西。这开始受到妨碍。

波伏瓦:因为这儿有我们自己的关系。另一个问题:你有过妒忌吗?在什么情况下,是怎么样的?妒忌对你来说意味着什么?

萨特:我基本上不太注意是不是还有一个男人同哪个确定的女人有恋情关系。关键是我应该第一个来。如果一个三角关系,其中有我和另一个被确认比我好的人——这是我不能容忍的境况。

波伏瓦:有过这样的境况吗?

萨特:说不清楚。

波伏瓦:你感受过妒忌吗?同奥尔加的关系好像是一种很明显的妒忌的情况。这是当她开始喜欢佐洛时。你同奥尔加的关系完全不是占有的关系。既不是性的也不是占有,但这造成事端,最后产生破裂——你想在她心中是第一个。而月亮女人虽然有丈夫,你却一点也不在意。

萨特：是不在意。因为至少在她的直觉中他是低人一等的。我认为我的男子气概较多地表现在把女人世界看成某种低级的东西，但不是对我认识的女人。

波伏瓦：你的皮格马利翁的一面使你从不希望让一个女人去减弱、保持或限制在对你是完全低级的水平上。

萨特：是的。

波伏瓦：相反，你总是希望她们发展，让她们阅读东西和讨论问题。

萨特：我是基于这种想法：她们应该达到一个非常有理解力的男子的程度——男女之间不应该有理智或精神的差别。

波伏瓦：总之，如果她们处于一种低级的水平上，这并不使她们的个人地位也变成低等的。我了解这一点。你从没有把任何女人看成是低等人。

萨特：是没有。

波伏瓦：你的恋爱事件通常是怎样结束的？使之破裂的是你，是她们，还是环境？

萨特：有时是我，有时是她们，有时是环境。

波伏瓦：你有过被某个女人弄得心烦意乱、备受折磨的不愉快的时刻吗？

萨特：烦恼，是的，有过。那是在伊夫林娜①因为难解的恋爱宿

————————

① 伊夫林娜是朗兹曼的姊妹，她的艺名是伊夫林娜·雷伊。她演出过萨特的戏剧。

怨而长期不来信时。

波伏瓦:或者当 M 小姐要来巴黎定居并变得苛求时。这时女人有一种很坏的行为,向一个人要求他不可能给予的东西——你对此已十分了解,通常这以破裂而告终。而这儿有一些东西是没法给予的。

萨特:对的。

波伏瓦:开始常有这事发生。奥尔加使你很不愉快。

萨特:奥尔加,是的。

波伏瓦:伊夫林娜又开始让你烦恼。

萨特:是的。

波伏瓦:我看到你最烦恼的时间,或者在这个词我常用的意义上——你最不愉快的时间,先是因为奥尔加,然后是因为伊夫林娜。就烦恼这个词的另一层意思——被要求得太多——来说,最让你烦恼的显然是 M 小姐。

萨特:是的,我被 M 小姐可怕地折磨过。

波伏瓦:你同她的破裂大概是你作出的唯一突然的决裂。

萨特:是的,在一天之中。

波伏瓦:你对她说:"好了,完结了。这没法维持下去,这是在不断地逐步升级。"

萨特:对。这很奇怪,因为我是那样地被她吸引着,我们的关系却这样终止了。

波伏瓦:你非常喜爱她,而她是唯一使我害怕的女人。因为她对我有敌意,你也非常喜爱伊夫林娜,但她和我的关系很好。我是真正喜欢她,而这不完全是一回事,她想要你不同意给她的东西;她想公开地去看望你。但这完全不是冲着我来的。

萨特:噢,对的,完全不是。我回顾自己的一生,对我来说女人给了我许多东西。没有女人我就不能达到我已达到的这种程度——而你是在第一位。

波伏瓦:我们最好不要谈到我。

萨特:好的。我们谈谈给我介绍了各个国家的那些女人。M 小姐毕竟让我了解了美国。她给了我许多东西。我在美国旅行的道路形成了一个围绕着她的网。

波伏瓦:一般来说,你选择的女人都是很聪明的,而有一些,像 L 小姐、克里斯蒂娜和伊夫林娜,甚至是非常聪明的。

萨特:对的,一般来说,她们是聪明的。不是我希望她们聪明,而是她们立即表现出某种感受性之外的东西,这就是聪明,于是我可以同女人好几小时好几小时地谈话。

波伏瓦:是的。

萨特:我同男人一旦谈完政治或别的事情我就准备立即结束谈话。同一个男伙伴一天谈两个小时,而第二天也不再见到他,这对我已经足够了。同一个女人,我可以谈整整一天,第二天又开始接着谈。

波伏瓦:对,因为这建立在亲密关系的基础上,你通过她对你的感受而占有她的存在。你有遭到女人断然拒绝的时候吗？是不是有些女人,你想同她们有某种关系但又未能得到？

萨特:有的,跟所有别的人一样。

波伏瓦:是奥尔加。

萨特:啊,是的。

波伏瓦:但这是一种多么混乱的境况! 有没有这种情况,还有一些女人是你很喜爱的,你对她们多少有了爱意,但同她们甚至没有——我不说是性的——良好的感情关系?

萨特:这种情况不是很多。

波伏瓦:你一生中也有过那种不是感情的或者至少不是罗曼蒂克的关系——而是单纯的友谊关系。比如说,同莫雷尔夫人的关系。

萨特:莫雷尔夫人,是的。

波伏瓦:确实,她作为一个女人这个事实使你们的关系不同于你对吉尔的友谊关系。

萨特:对。

波伏瓦:这个问题大概提得有点愚蠢:你更喜欢哪个一些,吉尔还是莫雷尔夫人?

萨特:这两者是不同的,开始,莫雷尔夫人是一个私人学生的母亲。她把儿子托付给我,让我教他一些东西,她同我的关系是一个私人学生的母亲同一个私人教师的关系。即使后来我们的关系越来越密切。但她是作为一个私人学生的母亲开始同我建立关系的,确实她跟吉尔有过同样的关系,但后来就不同了。因为那时我正指导这个私人学生,吉尔不再教他,吉尔在几年前教过他。

波伏瓦:吉尔对莫雷尔夫人的感情关系要比你的强烈得多,你更喜欢谁一些,是吉尔还是莫雷尔夫人? 一旦你同莫雷尔夫人成了朋友,她就再不是一个私人学生的母亲了,是不是?

萨特:我从没有问过自己这个问题。

波伏瓦:我想你同吉尔更接近一些,你非常喜欢莫雷尔夫人,因为她很可爱,但我相信你们在许多方面差距太大。

萨特:我也是这样认为。确实,虽然可能有些时候我更喜欢看到莫雷尔夫人而不是吉尔。我从没有特别问过自己这个问题。我不太清楚我同莫雷尔夫人关系的性质。罗曼蒂克方面是切断了,因为有吉尔在那儿,此外,我觉得她有点老了。我不太关注同一个女人的友谊关系。实际上我几乎从没有过这种关系。

波伏瓦:你几乎从没有花两小时之久的时间同莫雷尔夫人在一起,是不是?

萨特:噢,有过,但不是经常。

波伏瓦:总的来说,我在那儿时,你们往往是一种三四个人在一起的关系。

萨特:总之,我想她是我有过的唯一的女性朋友。

波伏瓦:我想是这样的。

金钱

波伏瓦:就你同金钱的关系,你可以谈点什么吗?

萨特:我想,基本的事实是——我在《词语》中已经谈到了,这里应该再说一下——我是住在别人家中,直到我的青年时代。我总是靠那给我的但不属于我的钱过活。我外祖父给我们钱,他供养我母亲和我——母亲对我解释说这不是我的钱。后来她再婚,跟外祖父比起来我的继父的钱更不是我的钱。母亲常给我一些钱,但她让我感到这不是我的钱——这是由继父给我的。这种情况一直维持到我上巴黎高师。我母亲或继父给我的钱减少了,因为我可以从高师得到一点钱,而且我有私人学生,这样我有了自己挣的第一笔钱。直到我十九岁,钱都是外界给我的,因为我不很喜欢我的继父,我的感受要比从另一个人那儿得到钱更深一些。这并不是说我们生活得不很好,你知道的。我继父是拉罗舍尔一个造船厂的厂长,他的收入十分可观,因此我们过得很好,而且我所需不多。我在公立中学,他们给我一点零花钱。但我仍然感到自己确实是身无分文,我感到钱是由于别人给我才得到的。

就这个角度看,我一无所有,钱对我呈现出一种有点理想化的价值。我得到钱去换取一块糕点或一张电影票,但这种交换并不取决于我。这钱好像是继父给我的一个许可证,凭它再去获得东西;没有更多的了。好像他在对我说:"用这钱你可以自己去买一个小甜饼或一块巧克力。"这意味着他给了我这块巧克力。钱的真正价值是某种我还不理解的东西,而且我有点敌视钱,不是因为我不想要钱,而是因为我想摆脱这种许可。我想有自己的钱。这是我十二岁在拉罗舍尔时从我母亲钱包里拿钱的原因。

波伏瓦:你拿这钱是因为你觉得别人给你钱是很不舒服的事。

萨特:是这样的。

波伏瓦:你认为自己挣得的第一笔钱对你有什么影响?

萨特:这是在巴黎高师,我还没有完全理解挣钱的意义,我们每月由学校给一笔钱,数目很小,我们拿它在离高师不远的酒吧中喝咖啡,这不够我们开销,因为我们讨厌学校的伙食,它是糟透了,我们的钱大部分花在吃饭上,于是在中学有另一种事情可做,是给一年级或哲学班的学生讲课,有时给二年级或三年级的学生。他们大都是不能跟上班级进度的,而我们要做的事是让他们能跟上去。

波伏瓦:这种情况跟你从学校得到的钱有些不同,这样你有了某种工作和某种收益之间的明确关系吧?

萨特:是的。我完全意识到这钱给我是因为我教了学生,但我对这钱和这工作之间的关系看得不是十分清楚,我工作得很认真。我通常辅导哲学,有时我也教些别的东西——我曾教过音乐,我感到自己正在做一种很轻松的小工作,这工作意味着我月底可以得到一笔钱,可以让我下一个月不在学校吃午饭或晚饭。

波伏瓦:这期间你感到缺钱花而造成了损失吗?

萨特:当然有感受,但不是很严重。我有相当数量的私人学生。讲课费按学校规定的价格付,高师的学生同学校的副校长共同协商决定这价格,这讲课费是固定的。

波伏瓦:在我看来,这样的时刻你是缺钱花的——当你想去图卢兹旅行看卡米耶时。

萨特:对,跟所有巴黎高师的学生一样,我的钱很少。记得有一次几乎一个苏一个苏地向所有的同学借钱去买一张到图卢兹的往返票和一些饮料,我带着满袋的零币动了身。是的,我们过得有点拮据,有几个月我们没有钱,没有私人学生;我们常常借钱然后再还。

波伏瓦:对于财产你有过什么奢望吗?你想到过你有了钱以后

的形象吗?

萨特:没有,完全没有。我从没有想过我以后会有钱,从没有。当我想成为一个作家时我想的是创作一些不一般的书,但我没有想过它们会给我带来多少多少钱,在某种意义上说,钱对我是不存在的。我得到它然后花掉它。我只要有钱就自由自在地花,钱对我就像是给了我而我又把它拿出来共用的资金。在巴黎高师我常常帮助同学。我拿出了许多钱。

波伏瓦:我知道。我在高师刚同你结识时,你已有了慷慨大方的好名声。特别要指出的是,同一个姑娘外出时,你是做得非常漂亮的。你同朋友们外出,这就是说,你们去上好饭馆——最后,你们花光了你所有的钱。

萨特:我的确是常常这样做,但在我看来这并不是一个慷慨的举动。一个人用这些他们给我们的奇怪之物来换取某种东西。他当然地要扩大他周围同伴的购买力,我随便拿出我的钱,因为我没有挣得它的深刻印象,它对我来说只是一种符号。当然要有许多这样的符号才会有许多东西,但一个人是可以设法得到它的。

波伏瓦:你接受过别人的钱吗?

萨特:没有,但仅仅是因为这事没有机会发生。

波伏瓦:你的意思是你不责备接受别人钱的人?

萨特:对。因为对我来说钱是某种外在于生活的东西。我想生活不是由钱形成的;但我每做一件事都得要钱。如果我去看戏、看电影,如果我要去度一个假,这总要用钱。想到那些我喜欢的东西和愿意做的事情,我要留有一些钱;但我从不认为这是因为教了多少多少私人的课就得了多少多少钱。

波伏瓦：在这种对钱的冷淡后面，是不是隐藏着你对自己是一个国家的雇佣者，未来是有保证的认识？这种保证当然是有限度的，但十分可靠，你担心过自己未来的物质生活吗？

萨特：没有。我从没有担心过它。你可以说这是很早就在人们心中存在的方式。在我看来，钱是学生每日带给我的，我花在使自己愉快的东西上，后来我有了国家为我的教学活动而给我的钱；我以同样的方式花了它。我不认为生活是由逐月的钱来维持的，这些钱用在买衣服、交租金等事情上。我不以这种方式看问题，我看到钱是必要的，一个职业是一种弄钱的方式，我的生活应该是我已了解的教师生活，然后显然是写书，这无疑会给我一些额外的东西。

波伏瓦：但在某种意义上说，没有谁是为钱而要钱；人们需要它总是由于它可以用来买东西。在你对未来的梦想、你对旅行的愿望——对于你常常梦想的旅行——和你知道自己没有足够的钱旅行、过渴望的冒险生活之间有没有一种冲突？

萨特：冒险生活，它们是抽象的。但旅行，是的。我记得在荷兰战争前去那儿旅行对我来说是花费太大了。我认为我们不可能去荷兰作一次长期旅行。

波伏瓦：我谈的是你年轻时在巴黎高师的情况。

萨特：不，当时的情况并不是这样的。我的需要是有限度的——在咖啡店里一杯啤酒或葡萄酒，一星期两三场电影。

波伏瓦：比方说，你有没有对自己说过，"我没有钱去美洲"呢？

萨特：我想，对我来说，去美国是很困难的，因那离未来是太远了,这不是我当时希望做的事情。

波伏瓦:你对他人的钱有什么看法?我的意思是,你看到非常富的人和非常穷的人时有什么反应?这个问题对你来说存在吗?

萨特:我见过许多非常富有的人。有些同学的父母是很富的。但我也知道有很穷的人存在,我把贫困看成是应由政治工作予以摆脱的社会丑事。你知道的,我的思想比较模糊,但……

波伏瓦:但你是不是没有意识到这个事实:钱对于一个街道清洁工或家庭佣人是有着重大意义的?

萨特:不,我意识到了,我把钱给那些需要它的人可以说明这一点。这里有一个矛盾。这些钱对我是无所谓的,对他们却很重要。我没有试图去理解这事,我认为事情就是这样的。换句话说,我对钱有非常抽象的意识,这有一枚硬币或一张纸币,让我得到我喜欢的东西,但我不靠它过活。这是应该搞清楚的事情。我住在巴黎高师,那儿有我的床,我没有为它付过钱,我可以不花一分钱吃午饭和晚饭。这样,供给我生活的——在这个词最简单、最物质性的意义上说——既不是我的家庭也不是我认识的人,而是国家。而其余的一切,我看作是自己生活的一切,咖啡店、饭馆、电影院,等等,都是我自己提供给自己的,而我通过一种假工作的方式来提供的,因为我同我的私人学生花的时间在我看来是近乎玩耍。我通常是同一个智力十分低下的男孩在一起,他模模糊糊地听着我讲一个小时,然后我就走了。我甚至再记不得我自己讲了些什么。在我看来,好像是一席泛泛而谈就给我带来二十法郎。

波伏瓦:后来,你开始当了教师的时候呢?

萨特：嗯，那期间发生了一件事。我外祖父死了，我继承了一笔对我这样一个孩子来说是相当可观的财产。

波伏瓦：我记得这是当时的八万法郎，现在这要接近一百万。

萨特：于是我就不加考虑地花这笔钱。例如，我同你一起——我们去旅行。

波伏瓦：是的，我们的旅行费用都是在这笔遗产中开销。

萨特：就是在那时，钱对于我也不是一个现实问题，你明白吗？一种在贫困家庭的儿童能够那样清楚地理解的现实。他知道一个两法郎意味着什么。我不能说我知道这个。钱到了我手中，钱带给我多种东西。有时我用完了，要么我得不到更多的东西，要么我去借。我说不清楚我怎样去偿还它，但我知道我可以偿还，因为第二年我会有一些私人学生。

波伏瓦：对，我们刚结识时有过这样的事：你花费超过了收入，于是你向莫雷尔夫人借钱。

萨特：是的。

波伏瓦：你确信莫雷尔夫人是富有的，她是你的朋友中唯一的真正富有的。你不常向她借钱，但是有时会借。这也是一种安全保证。我记得有时月底是很困难的，因为我们的收支预算不平衡。我往往去当一个胸针，它是我不知道从谁那儿继承下来的，或者我们向科莱特·奥德莱借，她把她的打字机送去作抵押。到了月底我们常缺钱，但这没让我们烦恼。

萨特：我们两个毕竟都有薪水。我们往往放在一起合用，这比一个未婚教师或一个同没有工作的妻子在一起的已婚教师的用度还要多一些。我们的薪水很少。我们是最低档的。

波伏瓦：但我们足以维持生活，特别是在我们那种生活方式下。

萨特：我在勒阿弗尔有了第一个职务，我靠很少的钱生活。

波伏瓦：那时你是不是比教私人学生时更多地感到你是在挣钱？

萨特：实际上，我从没有感到我完全是在挣钱。我工作，这是生活的实际过程。然后是每月我得到一些钱。

波伏瓦：但这里仍然有一些义务和限制。比如说，你不得不生活在勒阿弗尔然后生活在劳恩，你不能像以前那样生活在巴黎。

萨特：是的，但我选择这些地点是因为它们接近巴黎。是有一点点限制——但我可以坐火车。我很喜欢坐火车从勒阿弗尔到巴黎。在车上我往往看早期的法国侦探小说，那是每一个法国人都津津乐道的，和《玛丽亚娜报》。这是一个非常愉快的短途旅行，而且我常去鲁昂看你。

波伏瓦：有时手中直接缺钱用你也感到不愉快吧？我记得，比如说，你比我更感到借钱的不愉快。一次我们为这大吵了一通，那是我们在巴黎常住的一个旅馆时，你打算请阿隆第二天来吃午饭，但你没有钱，如果只是你自己你是不在乎的，你会说："没关系，我不吃午饭就是了。"但你必须请阿隆。我说："有一个非常简单的解决办法，请旅馆老板借你一些钱，过一天还。"而我们真正吵起来了，因为我说："有什么问题？他是平庸之辈，这又有什么关系？我们不过是利用他一下。"而你说："不，我不想让他觉得是给了我恩惠。"

萨特：对的。我不希望他给我一点恩惠。

波伏瓦：我记得我和你争吵，我对你说："幸好你是一个国家的雇员。否则你就完了，因为你对钱的态度太反常了，太忧心忡忡了。"你是很认真的——问题不在这儿——但你感到自己缺钱时，感到有缺钱的危险时，你变得非常焦虑和神经质。

萨特：这是确实的。我常常担心钱。我怎么可能在三个月内得到足够的钱去支付买的东西？我要考虑得到它的方式，在我得到的钱和我用它的东西之间有一种裂缝。我没有看到，一方面，这钱是为了去买东西；另一方面，它又通过工作而得到。在理智上我当然知道这回事，但我现在说的是感受。当时我没有感到我是生活在同一种情况下：挣钱和花钱买有用的产品。

波伏瓦：后来又有什么情况？

萨特：没有，我从没有实现它，因为我的职业是不稳定的——有时它的收入甚丰，但它完全不是生产型的，而是一种不同的方式的，是文化的。这样，我把我教的东西或以书为形式所制作的文化产品看成是跟钱没有关系的。如果人们买我的书，那当然更好。但我也完全能够很好地设想我的书卖不出去，至少是在一个很长的时期内。我记得我开始想到要成为一个作家时，决没有期望要以另一种形式表现出来。有一个很长时期，在我懂得什么是写作之前，我期望成为一个只有少数读者的作家。这是存在于少数图书馆的作家，像马拉美那样的人，这样一来，我从我写的东西上挣不了很多钱。

波伏瓦：有一个事实你在一个访问中指出了，这会使你作为一个作家同钱的关系变得混乱起来——实际上，在某种程度上你挣的钱跟你付出的工作量成反比。《辩证理性批判》工作量非常大但你得到的报酬却很少,而有时你写得很快的剧本——例如《金恩》——忽然被剧院上演多场,于是你得到许多钱。

萨特:是的,确实如此。

波伏瓦:这是你经常强调的一件事。这比例几乎是相反的。

萨特:不完全相反,但类似于反比,而这确实让我不知道钱真正是什么。

波伏瓦:而且还有某种也是来自外部情况的东西,例如,你突然得知你的一部戏剧将在这个或那个国家上演,要演出很长时间,这会给你带来一大笔钱,或者另外有个电影剧本是根据你的作品改编而成。

萨特:是这样的。长期以来,几乎我整个一生,我都没搞清楚钱真正是怎么回事。我的态度中有很多奇怪的矛盾。我有钱时,花起来从无算计。另一方面我又总希望有比我可能花的多得多的钱。比方说,我外出度假时,要带上比需要的多很多的钱;在卡格内斯,我们住在一家熟识的旅馆时,有两个房间,结账时我从口袋里掏出一大卷钞票。我知道这很可笑,而且这使老板娘很生气。

波伏瓦:对,你对钱有一种我认为是农民的态度。你从没有一个支票簿。你把钱全带在身上,是活动的现钱,你把纸币装在口袋时,实际上,在付一千法郎的账时你拿出十万法郎的一卷钞票,花钱没有算计,你总在担心,大概最近这些年你更加担心,你再不可能没有算计地花钱了——你担心被迫去算计,你并不真正担心缺钱用,而担心被迫去算计。

萨特:我想,现在我的钱足够用五年,然后就没了。实际上情况就是如此,我大约有五百万——我是指旧法郎,这相当于今天的五万法郎,这以后我还得寻求谋生之道。

波伏瓦:你特别担心的是缺乏安全感,你很讨厌你可能被迫算计的想法。

萨特:是的,因为我曾挣过很多钱。

波伏瓦:你拿了一大笔钱出去。

萨特:我是给了很多钱,而且我帮助了别人。现在我帮助的人有六七个。

波伏瓦:对。

萨特:就是这些人。这显然约束着我。我不应该没有钱,因为这就意味着我再不可能给他们钱了……这是让我担心的方面。

波伏瓦:甚至在你年轻时,对别人没有什么义务时你也总是担心没有足够的钱可以毫不算计地花。这是很矛盾的。一方面你对钱非常不感兴趣、非常慷慨大方,另一方面你又有——我不说是对钱的过分热心,因为你从不打算从别人手中得到——一种对钱的担心,甚至现在还是这样,如果我说"你该买双鞋了",你就答道"我没钱买鞋"。你对钱似乎有一种贪婪的态度,虽然你对别人是非常慷慨大方的,关系到你自己时你的反应总是"噢,确实,我再没有足够的钱了"。还有一个关于钱的问题,涉及你同他人的关系问题——你为什么给那么高的小费?因为你的小费不仅仅是真正的慷慨大方,而且高到近乎荒谬的地步。

萨特:我不知道。我总是给大笔小费,这是因为我不知道为什么要这样做。我可以说一下我现在对这事的解释。但我记得我二十岁时就给了大笔小费,当然,比现在少些,因为我钱不多,但仍然相当可观,以至于我的同伴拿它来取笑我。这是一个老习惯了。

波伏瓦:这也是为了在你和别人之间保持某种距离吧?

萨特:有各种原因,可能两种因素都有:同侍者保持一定距离,同时帮助他们改善生活。这是一种给予的方式。我不认为每个人都要跟我一样,但我愿意他们也这样做,我喜欢让比如说咖啡店侍者有足够的钱维持生活,当时我同咖啡店侍者的关系很不好……

波伏瓦:这就是我把它看成一种慷慨大方的行动同时又是同人保持距离的行动的原因。

萨特:可能是这样的。

波伏瓦:在某种程度上说,这有两个方面的问题。总之,你看到这些人为你服务,虽然这只是放一个玻璃杯在你桌上之类的小事,你说过你讨厌有人为你服务,即使他们这样做是有报酬的。因此他们应该被多付钱,再次付给钱,于是你就不再感到……

萨特:不再感到我欠他们的情,确实有这种因素。记得在西班牙时,禁止付小费这事使我很惊讶并感到很为难,我知道这个决定是对的,我完全同意这样做。但我又感到侍者为我服了务而我受惠于他。当我给他钱时我就创造了同他的某种关系——一种我不再喜欢的关系。现在没有这种关系了。他是一个为我服务的自由人,他的报酬不是通过小费而是通过饮料的价格而得到。

波伏瓦:是的,服务的报酬被包括进去了。

萨特:这实现了某种较为真诚的东西。我感到这一点,但我仍然不习惯不给小费。在咖啡店我常常显得慷慨大方而又不制造很大距离,他们想,这儿有一个傻瓜,小费给得太多,但他们喜欢为我服务。

波伏瓦:是的,当然。但你说过你仅仅想做一个普通的人——实际上你也是一个普通人——给过量的小费是一种把你从普通人中区别开来的方式,是不是? 这不让你烦恼吗?

萨特:不,因为我觉得生活就该是这样。当然我是很可笑的,因为生活实际上完全不应该是这样。

波伏瓦:你给一个出租车司机一笔高额小费时,你很清楚你再不会见到他。

萨特:但我们的关系是真诚的。我是说我是怎样看待我和出租车司机当时的关系的。他很高兴,因为他得到一笔可观的小费,他对我有一种伙伴感,因为通过给他钱我表现出对他的伙伴感。这儿确有一种实现平等的经济法则的愿望,让较富者给得多一些,实现平等。

波伏瓦:你说过你帮助了许多人。但总的来说,主要是女人,有时是青年,你发现自己为你帮助的人而苦恼吗? 你二十岁时,愿意接受资助吗?

萨特:不。我说不,而我是那样抽象地想到这个事,对我说来,钱从它挣得和被人给我都是那样遥远的事情,因此我可以同意被资助若干年的思想而不感到震动。

波伏瓦:请注意,有一些年这都是悬而不定的事……如果你真正需要它继续你的工作……没有谁因为凡·高多年来靠他兄弟资助而责备他。因为他作画,他有接受资助的真正理由。如果这是为了做某个确有助益的事情——例如,如果一个学生为了他的学习要花钱,那是完全应该去资助他的,但这是说安心于这种生活的人……如果有人说,"来吧,我来供给你五年的学校生活费用",如果需要,我想我或你是可以接受的。你干了五年,目的达到了。你没有因为虚荣心或顾及别人的议论而放弃自己的未来。你觉不觉得你同那些得到你的钱的人的关系有些问题? 你给他们钱生活,这里是不是没有互惠性?

萨特:我常常自问这个问题,我觉得没有什么不正常的。因为他们就是这样的。他们需要钱。因为在他们得不到钱时——也许这是他们自己的过错,但问题不在这儿——我去看望他们,不给他们一文钱却又感受到对他们的友谊,这是一种虚伪的关怀。如果我不给他们一些钱,他们将张着大嘴挨饿。对我来说,实际上友谊显然意味着比一般想象的东西要多。有件事我已经说过了,就是,我二十岁、二十五岁、三十岁,直到战争时,我对钱都是所求甚少,这同我战后的生活总的来说是相对立的。战后我有了许多钱,我们谈到的主要是战前的情况;这以后我有了大笔的钱。

波伏瓦:拥有大笔的钱,这对你有什么影响?

萨特:这是很奇怪的。它跟我没有什么关系。我的作品是跟我有关系的,但为它支付的金钱跟我无关。这一点我在《生活境况》中写到了——写一本书花的时间和由这书而得到的钱之间很少有什么关系。我的意思是,这时间不仅仅是算出写作时花了多少小时,还包括置身于写作环境之中的时间,在你构思它的整个时期,你停止写作、去看朋友同你正写下文字时的情况实质上是一样的。这整个时期你都在思考这本书。它实际占满了你的全部时间,直到你完成它,出版它;然后事情就完了。但我出书不是为了得到钱。我出书是想知道人们怎样看待我的努力和作品,有时我在年底收到一大笔钱。我觉得十分奇怪。这两件事在我看来是没有关系的。当我收到国外寄来的钱时,这就更不是这书带给我的钱了。这书是一个法国人在法国写的。如果它的销售量是五千或十万,这当中是有区别的,这个我还可以理解;但两年以后我由于一个译本——我甚至还认为这个译本很差劲——而从罗马、伦敦或东京得到一笔钱,这种事我真的无法理解。在这时得到钱真是不可理解。我觉得这时我再不是一个作家而是一块肥皂。

波伏瓦:是的,好像成了一件商品。我也是这个意思。在战后,你有了大笔的钱,这使你在良心上觉得有罪吗？我自己有这种感觉。我第一次给自己买一件相当贵的衣服时,我说道:“这是我的第一次让步……”

萨特:噢! 我记得。

波伏瓦:我常常想,我们应该正视钱的问题,在一种有益于他人的方式中用这笔钱;总之,应该计划某种东西,但同时我完全清楚我们两人特别是你都不适于实现这种计划。

萨特:确实如此。由于我们不是每年收到同样多的钱,这种计划是很难安排的。一本书出版的这一年我们可以得到一大笔钱,第二年如果只有很少的文章发表,我们就没有很多钱。但这一年以前我已有了足以生活两年的钱。

波伏瓦:但你常有一些梦想。例如,你说过:“对,我们应该为那些需要的学生每年存一些钱。"

萨特：是的。

波伏瓦："我们应该拿出一笔钱给这个或那个。"事实上你现在正拿一大笔钱帮助人们，但你这样做是有些偶然的。

萨特：对，在有这样做的机会时。

波伏瓦：凭机会，也凭人们的要求。

萨特：我想，如果我们想为学生设立一笔基金，一方面我们应该有足以维持下去的资金，另一方面应该有一些像我们遇到的要求得到钱的人，来提出同样的要求，从而对他们尽同样的义务……这样，事情不会有很大改变，除非我们根本就没有钱。

波伏瓦：说下去。

萨特：实际上，在我生活的第二阶段，从1945年起到现在，我有很多钱。我给了别人许多钱，自己没有花多少。可以说我的钱主要是别人花了的吧？

波伏瓦：不错，完全是这样，我们为自己保留的唯一的个人奢侈活动是……

萨特：是旅行。

波伏瓦：但旅行的花销也不是很大，有许多旅行是别人邀请我们去的——古巴、巴西……

萨特：埃及……

波伏瓦：日本。这些旅行我们都没有花钱。我们花费最大的旅行是去罗马度假。

萨特：对。

波伏瓦：此外我们再没有什么过高的生活享受了。我们生活得很不错，我们住好旅馆，上好饭馆，但我们的生活并不是很奢侈的。在巴黎我们的生活花费不多。你从没有用你的钱去做投机生意。

萨特：从没有。你不该用"投机"这个词。我甚至从没有拿钱投资过。

波伏瓦：是的。

萨特：我得到的钱两三个月就花了，或者一个月花光了。

波伏瓦：有时你有很大一笔钱在伽利玛出版社存上一两年。

萨特：因为我一下子花不完。

波伏瓦：对。因为你马上花不完，但你从没有用存款去增加收入。

萨特：从没有。

波伏瓦：比如说用它们买股票、做买卖。

萨特：从没有过。

波伏瓦：对你来说，钱并不是得到钱的一种手段。

萨特：我觉得这种事很让人厌烦。但有些人是以此为生，那些能这样做的人。

波伏瓦：我们应该深入研究一下你觉得这种事很烦人的原因——我也觉得它很烦人，我们的生活方式是相同的。我们的感觉是一种想要避免成为资本家的行动，但我们仍然是从别人那儿得利，因为人们买我们的书，读我们的书，去剧院看我们的戏剧从而资助了我们。

萨特：他们读新出的书，读我们的书。但我们没有我们真正希望的读者。

波伏瓦:是的,确实如此。

萨特:我希望有广泛的读者,资产阶级分子和富人较少的读者,我希望有无产阶级和中下层阶级的读者,但我的读者大都是严格意义上的资产阶级读者。这是一个困境,往往让我深感烦恼。

自由

波伏瓦:所有了解你的哲学的人都清楚你的著作中出现的自由观念。但我想让你从个人角度谈谈你是怎样产生自由的思想,你怎样给予它一种重要的意义。

萨特:从童年开始,我总是感到自己是自由的。自由的观念在我这儿有发展,它没有那些模糊、矛盾和抽象难解的地方;而人们一旦把它看成让与,就会产生种种误解。它在我这儿是越来越清楚的。从生到死,我都带有一种深刻的自由感。我从小就是自由的,这是在这个意义上说的:所有那些谈到自我的人——他说,我希望这儿;我想干那儿——都是自由的或感到自己是自由。并不是说他们真正是自由的,但他们相信自己的自由。自我成为一种实在的对象——它是我,它是你——同时又是自由之源。一个人一开始就感到这个矛盾,而这个矛盾代表一种真理。自我同时又是随着自身力量而时刻展现的意识生活方式。一个人在相同的情况下也看到同样倾向的连续再现。他可以描述他的自我。后来我在自己的哲学中,通过把自我看作一个在某些情况下伴随我们表象的准对象而试图解释这一点。

波伏瓦：你在《自我的超验性》中说到这个，是不是？

萨特：是的，这个矛盾本身我看正是自由的主要来源。我感兴趣的主要不是我的准对象的自我，我在这上面思考得不多，比较重要的是所谓体验水平上自我创造自身的氛围。在每一时刻，一方面，有一种对象意识，即对于人们居住的房间或这城镇的意识，这是一个人偶然存在的意识；另一方面有一种了解和评价这些对象的方式——它虽然不是预定的，但也不是同这些对象一起被给定的而是来自自身的。它是即时给出的，它有一种脆弱性——它既显现出来又能够消失。自由正是在这个水平上表现出来，大体说自由正是这种意识的状态本身，它表现的方式不依赖任何东西。它不由先前的时刻决定——它也许与过去时刻有关，但这种相关完全是自由的。从一开始起我就把这种意识看成自由。我同外祖父住在一起，我想，因为我是自由的，他显然也是自由的。但我不能很好地理解他的自由的性质，因为他的自由首先以格言、双关语和诗的形式表达出来；在我看来这不适于解释自由。

波伏瓦：你的意思是，从童年起你就有了这种自由感？

萨特：对。我正是由于一种意识状态的性质而总是感到自由。

波伏瓦：你受教育的方式使你产生这种关于自由的强烈印象吧？

萨特：自由的概念是每一个人都有的，但它根据一个人受教育的方式被给予了不同的重要性。就我来说——我在《词语》中谈到这一点——我被当成施韦泽家的一个王子、一个虽然不很明确但超出自身一切外在表现形式的宝贝儿。就我是一个小王子而言，我感到自己是自由的,同那时我认识的所有的人相比都更自由一些。我有一种由自己的自由而带来的优越感,这种感受在我认识到"所有的人都是自由的"之后就失去了。但当时我的认识是模糊的。我是我的自由,我认为别人不像我一样感受到自由。

波伏瓦:但你没有一种强烈的依赖感吗?你观看的东西、度假的地方,这都是为你选择的。这一切毕竟都是由他人选择。

萨特:是的,但我认为这并不很重要。我把这当成是正常的。我服从这种安排,就像我坐在一张椅子上,我要呼吸要睡觉一样,我的自由在一些并没有重大后果的选择中——例如,吃饭时要了这种食物而没有要另一种——表现出来;我去散步或去商店,这对我就足够了。我想我的自由的体验就在这里面。当时它首先是一种状态、一种感受,是在这一瞬间或那一瞬间作出一个决定的意识状态——是去买一个东西还是向我母亲要一个。我的父母和他们加给我的义务代表了世界的法则,如果我懂得怎样去应付它,我在对这些法则的关系中就是自由的。

波伏瓦:你没有感受过压迫吗?

萨特:后来我感受到这个。这是在拉罗舍尔,我面对着一群外省学生,他们对一个巴黎人往往是心怀恶意的。他们比我大,他们合起来跟我过不去,但直到五年级末也就是大约十一岁我才感受到这一点。也有一些人来帮助我使我免于困境,对我提出忠告。我没有受到很多打击。大概有几次,我真正尝到了那些外省学生的勇敢精神,那是带有形而上学意味的可怕滋味;但多数时间我是受到钟爱的。我小的时候没有感受到压迫。相反,我意识到一种肯帮助我发展的理智的关怀。只是在我和同龄孩子交往中我才开始理解人们互相关系中的敌意。

波伏瓦：你经受他们的迫害时还保留了自由的感受吗？

萨特：保留了。但它成了一种较为内向的感受。有一段时间我想通过搏斗摆脱这种迫害，但结果是无法预料的，或者不如说它们是太可预料了，虽然我不肯做这种预料，我也试图诱使一些人用种种计谋来帮我摆脱困境，但我不断地意识到这样做遇到的障碍。我和别的孩子之间也有着友谊。迫害不是他们对待我的唯一方式，他们也可以同我交谈，可以成为我的朋友，同我去散步。我属于我的学校同学这个集体之中，从这点看，我感到自由。最让我痛苦的是我开始不同母亲在一起的时期，我的继父确实是这种痛苦的根本原因，我失落了什么，失落了某种不仅同她相关也同自由观念相关的东西。在这以前，我在我母亲的生活中扮演着一个有特权的角色，而现在我失去了这种地位，因为有了一个人，他同她一起生活，他对她有首要的作用。以前，在我同母亲的关系中我是一个王子，现在我只是一个二等王子。

波伏瓦：在所有这些体验——同学、继父以及你回到巴黎——之后，你的自由感有什么发展？

萨特：在这期间我感到自由，但我没有对自己说，"我是自由的"。这种感受还没有确切的名称，或者不如说有多种名称。在巴黎时，在亨利四世中学的第二年，也就是在哲学班，我学到了"自由"这个词，至少是它的哲学意义，后来我对自由的态度越来越热烈，成了它的保护人。尼赞在大学时被唯物主义所吸引，这导致他后来参加共产党。第二年我在路易大帝中学文科预备班。我是一个寄宿生，休息时我们常常在一个阳台上来回走，争论着自由和历史唯物主义。我们是互相反对的，他立足于理性的具体论据上面，而我为某种人的概念辩护，但我没有为自己描述的人提出过任何论据。应该说我们都没有得到什么。我们辩论着，谁也没有辩赢谁，谈话仍然没有结果。一天，尼赞干了件唯物主义的事情，给我证明他的自由。他进行了一个活动，我不知道详细情况，那是跟过去没有关系的——我不能发现它同过去有什么关系。他从星期五直到下星期一下午都离校未归。他回来后我问他去哪儿了。他说他去动了切割包皮的手术，我大吃了一惊。尼赞是天主教徒，他母亲也是一个天主教徒，我不明白他为什么要这样做。我问他，他说这样要清洁一些，他没有作进一步的解释，在我看来这事是毫无道理的。他决定去切割包皮——这是一个愚蠢的决定，因为这并没有任何好处，他在旅馆住了两三天，阴茎头用绷带包扎着。

波伏瓦：那时你是把自由和无缘无故的行动放在同一位置上，是不是？

萨特：在很大程度上是这样的，像纪德在《伪币制造者》中所解释和描写的那样的无缘无故的行动并不使我感兴趣。我读这书时没有发现这个词在我的意义上具有的自由。但尼赞的切割包皮确实是我认为的无缘无故的行动，虽然这显然是由于他对我隐瞒了动机而造成的印象。

波伏瓦：你的自由概念基本上是斯多葛的自由观——那些不依我们而定的东西并不重要，而那依我们而定的东西就是自由。因此一个人在任何境况中，在任何情况下都是自由的。

萨特：确实是这样，同时我实现的一个行动并不总是一个自由的行动，虽说我总是可以感到自己是自由的……在我看来，自由和意识是同一个东西。理解自由和是实现自由的是同一回事，因为这不是被给予的——通过体验到这点，我把这创造为实在。但我的行动不都是自由的。

波伏瓦：会不会有这种危险：这可能导致你采取十分保守的态度？如果每个人都是自由的，这很好，不再需要对任何人做任何事了，每个人都只是创造他自己的生活。因此一个人可能把自己限制在他的内在生活之中，怎么能够不产生这种结果？

萨特：这种情况不会出现，后来，在同人们、事物和同自己的关系中遇到我的思想上的困境，使我把自由弄得更明确一些，给它另一种意义，我开始理解自由同自由的障碍相遇时的情况，然后，偶然性作为自由的对立面，也对我显现出来。而作为一种事物的自由，它是被先前的时刻所严格限定的。

波伏瓦：但你没有意识到人们经受的压抑因素吧？

萨特：有一段时间是没有。

波伏瓦：你写《存在与虚无》时我们谈到这个。你说，一个人在任何境况中都可能是自由的。在什么时候你就不再相信这一点了？

萨特：很早。我有一个关于自由的朴素理论：一个人是自由的，他总可以选择自己要干的事情，一个人面对别人是自由的，别人面对你也是自由的。这个理论可以在一本很简单的哲学书中找到，我用它来作为我定义我的自由的一种简便方式；但它并不符合我真正想说的东西。我的意思是,一个人即使他的行为是由外部的东西引起的,他也要对自己负责……每一种行为都包括了习惯、接受来的思想、符号的成分;于是这儿就有某种来自我们最深沉的东西和关系到我们原始自由的东西。

波伏瓦:我们回到自由的政治和社会方面的问题上来,你是怎样从一种十分个人主义和唯心主义的理论前进到一种介入社会和政治斗争的思想上来的?

萨特:这是后来逐渐发生的。不要忘记,直到1937年和1938年,我都赋予我称作"孤独的人"以巨大的意义;就孤独的人的生活跟他人不同来说,他实际上是自由的人,因为他是自由的,他使事情在他自由的基础上发生。

波伏瓦:但这并不妨碍你深切地关心社会问题并激烈地站在一定的政治立场上,至少在思想上,比如说,你为什么支持人民阵线而激烈反对佛朗哥?

萨特:因为我认为自由人应该站在人一边,反对任何用自己制造的形象来代替人的行为,无论是法西斯主义的人的形象还是社会主义的人的形象。我认为自由人对立于那些组织起来的表象。

波伏瓦:你的回答在我看来是非常唯心主义的。法西斯主义者不只是给了人法西斯主义的人的形象,他们还把他投入监狱,拷打他、强迫他做某些事。

萨特:当然是这样。但我谈的是当时我想到的。例如,我认为拷打是令人厌恶的,这是法西斯主义者强迫人们成为法西斯主义的人的意志的结果,是法西斯主义假说引出的原则。

波伏瓦：你为什么认为这种假设是令人反感的？

萨特：因为它否定自由。在我看来，一个人应该自己决定自己——也许与他人结合在一起，但又是自为的。而在法西斯主义中他被地位高于他的人所决定，我总是很厌恶等级制度，在现实的反等级制度的某些概念中我发现自由的一种意义，对于自由不可能有任何等级制度。没有任何东西能超于自由之上。因此，我自己决定自己，没有谁可以强迫我作出决定。

波伏瓦：这也可以解释你同社会主义的关系，对不对？

萨特：对的，社会主义是一种我相当满意的假说，但在我看来它没有向自己提出真正的问题。例如，在社会主义条件下人是什么的问题。它不得不用一种完全唯物主义的概念即用需要的满足来置换人的本性。这是在战前我对社会主义感到烦恼的东西。一个人为了成为一个坚定的社会主义者，他必须是一个唯物主义者，而我不是唯物主义者。为了自由的缘故我不是唯物主义者，只要我不能找到一种使自由唯物主义化的方式——我一生后三十年力求找到这种方式——我在社会主义中总可以发现某种使人厌恶的东西，因为个体在有助于团体的名义下被除掉了。社会主义者有时用自由这个词，但这是一种集体的自由，同形而上学没有任何关系。战争期间和抵抗运动中我仍然停留在这种水平上，那时我对自己是满意的。我做战俘的时候，晚上，在营房，我给同伴讲故事，说笑话。大约八点半熄灯。我们把蜡烛放在小罐头盒上，我开始讲故事。我是唯一坐着和没脱衣服的人，他们都在床上躺着。我具有一种个人的重要性，我是使他们高兴和感兴趣的伙伴。

波伏瓦：这同自由有什么关系？

萨特：这是我使听故事的人，对我感兴趣的人，大笑的人结合成统一体。这是一个综合的统一体，而我创造了这个统一体、社会统一体，在这个统一体中我承担了我的自由。我看到自己在我的自由的基础上创造了一个小小的社会。

波伏瓦：这是你第一次有关于社会性的实在感。那时你试图建立一个你称为"社会主义与自由"的抵抗组织，那么你开始考虑这两者可能一致？

萨特：对。但我还是区别了这两个概念。我不知道社会主义是不是能同自由相结合。

波伏瓦：以后你花了三十年时间规定你所说的自由吧？

萨特：我在《存在与虚无》和《辩证理性批判》中十分认真地研究了它。

波伏瓦：还有《圣·热内》。这部书的惊人之处是，几乎完全没有脱离现在的自由。你给予个体的教养和他的整个境况一种非常重大的意义。你谈到人们赤裸裸的现实，不仅仅是热内，而他们几乎没有一个人是作为自由的主体显现的。

萨特：正是如此，这个同性恋儿童，他受年轻的鸡奸者殴打、强奸和压服，被他周围的流氓像玩物一样对待，他还是变成了作家热内。这里有着自由产生的变化。自由是这个不幸的同性恋儿童让·热内通过选择成为大作家，一个鸡奸者让·热内的变形，如果这不是幸福，那么至少是对自己的肯定。这种改造也可能不发生。热内的改造真正是由于他运用了自由。它通过给世界另一种价值而改造了世界。这确实是自由,它除了是这种转换的原因外什么都不是。正是自己选择着的自由本身构成这种改造。

波伏瓦:你似乎是把自由定义为一个人在某些时刻可能有的自我创造。在你的一生中有哪些时刻对你显出了这些自由选择——或者说是这些创造更为好?

萨特:我觉得有一件事很重要。就是我离开拉罗舍尔和进了亨利四世中学读一年级。我完全不再受迫害了。我甚至还得到很好的声誉。

波伏瓦:是的,但并不是你自己决定去亨利四世中学的,也不是你自己决定不再受你同学的迫害的。

萨特:在某种程度上是我自己决定我的同伴不再迫害我。他们不那样做是因为我不再是某个可以被迫害的人。我改造了自己。

波伏瓦:你选择了某种态度?

萨特:对。我维护自己的权利,而我接触的孩子完全接受了我的态度,因为他们也非常维护自己的权利。我上一年级、哲学班和文科预备班的那几年是十分愉快的,我感到自己完全是可被人接受的。

波伏瓦:这是你一生中的这样一种时刻,回过头来看,你觉得有一种选择,一种自由的东西。还有别的时刻吗?

萨特:有,巴黎高师是这种时刻的一个顶点。它就是自由。学校的规章使我有行动的自由。一个学生可以在校外一直待到半夜。半夜之后他可以翻墙而入。我们是三四个人一个房间,后来是两个人,最后,尼赞去了亚丁,我一个人一个房间。我们在学校吃午饭或在附近的一个小餐馆吃。我们还常在另一个小餐馆同当地姑娘和小伙子聚会。我们每天晚上都外出，我们在书房工作时环境十分安静。一星期有两次我同家里人吃午饭，然后回到学校。我同家庭的关系变得非常温情。

波伏瓦：你感受到某些决定你命运的选择吗？

萨特：一个生死攸关的时期是战争。

波伏瓦：但有件事你没有谈到，指引着你的生活的是写作，对不对？

萨特：八岁以后它就指引着我的生活。

波伏瓦：对的，但是有没有一个重新开始写作的特别时刻？八岁，这是一个孩子在写作。写作可能终止。

萨特：是有改变也有重新开始的时候，而每一个时期都不相同。

波伏瓦：那么有一个基本的选择总是存在着？

萨特：是的。

波伏瓦：我们回到那些时间上来，当时你大概感到不自由，但你回过头来看时，你有着重要的选择。

萨特：这是战争时期。战争爆发了。我是反对一切战争的，但我仍然不得不经受这场战争。我心中有一种反纳粹主义的思想，我认为它必然导致军事行动，这使我同我周围的同伴在思想上沟通起来。

波伏瓦：你认为这在哪一方面是重要的？

萨特：因为这不再是一种用一些国外旅行作点缀的教师生活。我投身于范围广大的社会境况之中。

波伏瓦：你并不是选择自己投身于其中的。你是被征召入伍的。

萨特：我没有选择它，但我必须以这种或那种方式对此作出反应。从一个人踏入这个行列起，他就要对自己怎样度过这场战争作出选择。这是非常重要的。在这个战争中我总希望把自己的作用呈现出来。发射气球是我起的作用。要理解把红气球发射到空中和我们周围的这个无形的战争总体之间的联系，这要求某种精神上的努力。于是这儿就有我和同伴们的关系，他们出于各种原因总的来说是反对这个战争的。我同你以及同其他人的关系。

波伏瓦：你的意思是，你可以内在地作出另一种选择？比如说，一种和平主义的选择？

萨特：对，我可以自由地作出任何选择。

波伏瓦：甚至一种通敌的亲纳粹的选择。

萨特：不，不是这个，因为这是反对纳粹的。

波伏瓦：但和平主义可能是对你的一种诱惑。我们谈到过这一点。受阿兰的影响，我比你更接近一种和平主义。你完全认识到，如果法西斯主义赢了，将会发生什么，你的选择概括了你的总的态度。

萨特：所以这种选择使我继续前进——从战俘营回来后我参加了抵抗运动，然后是社会主义。这一切都来自那第一次选择。我认为它完全是决定性的。我和我的战友是经历过 1940 年战争的人。这场战争、被俘经历以及同我们的征服者待在一起的五年对我是非常非常重要的。挨着一个打败我们的德国人生活，而且他是一个对我们什么都不了解的普通士兵,他不会说法语,这个事实是我首先做一个战俘然后作为一个被占领国家的自由人体验到的。我开始比较清楚地懂得什么是反抗当局,战前我没有这种反抗。我只是有些蔑视把权力加在我身上的当局,即政府、行政机关。但从我当上战俘起当局就成了纳粹或在某种情况下是贝当分子。当时你和我都十分鄙视他们两者。我们尽可能地不服从他们对我们的命令,例如,他们不允许我们进入自由地带,而我们进去过两次,有时不允许我们进入巴黎的某些地方……

波伏瓦:是不是从那时起,你就试图让一种自在自由的在场同对每一个人的自由的要求一致起来? 从那时起你个人的自由遇到了他人的自由了吧?

萨特:是的。在占领区我们是纳粹的俘虏。总之我的自由大受压抑,因为它无法在我希望的任何一种形式中得到表达,特别是纳粹占领法国,我写的小说就是没有意义的——在这种条件下它们不能发表。现在我觉得这是很奇特的,我在写作中注意到,除非纳粹被消灭,我的作品就不可能出版。正像我选择的名称"社会主义与自由"所清楚表明的,抵抗运动使我倾向于社会主义,但我不知道自由在其中是否有它的地位。

波伏瓦:你有一种综合的思想。

萨特:对,确实有。开始是作为一种希望,后来成了一种必然的东西;但只是到最后才是这样的。

波伏瓦:还有另一些对你是非常重要的选择时刻吗?

萨特:1952年到1956年我同共产党人的关系,这在匈牙利事件发生时破裂了。这种关系使我设想有可能同反对政府同时又完全立足于社会的政治上的人们建立关系。

波伏瓦:你从个人自由向社会自由的观念过渡是怎样发生的?

萨特:我认为这个过渡很重要。那时我正在写《存在与虚无》。这大约是在 1943 年。《存在与虚无》是一本关于自由的书。当时,我跟古老的斯多葛派一样,相信一个人总是自由的,甚至在可能导致死亡的、非常令人不快的环境中,在这点上我有很大的转变。我认为实际上在有的境况下一个人是不可能自由的。我在《魔鬼与上帝》中解释了我的这种思想……海因里希这个教士,是一个从来都不自由的人,因为他是教会的人,同时又与人民有联系,而他们同他的教士教育是没有任何关系的。人民和教会互相对抗。他使自己处于这些力量的互相冲突之中。他只有死去,因为他决不可能确认自己。我的这种改变是在 1942 年到 1943 年或者还要稍后一点,我从"一个人总是自由的"斯多葛派思想——对我来说是一个非常重要的观念,因为我总是感到自由,从不了解我不可能再感到自由的那些非常严重的环境——前进到后来的思想:存在着给自由加上锁链的环境。这种环境是由他人的自由产生的。换句话说,一个人的自由被另一个人的自由或他人的自由加上锁链,这是一个我总在思索的问题。

波伏瓦:抵抗运动是不是也有一种思想:总是存在着以死亡为出路的可能性?

萨特:是的。这种可能性是很大的。一个人不是通过自杀而是通过一种可能导致死亡或者自我毁灭的行动来结束自己的一生,这种思想是在抵抗运动中产生的思想，我对此很欣赏。我觉得自由地去死是人的一种完美的结局，比带着病、老化、衰朽或者总之带着在死前就失去了自由的精神力量的削弱走向一个缓慢的终结要完美得多。我宁可要这样一种观念：一种完全的牺牲，被同意的牺牲，因此，不限制自由为其本质的某个存在的自由牺牲。出于这个原因，我认为自己在一切情况下都是自由的。后来，在海因里希的情况中，我说明在许多许多情况下，一个人不是自由的。

波伏瓦：你是怎样从"一个人在一切情况下都是自由的"思想前进到"死亡不是自由的出路，相反地倒是失掉自由的东西"这种思想？

萨特：我仍然保有这种思想：自由也包含着可能去死的因素，也就是说，如果明天有某种威胁或其他东西危及到我的自由，死是一种维护它的方式。

波伏瓦：许多人都不希望去死，一个工厂雇员在生产线上工作是感受不到自由的，但他并不通过选择死使自己自由。

萨特：是的，他感到不自由。他没有给自己仍然具有的自由一种价值。这是一种混乱的精神状况，人们对自己自由的这种精神状况使政治事件变得那样复杂难解。

波伏瓦：我们回到你个人问题上来，你是怎样从你的自由是自我满足的思想前进到所有他人的自由是你自由的必要条件的思想？这是你最终达到的观点，是不是？

萨特：对。一个人是自由的而他人不自由这是无法接受和难以想象的。如果自由拒绝了他人，它就不再是一种自由。如果人们不

着重他人的自由,那么一段时间表现在他们之中的自由就会立即被
摧毁。

波伏瓦:你是什么时候从一种观念前进到另一种观念的?

萨特:我记得这个时期跟我转向社会主义的政治形态时期是相
同的,不是社会主义产生自由。相反地,在我们知道的形态中它是
拒绝自由的;它立足于从必然性产生的团结一致本身。例如,工人
阶级的阶级意识不是一种自由的意识,这是一个被其他阶级、资产
阶级压迫和伤害的阶级意识。这样,它不表现为自由的。它显得是
产生于无望的境况之中。我对于自由作了一些研究,在许多笔记本
上,现在已经遗失了。在这些研究中包含着许多伦理学、哲学和政
治评论方面的东西。那时我用一种新的观点研究自由。我的这些
研究把自由看作是在某种情况可能消失的东西以及把人互相联系
起来的东西。在这个意义上,任何人为了能是自由的,就需要别的
所有人都是自由的。这大约是在 1945 年到 1946 年。

波伏瓦:现在你怎样看待自由? 你的自由和一般来说的自由?

萨特:就我的自由来说,我没有改变。我认为我是自由的。跟
许多人一样,我在一定程度上被异化了。在战争期间我受到压迫。
我是一个战俘。在当战俘时,我是不自由的。但我经受这种战俘生
活的方式中具有某种自由。我不知道为什么,但我认为自己几乎对
于一切对我发生的事情都负有责任。当然,是在被给予的境况中的
责任。但总的来说,我在一切我做过的事情中遇到了我自己,而我
不认为自己的行动由一种外部原因决定。

波伏瓦:这跟你的特别的情况有关,因为你不是常遭强迫的。

你有某种特权,多少可以做你喜欢做的事情。你谈到生产线上的工人时,你说:"他们没有感到自由。"你认为他们到底是没有感到自由,还是他们不是自由的?

萨特:我说过,使他们决定自己行为的是别人强加在他们身上的精神压抑感、职责感和虚假的契约感;总之,是把一种思想和行动的自由弄得混乱的奴隶般的劳动。这仍然存在着,要不然他们为什么要造反?但这往往被集体主义的形象、被每天强迫完成的重复行动、被未经自己仔细思考而得到的观点、被知识的缺乏所蒙蔽,有时自由在不用自己的名义的情况下对他们显示出来,例如像它在1968年干的那样。他们要打倒整个压迫者阶级,使之不能动弹,使之消灭,为的是找到一种他们可以为自己和社会负责的状况,这时,他们是自由的。我认为在1968年他们开始意识到自由,只是在后来他们又失去了这种意识。1968年这个时期很重要,很美好,既不实在又是真实的。这是一次由技术人员、工人,这个国家的活跃力量进行的行动,他们开始意识到集体主义的自由是某种跟所有个体的自由的结合不同的东西,这就是1968年所体现的东西。我认为当时每个人都能理解他自己自由的本性和他属于集体的本性,历史上常有这种时刻,巴黎公社就是这种情况。

波伏瓦:你自己同自由的关系,你还有什么要说的吗?

萨特:我重说一下,自由体现了某种不存在但逐渐自己创造着的东西,某种总是现存于我之中,直到我死才离开我的东西。我认为别的所有的人都跟我一样,只是意识到这种自由的程度以及自由对之显现的清晰度则根据环境、出身、自身发展和知识而有不同。

我关于自由的思想被我同历史的关系所修改。我在历史中,无论我喜不喜欢它,我都不得不沿着某种社会改变的方向运行。不管我对这些改变采取什么态度,它们都要发生的。这是我在那个特别时期学得的东西:一种有益的而有时是糟糕的节制。后来,还是这种情况,我懂得一个人一生的根本的东西,也就是我的根本的东西是在互相对立的关系之中,例如,存在与虚无,存在与变化,自由的思想与外部世界反对我的自由的思想,自由与境况。

波伏瓦:你开始意识到,你的自由存在于对历史和世界压力的反抗之中。

萨特:对。为了维护我的自由,必须对历史和世界起作用,在人和历史、世界之间造成不同的关系。这就是出发点。战前我首先体验到一种个体的自由,或者至少我相信自己体验到了它。这保持了很长一段时间,而它呈现出多种形式,但总的来说这是一种个体的自由,这个个体正试图表现他自己并克服外来的力量。战争期间我体验到一件在我看来是与自由决然相反的事情——去打仗的职责——一个我没有弄清楚原因的职责,虽然我完全是反纳粹的。我无法真正理解为什么成千上万的人应该进行一场生死搏斗。我在对这场战争的介入中第一次理解了我的矛盾,我希望是自由的介入,然而这不过是某种强加在我身上的东西,不是我真正自由地渴望的东西,而且这东西强加于我甚至可以导致我死亡。然后有了抵抗运动的自由,这使我把一种专制的社会力量同反对它的个体自由相对立,我认为这些个体将会赢,因为他们是自由的,他们自由地看到他们希望的是什么。在解放时期我觉得他们释放出来的力量与纳粹的力量本性一样,不是说他们有同样的目的或者他们使用了类似杀害百万犹太人和抵抗战士的方式,而是说,这种集体主义的力量,这种对于秩序的服从,跟纳粹是同一种类。而美国军队到达法国,对许多人来说,包括我自己,好像是一种暴政。

人们是戴高乐主义者。我不是,但我感受到他们感受的东西:一个法国政府的权力的必要性,一个政府的权力,因此也就是戴高乐的权力的合法性。我并不同意这一点,但我感受到这种观点的力量。此外,解放后,开始出现一个非常强大的共产党,比它在战前任何时候都要强大得多,几乎包括了法国第三等级所有的人,对于这些统治我们的集团采取某种态度已成为必不可免的事,就我来说,我待在它们之外,就像梅洛-庞蒂一样,虽然我们的原因并不相同,我创办了《现代》评论,我们是左翼,但又不是共产党。

波伏瓦:你创办《现代》是为了参加政治斗争吧?

萨特:确切地说不是这样的。这是为了说明在日常生活中,以及在集体生活的外交、政治和经济方面发生的事件在一切水平上的重要意义。应该说明的是,每个事件都有不同的层次,每个层次都构成这个事件的一种意义,而且从一个层次到另一个层次,同样的意义只有在这种特定的水平上被其包含的东西所改变。主要的想法是,我们应该明白,社会上的每一件事都有许多方面,每一方面都以自己的方式同时又是完全地表现了这个事件的意义。这种意义可以在完全不同形式中找到,而且它或多或少在不同层次的每一种水平上得到深入发展。

波伏瓦:但我在这里看到了许多一致的地方。我们马上就回到你说的矛盾的问题上去。这儿你指出了一个文化人的生活，你的写作找到了对自身的限定——它是介入的。你主编《现代》，这也表现了同样的倾向，这一切在我看来完全是一致的，刚才你为什么谈到矛盾，并说你战后的生活是在某种矛盾中度过的？

萨特：因为一致性是合乎一个人生活中的愿望的，但它仅仅对于正题或反题适用。我说的正题是观念和习惯的一种总合，它宁可说应该大体是一致性，尽管本身包含着一些细微的矛盾；同样地，反题也应该有一种一致性。这两者之中的每一个，正题和反题都可以解释为对另一个的对立物。然而我来为你展开可以被称为正题的东西，而其余的东西可以为你解释为反题。在我生活的第一阶段，虽然有些模糊，我看到了我的自由和世界之间的对立。战争和战后这些年除了对立的发展再没有别的什么，这是我选择"社会主义与自由"作为我们抵抗运动的名称时我想指出的东西。一方面是一种有秩序的团体的思想，每一个人都按照自己的主义发展；另一方面，自由的思想，这是每一个人和全体的自由发展，在我看来，这两种思想是相对立的——即使到了现在，它们也各守一隅。在战后我所发现的东西就是我的矛盾和这个世界的矛盾，在于自由观念、个人充分发展的观念与个人所属集体的同等充分发展的观念的比照，二者一开始就显得矛盾。社会的充分发展并不必然是一个公民充分发展的先导。在这种水平上，一个人可以为我的历史，战后我的清楚明白的、战前我的模糊朦胧的历史提供解释；也就是说，我的自由的观念意味着他人自由的观念。只在他人自由时我才能感到自己自由。我的自由意味着他人的自由，而且这种自由不可限制。但我又知道有着制度、政府、法律，总之是强加于个体之上，不让他以任何方式自由地去做他想做的事情的一整个对立物。就在这里我看到矛盾之处：因为作为一个社会世界必须有某种体制而我的自由又应该是完全的。这个矛盾在占领期也很明显。抵抗意味着非常重要、非常严格的许多准则，例如，进行秘密工作或完成特别危险的战斗任务，但它更深的意义是建立另一个应该是自由的社会，因此个体自由的理想就是建立他为之战斗的自由的社会。

波伏瓦：你最强烈地体验到这种矛盾是在什么时期？你是怎样在每一境况中解决它的？

萨特：这些矛盾的解决必定都是临时性的。首先是革命民主联盟，同胡赛和诸如奥尔特曼那样的人在一起，编辑《解放报》。

波伏瓦：是当时的《解放报》……

萨特：当时的《解放报》，这是一份激进的社会主义报纸，后来有点亲共产党，然后成了共产党的报纸，以后又多少有点亲共产党。这个运动希望从共产党那里分离出来，同时又是革命的，它想以革命的手段造成社会主义。其实这都是些唱的高调，它们没有任何意义。首先，是改良还是革命？是一种在运动中仅仅让改良来鼓气的革命？那么这就是自己反对自己——这是战前的改良主义的社会主义，或者它真正是一种革命运动？在我看来，这儿虽有一些带着这种倾向的人，但革命民主联盟的改良主义成分大大地多于它的革命性，特别是因为胡赛，一个从前的托洛茨基分子，除了他那张唱高调的大嘴，没有一点革命性。我是被劝诱进革命民主联盟的，我并不是坚决自愿参加的。我参加之后，他们给了我一个重要职务，我接受了；但我和胡赛之间有着十分严重的对立。我看到胡赛正转向改良主义，他想为革命民主联盟向美国工人联合会申请资金。这在我看来近乎发疯，因为这意味着让一个法国团体在财政上依赖这个美国大组织，这同我们提出的左翼政策是那样不同。我反对胡赛的这种倾向。

这个矛盾在胡赛去美国后爆发，他在那儿募集了一点钱。他更多地是和奥尔特曼，为那些可能对革命民主联盟感兴趣的人们在法国组织了一个大会，邀请了那些美国人。

波伏瓦：你已经谈过这一点。我感兴趣的是，看到你认为临时解决的东西实际上是错误的。

萨特：是的，很快这个运动就表明它不是革命的而是改良的，它原先的目的是不可能实现的。在那时它不可能竖起一面与共产党并列的不同的革命大旗。就革命是拒绝自由的思想来说，在反对共产党的自由和作为群众运动的革命之间是有一种矛盾的。这样，在很长的犹豫之后，又有另一个矛盾时期——李奇微作战计划时期。李奇微来到巴黎，共产党举行示威活动反对他。几小时后杜克洛坐着小汽车准备通过，车座上有两只鸽子，他被逮捕了，理由是身边带着信鸽。这真是莫须有的罪名，因此我写了一篇文章为共产党人辩护，在《现代》上分几期连载，这使得共产党改变了对我的态度。

波伏瓦：是什么使你写了这篇文章？

萨特：说来很奇怪，这完全是亨利·吉耶曼的缘故。他关于拿破仑三世的书《12月2日政变》给了我触动，在这书中他摘录了报纸、私人日记和拥护拿破仑三世上台的作家写的书，这使得我把杜克洛的被捕看成是十分严重的事情。

波伏瓦：于是你决定支持共产党，虽然你并没有参加它。

萨特：我写《共产党人与和平》时同这个党没有任何交往，而且总的来说是厌恶它的，我写的目的是说杜克洛的被捕是一件可耻的事。后来这文章逐渐变成对共产党的半颂扬性的文章，而到最后，它成了反对当时法国流行观点的实际上是颂扬共产党的文章，结果，共产党派克洛德·鲁依和另一个人到我这儿来——克洛德·鲁依是共产党同非党知识分子打交道的代表——问我可不可以同那些抗议逮捕亨利·马丁的知识分子一起集会。我同意了。我参加了这些知识分子的聚会，我建议写一本要求释放亨利·马丁的书，一本我可以提供评论的由各种文章组成的书。我干了起来，这书名叫《亨利·马丁事件》，它出版了。遗憾的是，由于技术性的困难，它在亨利·马丁被释放后两星期才出版，但这也是事实：他是在那个特殊时期被释放的。

波伏瓦：然后你参加了和平大会。

萨特：那时共产党对我的态度有了改变，这样我对它的态度也有了改变；我们成了同盟者。其余的左翼不再存在。社会党人继续站在右翼一边，他们同共产党作对，尽可能地对它发动攻击，在我看来，要做左派唯一的出路就是依附共产党。尽管有许多保留，《现代》是同共产党人联合在一起去实现一种有利于共产党的政策。

波伏瓦：这在多大程度上解决了你的矛盾？

萨特：从根本上说，这不是一种解决。维持的时间也不很长，而我一生中只有几次短时间地把自由同拥护某一团体的思想联系在一起。

波伏瓦：当时你认为共产党是走向社会主义的一个阶段？

萨特：对，我是这样想的。我认为我们的目标并不相同，但可以同他们一起前进。

波伏瓦：这维持到什么时候？

萨特：从 1952 年维持到 1956 年……

波伏瓦：1954 年你去了苏联。那时你同他们关系还不错。

萨特：是的，但我在苏联看到的东西并没有让我对它充满热情。他们显然只给我看了他们认为可以给看的东西，而我有许多保留。

波伏瓦：但你在《解放报》上写了一篇很有颂扬性的文章。

萨特：这是科奥干的。

波伏瓦：应该说当时你已是筋疲力尽了。

萨特：我给了他一期头篇文章的位置，然后我同你动身去度假。

波伏瓦：是的，去休息了一阵。然后是赫尔辛基，这是另一次和平大会。我同你一起去的。这是 1955 年。

萨特：对，而且我们同一些阿尔及利亚人见了面，他们对我们谈了阿尔及利亚的情况。

波伏瓦：是的，然后是 1956 年，你同共产党断绝关系。

萨特：这是一次再没有真正恢复过的决裂。从 1962 年开始，同共产党的关系在某种程度上得到修复，我又去了苏联。

波伏瓦：1962 年我们一起去的，实际上有两次；然后是在 1963 年、1964 年、1965 年。

萨特：我同共产党人的关系不是很好。

波伏瓦：但我们有一些朋友，他们是深深反对斯大林主义的。你有另一次十分重要的介入——反对阿尔及利亚战争。在这个战争中你做了许多颇为重要的事情。然后在1968年你同毛主义者有了关系。你是怎样让你要求个体自由的愿望与意味着纪律和命令的集体行动协调起来？

萨特：不论什么时候，我以这种或那种政治和实现行动的方式介入时，从没有抛弃过自由的思想。相反地，我每一次行动时都感到自己是自由的，我从未属于哪一个政党。我可以在一段时间内赞同某个政党——现在我对毛主义倾向有一种认同感，毛主义组织在法国开始被解散，但它没有被消灭——有持续性的好感。因此我同各种团体接触，但不属于它们中的哪一个。它们请我做事情。做不做在我，这是自由的，无论同意还是拒绝我总是感到自由。例如，我在阿尔及利亚战争中的态度。这时我发现我同共产党的区别，确切地说，它和我希望的不是一回事。它也设想阿尔及利亚的独立，但只是作为一种可能性，而我们则同意民族解放阵线对未来独立的直接要求。我们和共产党人在某种程度上一起去建立一个反秘密军队组织的团体。我可以说这走得并不太远，因为共产党人打算抹杀我们的努力。我总是把殖民主义看成一种完全的强盗行为，是对一个国家残忍的征服，是一个国家遭受另一个国家的残酷剥削；我认为所有的殖民地国家或早或迟都必然要摆脱它们的殖民者。在阿尔及利亚战争中我完全赞同阿尔及利亚反对法国政府，虽然许多法国人赞同保持一个法国的阿尔及利亚。于是我同某些法国人有着持续的斗争，而同另一些赞成阿尔及利亚解放的人的友谊和结合却变得更为密切。我走得甚至更远。我同让森一起去跟民族解放阵线接触，我为他们秘密报纸写文章——我说这些事情只是为了说明，自由是怎样包含于这个事件之中。这是某种原初的自由，它使我在十六岁时就把殖民主义看成一种反人类的兽行、一种为了物质利益毁灭人的行动。自由使我成为一个人，而使殖民主义成为某个卑鄙的东西；自由使我成为一个人，而殖民主义却毁坏了别人。因此，要使我立身为一个人，就意味着要反对殖民主义。我十六岁时思考的东西到后来可能发展得更加强烈和深刻，而我甚至在阿尔及利亚战争之后还在思考它，而且我现在仍在思考它。

1960年我在巴西。巴黎的朋友们打电话到里约热内卢给我，他们告诉我，让森、他的朋友和同他一起工作的那位妇女受审的时间，请我写一个证词让他们在法庭宣读，因为我不能在他们给我的期限内赶回。但我显然无法口述这个证词。因为电话非常糟糕，我听不清他们说什么，他们也听不清我说的话。我只让自己重复记住证词的几个基本点。他们总算弄懂了我的意思，我知道他们会加工得很好。我让他们写了这个证词，我回去后读了它，我觉得他们写得十分恰当。

波伏瓦：在1960年你也写了许多文章。

萨特：我当然写了！我写文章反对阿尔及利亚战争，反对仍在进行的拷打。

波伏瓦：你在哪儿发表它们？

萨特：在《现代》和《信使报》上，也在让森的小报《为了真理》，它多少带有地下报纸的性质。

波伏瓦：你还干了别的事情吗？

萨特：在巴西，阿尔及利亚的代表要见我。我同他见了面，谈到支持阿尔及利亚人的宣传；我们是完全一致的。此外我在圣保罗就阿尔及利亚战争作了一个演讲，我还记得这次演讲。听众热情如潮，他们大批地涌来，主要是学生。他们猛然打开门，大厅上下到处挤满了人。我说明了我对阿尔及利亚战争的观点。这也是民族解放阵线的观点，有个法国人试图驳斥我，他这样做是需要点胆量的，因为听众总的来说是站在阿尔及利亚人这一边。他受到嘲骂，讲话没人听。我回答了他，他溜走了，这个集会变成一次声援阿尔及利亚人的示威活动。通过这一切我感到自己是完全自由的。我本可以拒绝作这个关于阿尔及利亚战争的演讲，或者用一个文学主题来代替，但我希望去讲述使自由处于危险之中的确切事实。我作这个演讲时，我是自由的，同时它的主题又是阿尔及利亚人民的自由。在这个水平上，我发现我的自由——以自身为目的的自由——和反对任何可能妨碍自由的东西——自由的实现，也就是他人的活动——之间的联系又一次清楚地表现出来。因此，问题在于要把阿尔及利亚人民的自由作为最高的绝对目的，而把战争看作阻止人们解放自身的企图。

波伏瓦：你列举了一些事实，有一个事实你忘了，它可以证明你刚才说的一些情况，也就是《121人宣言》。这是非常重要的。我们担心，由于签名于这个宣言，我们回到法国时可能被关进监狱。让森受审也主要是由于它。

萨特：对，当时那些赞同阿尔及利亚战争的人们在香榭丽舍大街游行,有人高喊"杀死萨特"！法国政府希望因为我像其他一百二十个签名者一样签名于这个宣言而对我起诉。但这个罪证是太小了,而我处在这种情况中又是太自由了。我从不属于任何亲阿尔及利亚的组织,但我赞同它们的态度,被它们全体所欢迎。我想说明的是,那些并不很重要的小小行动和我在巴西干的使阿尔及利亚事业为人们所接受的整个事情都是缘于我的自由观。我想说明,我不由任何人决定,我根据自己的理论、自己的政治信仰而行动,我完全是自己介入。

在这以后我们去古巴然后取道西班牙回家。我们入境时同海关人员争吵了一番。最后他们总算让我们通过了,但肯定已向巴黎方面报告了我们的归来。我们的一些朋友劝我们坐飞机回巴黎,这样如果我们被逮捕就可以很快地公之于众,但我们觉得张扬此行没有必要,更谨慎适当的做法是悄然无声地返回巴黎。朋友们在巴塞罗那迎接我们——普隆、朗兹曼和博斯特。他们同我们一起返回巴黎,警察拿去了我们的证件,并让我们在一星期内到指定的地方法官那儿去。在我们预定去的前一天,我们从报上得知这个可怜的官员病了。过了一星期他仍在害病,这事就以这个可笑的情况作为结束。以后我们再没有听到我们作为《121人宣言》的签名者被控的事情。在数以百计的事件中我仅仅谈到了一个小事件。我想指出的是,在一定时刻,自由使我发现法国人对阿尔及利亚人的真正关系——压迫。我必然要以自由的名义来反对这种压迫,自由对我来说是每一个人生存的基础;作为一个人,我在每一时刻被要求去采取行动来维护自由。我所采取的手段有赖于必然,似与维护自由无关，但当我使用它们时，它们完完全全被自由所击中——它们成了维护这世界中的自由的必然性。

波伏瓦：你试图同东方国家的作家和知识分子建立联系，这也是热爱自由的表现吧？我的意思是，你在1962年到1966年去苏联旅行，是不是想要帮助自由主义的知识分子实现自由化？

萨特：自由主义者是一个很可鄙的词。

波伏瓦：但他们是用这个词来称呼自己的。是不是这个原因？

萨特：是的。我想去看看，通过谈话能不能做到这一点：使他们的世界观、对彼此的力量的看法、对应该做什么的看法有某种小小的改变。但首先，我去苏联是见像我一样思考的人——已经自己在做这项工作的知识分子。我去见他们之中的两三个人。

波伏瓦：1966年苏联当局对达尼埃尔和西尼亚夫斯基进行审判时，你终止了去苏联的访问。你认为那称作自由主义知识分子的事业在某种程度上已不复存在。但发生了一个重要事件，这就是入侵捷克斯洛伐克事件。

萨特：对，以前已经有过对匈牙利的入侵。

波伏瓦：这使你同共产党人决裂。在1962年你毕竟多少同苏联恢复了关系，我们刚才已经说了。但这次决裂是最后决裂。你怎样解释你在捷克斯洛伐克事件期间的态度？

萨特：我认为对捷克斯洛伐克的干涉特别令人反感，因为它清楚表明苏联对被称作苏维埃缓冲地区的社会主义国家的态度。这是一个阻止改变国家政权的问题，如果有必要就通过军事力量。在一个有些奇特而很快就结束的时期，我受到捷克斯洛伐克朋友的邀请。苏联军队一开到那儿,捷克斯洛伐克人就组织了一个知识分子的抵抗运动,特别是在布拉格,他们同时上演了我的两个戏剧:《苍蝇》和《肮脏的手》,带着明显的反对苏联的目的。我两次都到场了。我和观众谈到苏联的入侵,没有隐瞒我的感受;我也在电视中说了话,话语要较为温和些。总之,他们要用我来帮助他们同敌人作斗争,敌人是在场的但又看不出来。我在那儿待了几天,同捷克斯洛伐克的各种知识分子见面、谈话。他们都非常厌恶这场入侵,决定进行抵抗。我离开时心情很沉重,但我确信这事情不会那么容易完结,捷克斯洛伐克人民反对苏联压迫者的斗争无疑会继续进行下去。不久以后我就这个主题写了一篇文章,这是为利姆的一本书写的序言。

波伏瓦:是的,他在这书中汇集了一些声明……

萨特:许多著名的捷克斯洛伐克知识分子的声明,他们都反对这个干涉。

波伏瓦:在捷克斯洛伐克事件之后,你有什么政治行动? 你同1968年5月事件有什么关系?

萨特:有关系,但那是在事件发生以后。在《现代》中我们注意到了大学问题。特别是我们谈到讲课。教授的讲课,克拉韦茨写了一些文章;后来,像每个法国人一样,我们出乎意料地被1968年5月事件所抓住,当时青年们并不十分看重我。

波伏瓦:你在卢森堡广播电台作了一个支持学生的声明,这个声明甚至以传单形式在拉丁区散发。

萨特:是的。1968年5月的一天我在巴黎大学会堂讲了话。我是被邀请去的,我在一个挤得满满的大厅讲话。当时巴黎大学是在一种奇特的状态中,学生占领了大学。这是一种奇景,后来我又在国立大学讲话。这样,我同1968年5月运动有了某种联系。后来的情况我比较模糊了。我记得被一群学生朋友召到巴黎大学讲话,他们争论一个具体的问题:他们第二天应不应该搞一个示威活动?这同我毫无关系而我只能在一般水平上说说。一张纸条放在我讲话的桌上,"萨特,讲短一些"。这表明他们并不特别希望听我讲什么,而实际上我也没有什么可对他们说,我很长时间以来都不是学生了,而且也不是教师。我本来是没有什么资格的。但我还是说了一会儿,我上讲台时他们十分热烈地鼓掌,我下来时掌声就低落得多了,因为我说的不是他们所期待的。他们希望人们说:"由于这个理由或那个理由,应该有一个示威活动,它有必然实现的条件,等等。"后来我起了一些作用。1970年,《人民事业报》接连有两位主编勒布利斯和勒唐戴克被关进监狱。我不认识毛主义者,他们头一天还在《人民事业报》上攻击我,却请我去主编这个报纸。

波伏瓦:那时这是"无产阶级左派"。

萨特:对,是一个自称彼埃尔·维克多的人领导的毛主义党。这是我的又一次自由行动,看到毛主义者对我并不怎么友好,我没有受到任何人强迫一定要同意这事。但一天上午,一个毛主义者——我不记得他的名字了——来同我谈话,我答应他从这天开始我主编这个报纸。我同意当一个挂名的头头,因为我对他们的倾向和原则并不怎么了解。我没有实际当主编,他们也没有让我这样做。我只是把我的名义给了他们,如果发生什么事,我就同他们一起行动,让他们得到一点安宁，不让他们作为一家报纸和一个团体而受到镇压。使事情变得复杂一点的是，不久之后当局开始对勒布利斯和勒唐戴克审判，我作为《人民事业报》的第三任主编要出庭作证，并表示我同他们的一致。这一天内政部作出镇压"无产阶级左派"的决议。这个党遭到取缔。同时勒布利斯和勒唐戴克受到很重的判决。此后不久，盖斯玛也被起诉，他躲藏起来，但最后被发现并带去受审。我也为他作证。我不为自己担心，我没有被抓起来；他们认为我不是《人民事业报》的真正主编，在某种意义上这是实情，我同报上写的那些东西没有关系。但每一个人都知道我是主编，这是为避免其他人当主编被逮捕而说的。我没有被捕，因为他们怕造成太大的影响。这样，《人民事业报》有了一种奇特的生命状态，它有某种合法性，因为它出版了而我是它的主编，同时它又是被查禁的。当发现谁卖《人民事业报》时，就会把他抓起来关上几星期。他们在印刷厂只搜查到很少的一点报纸，大部分报纸我们在这天以前都用卡车运走了，发送到各省和巴黎。我们采取了两次冒险行动，有一部分送到勒克莱尔将军大街，一部分在普瓦森尼尔大道。我遭到警察的监视。这些行动使得我同在报社工作的毛主义者的关系亲密起来。他们开始愿意对我谈话。我们见了几次面，维克多、盖斯玛和别的人同我讨论各种情况、各种看法。

最后，在这第一阶段虽然我没有成为真正的主编，我开始意识到"无产阶级左派"的价值，开始意识到在"无产阶级左派"中可以发现一种战斗性的自由，一种在社会和政治水平上影响我的自由。在这种自由中我看到，有设想一种自由进行战斗活动的战士的可能性,虽然这乍看起来是矛盾的。而这确实不同于跟一个战斗的共产党员在一起的情况。虽然我从没有参加过"无产阶级左派"——我说过,它被解散了,但以另一种形式继续存在着——我逐渐接近毛主义者的某些主张。我同他们的讨论,通常是单独同维克多在一起,变得越来越频繁;我看到"无产阶级左派"可能对我有多么重要;我开始同编辑部成员谈论《人民事业报》以及它的一些文章的情况,最后我自己主编了一两期,集中了各种投稿者,这些领导人反对我这样做;他们愿意看一看这会产生什么结果。我显然采取了毛主义者思想的一般倾向,但仅仅是就他们吸引了我的地方而言。这样我搞了两期,然后我多少又退回来了,虽然在首页上仍然保留着我的名字,而最后《人民事业报》终于停刊了。但毛主义的精神仍然存在,并且我把自己看成是它的一个代表,虽然毛主义这个名称再没有任何意义。我和维克多、加维在我们出版的《造反有理》中表达了我们的思想。我从1970年到1973年在"无产阶级左派"中走过的历程就是这样的。

波伏瓦:后来呢?有另一份报吧?

萨特:有《解放报》!好像很自然地,我应该是《解放报》主编,这不是毛主义者的报纸,但这是由毛主义者和其他一些左翼团体的代表共同创办的。我被邀请当主编,因为我是《人民事业报》的主编。我同意了,因为我想,这可能意味着真正进展到有一个名副其实的左翼,一个极左翼的报纸,当每一个事件发生时,我们都可以完全明确地说出我们想说的东西。在这个报社中,我又有点像一个挂名主编。起初是因为主编的职责不明确。后来原因很简单:我病了,这妨碍我在《解放报》中真正起作用。现在我再不是主编了,我因病不得不辞去此职,但我还是新编委会的成员,这个编委会决定报纸的大政方针。你知道,我仍然十分虚弱;我既不能读又不能写——我可以用某种方式写,但我看不清我写的东西。我以这种或那种方式设法让人们了解我的观点。这里的自由又总是根本的东西,是我选择的理由。而新的《解放报》在这个夏天改办了;我、维克多、加维和其他一些人研究了新的形式,现在新《解放报》几天内就要出版,这可能是一个很好的开端。

政治

波伏瓦:这些谈话中,你以极大的热情谈到你同政治的关系。你在同维克多、加维的谈话中谈到它们,而你现在仍然渴望同我谈谈这个主题。为什么? 你毕竟首先和主要是一个作家、一个哲学家。

萨特:因为政治生活代表了某种我无法避免的东西,不得不卷入其中的东西。我不是一个政治家,但我对许多事件有着政治反应,因此,在广义讲,一个政治家的状态,是一个被政治所激动、沉浸在政治中的人的状态,这是某种成为我的特性的东西。例如,有一段时间毛主义者把我和维克多的友谊仅仅看成是一种政治关系。

波伏瓦:毛主义者的观点不是一个普遍永恒的观点。后世人们不会认为你是一个政治家,而会认为你在根本上是一个作家、一个哲学家,认为你也有某些政治态度,正像别的所有的知识分子一样。你为什么对你的生活的政治尺度给予这样特别的重要意义?

萨特:二十岁的时候我是不关心政治的——这也许只是另一种政治态度——而我终于面对着人类的某种政治命运,而且终于成了一个社会主义者、共产主义者。在我看来,从对政治不关心转变为持一种严格的政治态度,这体现了一种生活。它占用了我一生中的许多时间。同革命民主联盟的关系、同共产党人的关系、同毛主义者的关系以及所有这一切,这构成一个整体。

波伏瓦:那么你愿意回顾一下你个人的政治经历吗?

萨特:我想,应该先解释一下,做一个不关心政治的人是什么意思,这是怎么发生的,为什么我刚结识你时我是不关心政治的,而后来,政治思想越来越紧密地围绕着我,终于使我以这种或那种方式接受了它们,这又是怎么回事。这些东西对我是有着根本意义的。

波伏瓦:好吧,我们就谈谈这个。

萨特:我小的时候,政治是跟每个人都有关系的。每个人都得履行某些义务,比如说投票表决,而每个人投票的结果是,这个国家应该成为一个共和国而不是第二帝国或君主国。

波伏瓦:你的意思是,你所居住的外祖父家中有一种政治气氛?

萨特:对,我外祖父采取了第三共和国的立场。我想他是投了中间派的票,他没有多谈他投了哪些人的票。他认为一个人应该保守这个秘密。这对全家人来说都是滑稽可笑的,他的妻子一点也不关心这个,他的女儿对这一点也不懂,而我,又是小得不会去问他,但他仍然乐于保守自己的秘密。这是投票人的秘密,这是他在投票中行使自己的政治权利。但他对我们说过他将投彭加勒的票。

波伏瓦:这么说你很小的时候人们就在谈论政治?

萨特：噢，很少。谈的时间很少。

波伏瓦：我相信这儿重要的是民族主义的问题，是不是？

萨特：是的。阿尔萨斯——战争。

波伏瓦：这么说你在童年就有了作为一个公民的东西。

萨特：对，阿尔萨斯对我外祖父来说是至关重要的。德国人夺去了阿尔萨斯。于是我有着可以在教科书中找到的政治思想，一直到战争爆发。在战争中那些勇敢的年轻人，英雄的法国兵同邪恶的德国人打仗；这是学校灌输的一种简单的爱国主义——而我完全相信它。当时我甚至还写了一篇惊险故事，这是我在巴黎上六年级时，故事中的主人公是一个士兵，他俘虏了皇太子。他比皇太子强壮，他在一群高声大笑的士兵面前揍这皇太子。

波伏瓦：那么你感受到自己是一个公民。好，至少有作为一个公民的东西。更重要的是，你上演了你外祖父写的爱国主义戏剧。

萨特：对。

波伏瓦：你说道："别了，别了，我亲爱的阿尔萨斯"，以及类似的话。

萨特：正是这样。假期中我们同熟人在旅馆相会。这是由于战争，而战前这是由于我的家庭里资产阶级共和国的气氛。很快我就获得一个人一生应该怎样发展的思想——一个人开始时不是政治性的，以后到了五十岁他逐渐变得具有政治性，例如像左拉，他在德雷福斯事件时期从事政治活动。

波伏瓦：但你是从哪儿得到这种思想的？

萨特：这是由于我把自己跟作家们的生活等同起来了。一个作家的生活表现为他有一个青年时代、一个生产他的作品的中年时期和以后他作为一个作家来进行政治活动的时期,这时他对这个国家的种种事件产生兴趣。

波伏瓦:但并不是所有的作家都有这种经历。许多人不从事政治。为什么这种个人经历打动了你? 在你看来这比司汤达的个人经历更值得仿效,司汤达从不在这种意义上具有政治活动性,但你为什么反而更喜欢他一些?

萨特:但司汤达以另一种方式具有政治活动性。

波伏瓦:他完全不是你谈到的这种方式。为什么这种个人经历特别地给了你深刻印象?

萨特:我所知道的作家几乎都是从事政治活动的。

波伏瓦:是的,但除非我们可能受到了事物的影响,事物决不会影响我们,那么如果你是被这种个人经历强烈地打动,如果你把自己与它等同起来,这必定是因为你自身中有某种使得你把它看作是值得仿效的东西。

萨特:对,我知道政治也可能是一个写作的问题。它不仅仅受到选举和战争的影响,也受到写作的影响。有着讽刺文学作品或对一个特别的政治事件进行讨论的文学作品,对我来说,政治是文学的附带方面。我认为到了我一生的后期,创造文学作品的能力减退时,我应该大大地从事一下政治。我看待自己的一生——我一生中写的作品不会很多——我是这样看的,我的一生必定会以政治活动作为结束。纪德也是这样的。在他晚年,他去了苏联,去了乍得;他从事了大量的战后政治活动。

波伏瓦：是的，但你刚才说了某件不可理解的事情。你说："在我看来，这是一个附带的。"你认为这是一个作家在几乎没有什么东西可说时还可以做的事情吗？或者正相反，你认为这是一种使他得到广大公众和变词语为行动的顶峰？

萨特：他老了，不再适合于行动。他可以通过给青年提出一些建议或特别的帮助来贡献自己。例如，德里福斯事件，或维克多·雨果把自己流放到自己的岛上，以此谴责第二帝国。说真的这有两个方面的东西。我认为政治是作家使命的一个侧面。它不可能是一个具有长诗或长篇小说那样价值的作品，但这是属于他的。政治写作方面应该属于作家，但同时因为它又属于老年作家，它也是他的顶峰。和他从前所干之事相比，搞政治是次要一点儿的事情，但它同时又是作者辉煌的顶峰。

波伏瓦：既是衰落又是顶峰？

萨特：既是衰落又是顶峰。我带着这种想法生活了好多年——直到我成了一个中年人。

波伏瓦：我们仍在谈你的童年。后来你回到巴黎、进了巴黎高师、同尼赞和别的人交了朋友，我觉得他们在政治上是颇为介入的……而你很少像他们那样，你对他们有什么看法？

萨特：我认为他们这没有什么。他们有点让我觉得好玩。因为我认为这完全是他们工作之余在巴黎高师的一种游戏。另一方面我又有些羡慕他们，因为我没有能力反驳他们的论点或解释他们的目标，但我对他们的东西都不感兴趣，例如，社会主义吸引了我在巴黎高师的许多同学，对我却完全没有影响。

波伏瓦:比如说,阿隆。

萨特:起初,阿隆是一个社会主义者,但他没有保留这个身份太久。所有这些人都采取了所谓社会主义的立场,就是说某种社会形态。我不反对它,但我也不希望它,我也不希望资本主义,但当时我也不是明确地反对它。最后我认为人们总是多少同社会有着同样的关系。这是一些定规,政权下的人可以改变它一点点;但一个人应该从这一切规定中解脱出来。我不认为我可以作用于这些定规,真正必须从事政治活动,参加一个党,然后这党又必须在选举中获胜。我甚至从没有想到这一点。

波伏瓦:我刚认识你时,你有一种你称作逆反审美的东西。你认为,这世界总的来说是可憎的,有着资产阶级,有着……总之是使人厌恶的世界。

萨特:我记得大约十五岁时我有了第一个政治反应,这是关于殖民地的。我认为这是对一个国家的无耻占领。这意味着战争,非正义战争;意味着对一个国家的征服,征服者的定居以及对这个国家居民的奴役。我认为这种行动整个都是可耻的。

波伏瓦:你为什么会有这种想法? 不是你生活圈子的人给了你这种想法吧?

萨特:确实不是。我可能是通过阅读获得这种想法的。我十四岁在拉罗舍尔时,其他孩子对这些事情完全不感兴趣。

波伏瓦:后来呢? 我们有一整套关于白种人文明的神话。你与文化的关系很是密切。这样,你能够不陷入所有这些神话之中吗?

萨特:但我没有陷入。

波伏瓦：为什么没有陷入？找一找原因吧。

萨特：我读一年级和文科预备班时，文科预备班有一个传奇性的人物——哲学教师费利西安·夏莱，他是反对殖民者的。他对孩子们谈了自己的见解，使他们确信殖民主义的错误。尼赞——他当然是一个反殖民主义者，虽然不是很强烈——马上就给我介绍了这个人，由他我开始涉及民族问题。

波伏瓦：很有意义的是，甚至在你很年轻时，你就完全没有感受到一个种族、一种文化、一种文明超出另一个的优越性。

萨特：确实这样。

波伏瓦：而这是很重要的。你的教育和你属于被培养为精英分子阶层的意识并没有附着在你身上，至少在某种程度上是这样的，这是什么原因？

萨特：我首先接受的是真正平等的思想。我认为人们和我是平等的。我想，是我的外祖父给了我这种思想，他明确地谈到它，对他来说，民主就意味着人人平等。好像是一种出于自然的直觉，当一个人实际上是跟我平等时，如果我认为他没有我重要，我就觉得自己是拿不公平的眼光看人。我记得从十四岁起，我心里总是拿阿尔及利亚做例子。我在很久后又想到阿尔及利亚时，当法国同它打仗时，我头脑中的东西仍是我十四岁的思想。

波伏瓦：这是你第一个明确而强烈的政治反应。这很重要。而对于工人的剥削，你很年轻的时候就感受到了吧？

萨特：这很难说。我记不很清楚了。我继父是拉罗舍尔一个造船厂的厂长。他手下有很大一批工人。我现在记不得我是怎样看待他们的——多少有点以我继父的眼光去看。他把他们当成一些未成年的人——也就是看作二十岁以下的人。

波伏瓦：对，像对待许多小孩那样来对待他们。

萨特：后来，共产主义给予他很大刺激，这等于否定了他整个生活。在1939年战争之前我从没赞同过一种社会主义社会。

波伏瓦：是没有。

萨特：我还记得在"奇怪战争"期间我在笔记本上写下的话：社会不应该是社会主义的。

波伏瓦：你觉得你要生活于其中将是无法忍受的。

萨特：是的，从当时我们所有的关于苏联的描述来看，我认为自己不可能生活在这种国家。

波伏瓦：而你生活在资产阶级社会里也觉得很不舒服，对不对？

萨特：对的，于是我虚构着神话的社会——一个人应该生活于其中的好社会。这使得我没有实实在在的一般政治方向，我开始接触政治时就是在这种状况之中。

波伏瓦：我们还是回到你接触政治之前的时期。你对阶级划分是有反应的。有件事我记得很清楚：当时我们在西班牙各地旅行，比如说在朗达时，你以一种厌恶的口气说，"这都是些贵族之家"。这话惹恼了那位女士和吉尔。而你是大发雷霆，这使你愤怒。

萨特：这是很难理解的。我确实大大地反对无产阶级被迫忍受的生活，我认为这是很悲惨的，我确实是站在无产阶级一边。但我仍然有某种疑虑，这显然是出于这个事实：我是一个造船厂厂长的继子。

波伏瓦：你是说你很年轻的时候吗？

萨特：对，我十四岁的时候。

波伏瓦：记得在伦敦时，你对失业问题很感兴趣，你想去看看失业者的生活区，而我宁可去参观博物馆。你的社会感比我强。

萨特：是的。

波伏瓦：在文科预备班，低等文科预备班和巴黎高师，你有一些具有明确政治信念的同学，你交的朋友多少都是左翼。你谈到的阿兰的一些学生，他们都是左翼，是进步分子，这是在这个词当时所可能具有的意义上说的。尼赞是左翼，你的其他朋友也是这样。

萨特：他们全是左翼。他们不是社会主义者就是共产主义者，在当时做一个共产主义者，这是需要一点勇气的。

波伏瓦：但在巴黎高师也有一股很强的传教士右翼倾向。而你是非常厌恶这个的。我想，这同时是把自己同许多人区别开来的态度。

萨特：是的，对许多人来说，我是明显的左翼。例如我是明显的反基督徒。你知道，从十二岁起，我就认定上帝并不存在，此后我从没有改变过这个态度。这使得我重新考虑宗教是什么的问题。公立中学对于宗教——古代宗教、天主教和新教——的教育使我把宗教看成一种同上帝无关、因不同的国家而改变着戒律、圣训和道德的集合体。上帝不存在。因此，我没有信仰，我不是一个信徒，而信徒那一切乐观的倾向都让我厌恶。我认为他们是自我欺骗。

波伏瓦：原则上你是赞成行动的最广泛自由的？

萨特：对。

波伏瓦：以及说话的最广泛自由？

萨特：是的。

波伏瓦：可不可以把你的形而上学或宗教的观念、你关于行为或道德的总的思想解释为一种左翼个人主义？

萨特：确实可以这样解释。个体在当时要比后来对我重要得多。而且我是生活在一个个人主义的世界。我外祖父是一个个人主义者，我学得了一套个人主义的生活方式。尼赞是一个个人主义者……

波伏瓦：尼赞，是的，虽然他是一个党的成员……他什么时候参加的共产党？

萨特：他参加了两次。一次是在文科预备班，而在那之后他有点退回到右翼。他在巴黎高师的第二年又参加了共产党。

波伏瓦：他没有对你施加影响，让你跟着他干吗？

萨特：没有，完全没有。

波伏瓦：你的其他同学，比如说那些社会党人，他们没有试图向你灌输他们的东西吗？

萨特：没有。如果我去问他们，他们会解释他们正在干的事情以及他们的感受，而参不参加他们则在于我自己选择。总的说来，他们认为我有一天可能会转变到社会主义方面来，但这不是因为他们迫使我的缘故。

波伏瓦：你第一次读马克思的东西是在什么时候？

萨特：在巴黎高师上三年级时。三年级和四年级。

波伏瓦：这对你有什么影响？

萨特：这是我仔细思考过的一种社会主义教条。我对你说过，我自以为理解了它而实际上我什么都没有理解。我读它的时候并没有理解它具有的意义。我理解它的词语，理解它的观念，但我不理解的是，它可以运用到今天的世界，而剩余价值的概念对现实仍具有意义。

波伏瓦：它没有触动你吗？

萨特：没有。这不是我可能读到的第一个社会主义体系……

波伏瓦：对，但其他的是空想社会主义。而在这个体系中有一种实在的分析。

萨特：是的，但我缺乏区别空想和非空想的尺度。

波伏瓦：这么说它没有触动你？就我来说，我没有很好地理解马克思，但剩余价值的观念仍给我很大的冲击，那时我是十八九岁。因为我看到有富人、穷人和剥削，我对于不公平和剥削有一些模模糊糊的想法，它们是不明确的，而马克思的著作中，我看到它们是怎样被创造为一个体系。这给我很深的印象。

萨特：就我来说，我理解它，但没有感受它。我认为它很重要，我读的这些书是很有意义的。但它对我没有冲击，因为在那个特定时期可读的东西是太多了。

波伏瓦：你的意思是有太多的哲学冲击了？

萨特：是的。

波伏瓦：你记得的最早参与的政治是什么？……

萨特：这很模糊。直到1939年我作为生活方式的政治观都是非常模糊的。

波伏瓦：但你总有某种政治情绪吧？

萨特：是的，从杜美尔时期起。

波伏瓦：我们第一次去意大利时，你的政治感受是很不愉快的。你到柏林去，这对于你研究哲学很重要，但你同时强烈地意识到冲锋队在街上的存在。

萨特：对，我是反纳粹的，我厌恶法西斯主义者。我记得在西那看到法西斯主义者游行，一群法西斯主义者，他们有一个重要人物走在前头，一个得意忘形、身穿黑衫的大人物，他使我充满了厌恶感。

波伏瓦：这以后有西班牙内战，它影响着你。

萨特：它影响着我们——对你也有影响。杰拉西应征入伍，我们同这事有关联。

波伏瓦：这导致我们同莫雷尔夫人和吉尔的第一次破裂。我们认为杰拉西干得好，作为一个共和国的西班牙人，应该去参加战斗，即使他不怎么会打仗。吉尔和那位女士说："他应该想想他的妻子和孩子。"这是一种右翼的反应。他们是拥护共和国的，但只是就这个共和国是一种自由主义的民主、对工人是严厉镇压而言的。一旦它开始走得远一点，他们就完全不喜欢它了。我们则感到十分愤怒：当意大利和德国，特别是意大利给了西班牙大量武器时，布鲁姆却没有给任何东西。我们是主张进行干涉的。

萨特：对。

波伏瓦：然后有人民阵线。

萨特：是的，人民阵线。那些年我们的情况很特别。确切地说，我们没有感到是同组成人民阵线的政治结构合作，而是在它旁边前进。

波伏瓦：请说清楚些。

萨特：这儿有人民阵线，人们多少是依附于它的。我们不在他们之列。我们非常希望人民阵线取胜。我们的感受使我们同这些团体联系在一起，但我们没有为它们做什么。总的来说，我们是旁观者。

波伏瓦：有一件事把我们同吉尔和那位女士区别开来。当工人开始罢工时，吉尔说："这样不行，这会妨碍布鲁姆的行动。"他可以接受布鲁姆，只要他维护秩序，不允许工人太自由地作出决定。而我们对"苏维埃政权"是持十分狂热激进的态度。我们为工人接收工厂、成立工人委员会而高兴。在理论上我们是很极端的。

萨特：我们是激进主义者，但我们什么都没有做……别的人，像科莱特·奥德莱就投身于左翼政治之中。他们没有做很多事，因为没有谁可以做得很多，但他们是在行动，而我们没有。

波伏瓦：那时你是不出名的人。你的名字还没有分量，你不属于哪一个党而你也不想参加，你还没有出版《恶心》。这样你是没有名气的。而且我们觉得介入的知识分子的主张是很好笑的。于是你以极大的兴趣注视着事件的进程。你同吉尔、阿隆、科莱特·奥德莱的谈话往往是政治性的，你完全不是那种封闭在象牙塔中的人，你并不认为这一切是没有问题的。

萨特：我完全不是那种人。我认为这事件关系重大，这是日常生活，这是对我发生的事情。

波伏瓦:你对1938年战争的巨大威胁和以后的慕尼黑事件有什么反应?

萨特:我支持捷克斯洛伐克的抵抗,反对同它结成联盟的那个国家对它的背弃。由于这一切,在慕尼黑事件后我彻底消除了战争将会终止的想法。我们对战争是持悲观态度,你和我,我们认为战争很快就要到来。

波伏瓦:我比你更悲观,更担心战争就要到来。我很担心战争,我们常常讨论这事,我采用了阿兰和平主义的论点。我对你说,在朗德省的一个牧羊人根本不会在乎希特勒,而你答道,这不是真的,他会在意的,他会认识到,如果希特勒赢了,这对他关系太大。你说,你不希望尼赞的眼睛被茶匙挖出,不希望自己被迫烧掉手稿。你是激烈主张打仗的,大概不是在慕尼黑事件的期间,但至少是在第二年。你认为不能让希特勒赢,不能袖手旁观让他取胜。是什么阻止你落入阿兰的许多学生落入的和平主义?——我也有点落入这种和平主义,自然而然地,落入这种不负责任的态度。

萨特:我认为这是因为我没有很清楚的政治思想。如果一个人拒绝或接受一种战争宣言——如果他是那些决定去打仗的人中的一个或是决定抵制和不打仗——他就承担了一种政治行动;他有一条明确的指导路线。我没有明确路线。希特勒一上台我就深深地憎恶他,他对犹太人的态度是无法容忍的。我不能想象他将无限期地做一个邻国的首脑。这样,从但泽事件发生或者甚至更早一些,在那一年的3月,我就开始反对希特勒。在慕尼黑事件后我像大家一样也松了口气,没有意识到这是又一次地按照希特勒做过的事情而制定的政策。松口气是一种拒绝的态度。这种态度我没有保留很长。这里有一种自相矛盾的地方。我至少是部分地反对慕尼黑事件的，但我又因慕尼黑事件的发生松了口气。战争缓和了一段时间，然后在这一年波兰成了希特勒计划的中心。而且根据以后得知的事实和我们现在从S.费斯特关于希特勒的书中所得知的东西，希特勒并没有完全决定要挑起战争；他并没有确切地知道他应该什么时候这样做。在对波兰实现他的计划时，他认定自己不应该让英国和法国卷入其中。而对我们来说，我们认定应该挽救波兰危机，抵抗希特勒的吞并企图，否则一切都会彻底完蛋。

波伏瓦：是以什么抵抗？是以道德的名义？这是一种非正义？

萨特：以一种我具有的模糊的政治观的名义，它不是社会主义的，但是共和国的。我外祖父将会像我一样反对。他将会反对，因为这是一种强夺、一种侵略。

波伏瓦：隐约地感觉到，如果希特勒称了王，这世界会变成什么样，这是一种真正的道德态度还是一种政治态度？

萨特：是这样的：希特勒的力量日益强大，如果允许他继续发展下去，他最后会变成这世界或至少是欧洲的主人。而这是不能容忍的。我反对他的原因很简单，这是我的自由观，所有法国人都有的感觉——一种政治的自由。虽然同时我从没有投过票。（你想必还记得我没有投过票。在战争结束前我没有投过票。）而在当时我们珍视我们的共和国，因为人们认为它所给予的投票权就是人们的自由。

波伏瓦：你为什么珍视它，而你又不投票？

萨特：我希望别的人投票。我认为如果事情对我很重要我是可以投票的。我没有规定自己不能投票。我仅仅是对这不感兴趣，而且在两次大战中占统治地位的议会在我看来是很稀奇古怪的。

波伏瓦：而你希望这些议会继续存在吗？

萨特：当时我认为它们应该继续存在。我没有可以反对这种政体的任何东西。事情就是这样，我看到的政治世界是稀奇古怪的。

波伏瓦：一个稀奇古怪的世界，一个阶级的世界，一个统治者保护特权阶级的世界。

萨特：我认为选举和议会并不是一种必然的结果，有可能设想真正符合人民愿望的选举。你知道，我没有思考过阶级战争。直到实际战争爆发和在战后，我才对阶级战争有所理解。

波伏瓦：你对它还是有某种理解的，因为在人民阵线时期，当工人获胜时我们是非常高兴的，我们还给了罢工者一些钱。

萨特：但我们没有把阶级战争当作一种资产阶级和无产阶级两个阶级互相反对而且必然地历史地互相反对的运动。

波伏瓦：说你没有意识到阶级战争，这是有点言过其实了。

萨特：我出生于一个资产阶级的环境，所以我甚至没有听说过阶级战争。我母亲，甚至我外祖父，都不知道它是什么。因此我把我周围的人，无论他是一个无产者还是一个资产者，都看成是一个类似于我的人。我完全没有预见到后来对我表现为那样重要的区别。

波伏瓦：总的来说，你对资产阶级是极其厌恶的，是不是？

萨特：我对作为一个阶级的资产阶级并没有厌恶。在20年代和

30年代,认为自己是资产者的人们并不认为自己属于一个阶级。他们认为自己是一个高贵者,而我对这些资产阶级的高贵者和资产阶级道德是极其厌恶的。但我没把他们看作一个阶级,一个压迫人民的占有阶级。我把他们看成一些通过某种性质达到一种实在、作为高贵者统治其他人的人。我们缺乏阶级的思想,顺便说一下,你也是。

波伏瓦:我觉得这话不公平。例如,我们很清楚地了解到西班牙战争是一个阶级斗争。

萨特:对的,我们知道这个,我们知道这些词语。尼赞是共产党员,他常说到阶级。但可以说我们没有作为一种观念吸收它。我是在我们的战争期间和战后才注意到它。

萨特:这是在后来,在1937年、1938年。

波伏瓦:那时我们确实了解了在阶级斗争意义上的大革命。

萨特:是的,但当时没有无产阶级。大革命是资产阶级的胜利。这是不同的。这也是它在学校教学中受到过分渲染的原因。

波伏瓦:我谈到饶勒斯的《法国大革命》的原因就是,他特别强调资产阶级的,这根本没有使问题激进化,而是抛弃在资产阶级胜利之外的人民于不顾。我觉得你是过于夸大和简单化了一点。你还是了解阶级斗争的。

萨特:我了解它,但我没有运用这种观念。我没有把一个历史事件理解为一种阶级之间的斗争。

波伏瓦:我们读利沙加雷的《通史》时,十分清楚地知道,这是一个阶级斗争的问题。

萨特：我们是知道的，但这只是一种解释，在某些情况下看来是正确的，而在另一些情况看来又没有根据。我们确实没有把历史还原为一种阶级间的斗争。你并不认为希腊罗马史或古代社会制度应由互相作战的阶级来解释。

波伏瓦：我们仍然不很清楚，在历史事件中单独地看阶级斗争应该是怎样的。例如，以色列-阿拉伯战争似乎是某种完全不同的东西。

萨特：我正要谈这个，在1945年以后——在战争期间和1945年以后——阶级战争对我们是表现为根本的东西。我们把它看作历史事实的一种根本原因，但其他原因也存在。

波伏瓦：阶级战争在你这里是怎样从一种没有运用的概念——虽然你了解它——前进到一种对世界作根本解释的概念？

萨特：一切都因这场战争而改变，当我同我一个部队的人们接触时，当我看到他们是怎样看世界，在两种可能——希特勒胜或者败中——中看出了什么东西时，我跟所有进行了三个月、六个月战争的法国人一样开始思考这成为历史、成为由集体事件永远决定的历史一页的东西。我开始意识到历史对我们每个人意味着什么。我们每一个人就是历史。这确实是"奇怪战争"，也就是几乎毫无行动的两军对抗，这打开了我的眼界。

波伏瓦：我不明白这怎么给了你阶级战争的意义。

萨特：我不是说阶级战争。我是说历史。

波伏瓦：是的，当然，是历史。

萨特：事实是，从1939年起我再不属于自己了。在这之前我以为自己过着一种自由的个人生活。我选择自己的衣服，我选择吃什么，我写东西。在我看来，我是一个在社会中自由的人，我丝毫没有想到这种生活完全由希特勒的出现以及他威胁我们的军队所决定。后来我开始理解这一点，我试图在小说（《自由之路》第一卷和第二卷的一部分）中在一定程度上表述它。我在那儿，穿着完全不合身的军装，被其他跟我一样穿军装的人所包围。我们被一种既不是家庭又不是友谊但仍然是十分重要的结合力所联系。我们在干事，但这些事情是从外部加给我们的。我发射气球，用双筒望远镜观察它们。我从没有想到我应该干这个，而在我服役期间，人们教我干这事。我在那儿干这个工作，同那些素不相识的干着同样事情的人们一起，我们互相帮助。我们注视着我的气球消失在云中。这一切都是在离德国军队几公里处做的，而德国人在那边也像我们一样忙于同样的事情，那儿有另外一些人正准备发起一次攻击。在此情况下一个人有一种绝对的历史事件感。我突然发现自己在一大群人中被派定为一种愚蠢的角色，一种反对别的对立者的角色，而这些人跟我一样穿着军装，反对我们正在干的事，而最后来进攻我们。

其次，使我认清事物的最重要的事件是战败和被俘。有一天我和我的同事被派往另一个地方。我们坐卡车到了一个镇上，在那儿停下了，睡在居民家中，我们不得不跟态度迥异的阿尔萨斯人打交道。我记得有一个农民，是站在德国人一边的，他同我们辩论起来，坚持着他的亲德理论。我们在这儿睡下，后来我们离开了，但我们不知道我们是不是应该设法逃避德国军队。我们在那儿停留了三四天，德国人迫进了。一天晚上我们听见炮弹击中了一个村庄，大约十公里远,顺着平坦的道路我们可以清楚地看到它。我们知道德国人将在第二天到达,这件事给了我非常深刻的印象,虽然从一个历史学家的角度看,这是微不足道的事情,而且任何教科书或战争史都不会提到它。一个小小的村庄被轰击,而另一个村庄正等着在下一次轰击中轮到它。人们在这儿设下埋伏,等待着德国人来对付他们。我去睡了。我们被我们的长官所抛弃,他们逃到一个森林地带,打出一杆白旗,像我们一样做了俘虏,只是时间跟我们不同。我们、士兵和军士待在一起。我们睡了,第二天早上我们听到说话声、射击声和喊叫声。我很快穿上了衣服,我知道这意味着我将要当俘虏。我出去了——我是睡在那地方一个农民家——我出去了,我记得我当时有一种看电影的奇异感受,我觉得自己正在一部影片中表演一个镜头,这周围的一切都不是真的。有一枚炮弹击中了教堂,那儿有一些头一天到达的人,他们没有投降。他们确实跟我们不一样,因为我们没有打算抵抗——而我们也没有抵抗的条件。在德国人步枪的监视下,我通过广场到他们指定的地方。他们把我带到一大群要转移到德国去的青年之中。我在《心灵之死》中叙述了这个情况,而我把这事归到布吕内身上。我们走着,不知道他们会怎样对待我们。有些人指望他们在一两星期内放我们自由。这天正好是6月21日,是我的生日,也是停战的一天。在停战前几小时我们当了俘虏。我们进入一个宪兵队营地,在那儿我又一次得知历史的真理到底是什么。我知道自己生活在一个面临各种危险的国家里,我自己正面临着各种危险。人们有一种整体感——一种被打败的思想、一种当了战俘的思想,这在那个特殊的时刻比任何别的东西都重要得多。我以前那些年学得和写下的一切,对我来说都失去了根据,甚至没有任何内容了。一个人被迫待在这儿,吃着他们给我们吃的无论什么东西——东西是很少的。有些天我们什么都没有吃,因为他们不知道我们有多少人。我们睡在这个营地的地板上。

波伏瓦:这个营地是在巴卡拉吧?

萨特:对。在各种房间的地板上。我是在阁楼上,同许多伙伴一起,我们睡在地板上。和许多同伴一样,饿了两三天后我有点神经错乱了。我们情绪有些反常,因为我们什么都没有吃,躺在地板上。情绪时起时伏,视情况而定。德国人根本不注意我们,他们只是把我们放在这儿。后来,一个晴天,他们给了我们一些面包,我们开始觉得好了一些。最后我们被装进火车去了德国。这是一个打击,因为我们原本是模模糊糊怀着希望的。我想我们会留在这儿,留在法国,直到有一天,当德国人平静下来时,他们会放我们回家的。他们根本没有打算这样做,他们把我们送到特里尔的一个战俘营。战俘营的一边是一条路,路的另一边是一个德国人的营地。我们有许多人在这个德国营地干活。我作为一个战俘没有被派做什么事,我什么活都没干。我和战俘们交往,我同一些教士和一个记者交了朋友。

波伏瓦:我们有一天谈到了这个。我想知道的是,这一切在多大程度上对你揭示了阶级战争?我完全同意你在战争中发现了一种历史尺度的看法。

萨特:请等一下。

波伏瓦:好吧。

萨特，我在德国一直待到3月。在那儿，在一种奇特而给我留下深刻印记的方式中，我开始了解社会，一个有着阶级和等级的社会，在这个社会中有些人属于这个群体，而有些人属于另一群；我也开始了解一个战败者的社会，这些战败者被俘虏他们的军队所喂养。这个战败者的社会是一个整体。这儿没有长官，我们是普通士兵。我是个二等兵，我开始懂得服从心怀恶意的命令，明白了敌军意味着什么。跟别人一样，我也同德国人接触，既要服从他们的命令有时还得听他们那些愚蠢自负的谈话。我待在这儿，直到把我转为老百姓并放了我。我被带上火车运送到德朗西，关进一个机动保安队营地，房子很多，像许多摩天大楼一样，有三四个这样的楼房装满了战俘，两星期后我被释放了。

波伏瓦：那时你已经给我写信了，你说"我将从事政治"，你写下这话是什么意思？

萨特：这意味着我发现了一个社会世界，我是由社会塑造的，我的文化、我的一些需要和生活方式都是由社会塑造的。可以说，我被战俘营重塑了。我们生活在一大群人中，不断地互相接触，我记得我写这信时刚回到巴黎，我十分惊奇地看着咖啡店远离我坐着的人们。在我看来他们是在此浪费时间，这样，我回到法国，我认为其他法国人看不清这一切——他们有些人，那些从前线归来或释放回来的人虽然能看清，但没有谁决定去抵抗。在我看来，回到巴黎的第一件事就是要创立一个抵抗团体，逐渐争取多数人来抵抗并由此实现一个驱逐德国人的暴力运动。我并不绝对相信他们将被驱逐，但我认为有百分之八十的可能性——我总是乐观的。他们仍有百分之二十的可能性成功。甚至在这种情况下我认为仍然应该抵抗，因为最后他们终将以这种或那种形式耗尽精力，这就像罗马一样，它征服了一些国家，同时也摧毁了自己。

波伏瓦:但你没有具体设想任何一种抵抗运动，对不对？你的运动称为"社会主义与自由"。对你来说，社会主义者和抵抗者之间的关系如何？你同右翼抵抗者接触。你也同左翼抵抗者接触，或者说造成接触的可能。在你心目中，抵抗运动和社会主义是一种什么关系？

萨特:法西斯主义首先提出反对共产主义。因此，成为共产主义者或至少是社会主义者，就是一种抵抗的形式。这是使自己处于与纳粹主义相对立的地位，反对纳粹的最好方式就是强调自己对于一种社会主义社会的欲望。因此，我们创立了这个运动，我和你几乎可以看成是这个运动的创始人。

波伏瓦:谈谈在抵抗运动期间你同共产主义的关系。德苏条约和尼赞的反应对你有很深的影响。

萨特:尼赞脱离了共产党。战争期间，在我当俘虏前，他还没有被害时，他给我写了封信，说他不再是共产党员了，他主要考虑的就是德苏条约这件事。他决定认真思考一段时间再采取一种不同的政治态度。对我们来说，跟许多人一样，德苏条约是一个让人目瞪口呆的事件。

波伏瓦:你为什么创立了一种个人的运动？你为什么不马上同共产党人一起工作？

萨特:我是想这样做。我让同共产党有密切交往的朋友转达了我的建议。但我得到的答复是："萨特是被德国人送回来在抵抗的外表下在法国人中进行纳粹宣传的。我们决不同萨特一起干任何事。"

波伏瓦：共产党人为什么对你有这种敌意？

萨特：我不知道。他们不希望同那些战前没有同他们在一起的人结成联盟……他们很清楚我不是一个他们说的卖国贼，但他们不知道我是否会同他们一起前进。两年后他们搞清楚了这一点。

波伏瓦：这样，你回来了。共产党人不想同你一起干，于是你创立了一个运动。

萨特：我们创立了"社会主义与自由"。我选择了这个名称，因为我认为一种包容自由的社会主义是可能存在的。那时我成了一个社会主义者。这在一定程度上是因为我们的战俘生活的一个主要方面就是社会主义——虽然是一种凄惨的社会主义，但这是一种集体生活，一种公社。没有财产：食物是分配的而义务是由征服者强加的。因此，我们的生活是一种共同生活，可以想象的是，如果我们的生活不是战俘的生活但保留了这种共同性，那么这可能是一种幸福愉快的生活。但我并没有设想社会主义就是同所有的人在一张桌上吃饭，以及诸如此类的东西，我相信你也没有这样想。

波伏瓦：确实没有。

萨特：而且你对社会主义的思想不太热心。

波伏瓦：我记不清楚了。在占领期间，我对贫困中的平等问题很感兴趣。我认为一个真正的社会主义，是积极的具有建设性的。这确实是个很好的东西。但我们还是回到你个人的发展过程中来。

这样，你带着社会主义还可以的思想回来了。

萨特：是的。但还没有完全确信它。我记得我在战后才拟定出一个明确的宪法。

波伏瓦：是谁请你写这个宪法？

萨特：我现在记不得了，好像是戴高乐在阿尔及尔的时候。

波伏瓦：事实上你是被邀请去拟订一个宪法草案。

萨特：对。它有两个副本，一个给戴高乐了，另一个遗失了。我不知道在哪儿，后来又被卡纳帕找到了。

波伏瓦：卡纳帕是你以前的学生，他已经是一个共产党员了吧？

萨特：是的，在写这个宪法草案的过程中，我可以把社会主义思想运用在一些具体的形式上，使它变为某种坚实的东西，使我更好地理解它的意义。

波伏瓦：你还记得哪些内容？社会主义是怎样作为指导的？

萨特：我记得有一长段话是关于犹太人的。

波伏瓦：我记得这个，因为我们讨论过它；顺便说一下，你这样写是很有道理的。我认为犹太人应该像所有公民一样享有权利，既不多也不少。你希望给予他们非常确定的权利——说自己语言的权利，有自己的宗教信仰，有自己的文化，等等。

萨特：对，在战争之前我就有这种想法。我写《恶心》时认识一个叫门德尔的犹太人，后来我们常谈到他。我希望犹太人像基督徒一样有公民权，而他让我相信犹太人情况的特殊性，必须给犹太人特别的权利。回到我转向社会主义的问题上来，这确实是我接受共产党人提议的一个因素，虽然这个提议使人惊讶，但它同这个党的发展是相关联的。他们让一个我认识的共产党员比耶同我联系，我是在特里尔当战俘时同他认识的。

波伏瓦：噢，对，我记得。我见过他。

萨特：他是一个共产党员。他建立了一个同共产党人有联系的抵抗者组织，建议我参加。有一年的时间我没做什么事。我们的团体瓦解了。

波伏瓦：他们开始是对你置之不理，拒绝同你一起工作，造谣说你是密探，最后他们又变过心来同你合作。这是怎么发生的？

萨特：我不知道。一天我见到一个人，他和我一起当过战俘，他说："你为什么不同我们一起进行抵抗活动？你为什么不参加我们组织的这个关心文艺的团体？"我十分吃惊，我说我愿意参加，于是我们定了一个约会，过了几天就成了全国作家协会的一个成员。全国作协包括各种不同情况的人——有克洛德·莫尔冈、莱里斯、加缪、德比-布里代尔和其他人。

波伏瓦：你在里面干了些什么事？

萨特：我参加了这个委员会。显然发生了什么事，一种改变……

波伏瓦：但这儿不仅仅有共产党人，因为你说到莱里斯。

萨特：对，莱里斯或德比-布里代尔根本不是共产党员。但我认为共产党在吸收新成员方面有了改变。他们原本会要求我们更公开地表明我们的态度。总之，在1943年我成了全国作家协会的成员，我同他们一起搞文字工作，秘密出版刊物，特别是《法国信使报》，我在上面写了一篇反对德里乌·拉罗舍尔的文章。后来，在解放期间,我们被派了守卫法兰西喜剧院的任务,我们手握武器——一只手枪——我们大家都一样,演员和我们自己。有段时间我还担任了法兰西喜剧院负责人。我在负责人办公室待了一夜,躺在地板上很不舒服。第二天我拒绝了巴罗的这种优待。我说,他不该让我干这差事。后来,解放的那一天,街上发生了战斗,在法兰西喜剧院也打了一会儿。我们搭起了一道街垒,我还记得在法兰西喜剧院路口看到一个人押送一群被俘的德国士兵到审计法院去。我不得不同萨拉克鲁一起度过一个夜晚。我们睡在一个房间,总之,当时多少有些动荡。

波伏瓦:战后你的政治态度怎样?

萨特:战后,戴高乐到达时,《法国信使报》出版第一期公开号,在这一期中,我记得发表了一篇关于占领和抵抗运动的战斗历程的文章。

波伏瓦:你开始是给《法国信使报》投稿?

萨特:对。总之我写了那篇文章。我不记得我还写了别的什么。从共产党人作为一个公开党出现的时候起,从这一开始,事情就有了不同。共产党人显然对这个事不满:我成了一个名作家。这是突然发生的。人们从英国或美国前来看我,把我当作一个名作家。而我也从美国回来了——我是为《战斗报》去那儿的。美国人要求同一些法国记者见面。这样我回来了,我发现自己面对着共产党的《法国信使报》和该报一些作家的反对……

波伏瓦:还有《行动周刊》。

萨特:对,还有《行动周刊》。它是一家亲共的刊物,一段时期里由蓬热和埃尔韦编辑。我也给《行动周刊》投过稿。

波伏瓦：你不仅是一个名作家。你在 1945 年也创办了一个评论刊物，它得到许多人、许多知识分子的支持，但它不是共产党的刊物。因此，你代表了一种不同于共产主义的左翼作家的可能性。你对那些共产主义左翼作家有什么看法？

萨特：嗯，我不愿想他们那种苏联式的共产主义，但我认为，人类的命运保存着某种共产主义的运用。

波伏瓦：你认为有可能同他们对话吗？他们对你提出的讨厌的意识形态——他们是这样称呼它——恼怒非常，他们甚至借助所有右翼的攻击来反对你。你对此有什么反应？

萨特：这儿有几种不同的情况。有着从个人角度看的我同共产党人的关系。我认为他们很可恶地反对我，而我也反对他们。后来我才改变。

波伏瓦：是的，那是在 1952 年。

萨特：这样，作为一个个人，我是很厌恶共产党人。他们对我一点也不友好，无情无义。他们有着必须服从的命令，但没有任何感情。大概克洛德·鲁依的情况有些例外，他可能对我有一种模糊的喜爱。

波伏瓦：我想知道这种政治上的长期对立对你的重要程度，以及就革命民主联盟而言，你在多大程度上是介入的，又在多大程度上有疑虑。

萨特：我是有疑虑的。我没有完全介入。

波伏瓦：共产党人借《肮脏的手》来诽谤你，这对你有什么影响？

萨特:噢,这在我看来是很自然的事。他们反对革命民主联盟,这正好是他们攻击我的一种方式。

波伏瓦:这么说,在你看来这很自然,问题不在于这个剧说了些什么,而在于无论发生了什么,他们都必须对你采取某种政治态度?

萨特:对。我觉得这有些使人不舒服,主要是因为他们中间有些人是我们很喜欢的,比如玛格丽特·迪拉斯,她当时是一个共产党员,她写了一篇背信弃义的文章发表在《法国信使报》上,我还记得,你记得吗?

波伏瓦:我记得。总的来说,所有的共产党人都反对你。你使自己在政治上处于什么地位? 你虽然对共和左翼联盟缺乏信心,同时又根本不想不惜一切代价地同共产党联合,做它的支持者。你不愿意这样干。至于我,如果人们踢了我一脚,我是根本不会计较它的。

萨特:嗯,我没有确定的政治立场。在当时,在1950年,我们是以战争威胁的观点看问题。苏联不喜欢我,如果他们入侵欧洲,像人们假设的那样,我不想离开。我打算留在法国。情况就是这样,没有谁站在我这一边。

波伏瓦:对你来说,你生活的这一方面有多大分量? 写作毕竟是你主要的事情。

萨特:对,写作对我是至关重要的。

波伏瓦:你认为从开始写介入文学起,从你开始给世界以名称、揭示世界也就是改造世界时起,归根到底你的有分量的个人活动是当一个作家,是不是? 这将是有前途的。

萨特:是的,我是这样想的。

波伏瓦:而且我相信你是对的。

萨特:我是这样想的。我总是这样想。

波伏瓦:那么你为什么渴望去依附于一种政治运动,比如共和左翼联盟?

萨特:我没有渴望。他们建议我加入它,于是我接受了。我希望共和左翼联盟是一个同共产主义相联系而代表某种类似南尼在意大利的社会主义的东西。

波伏瓦:法国共产党人不愿意要这个东西。意大利共产党人比较容易接近,他们可能愿意同南尼的社会党也就是一个左翼社会党结成联盟。

萨特:对。

波伏瓦:那么你的想法就是这样了,但在法国这是不可能的。还有一件事。你知道苏联劳动立法的行政条例,根据这个条例,仅仅由行政上的一个简单的决定就可以把人们拘留起来,你发表了这个条例。

萨特:是的。

波伏瓦:当时你是怎么想的?你什么时候知道集中营确实存在而有相当多的人遭到流放?

萨特:我认为这是一个不能容忍的政权。

波伏瓦:对。你同梅洛-庞蒂就这个主题写了一篇文章。

萨特:是梅洛-庞蒂写的。

波伏瓦:但署了你们两人的名。你说,一个有那么多人被放逐和杀害的国家不能再称为社会主义国家。总之，在同共和左翼联盟决裂后，你经历了一个很长的政治孤独期，是不是？

萨特：一个完全孤独的时期。

波伏瓦：可以说你再没有从事政治。

萨特：总之，直到……1968 年我都没有从事政治活动。

波伏瓦：等一等。在 1952 年你开始接近共产党人。你还记得同共和左翼联盟破裂之后直到同共产党和解这个时期吗？

萨特：我写书，这占用了我全部时间。

波伏瓦：但这不也意味着某种缺乏，某种空虚，不再依附于某种政治组织吗？

萨特：不。我不再是一种政治的存在。我不认为它是根本的。我写道，政治是人的一个尺度。其实它不是我的尺度。实际上它也是，但我不知道它。我同共产党人联合四年后，我才开始认清这一点。在早年，我有一种政治唯美主义。从尼克·卡特尔和布法罗·比尔时期起，长时间来，美国是一个我梦想的国家。后来这是我愿意生活于其中的国家，一个在某些方面吸引着我，在另一些方面又使我厌恶的国家。总之，我不愿意看到它在同苏联的一次战争中被毁掉。至于苏联，它仍然自称社会主义国家，我认为它的毁灭也是很可怕的。这样，我把一个苏美战争看作一种双重的大灾难。我保持这种心理状态有很长时间，没有多想我应该做什么。如果有一场战争，我不应该离开，我应该留在法国。我想，我应该为某种社会主义而不是为美国人进行抵抗；这样，我应该是一个潜在的抵抗者。

波伏瓦：我们谈谈印度支那战争吧。

萨特:我们第一次谴责印度支那战争,是在《现代》上。我们有一些越南朋友,首先是我比较了解的一个——阮清。他常常给我们提供一些情况。

波伏瓦:他不是一个哲学家,他是一个政治家。

萨特:他也是一个教师。

波伏瓦:有时他请我们在越南饭馆吃午饭,但除了《现代》中的文章我们几乎没有采取任何其他行动方式。

萨特:正是这样。我们出了一期关于印度支那的《现代》特刊,阮清给我们提供关于印度支那的文献来帮助我们。

波伏瓦:对。在我们一般政治生活中,这场战争是一个重要方面。

萨特:总之我们跟共产党人的立场是相同的。

波伏瓦:是的,在那个水平上,我们是非常接近的。